Jan Stressenreuter

Ihn halten, wenn er fällt

Roman

1. Auflage, März 2004
2. Auflage, November 2004
3. Auflage, Oktober 2006

Lektorat: Bernd Gutberlet

Umschlag und grafische Realisierung von Sergio Vitale unter Verwendung einer Fotografie von Anja Müller.

Druck und Weiterverarbeitung: Druckhaus Köthen
ISBN 3-89656-099-9
Printed in Germany

Bitte fordern Sie unser Gesamtverzeichnis an:
Querverlag GmbH, Akazienstraße 25, D-10823 Berlin
http://www.querverlag.de

Wenn es nur eine Wahrheit gäbe,
könnte man nicht hundert Bilder über dasselbe Thema malen.

Pablo Picasso

Prolog

„Bring mich zum Lachen", sagt er. „Es kommt mir vor, als hätte ich seit einer Ewigkeit nicht mehr gelacht." Er liegt im Bett, eingerollt in eine Decke, nur sein Kopf schaut heraus. „Erzähl mir eine Geschichte. Bitte." Seine Stimme ist fordernd und seine schmutzig braunen Augen, die mich immer an abgestorbene Algen erinnern, halten mich fest. Er wirkt müde und angestrengt. Der Tag war lang und er muss mit seinen Kräften haushalten.

Ich denke daran, was passiert ist, nachdem ich die letzte Geschichte erzählt habe. Wir waren allein, aber er kann sich an nichts erinnern. Ich schon, doch ich habe nichts gesagt. Noch nicht.

Ich schaue an ihm vorbei aus dem geöffneten Fenster auf die Zweige der Bäume im Garten. Trotz der hereinbrechenden abendlichen Dämmerung ist es noch warm draußen. Ein Mückenschwarm tanzt im Licht der untergehenden Sonne. Der Sommer liegt schon in Wartestellung. Irgendwo, in einer anderen Welt, in einer anderen Zeit, gibt es Menschen, die in Eiscafés sitzen und Cappuccino trinken, Hand in Hand am Ufer des Flusses spazieren gehen, mit Knoblauch und Rosmarin gewürzte Fleischstücke auf einen Grill legen und den Tag mit einem Lächeln ausklingen lassen. Wie ich sie beneide!

Für die Nacht ist ein Gewitter angekündigt worden. Ich liebe Regen. Nach einem kräftigen Regenguss sieht die Welt wie frisch gewaschen aus; Autos, Bäume, Straßen, Häuser – alles blitzt wie auf Hochglanz poliert. Regen wäscht das Ende von etwas Altem herbei oder den Anfang von etwas Neuem. Genau, was wir brauchen, er und ich: einen passenden Schluss oder einen neuen Beginn.

Hoch über uns beginnt ein Flugzeug den Landeanflug. Das Dröhnen der Motoren dringt bis zu uns herein. Unwillkürlich schwirrt mir dieses alte Lied von Reinhard Mey im Kopf herum. Zusammenhanglos und unpassend.

„Ich kann nicht", antworte ich schließlich tonlos. „Ich habe nichts Lustiges mehr auf Lager. Es ist alles … verschwunden."

„Doch, du kannst", murmelt er schläfrig. Sein Blick bohrt sich in mich hinein und am liebsten würde ich aus der Wohnung rennen, die Tür hinter mir zuschlagen und nie wieder zurückkommen. Aber es nützt nichts, ich weiß das aus Erfahrung.

„Also schön", erwidere ich seufzend. „Dann werde ich eine ganz besondere Geschichte erzählen: unsere." Spöttisch füge ich hinzu: „Dir zu Ehren."

Er sieht mich skeptisch an. „Unsere Geschichte?" Er traut mir nicht. Aber wieso sollte er auch. „Du meinst, deine Version unserer Geschichte", stellt er klar.

„Was soll das denn heißen? Hast du es anders in Erinnerung als ich?"

„Das wird sich zeigen", erwidert er grimmig. „Du bist der skrupelloseste Mensch, den ich kenne. Aber fang schon an."

Und dann öffnet sich mein Mund, meine Lippen bewegen sich und ich spinne mein Netz.

„Alles beginnt an einem frühen Montagmorgen …"

Play

Noch bevor Lukas die Augen aufmachte, spürte er den stechenden Schmerz. Als ob ihn jemand als Voodoo-Puppe missbraucht und unablässig eine Nadel in seine Stirnhöhlen gebohrt hätte. Wie Susan Sarandon, Michelle Pfeiffer und Cher in *Die Hexen von Eastwick*. Jack Nicholson hatte den Teufel gespielt und keinen Fuß mehr auf die Erde bekommen. War er am Ende nicht sogar geteert und gefedert worden?

Lukas seufzte innerlich. Manchmal wünschte er sich, dass er sein Geld nicht damit verdiente, anderer Leute Filme zu bewerten. Die Momente, in denen ihn sein Leben an bestimmte Sequenzen aus diversen Kinostreifen erinnerte, häuften sich zusehends.

Vorsichtig blinzelte er mit dem linken Auge. Noch mehr Schmerzen. Alles viel zu hell. Warum hatte er die Jalousien nicht heruntergezogen? Er war doch sonst so gewissenhaft! Und dann dieser widerliche, pelzige Geschmack in seinem Mund. Eindeutig zu viel Rotwein gestern Abend. Wenn er sich Mühe gab, konnte er sich an mindestens drei Flaschen erinnern. Aber das war bestimmt nicht alles gewesen, sonst würde es ihm jetzt nicht so schlecht gehen. Vielleicht hatte Johannes wieder eines seiner berüchtigten Mixexperimente gestartet, nach dem Motto: „Kippen wir die Reste zusammen und probieren, wie es schmeckt". Nachdem Lukas beim letzten Mal einen Schädel gehabt hatte, der von hier bis Timbuktu reichte, hatte er eigentlich geschworen, sich nie wieder von Johannes dazu überreden zu lassen, aber das hatte nicht unbedingt etwas zu bedeuten. Wie oft schon hatte er versucht, Johannes die Stirn zu bieten, und sich dann doch wieder zu etwas Verrücktem breitschlagen lassen.

Jemand klopfte an die Schlafzimmertür. Das heißt, eigentlich war es mehr ein Hämmern, und wenn Lukas versuchte, das Dröhnen in seinem Kopf zu ignorieren und sich auf die Geräusche an der Tür konzentrierte, musste er zugeben, dass es sogar ein ziemlich wütendes Hämmern war, als könnte derjenige, der draußen im Flur stand, durchaus vorhaben, die Tür einzuschlagen. Lukas' Vermutung wurde bestärkt durch eine laute Stimme, die durch das Schlüsselloch drang und unschlüssig in der stickigen Luft des

Schlafzimmers schwebte, bis sie sich wie eine bedrohliche, dunkle Regenwolke über Lukas' brummendem Schädel niederließ.

„Ihr Dreckskerle! Macht sofort die Tür auf! Ich weiß, dass ihr da drin seid!"

Lukas verzog stöhnend das Gesicht. Etwas war nicht in Ordnung. Und was lag näher, als zu vermuten, dass das, was hier nicht in Ordnung war, auf Johannes' Mist gewachsen war. So oder so ähnlich passierte es doch immer.

„Johannes! Ich schwöre, ich renne die Tür ein, wenn du nicht aufmachst!"

Da! Auch die Frau vor dem Schlafzimmer schien seinen Freund als Hauptschuldigen ausgemacht zu haben. Komisch, jetzt, wo er die Stimme ein zweites Mal hörte, klang sie verdächtig nach Evi. Aber warum sollte Evi so wütend auf ihren Bruder sein? Und wieso kam sie nicht einfach ins Zimmer, wie sie es sonst immer tat? Normalerweise war die Tür nicht versperrt. Es war vielleicht doch ein Fehler gewesen, Johannes' Familie einen Zweitschlüssel für die Wohnung zu geben.

Lukas gab entnervt den Versuch auf, seine Augen zu öffnen, und versuchte stattdessen, sich die Bettdecke über den Kopf zu ziehen. Er hasste es, wenn das Leben am frühen Morgen mit unübersehbaren Komplikationen anfing. Vorzugsweise begann er seinen Tag mit klassischer Musik, einer Tasse Tee und einem Blick in die Morgenzeitung. Nicht mit einem ausgewachsenen Kater und Erinnerungslücken, die den Abend zuvor in Frage stellten. Vielleicht sollte er einfach versuchen, nochmal einzuschlafen, und alles wäre gut, wenn er wieder aufwachte. Aber wenn man mit Johannes zusammen war, standen die Chancen für eine solche undramatische Entwicklung der Ereignisse eher schlecht.

Lukas schüttelte den schwarzen Lockenkopf rechts neben ihm. „Johannes, wach auf", brummte er missmutig. „Was hast du diesmal angestellt?"

Ein verschlafenes Grunzen, das alles und nichts bedeuten konnte, antwortete ihm. Typisch. Johannes hatte noch weniger Lust, sich der Realität zu stellen als er, vor allen Dingen, wenn seine keifende Schwester draußen auf die Schlafzimmertür einschlug. Und was war bloß mit dieser blöden Bettdecke los? Wieso ließ sie sich nicht nach oben ziehen? Lukas strampelte energisch mit den Füßen – und blieb dann stocksteif liegen. Wenn es nicht völlig absurd gewesen wäre, hätte er für einen Moment schwören können, dass sich in seinem Bett ein paar Körperteile zu viel befanden.

Vorsichtig tastete er die Stelle rechts neben ihm im Bett ab. Ein langer, feingliedriger Körper, glatt und muskulös. Lockige, schulterlange Haare und ein steifer Schwanz, der sich an seinen Oberschenkel presste. Johannes. Auf jeden Fall Johannes. Nach vier Jahren Beziehung kannte er jeden Quadratzentimeter Haut seines Freundes, da war kein Irrtum möglich. Der steife Schwanz bestätigte Lukas nur noch in seiner Vermutung. Johannes war immer geil, sehr zu Lukas' Leidwesen. So weit so gut. Aber da war irgendwie noch mehr … Mit steigender Nervosität tastete Lukas das Bett nach links ab. Ein Kopf mit Stoppelhaarschnitt. Ein kräftiger Unterarm, der über seinem Bauch lag. Eine behaarte Brust. Und weiter unten zwei Füße, die sich um seine linke Wade geschlungen hatten, und noch ein steifer Schwanz, der sich an seinen anderen Oberschenkel presste.

Noch ein Mann. Da gab es nichts zu deuteln, es war eine Tatsache. Er lag mit zwei Männern im Bett. Mit zwei Männern, die eine Morgenlatte hatten, und sie alle drei waren nackt. Lukas hatte nicht die geringste Ahnung, wie es dazu gekommen war. Wenn sie wenigstens noch ihre Boxershorts angehabt hätten, hätte man über den Grund, weshalb sie alle in einem Bett gelandet waren, vielleicht noch diskutieren können. Aber die Intimität, mit der sich beide Männer an ihn schmiegten, und der erigierte Zustand ihrer Schwänze ließ eigentlich keinen Raum für Illusionen. Lukas dachte einen Moment nach und fühlte langsam Panik in sich hochsteigen. Der zweite Mann kam ihm ebenfalls beunruhigend vertraut vor; prüfend fuhr seine Hand ein weiteres Mal über die Stoppelhaare und das unrasierte Kinn. Der Mann seufzte im Schlaf und ein flüchtiges Lächeln sprang auf seine Lippen. Er kannte diesen Mann ... Hartmut! Es war Hartmut. Um ein Haar hätte Lukas laut aufgeschrien. Er lag mit seinem Freund und seinem Schwager, besser gesagt, seinem angeheirateten Schwager, in einem Bett. Und draußen vor der Tür, das war tatsächlich Evi, und sie hatte allen Grund wütend zu sein, weil sie seit zwei Jahren mit Hartmut verheiratet war. Lukas und Johannes waren sogar Trauzeugen gewesen.

Mit einem Ruck setzte sich Lukas auf. Jetzt war er hellwach. „Verdammte Scheiße!" sagte er laut. „Verdammte Scheiße! Ich glaub das einfach nicht!"

Johannes hob verschlafen den Kopf und schaute ihn mit verquollenen Augen an. „Was machst du für ein Geschrei am frühen Morgen? Ist ja voll krass hier! Brennt es oder ... oh!" Er ließ den Satz unbeendet, als er neben Lukas Hartmut liegen sah. Ein breites Grinsen zog in seinem Gesicht auf. „Ach ja, richtig!" sagte er.

„Wie zum Teufel kommt Hartmut in unser Bett?" zischte Lukas seinen Freund wütend an.

Johannes zuckte mit den Schultern und verschanzte seinen Blick hinter den Locken. Das Wie an der Sache interessierte ihn nicht die Bohne. „Genauso wie wir, schätze ich. Er hat sich einfach seinen Trieben hingegeben."

„Triebe? Was für Triebe? Er hat keine Triebe – er ist hetero! Er hat eine Frau und ein Kind!" gab Lukas patzig zurück.

„Ein Kind mit einem furchtbaren Namen!" erwiderte Johannes mit erhobenem Zeigefinger. „Es ist sozusagen gehandicapt. Es kann nur noch bayerischer Landespolitiker werden."

Lukas seufzte entnervt auf. Johannes hatte die zweifelhafte Gabe, niemals den Ernst der Lage zu erkennen, in die er sich und andere brachte. Andererseits hatte er Recht. Ignaz war wirklich ein außergewöhnlich scheußlicher Name für ein siebenjähriges Kind. Unwillig schüttelte Lukas den Kopf. Fast wäre es Johannes wieder gelungen, ihn abzulenken, aber diesmal nicht. Diesmal war er zu weit gegangen.

„Also, wie hast du es angestellt?" sagte Lukas, seine Wut mühsam unterdrückend.

„He Mann, ich habe nichts getan, was Hartmut nicht wollte!" erwiderte Johannes unschuldig. „Er hat seine Hemmungen sozusagen mit seinen Klamotten abgelegt. Ich habe ihn nur ein wenig ... ermuntert."

Das war es also! Natürlich hatte Lukas in den letzten Wochen auch bemerkt, dass Hartmut verstohlen Interesse signalisiert hatte – Wie hätte er die Blicke missdeuten können, die Hartmut ihm und Johannes zuwarf, sobald er sich mit ihnen allein in einem Raum befand? –, aber es wäre ihm im Traum nicht eingefallen, darauf einzugehen. Dazu bedurfte es schon einer Unverfrorenheit, die nur Johannes besaß.

„Wie hast du ihn dazu gebracht, seine Klamotten auszuziehen?" rutschte es Lukas heraus. Am liebsten hätte er sich für diese Frage das Kissen in den Mund gestopft.

Johannes' Augen blitzten spöttisch auf. „Ich hab ihn gefragt, ob er mir seine Tätowierung zeigt. Als er erst mal seine Unterhose auf den Knien hängen hatte, war der Rest ein Kinderspiel."

Hartmut hatte ihnen vor ein paar Tagen erzählt, dass er ein Tattoo in Form eines Löwen auf der rechten Pobacke besaß. Ganz rot war er dabei im Gesicht geworden.

„Du schreckst wirklich vor nichts zurück!" sagte Lukas, während Evi im Flur ihrem Zorn lautstark freien Lauf ließ.

„Wir hatten alle unseren Spaß! Du auch!" gab sein Freund beleidigt zurück. Aus den Augenwinkeln beobachtete er Lukas heimlich.

„Davon weiß ich nichts!" erklärte Lukas nervös. Der Gedanke, beim Sex mit Johannes und Hartmut auch noch Spaß gehabt zu haben, war ihm unangenehm.

„Wirklich nicht?" Johannes wirkte sichtlich enttäuscht. Dann hellte sich sein Gesicht auf. „Vielleicht sollte ich deine Erinnerung ein wenig auffrischen?" Er rutschte einen halben Meter nach unten, warf die Decke zur Seite und begann, Lukas' Schwanz wie eine Eistüte zu schlecken. Als hatte sie ein eigenständiges Leben, wanderte Johannes' rechte Hand dabei über die Brust seines leise schnarchenden Schwagers und machte sich auf den Weg zu tiefer liegenden Regionen.

Entschlossen riss Lukas Johannes nach oben. „Bist du total bescheuert? Du willst noch eine Nummer schieben und draußen ruft deine Schwester gleich den Bundesgrenzschutz!" Mit einer wütenden Kopfbewegung deutete er auf die hohe, weißlackierte Schlafzimmertür, die gerade von Evi mit Fußtritten bearbeitet wurde, sodass die milchigen Oberlichter im Rahmen schepperten. Lukas hatte keine Ahnung, was er jetzt tun sollte. Die ganze Situation schien außer Kontrolle zu geraten.

Johannes legte den Kopf in den Nacken und schloss die Augen, wie immer, wenn er nachdachte. Angesichts der Wut seiner Schwester gratulierte er sich insgeheim, letzte Nacht noch die Geistesgegenwart besessen zu haben, die Tür abzuschließen.

Kurz darauf klärte sich sein Gesichtsausdruck, und Johannes sah Lukas zufrieden an. „Evi wird sich beruhigen!" sagte er.

„Wie bitte?"

„Sie wird sich wieder beruhigen!"

„Ja, klar", entgegnete Lukas fassungslos, „sobald sie Hartmut gevierteilt, dich erwürgt und mich erdolcht hat, wird sie sich auch wieder beruhigen. Denn dann gibt es ja niemanden mehr, über den sie sich aufregen muss! Und wenn sie erst mal die Leichen beseitigt und die Wohnung von den Blutlachen befreit hat, wird es Evi so richtig gut gehen. Putzen räumt ja bekanntlich die Seele auf!"

Johannes begann zu kichern. „Cool! Weißt du, das liebe ich so an dir! Deine überbordende Fantasie!"

„Ach, wirklich?" blaffte Lukas ihn an. Allmählich verlor er die Beherrschung. „Meine Fantasie wird zurzeit um Längen von der Wirklichkeit übertroffen! Das hier ist ein einziger Albtraum! Ich habe endgültig die Schnauze voll! Das wäre alles nicht passiert, wenn du nicht deine gesamte Familie ermutigt hättest, hier zu wohnen!"

„Das ist nicht fair!" erwiderte Johannes beleidigt. „Du tust gerade so, als hätte ich sie wie ein paar rumänische Wirtschaftsflüchtlinge heimlich hereingeschmuggelt! Sie bezahlen ganz normal Miete für ihre Wohnung im Erdgeschoss. Und außerdem warst du damit einverstanden, dass sie hier einziehen!"

„Das war, bevor ich wusste, dass ich eines Morgens mit dir und meinem Schwager in einem Bett aufwachen würde!"

„Wenn Evi erst mal begriffen hat, dass Hartmut eigentlich schwul ist, wird sie sich daran gewöhnen. Es wird ihr gar nichts anderes übrig bleiben", sagte Johannes. „Kann allerdings eine Weile dauern, gebe ich ja zu", sinnierte er dann.

„Hartmut ist jetzt schwul?" fragte Lukas schwach nach. Er wollte lieber nicht darüber nachdenken, was dieser Tag noch an Komplikationen bringen würde.

„Wer beim ersten Mal mit einem Kerl so abgeht wie Hartmut, der muss schwul sein!"

Lukas setzte zu einer Erwiderung an, aber ein unterdrücktes Stöhnen unterbrach ihren Streit.

„Wie? ...Wieso?" Hartmut öffnete seine verklebten Augen und sah sie verwirrt an. „Ihr seid nackt", konstatierte er dann mühsam.

„Du auch!" gab Johannes grinsend zurück. „Und draußen steht deine Frau und hämmert an die Tür!"

Hartmut starrte ungläubig an sich herunter und ließ dann stöhnend den Kopf auf das Kissen fallen. „O mein Gott", sagte er, „sie wird mich vierteilen!"

Lukas warf Johannes einen triumphierenden Blick zu.

Hartmut setzte sich auf und sah Lukas und Johannes verstört an. Gleichzeitig rutschte er auf die Bettkante und hielt sich das Kopfkissen vor seinen Schwanz. „Ich ... ich glaube, ich habe einen Filmriss", stöhnte er. „Alles, woran ich mich erinnern kann, ist, dass Evi nach unten gegangen ist, und dann hat Johannes noch dieses Sauzeug aufgemacht ... *Pacharán* oder so ähnlich. Oder war da noch mehr?"

Erfolglos versuchte Johannes, eine leere Flasche Whisky, die neben dem Bett lag, mit seinem Fuß außer Sichtweite zu schubsen. Er hatte lange daran gearbeitet, Hartmuts Hemmschwelle zu senken, die trotz seines eindeutigen Interesses immer noch vorhanden war. Selbst gestern Abend wäre er nicht zum Ziel gelangt, wenn er nicht den Alkohol als Verbündeten gehabt hätte.

Hartmut stöhnte erneut auf und hielt sich die Hände vors Gesicht. „Und jetzt sagt mir bitte, dass hier nichts weiter passiert ist!" Mit einer vagen Handbewegung deutete er auf das zerwühlte Bett.

Lukas drehte den Kopf erwartungsvoll zu Johannes. Johannes schwieg.

Vor der Tür wurde Evi immer hysterischer. Zwischen ihr Geschrei und das Rütteln an der Türklinke mischte sich jetzt auch das aufgeregte Gekläffe von Marie, dem Hund von Claudia und Angelina, den Lukas und Johannes seit ein paar Tagen in Pflege hatten.

„Willst du damit sagen ..."

„... es war eine geile Nacht!" beendete Johannes den Satz. „Aber du musst Evi natürlich jetzt irgendwie schonend beibringen, dass du schwul bist."

„Dass ich was bin?" Hartmut sprang entsetzt auf. „Habt ihr noch alle Tassen im Schrank? Ich setze doch nicht wegen so was meine Ehe aufs Spiel!" Hektisch suchte er seine Klamotten zusammen, die quer durch das Schlafzimmer verstreut lagen. „Ich bin nicht ... schwul! Dass ihr Schwule immer glaubt, in jedem Heteromann steckt ein verkappter Homosexueller, der nur herausgekitzelt werden muss! Ihr habt eindeutig zu viel Sendungsbewusstsein! Was hier passiert ist, ist nicht passiert! Habt ihr mich verstanden? Außerdem, woher soll ich wissen, dass du die Wahrheit sagst? Vielleicht hast du das Ganze auch nur erfunden, um ..." Hartmut unterbrach seine Anklage und betrachtete angeekelt sein T-Shirt, das er eben unter dem Bett hervorgefischt hatte. „Igitt! Was ist denn das? Das ist ja ganz verklebt!"

„Sperma", erwiderte Johannes trocken.

Hartmut schluckte. „Ich muss hier raus!" sagte er dann verzweifelt. „Sonst geschieht gleich ein Unglück!"

Lukas war während der letzten Minuten immer stiller geworden und hatte sich das Schauspiel schweigend angesehen. Je länger er Hartmuts wachsender Verzweiflung zusah und je mehr er Johannes' Unbekümmertheit registrierte, desto klarer wurde ihm, dass dieser Morgen mit an Sicherheit grenzender Wahrscheinlichkeit den Tiefpunkt seines Lebens darstellte. Nicht einmal damit zu vergleichen, als ihn seine Mutter mit fünfzehn Jahren onanierend vor dem Schlafzimmerspiegel erwischt hatte – und diese Szene hatte immerhin jahrelang seine Hitliste der Peinlichkeiten angeführt.

Mit dem Interesse, das ein Forscher einem Versuchstier in einem Labor entgegenbringt, beobachtete Johannes unterdessen die hektisch umherirrenden Blicke seines Schwagers, während Evi erneut gegen die Tür polterte.

„Warum gibt's hier bloß keinen Notausgang?" fluchte Hartmut.

„Du könntest über die Terrasse abhauen", schlug Johannes vor. Die Verzweiflung seines Schwagers schien er nicht zu registrieren oder sie war ihm gleichgültig. „Wie in dem alten Schinken, in dem David Niven diesen abgefahrenen Ganoven spielt. Wie hieß der noch gleich, Lukas?"

„Der rosarote Panther", antwortete Lukas geistesabwesend.

„Genau. Den meine ich. Weißt du noch, wie diese Polizisten in dem Zebrakostüm über die Straße ..."

„Ach, halt die Klappe, Johannes", sagte Lukas genervt. Dann stand er auf, zog seine Jeans an und schloss wortlos die Schlafzimmertür auf, ohne auf die beiden anderen zu achten. Sollte Johannes doch sehen, wie er mit seiner Schwester klar kam.

Evi, begleitet von Marie, schoss wie eine Rakete an ihm vorbei ins Zimmer, erfasste die Situation mit einem Blick und begann schreiend auf ihren Mann einzuschlagen. Lukas knallte die Tür hinter sich zu und ging ins Badezimmer. Sofort verstummte die überbordende Geräuschkulisse. Im Bad stellte er sich unter die Dusche, seifte sich ein und ließ den heißen Wasserstrahl auf sich herabprasseln, bis sein Kopf ein wenig klarer wurde.

Lukas war sicher, dass er sich alles etwas anders vorgestellt hatte, damals, als er Johannes kennen lernte. Was genau er gewollt hatte, hatte er in den letzten vier Jahren vergessen, denn zum Nachdenken, zum Atemholen war eigentlich nie Zeit gewesen, dafür hatte Johannes schon gesorgt. Lukas hatte von jemandem geträumt, der ihn aus seiner Lethargie und Beschaulichkeit herausreißen und ein bisschen Abwechslung und Aufregung in sein Leben bringen würde. Johannes aber hatte sich als jemand entpuppt, der Wind säte und Sturm erntete und Lukas die Aufgabe überließ, mit dem Chaos fertig zu werden. Doch Lukas war müde geworden. Er hatte einfach keine Lust mehr, die Aufräumarbeiten zu koordinieren und die Schäden zu beheben. Vor allen Dingen, weil er in letzter Zeit mehr und mehr das Gefühl hatte, dass Johannes seine Gutmütigkeit ausnutzte und seine Abenteuerlust ihn immer häufiger in die Betten anderer Männer führte. So sehr sich Lukas auch bemühte, gelassen zu sein: Es tat weh, spät abends wach zu liegen, zu hören, wie der Schlüssel leise im Schloss herumgedreht wurde und Johannes sich wie ein Dieb in die Wohnung schlich. Es tat weh, so zu tun, als schliefe er schon, und den Geruch von Sex ertragen zu müssen, den Johannes mitbrachte. Und es tat weh, mit billigen Ausflüchten und durchsichtigen Lügen abgespeist zu werden, als würde Johannes ihn nicht für voll nehmen.

Lukas drehte das Wasser ab, rieb sich mit einem Handtuch trocken und lief ins Schlafzimmer zurück. Evi und Hartmut hatten die Wohnung inzwischen verlassen, er konnte ihre aufgeregten Stimmen im Treppenhaus hören. Johannes lag noch immer dösend im Bett. Lukas stellte sich vor den Kleiderschrank, wühlte stumm nach einem passenden Hemd und zog sich an.

„Siehst du", murmelte Johannes schläfrig, „alles halb so wild. Sie verhandeln schon über die Scheidung. Megacool."

Lukas verdrehte die Augen. „Ich muss jetzt zur Arbeit", sagte er entschlossen. „Wenn ich heute Abend zurückkomme, möchte ich keinen von ihnen hier sehen. Ich will endlich wieder ein bisschen Privatsphäre haben."

„Ja, ja, schon gut", knurrte Johannes unwirsch.

Lukas zögerte einen Moment. Eigentlich wollte er die Antwort gar nicht wissen, aber dann fragte er doch. „Haben wir hier wirklich einen Dreier gemacht?"

Johannes sah ihn mit festem Blick an. Warum sollte er Lukas die Wahrheit sagen? Viel besser, seinen Freund in dem Glauben zu lassen, auch einmal vom Pfad der Tugend abgekommen zu sein.

„Natürlich. Hab ich doch gesagt. Du hast ihm einen geblasen und ich hab ihn gefickt."

Lukas seufzte und schloss die Augen. Dann beugte er sich zu seinem Freund herunter. „Ich wollte das nicht. Das weißt du doch, oder?" sagte er ernst.

„Sei nicht so spießig!" nörgelte Johannes genervt. „Das mit Hartmut war doch ein Spaß!"

Lukas schüttelte den Kopf. Wann würde sich sein Freund endlich entschließen, erwachsen zu werden? „Nein, Johannes, das war es nicht ..."

Johannes hob abwehrend die Hände. „Nicht schon wieder!" unterbrach er Lukas. „Ich weiß genau, was du sagen willst, und ich habe keinen Bock auf eine weitere Gardinenpredigt. Wir haben diese Diskussion schon hundert Mal geführt."

„Ja, aber ..." Sinnlos. Lukas kam sich vor, als redete er mit Ignaz. Er schlug wütend die Wohnungstür hinter sich zu, eilte die Treppen hinunter und fuhr zur Arbeit.

Johannes lauschte, bis er die Tür ins Schloss fallen hörte. Dann sah er grinsend an die Decke und gähnte ausgiebig. Student zu sein hatte unbestreitbare Vorteile: Er würde das blöde Anglistik-Seminar ausfallen lassen und sich den Tag freinehmen. Was machte es schon, wenn er den Schein nicht schaffte? Der viktorianische Roman interessierte ihn sowieso nicht. Und solange er mit Lukas zusammen war, brauchte er sich keine Sorgen zu machen. Er hatte auch schon eine Idee, wie er den Tag verbringen würde. Schnell griff er zum Telefon und tippte eine Nummer ein.

„Ich bin's", sagte er nach einem Moment in den Hörer. „Hast du Bock? Heute Nachmittag, so gegen fünf?" Ungeduldig trommelten seine Fingerspitzen gegen die Bettkante, während er der Antwort lauschte. „Wo? Na, wie immer! ... Warum? Weil ich es geil finde, da rumzumachen! Sex an ungewöhnlichen Orten macht mich an. Und dich doch auch! ... Nein, der ist sowieso nicht vor sieben Uhr heute Abend zu Hause. Okay, bis später!"

Johannes legte auf. Dann drehte er sich zufrieden um und war bald darauf wieder eingeschlafen.

~ Er angelt nach den Krücken, die an der Wand lehnen. Meine Hilfe weist er ungehalten zurück, als ich sie ihm anbiete. Er will es alleine schaffen. Schließlich steht er, auf wackeligen Beinen, das Gewicht des Oberkörpers auf die Krücken gestützt. Seine Haare sind vor Anstrengung schweißverklebt und sein Gesicht, von den frisch genähten Narben noch immer entstellt, zeigt mir, wie erschöpft er ist. Aber in seinen Augen erkenne ich Genugtuung. Er möchte mir zeigen, dass er auch ohne mich zurechtkommt.

Er schleppt sich wortlos ins Wohnzimmer und lässt sich ächzend auf die Couch fallen. Er hasst es, mit mir eingesperrt zu sein und nicht seiner Wege gehen zu können. Die Fernbedienung liegt neben ihm und er nimmt sie in die Hand und knipst den Fernseher an. Ich folge ihm und bleibe unentschlossen vor ihm stehen.

„Das Video mit Goldie Hawn und Bette Midler“, sagt er dann, „wo ist das?“

„Willst du die Geschichte nicht weiter hören?“ frage ich verwirrt.

„Welche Geschichte?“ fragt er betont teilnahmslos. „Bisher war das Ganze völlig unzusammenhängend. Und es stimmt: Meine Erinnerung ist anders. Ganz anders. Du bist ein Lügner!“

„War Hartmut in unserem Bett oder nicht?“ erwidere ich ungehalten.

Er sieht mich wütend an. „Ja, aber ...“

„Also doch!“ unterbreche ich ihn schnell. „Im Übrigen war das erst der Anfang. Gute Geschichten brauchen ihre Zeit, das weißt du doch“, verteidige ich mich.

„Ja“, sagt er und zum ersten Mal an diesem Tag huscht ein flüchtiges Lächeln über sein zerstörtes Gesicht. „Das ist wahr.“

„Ah!“ sage ich innerlich triumphierend und grinse ihn an. „Also habe ich doch ein wenig dein Interesse geweckt!“

Er antwortet nicht und tut so, als hätte er mich nicht gehört.

„Soll ich nun weitererzählen oder nicht?“ frage ich.

„Na schön“, antwortet er seufzend, als täte er mir einen Gefallen und nicht umgekehrt. „Mach weiter. Aber ich will ein paar Chips essen, während ich dir zuhöre.“

„Chips? Du isst sonst nie Chips!“

Er sieht mich stumm an und ich gebe achselzuckend nach, hole eine Tüte Paprikachips aus dem Vorratsschrank, schütte sie in eine Schale und stelle sie ihm auf den Schoß.

„Zufrieden?“

„Meine Füße sind kalt. Holst du mir die Wolldecke aus dem Schlafzimmer?“

Immerhin, es ist eine Frage und kein Befehl. Ein Fortschritt, wenn auch ein kleiner. Ich laufe ins Schlafzimmer, hole die grünkarierte Wolldecke vom Kleiderschrank und lege sie ihm über die Beine.

„Gut so?“

Er nickt. „Jetzt kannst du weitererzählen.“ Er greift in die Schüssel und kaut mit vollem Mund. Er benimmt sich, als hätte er einen Abend mit einem spannenden Video vor sich, als beträfe ihn die Handlung der Geschichte gar nicht. Dabei weiß er genau, wovon ich rede.

„Na, endlich“, sage ich erleichtert und habe schon vergessen, dass ich eigentlich gar keine Geschichte mehr erzählen wollte. Wie schafft er es bloß immer wieder, alles zu verdrehen?

Im Büro hatte Lukas einen wirklich miesen Tag. Als er das Zeitungsgebäude betrat, prallte er auf eine Menschentraube, die sich vor dem Fahrstuhl versammelt hatte.

„Was ist los?“ fragte er einen Kollegen aus der Redaktion.

„Kaputt“, sagte sein Gegenüber resignierend. „Das ist das zweite Mal diese Woche.“

Lukas fluchte. Das bedeutete, dass er die sechs Stockwerke zu seinem Büro zu Fuß gehen musste. Verärgert machte er sich auf den Weg durchs Treppenhaus. Nachdem er endlich oben angekommen war, begrüßte er kurzatmig und knapp seine Kollegen und verzog sich schlecht gelaunt an seinen Schreibtisch.

Aber anstatt seinen Computer anzuschalten, die eingegangenen E-Mails durchzusehen und mit seiner Arbeit zu beginnen, starrte er aus dem Fenster, spielte gedankenverloren mit dem Kuli und dachte an Johannes und das Chaos, in dem er heute Morgen aufgewacht war. Es führte einfach kein Weg daran vorbei: Sie mussten sich ernsthaft über ihre Beziehung unterhalten. Schon wieder.

In den letzten Jahren hatten sie solche Gespräche so häufig geführt, dass Lukas im Voraus wusste, dass nichts dabei herauskommen würde. Er würde versuchen, seinem Freund klarzumachen, warum es ihn verletzte, wenn Johannes wie ein brünftiger Pavian von einem begattungswilligen Artgenossen zum anderen schoss, und Johannes würde anfangs alles abstreiten. Dann würde er behaupten, Lukas klammere zu sehr und er brauche seine Freiheiten, und der Sex mit den anderen Männern habe nichts zu bedeuten. Dann würden ihre Stimmen lauter werden, bis sie sich schließlich anschrien und sich gegenseitig die Verfehlungen der letzten vier Jahre vorhielten, bis hin zur Aufrechnung, wer wann vergessen hatte, den Müll hinunterzubringen, und warum beim Abendessen die kleinen, harten Enden vom Brot immer für Lukas übrig blieben. Und keiner würde bemerken, wie absurd und kleinkariert sie eigentlich klangen. Irgendwann würden sie ihrer Vorhaltungen müde werden und vorsichtig einen Waffenstillstand aushandeln, der ihnen die Möglichkeit bot, ihre Wunden zu lecken und nach einer Weile so weiterzumachen wie bisher.

Nur dass Lukas dabei immer die schlechteren Karten hatte. Denn Johannes betrachtete das Ende eines jeden Streits als Freibrief, wieder auf die Pirsch gehen zu können, und der Teufelskreis begann von neuem.

Es musste einen Weg geben, Johannes klarzumachen, dass er am Ende seiner Geduld war. Vielleicht war es an der Zeit, größere Geschütze aufzufahren. Vielleicht sollte er Johannes einmal genauso verletzen, wie er Lukas verletzte, nur um ihm zu zeigen, wie weh es tat. Allerdings hatte Lukas keine Ahnung, wie er das anstellen sollte.

Gerade noch rechtzeitig schreckte er gegen zehn Uhr aus seinen Gedanken hoch, griff nach seiner Mappe und eilte in die Redaktionssitzung. Während der Besprechung zerpflückte der Chefredakteur Lukas' Rezension über den neuen Film mit Tom Cruise, während die Feuilletonchefin beifällig nickend daneben saß, obwohl sie vorher damit geprahlt hatte, sie sei schon immer beeindruckt gewesen von der schauspielerischen Leistung des Hollywoodstars.

Opportunistische Schlampe! Der letzte Film, den sie mit Tom Cruise gesehen hatte, war wahrscheinlich *Top Gun* gewesen! Nach der Sitzung berichtete ihm Elke, eine Kollegin vom Lokalteil, zum zehntausendsten Mal über ihre Eheprobleme. Nicht einmal die Tatsache, dass Lukas demonstrativ am PC ein paar Moorhühner abschoss, während sie ihn zutextete, ließ ihren Redefluss verstummen. Wie immer ging es darum, dass ihr Mann ein wenig Abwechslung in ihr Sexleben bringen wollte und sie sich dagegen sträubte, mehr zu tun, als oben drauf zu sitzen. Dabei wollte der arme Kerl nur ab und zu mal einen geblasen haben.

Und zum Schluss spielte der gottverdammte Getränkeautomat mal wieder verrückt, schluckte zuerst nur Lukas' Geld und spuckte ihm anschließend, nach einem kräftigen Tritt in seine Eingeweide, erst den Kaffee über die Schuhe, um den Becher dann höhnisch summend nachzuliefern. Danach beschloss Lukas, den Dienst für diesen Tag zu beenden.

Erleichtert setzte er den Blinker und bog Richtung Südstadt ab. Vielleicht war die dicke Luft vom Morgen verschwunden und sie konnten sich wieder vertragen. Lukas hatte immer ein schlechtes Gewissen, wenn er sich mit Johannes gestritten hatte. Dabei spielte es keine Rolle, ob er sich im Recht fühlte oder nicht. Nach ein paar Stunden bekam er immer ein dumpfes Gefühl in der Magengegend. Johannes schien dieses Problem nie zu haben.

Mit ein bisschen Glück war sein Freund schon von der Uni zurück, hatte eingekauft und ihnen etwas Leckeres zum Abendessen gekocht. Nicht, dass Lukas wirklich daran glaubte – Johannes war eher ein Tütensuppen- und Cheeseburger-Typ –, aber manchmal hatte auch er seine Momente. Da war zum Beispiel die Lasagne, die er letzten Monat zu Lukas' vierzigstem Geburtstag zubereitet hatte, oder der Karpfen, den es Weihnachten gegeben hatte. Lukas tatschelte sich schuldbewusst den Bauchansatz, der sich in den letzten Monaten bemerkbar gemacht hatte. Scheiße! Der Verkehr war mal wieder zum Kotzen, kaum, dass der vormittägliche Regen in einen trüben, grauverhangenen Himmel übergegangen war.

Ruckartig trat Lukas auf die Bremse und der Wagen kam wenige Zentimeter vor einem Skater zum Stehen, der ohne nach rechts und links zu sehen lässig die Straße überquerte. Einer von den pubertierenden Kiddies, die Haare zu Dreads verfilzt, XXL-Shirt, übergroßer Anorak und Baggies, deren Arsch auf den Kniekehlen hing. Letzten Sommer war Johannes ebenfalls kaum von seinem Skateboard zu trennen gewesen, sein Vokabular durchsetzt mit Begriffen wie *Halfpipe*, *Frontflip* und *Handplant*, sein Körper übersät mit blauen Flecken. Vielleicht war ja ein Teil ihrer Probleme einfach auf den Altersunterschied zwischen ihnen zurückzuführen. Schon wenn er Johannes reden hörte, kam sich Lukas überholt und veraltet vor, wie ein Schiff, das mit unübersehbaren Rostschäden zum Abtakeln in eine Werft geschleppt wird. Fast jeder Satz von Johannes war gespickt mit Ausdrücken wie „voll krass", „fett" und „abgefahren", alles war entweder „mega"-irgendwas, „cool" oder „geil". Begriffe, die einer anderen Generation angehörten. Lukas war überzeugt, dass er in Johannes' Alter wesentlich reflektierter gewesen war.

Der Junge auf der Straße schaute Lukas erst erschrocken an und dann streckte er ihm mit einem provokanten Grinsen seinen Mittelfinger entgegen. Für einen kurzen Moment war Lukas versucht, Gas zu geben und aus dem rollenden Kiddie einen toten Kiddie zu machen. Er atmete tief durch und bog in die Seitenstraße, in der ihr Haus stand.

Es war kurz nach der vorletzten Jahrhundertwende erbaut worden, gelb gestrichen, stuckverziert, mit drei Stockwerken, einem kleinen Vorgarten, einem schmiedeeisernen Zaun und einem etwas verwahrlosten Stück Grün auf der Rückseite, auf dem eine alte Eiche und ein Pflaumenbaum standen und jedes Frühjahr ein großer, gelber Ginster blühte. Im Moment sah allerdings alles trostlos und grau aus. Der nasskalte Winter hatte die Stadt fest im Griff, und bis sich die ersten Knospen am Ginster zeigten, würde es April oder Mai werden.

Eigentlich war es Lukas' Haus, aber er sah es gerne als ihr Haus an, weil es ihr gemeinsames Zuhause war. Offiziell gehörte es jedoch ihm allein. Es war ihm sozusagen in den Schoß gefallen, als seine Großeltern es ihm vor zehn Jahren vererbt hatten. Kurz vor seinem Tod hatte sein Großvater das Dachgeschoss ausbauen lassen, mit einer herrlichen Dachterrasse, von der man den Dom und Groß St. Martin sehen konnte. Das war jetzt Johannes' und seine Wohnung. Es hatte eine Weile gedauert, bis Lukas keine Magenschmerzen mehr hatte bei der Vorstellung, von jetzt auf gleich zum privilegierten Clan der Immobilienbesitzer zu gehören, noch dazu mit einem renovierten Altbau in bester Innenstadtlage. Aber irgendwann war dann dieser laue Sommerabend gekommen, an dem er über den Dächern von Köln gestanden hatte, mit einem *Caipirinha* in der Hand, und die Sonne hinter dem Fernsehturm untergehen sah, und er hatte zufrieden gedacht: Ja! Meins. Von diesem Moment an hatte er kein schlechtes Gewissen mehr gehabt.

Manchmal, nur um seinen Freund zu ärgern, spielte er jetzt sogar ein bisschen den Snob. Als sich Johannes darüber aufregte, dass die CDU-Mehrheit im Rat der Stadt erwog, die Kölnpässe abzuschaffen, die es so genannten „minderprivilegierten" Menschen ermöglichten, zu ermäßigten Tarifen die Straßenbahnen und Busse zu benutzen, hatte Lukas demonstrativ aufgeatmet und gesagt: „Endlich! Dann gibt es auf den Empfängen der Stadt wieder Geld für gestoßenes Eis!" Johannes hatte ihn mit offenem Mund angestarrt und wäre ihm vor Entrüstung fast ins Gesicht gesprungen; Lukas brauchte fast eine Stunde, um ihn davon zu überzeugen, einen Witz gemacht zu haben. Erst als er behauptete, er wähle immer noch grün, hatte Johannes sich beruhigt. Was Lukas ihm nicht gesagt hatte, war, dass dies eine kleine Notlüge war. Früher, in seinen Sturm- und Drangzeiten, Mitte der achtziger Jahre, war er tatsächlich alternativ bewegt gewesen, hatte bei jeder Landtags- und Bundestagswahl brav sein Kreuzchen bei den Grünen gemacht. Aber damals hatte er auch *Falcon Crest* gesehen und war ein Fan von *Bananarama* gewesen. Im Übrigen sollte Johannes manchmal kleinere Brötchen backen, sagte sich Lukas, denn immerhin war er derjenige, der Johannes' Studium finanzierte, eine

Tatsache, die Johannes gern ignorierte. Johannes' Eltern griffen ihrem Sohn finanziell nicht unter die Arme und Johannes selbst war zu faul, sich einen Job zu suchen. Zugegebenermaßen war das Lukas' Interpretation und man hätte argumentieren können – so wie Johannes es tat –, dass er tatsächlich keine Zeit hatte, jobben zu gehen. Anscheinend war Englische Literatur ein sehr arbeitsintensives Fach; Johannes saß häufig über Seminararbeiten und büffelte für Prüfungen. Allerdings verbrachte er auch viel Zeit mit Freunden – sagte er jedenfalls. In Momenten des Zweifels ahnte Lukas zwar, dass es bei diesen Treffen wahrscheinlich weniger um den Austausch von Neuigkeiten als von Körperflüssigkeiten ging, aber er scheute sich, diesen Gedanken zu Ende zu denken.

Lukas parkte vor dem Haus, öffnete mit Schwung die Eingangstür und rannte die ersten Stufen hoch, weil er keine Lust hatte, Evi oder Hartmut in die Arme zu stolpern. Im zweiten Stock kam ihm Mario entgegen, der eine der beiden Wohnungen auf dieser Etage bewohnte – in Jogginghosen, Turnschuhen und Basecap.

„Hi, Lukas", sagte er überrascht. „Schon Feierabend?"

Lukas nickte, einem kurzen Nachbarschaftsschwatz nicht abgeneigt. „Und du? Gehst du eine Runde joggen?"

Mario schüttelte nervös den Kopf. „Nee, beim Training war ich schon. Ich geh 'ne Runde ins ... an die frische Luft." Unwillkürlich wich er Lukas' Blick aus und sah zu Boden.

Die meisten Mieter im Haus waren schwul, abgesehen von Angelina und Claudia, die beiden Lesben direkt unter Johannes und Lukas, und natürlich Johannes' Schwester und ihrem Mann. Und fast alle waren Freunde von ihnen. Für beides hatte Johannes gesorgt. Die alte – und sehr neugierige – Maier-Cigorsky in der Wohnung neben Evi und Hartmut zählte ja irgendwie nicht. Sie war sowieso fast taub und obendrein manchmal ein bisschen verwirrt.

Als Lukas nach dem Tod seiner Großeltern das Haus überschrieben bekam, wohnte Jaime schon im ersten Stock. Ein sehr ruhiger Zeitgenosse, man hörte und sah ihn kaum. Danach lernte Lukas Johannes kennen, der bald darauf einzog, und als der alte

Kowalsky starb, hatte Johannes sofort einen schwulen Freund an der Hand, der auf der Suche nach einer Wohnung war. Und so ging es seitdem immer. Jedes Mal, wenn einer der alten Mieter kündigte, zog ein neuer schwuler Mieter ein oder ein weiteres schwules oder lesbisches Pärchen.

Johannes war von Anfang an von der Idee begeistert, ein „schwul-lesbisches" Haus aus dem Altbau zu machen, und nach anfänglichem Zögern fand Lukas es schließlich auch sehr angenehm. Der Umgang miteinander war familiär und es kam häufig vor, dass jemand unangemeldet auf einen Kaffee vorbeischaute, manchmal sogar öfter, als es Lukas lieb war. Es hatte ein bisschen was von Familienersatz und Geborgenheit, was vor allen Dingen für Johannes wichtig war. Lukas als Vermieter sah eher die praktischen Vorteile: Es gab so gut wie nie Ärger mit Mietrückständen, das Haus war immer sehr ordentlich und es gab kein Geschrei von kleinen Kindern. Bis dann Evi, Hartmut und ihr Sohn Ignaz eingezogen waren.

„An die frische Luft", wiederholte Lukas.

„Ja ... vielleicht läuft mir ja heute der Richtige über den Weg", erklärte Mario gedehnt.

Marios Pech mit Männern war im Haus schon sprichwörtlich. Immer auf der Suche nach dem Mann seines Lebens fiel er alle paar Wochen auf die Nase und heulte seinen Freunden anschließend die Ohren voll. Lukas hatte schon mehrmals versucht, ihm zu erklären, dass er jeden Mann in die Flucht schlug, wenn er schon beim zweiten Treffen über den Kauf einer gemeinsamen Kaffeemaschine und farblich aufeinander abgestimmter Bettwäsche redete, aber Mario war so verzweifelt auf der Suche nach einer Beziehung, dass er sich jedes Mal wieder hinreißen ließ. Dazu kam noch, dass er einer schnellen, unverbindlichen Nummer nie abneigend gegenüberstand. Sein Männerverschleiß war dementsprechend hoch und mittlerweile hatten es alle aufgegeben, sich auch nur den Namen seiner letzten Flamme zu merken. Es war einfach zu verwirrend und man war sowieso nie auf dem neuesten Stand.

„Na, dann, Waidmannsheil!" sagte Lukas zweifelnd und stieg die Stufen zur Dachwohnung hoch. Marios Schritte verhallten im Treppenhaus, verharrten einen Moment und kamen dann schnell wieder zurück.

„Mir ist gerade was eingefallen", sagte er, als er Lukas wieder erreicht hatte. „Ich will meine Wohnung renovieren. Kann ich in der Zeit mein Wohnzimmersofa in der Waschküche deponieren?"

Lukas sah ihn verständnislos an. „Du willst das Sofa wegen einer Renovierung drei Etagen in den Keller schleppen? Warum stellst du es nicht so lange in den Flur?"

Mario schüttelte den Kopf. „Ich hab mir ein neues Sofa bestellt, das in ein paar Tagen geliefert wird, und für das alte habe ich nicht rechtzeitig einen Sperrmülltermin bekommen. Deshalb wollte ich es bis dahin in der Waschküche abstellen. Da ist doch genug Platz."

Lukas nickte. „Von mir aus. Kein Problem."

„Super! Danke!" erwiderte Mario und verschwand erneut im Treppenhaus. Lukas wand sich seiner Wohnungstür zu.

Noch während er den Schlüssel im Schloss herumdrehte, schallte ihm aus der Wohnung aufgeregtes Kläffen entgegen. Für einen Moment hielt Lukas verwirrt inne, bis ihm einfiel, dass Marie zurzeit bei ihnen wohnte. Angelina und Claudia waren für ein paar Tage zu einem Frauencamp in die Lüneburger Heide gefahren – Wusste der Himmel, was sie da trieben: Tampontausch? Cellulitisseminare? – und hatten sie gebeten, sich solange um ihren Hund zu kümmern. Im Grunde bereute Lukas es schon, zugesagt zu haben, denn natürlich war er es, der morgens um sechs Uhr mit dem Vieh Gassi gehen musste. Johannes war nicht in der Lage, um diese Uhrzeit seinen Hintern aus dem Bett zu bewegen.

Der Hund sprang freudig erregt an Lukas hoch und begrüßte ihn.

„Hallo, Marie!" sagte Lukas seufzend. „Wie geht es ..." Er brach ab und sah Marie genauer an. „Mein Gott, Hund! Du siehst ja grauenvoll aus!" Marie schaute ihn traurig an, schüttelte sich einmal energisch und im Nu waren beide in eine Wolke aus weißen Hundehaaren gehüllt.

Marie wirkte, als hätte man einem Dalmatiner bei 95° Grad die Flecken herausgewaschen. Obwohl sie noch nie besonders hübsch gewesen war, besaß sie zumindest ein schönes weißes Fell. Dann jedoch, vor einigen Wochen, hatte Angelina beschlossen, nachdem sie im Fernsehen einen Bericht über die industrielle Schlachtung von Rindern gesehen hatte, Vegetarierin zu werden. Allerdings hatte sie wie immer ein wenig überreagiert – wenn Angelina sich etwas vornahm, dann zog sie es konsequent und radikal durch – und von Claudia und Marie ebenfalls verlangt, ihre Ernährung auf fleischlose Kost umzustellen. Claudia entzog sich der Anordnung ihrer Freundin, indem sie heimlich Stammgast der Imbissbude schräg gegenüber wurde und dort mindestens einmal die Woche eine Currywurstorgie veranstaltete. Marie, bei der Nahrungsaufnahme auf gefüllte Hundenäpfe angewiesen, besaß keine entsprechenden Fluchtmöglichkeiten. Ihre Futterrationen bestanden seitdem aus Erbsen, Kartoffeln, Tofu-Bratlingen und vor allen Dingen Fenchel, dem Lieblingsgemüse von Angelina. Letzteres schien Marie allerdings nicht sonderlich zu bekommen, denn schon nach kurzer Zeit bekam ihr Fell einen stumpfen Glanz und begann gleich büschelweise auszufallen. Der Gang zum Tierarzt veranlasste Angelina zu erklären, dass es keine gerechte Göttin mehr gebe, denn wie sich herausstellte, litt Marie an einer Fenchelallergie. Angelina zischte dem armen Hund zwar bei jeder Gelegenheit wütend zu, dass sie eine Verräterin sei, die absichtlich ihre Bemühungen um eine bessere Welt unterlaufe, stellte ihr Futter aber doch, wenn auch murrend, wieder auf Fleisch um.

Die Auswirkungen der Allergie aber waren noch nicht verschwunden: Überall hatte Marie mittlerweile rosa Flecken – dort, wo ihr das Fell ausgefallen war und die nackte Haut durchschimmerte – und jetzt sah sie aus wie ein weißlackiertes Schwein, bei dem langsam die Farbe abblätterte. Seit Lukas am Morgen aus dem Haus gegangen war, schien es noch schlimmer geworden zu sein. Zumindest befanden sich auf dem blauen Veloursteppich im Flur mehr weiße Haare als auf dem Haustier.

„Du bist ein wirklich hässlicher Hund", sagte Lukas zu Marie und kraulte ihr den Nacken. „Und ein abschreckendes Beispiel für alle potenziellen Vegetarier." Marie wedelte mit dem Schwanz.

Lukas hängte seine Jacke an die Garderobe und lief in die Küche.

„Johannes?"

Keine Antwort. Also auch kein Abendessen, das auf ihn wartete. Enttäuscht ging Lukas zum Kühlschrank. An der Tür war mit einem kleinen Magneten ein Zettel befestigt.

„Bin in der Uni. Erst heute Abend zurück. Ist das genug Privatsphäre? CU."

Sofort begann Lukas' Ärger wieder hochzukochen. Johannes hatte ihn absichtlich missverstanden. Dabei wusste er genau, dass Lukas am Morgen mehr Zeit für sie beide eingefordert hatte und nicht für sich allein. Lukas starrte die kryptische Nachricht an und rätselte, was die Initialen C und U wohl bedeuteten. Erst nach einer Weile kam er auf die Idee, dass es sich um eines der fonetisch abgeleiteten Kürzel aus dem Englischen handeln könnte, die bei Computerfreaks so beliebt waren. *See you*. Vage erinnerte er sich, dass ihm Johannes von einem neuen Chatprogramm erzählt hatte. Wahrscheinlich war das des Rätsels Lösung.

Lukas öffnete den Kühlschrank und starrte grübelnd die Dose Hundefutter und das Fläschchen Poppers an, die ihm entgegenjubelten. Irgendwie kam ihm diese Szene bekannt vor. Er hatte sie schon mal gesehen. Dann fiel es ihm ein. Natürlich: *Stadtgeschichten*. Armistead Maupin. BBC-Produktion, oder? Noch eine Filmszene, die Parallelen zu seinem eigenen Leben aufzuweisen schien.

„Na, Marie", sagte Lukas enttäuscht, „wenigstens du hast dein Abendbrot sicher."

Er nahm das Hundefutter aus dem Kühlschrank, drehte eine kurze Runde mit dem Hund und gab ihm anschließend zu fressen. Dann schob er im Wohnzimmer ein Klavierkonzert von Bach in den CD-Player, ließ sich auf die Couch fallen und streckte die Beine aus. Es war lange her, dass er Zeit und Muße gehabt hatte, ein wenig klassische Musik zu hören.

Als Lukas seine Augen öffnete, war die CD längst zu Ende und das Tageslicht verschwunden. Johannes war noch immer nicht zurück. Ungehalten schaute Lukas auf die Uhr. Kurz nach acht. Ob er Evi und Hartmut anrufen sollte? Vielleicht war Johannes bei ihnen, um die Wogen zu glätten. Aber nach dem Vorfall vom Morgen hatte er keine Lust, mit seiner rachsüchtigen Schwägerin konfrontiert zu werden. Am liebsten wäre es ihm, sie und Hartmut würden sich samt Kind in Luft auflösen.

Vielleicht hatte Johannes nur irgendwo Freunde getroffen und die Zeit vergessen. Dabei wusste er genau, dass Lukas viel Wert darauf legte, dass sie einmal am Tag wenigstens eine Stunde nur für sich hatten, um Neuigkeiten auszutauschen, wichtige Dinge zu besprechen, Pläne zu machen. Und da Johannes morgens noch nicht ansprechbar und Lukas mittags in der Redaktion war, blieb dazu meist nur das Abendessen. Früher war das auch kein Problem gewesen, nur in letzter Zeit schien immer etwas dazwischen zu kommen. Aber vielleicht wälzte sich Johannes auch schon wieder in einem fremden Bett. Lukas spürte, wie ihm diese Vorstellung die Kehle zuschnürte.

Das Telefon riss ihn aus seinen trübsinnigen Gedanken.

„Ja?" fragte er vorsichtig. Es gab immerhin eine gewisse Wahrscheinlichkeit, dass Evi ihren Frust über ihren untreuen Ehemann durch Hasstiraden oder Morddrohungen am Telefon kompensieren wollte. Lukas hatte seine Schwägerin immer schon für emotional instabil gehalten.

„He, Mann, Karsten hier", hörte er eine depressive Stimme am anderen Ende der Leitung. „Ich hab mal wieder zu viel gekocht und wollte fragen, ob ihr Lust habt, mit mir zu essen?"

Lukas seufzte. Auch das noch. Karsten hauste in der Wohnung neben Jaime im ersten Stock. „Hausen" war in diesem Zusammenhang der korrekte Ausdruck, denn von wohnen konnte man nicht wirklich sprechen. Karsten gehörte zu den wenigen übrig gebliebenen Punks des neuen Jahrtausends, kleidete sich entsprechend, verwendete viel Zeit auf die Pflege seines grünen Irokesenschnitts, aber dafür umso weniger Muße auf die Pflege seiner Wäsche und der Wohnung. Seine Jeans waren so speckig, dass man sie in eine Ecke stellen konnte, und das Wohnzimmer hatte den Charme eines Obdachlosenasyls. Um ihn herum waberte ständig der Geruch eines gerade gerauchten Joints und Lukas bezweifelte, dass Karsten in den letzten zwei Jahren auch nur einen klaren Moment gehabt hatte. Vor zwei Wochen war er von seinem Freund, Torsten, verlassen worden – was Lukas insgeheim nicht wunderte, er würde es keine vierundzwanzig Stunden mit Karsten aushalten –, aber noch immer war es ihm nicht gelungen, seine Kochkünste mengenmäßig auf einen Einpersonenhaushalt abzustimmen. Seitdem regnete es kurzfristige Einladungen zum Essen aus dem ersten Stock, die allerdings den Nachteil hatten, dass man sich in allen Einzelheiten mit Karstens Trennungsschmerz auseinandersetzen musste. Johannes und Lukas waren in den letzten vierzehn Tagen mindestens dreimal bei Karsten gewesen und hatten plötzliche Wutausbrüche, weinerliches Selbstmitleid und stumme depressive Anfälle über sich ergehen lassen müssen, während sie mit Bergen von Hühnerfrikassee, gefüllten Auberginen und Hackbraten mit Paprikagemüse vollgestopft wurden. Claudia, Angelina und Jaime hatten ähnliche Erfahrungen gemacht.

Eigentlich hatte Lukas keine Lust, sich im Minutentakt wechselnd anhören zu müssen, was für ein toller Typ Torsten gewesen war und was für ein Arschloch, aber sein knurrender Magen und die Tatsache, dass Johannes noch immer nicht aufgetaucht war, stimmten ihn um.

„Johannes ist nicht da", sagte er schließlich, „aber ich komme gerne. Unser Kühlschrank gibt nicht mal mehr einen abgelaufenen Joghurt her."

„Geil, Alter", sagte Karsten schon etwas besser gelaunt. „Essen ist in fünf Minuten fertig. Wie wär's, wenn du den passenden Stoff mitbringst?"

Lukas wusch sich im Badezimmer kurz das Gesicht, schnappte sich die letzte Weinflasche, einen *Medoc,* aus dem kleinen Weinregal im Wohnzimmer und machte sich auf den Weg nach unten. Auf der Treppe fiel ihm erneut auf, wie hellhörig das Haus eigentlich war, denn aus Marios Wohnung kamen ziemlich eindeutige Geräusche: gedämpftes Stöhnen und gleich darauf das rhythmische Quietschen eines Bettgestells.

Also hat er tatsächlich Glück gehabt bei seinem Spaziergang! dachte Lukas. Unglaublich! Wahrscheinlich steht uns jetzt der nächste Mann fürs Leben ins Haus. Resigniert schüttelte er den Kopf.

Zwei Etagen tiefer angekommen, schellte er bei Karsten.

„Hallo", sagte Karsten zur Begrüßung und hielt ihm einen Löffel mit einer bräunlichen Flüssigkeit vor den Mund. Die grünen Spitzen seines Irokesenschnittes standen kerzengerade nach oben, als ob sie festgekleistert worden wären, und sein schwarzes T-Shirt zeigte einen überdimensionalen Stinkefinger. „Hier, schmeck mal ab. Irgendwas fehlt noch, aber ich weiß ums Verrecken nicht, was."

Lukas schlürfte vorsichtig die heiße Brühe und verzog dann das Gesicht. „Total versalzen! Was soll das denn sein?"

„Sauce für Spaghetti Bolognese", erwiderte Karsten erbost. „Jetzt sag bloß, es schmeckt nicht!"

„Ah", sagte Lukas. „Na ja, wenn man es weiß ..."

„Gib dir keine Mühe." Karsten schleppte sich mit hängenden Schultern zurück in die Küche und warf den Suppenlöffel angewidert in die Spüle. „Seit Torsten weg ist, klappt einfach gar nichts mehr. Es ist wie verhext."

Lukas schob Karsten beiseite und machte sich am Herd zu schaffen. „Komm, lass mich mal ran. Wenn wir Milch oder Sahne reinkippen, schmeckt man das Salz nicht mehr." Lukas öffnete den Kühlschrank und fahndete erfolgreich nach einer Tüte Milch. Danach öffnete er die Besteckschublade und beäugte misstrauisch die mit verkrusteten Essensresten überzogenen Küchenutensilien. Schließlich wusch er einen halbwegs akzeptablen Pfannenwender ab und kurz darauf war er eifrig damit beschäftigt, in der heißen Pfanne zu rühren.

„Sag mal, kannst du nicht etwas frische Luft hereinlassen und vielleicht ein bisschen Tageslicht?" sagte er nach einer Weile und deutete auf die zugezogenen Jalousien.

„Erstens ist es schon dunkel und zweitens hab ich seit Tagen Kopfschmerzen", wehrte Karsten ab.

„Dann wäre frische Luft bestimmt nicht schädlich."

Karsten schüttelte vehement den Kopf. „Nein. Ich musste gestern Abend schon zum Bierholen raus. Das hat auch nicht geholfen. Es liegt nicht daran."

Lukas biss sich auf die Lippen und schluckte einen ironischen Kommentar hinunter.

„Und, was gibt's Neues?" fragte er stattdessen später, als er die dampfenden Nudeln und die Hackfleischsauce aufgetischt hatte.

„Ich hab heute Torsten gesehen", antwortete Karsten dumpf und Lukas bereute sofort, dass er gefragt hatte. „An der Straßenbahnhaltestelle. Er stand genau mir gegenüber auf der anderen Seite und hat einen Typen abgeknutscht. So was kahl Geschorenes, Sportstudiogestähltes mit einem Goatie. Die waren so beschäftigt damit, sich gegenseitig die Zungen in den Hals zu stopfen, dass sie mich gar nicht gesehen haben." Karsten spielte mit den Spaghetti auf seinem Teller und seufzte. „Am liebsten hätte ich mich vor die Bahn geworfen, aber nicht mal das habe ich hingekriegt. Es kam nämlich gar keine. Stattdessen gab es eine Durchsage, dass die Linie 4 wegen einem Selbstmordversuch ausfällt. War jemand schneller als ich."

„Oh", sagte Lukas.

„Ich bin dann rübergegangen und wollte Torsten 'ne Szene machen. Aber Mr. Anabolika hat gedacht, ich wollte ihn um Asche anhauen, und hat mir 'nen Euro in die Hand gedrückt, bevor ich was sagen konnte. Ist das nicht deprimierend?"

„Und, was hast du gemacht?" fragte Lukas höflich.

„Ich hab ihn auf fünf Euro hochgehandelt und bin abgezogen."

Lukas war nicht sicher, was er sagen sollte. Lieber schob er sich noch eine Gabel Nudeln in den Mund und kaute demonstrativ mit vollen Backen. Es hatte sowieso keinen Sinn, Karsten zu trösten.

Sein Gedankengang wurde unterbrochen, als aus der Wohnung über ihnen ein lautes Poltern zu hören war, als wäre gerade ein Sessel umgefallen.

„Scheiße, Mann, Mario hat mal wieder Fickbesuch", sagte Karsten mit einem leidenden Gesichtsausdruck.

„Ich weiß. Ich hab's schon gehört, als ich die Treppe heruntergekommen bin."

„Es regt mich auf, dass ich jedes Mal mitbekomme, wenn er Sex hat. Die Wände sind so dünn, dass man hören kann, ob er's mit oder ohne Gummi macht. Ich komme mir dann immer vor wie jemand, bei dem das Fernsehbild ausgefallen ist und nur noch der Ton funktioniert, aber ..."

„Was?" fragte Lukas schwach.

„... aber dann bleibe ich doch immer in der Küche sitzen und höre zu, bis sie fertig sind. Es ist wie ein Zwang", beendete Karsten missmutig seinen Satz.

„Los komm, fick mich endlich!" klang es erregt von oben herunter.

„Gleich quietscht irgendwas", kommentierte Karsten düster, „das ist immer so. Wahrscheinlich hat Mario Gleitcreme und Kondome im Nachtschränkchen versteckt." Ein Geräusch, das dem eines auf einer Tafel entlanggezogenen Kreidestückes ähnelte, bestätigte im selben Moment Karstens Vorhersage.

„Du musst zugeben, dass das unzumutbar ist. Vor allen Dingen, wo Torsten mich gerade hat sitzen lassen. Das grenzt an seelische Grausamkeit", erklärte Karsten. „Ich sollte dir die Miete kürzen!" Seine Leidensmiene hellte sich bei diesem Gedanken etwas auf.

„Jaaaa ... gib's mir!" stöhnte die Stimme von oben.

„Geiles Stück", antwortete eine weitere Stimme.

Karsten und Lukas sahen sich mit hochgezogenen Augenbrauen an.

„Die Stimme kenne ich. Es muss jemand sein, der schon mal bei Mario war", sagte Karsten. „Was für eine Schlampe. Und wie rücksichtslos."

Zeuge zu werden, welche akrobatischen Leistungen Mario im Bett veranstaltete, hinterließ bei Lukas einen schalen Nachgeschmack, und die Spaghetti auf seinem Teller sahen nun erst recht nicht mehr einladend aus. Lukas hatte plötzlich nur noch den Wunsch, allein zu sein. Weit weg von fickenden oder jammernden Nachbarn. Er schob den Teller zurück, stand auf und verabschiedete sich so schnell wie möglich.

„Danke fürs Essen", brachte er gerade noch heraus. „Ich muss jetzt gehen."

„Schon gut", erwiderte Karsten etwas abwesend, weil er noch mit einem Ohr den Geräuschen über ihnen lauschte. „War ja eh ein wenig verunglückt durch die viele Milch, die du reingekippt hast."

Lukas warf entnervt die Tür hinter sich zu. Erst dann fiel ihm ein, dass er vergessen hatte, den *Medoc* zu öffnen, und Karsten nun einen guten Rotwein mehr besaß. Perlen vor die Säue.

Auf dem Weg nach oben nahm Lukas zwei Treppenstufen auf einmal. Nur vor Marios Wohnung blieb er kurz stehen und lauschte unfreiwillig. Jetzt war alles still. Lukas sehnte sich nach Johannes, aber als er erneut die Wohnungstür aufschloss, war sein Freund noch immer nicht da. Nur Marie hüpfte im Flur auf und ab. Immer mehr rosa Stellen blitzten unter dem weißen Fell durch.

„Wenn du so weitermachst, müssen wir beim nächsten Spaziergang um jeden Metzgerladen einen weiten Bogen schlagen", murmelte Lukas. „Sonst landest du versehentlich als Schweinekotelett im Schaufenster."

Aber eigentlich war Lukas nicht nach Spaßen zumute. Die letzten Geschäfte hatten schon vor über einer Stunde geschlossen und seine Zweifel wurden immer größer. Lustlos hockte er sich vor den Fernseher und zappte die Kanäle von vorne nach hinten durch. Als er bei *CNN* angekommen war und ein Moderator ihm die neuesten

Börsenberichte erläuterte, hörte er endlich einen Schlüssel klappern und dann stand Johannes in der Tür.

Während Lukas die tägliche Routine seines Jobs absolvierte, verschlief sein Freund den halben Tag. Als Johannes aufwachte, war es schon Nachmittag. Er gähnte, kratzte sich am Hintern und lief in die Küche. Er knipste das Radio an und erhielt von *WDR 3* eine Portion Gustav Mahler um die Ohren gehauen. Lukas hatte wieder die Sender verstellt. Johannes drückte genervt einen Knopf und wurde augenblicklich von den Technoklängen von *Eins Live* umwabert. Er setzte Kaffee auf und holte seine Lieblingstasse mit Garfield darauf aus dem Regal. Sein Magen knurrte, als er den letzten Rest Milch über ein Müsli goss und das Ganze als verspätetes Frühstück einnahm.

Zumindest einkaufen könnte ich ja gehen, überlegte er kauend, nachdem er den leeren Kühlschrank inspiziert hatte. Dann wäre Lukas heute Abend besser gelaunt.

Johannes hasste ihre ewigen Streitereien. Wobei er eigentlich nicht einsah, dass er in irgendeiner Form ein Verbrechen beging, dessen man ihn beschuldigen konnte. Es machte ihm eben nur Spaß, Sex zu haben. Wo war das Problem? Es war ja nicht so, dass er sich in jeden Mann verliebte, mit dem er in die Kiste stieg. Außerdem hatte er Lukas Treue nie versprochen. Was konnte er dafür, dass Lukas lieber monogam leben wollte?

Johannes pulte angeekelt die Rosinen aus dem Müsli und legte sie an den Rand des Tellers, während er löffelte.

Andererseits wollte er Lukas nicht verletzen. Auch wenn Lukas es ihm nicht glaubte: Er hatte ein schlechtes Gewissen, wenn er merkte, wie weh Lukas sein Fremdgehen tat. Manchmal zumindest. Deshalb tat er es meistens heimlich und erfand ständig neue Lügen. Alles wäre viel einfacher und weniger aufwändig, wenn Lukas ihn so akzeptieren würde, wie er war. Aber nein, Lukas wollte ihn ganz für sich allein, mit Haut und Haar. So eng, dass Johannes manchmal die Luft zum Atmen weg blieb.

Johannes stand auf, setzte die Müslischale in die Spüle und schaute in die Keksdose mit dem Haushaltsgeld. Er steuerte eher selten etwas dazu bei, aber schließlich war er der Student und Lukas der Großverdiener. Niemand konnte ernsthaft verlangen, dass er von seinem knappen BAföG auch noch Haushaltsgeld abdrückte. Johannes fischte einen Zwanziger aus der Dose. Das würde reichen.

Dabei musste sich Lukas nun wirklich keine Sorgen machen. Er konnte doch nicht ernsthaft befürchten, dass eines von seinen Abenteuern ihm gefährlich werden könnte? Johannes liebte es, neben Lukas zu liegen, ihm über seinen kleinen Bauch zu streicheln, die Brusthaare zu kraulen, die wie ein flauschiges T aussahen, und in seinen Armen einzuschlafen. Es war … cool. Und außerdem, fügte Johannes in Gedanken hinzu, *never bite the hand that feeds you.* Er wäre ja schön bescheuert, wenn er das aufs Spiel setzen würde.

Aber monogam leben, so mit gemütlichen Fernsehabenden, Reiseprospekten über Luftkurorte in der Schweiz und endlosen Unterhaltungen über ausfallende Kopfhaare und schlecht sitzende Gebissprothesen, konnte er auch noch in zehn oder fünfzehn Jahren – wenn er so alt war wie Lukas. Jetzt war Action angesagt – und Kerle. Alles könnte wunderbar sein, wenn Lukas ein bisschen relaxter an ihre Beziehung heranginge.

Johannes knipste das Radio aus, ging ins Badezimmer und putzte sich die Zähne. Danach sprang er wie Lukas einige Stunden zuvor unter die Dusche und ließ die heißen Wasserstrahlen auf seinen Körper prasseln. Wie ein Hund, der völlig durchnässt von einem Regenguss in das wärmende Heim zurückkehrt, schüttelte Johannes seine Haare und trocknete sich ab. Im Schlafzimmer wühlte er im Kleiderschrank, der bis zum Bersten vor allen Dingen mit Lukas' Kleidungsstücken voll gestopft war, nach frischen Klamotten und entschied sich für eines von Lukas' grob karierten Hemden, das fünfzehn Jahre alt oder mehr sein musste. Die Dinger waren früher mal total in gewesen, so in den Achtzigern, als Johannes noch in den Kindergarten gegangen war. Lukas hatte damals schon *Frankie Goes to Hollywood* gehört und war durch die Szene gezogen. Eine seiner ersten Platten, hatte er Johannes mal erzählt. Bevor er sich mit der Klassikschiene selbst ins Abseits katapultiert hatte.

Lukas bekam immer diesen wehmütigen Blick, wenn er von damals erzählte, einer Zeit ohne CDs, Handys und Pentium-Prozessoren, als es noch „gute Kneipen" und „anständige Discos mit richtiger Musik" gab. Johannes war nie so ganz klar geworden, was Lukas damit meinte, und manchmal konnte er gar nicht glauben, dass er mit jemandem zusammen war, der diese Zeit noch miterlebt hatte. Einmal hatte er spaßeshalber nachgefragt, ob das vor oder nach der Währungsreform gewesen sei, aber das war ein Eigentor gewesen, weil ihm hinterher eingefallen war, dass er mit der Euroumstellung ja selber schon eine Währungsreform mitgemacht hatte. Jedenfalls hatte Lukas ihn betroffen angesehen und gesagt, er wisse sehr gut, dass ihr Altersunterschied eines der Hauptprobleme ihrer Beziehung sei, und – peng! – hatten sie sich in einer ihrer krassen Grundsatzdiskussionen wiedergefunden.

Daraufhin hatte sich Johannes geschworen, Lukas nie wieder nach seinem früheren Leben zu fragen. Es langweilte ihn sowieso zu Tode, wenn Lukas von Freunden sprach, die Johannes nie kennen lernen würde, weil sie längst die Radieschen von unten begafften, und einer Zeit nachtrauerte, die er nicht miterlebt hatte. Es reichte ihm zu wissen, dass Lukas einen Marsch in die innere Emigration angetreten hatte, weil er die Erinnerungen an früher nicht vergessen konnte und die heutige Zeit mit den Augen von gestern betrachtete. Jetzt lebten sie jedenfalls im 21. Jahrhundert und Johannes war fest entschlossen, so viel Spaß zu haben wie möglich. Alt werden konnte er später – oder auch nicht. Mit Vierzig war der Zug sowieso abgefahren, das sah man ja an Lukas.

Aber immerhin, die Klamotten aus den Achtzigern kamen langsam wieder in Mode und zumindest in dieser Beziehung war Johannes froh, dass Lukas sich nie von etwas trennen konnte.

Er steckte die zwanzig Euro in seine Hosentasche und machte sich auf den Weg zu seiner Verabredung.

Vielleicht sollte ich Lukas mal wieder was kochen, dachte Johannes. Das würde die miese Stimmung zu Hause ein wenig lockern. Bei Lukas ging Liebe immer durch den Magen. Außerdem könnte man es auch als eine indirekte Wiedergutmachung ansehen. Dann wäre die Sache mit Hartmut wieder ausgebügelt. Andererseits hatte er sich den Tag eigentlich frei genommen und ein Date abgemacht. Vielleicht könnte er hinterher einkaufen gehen? Er warf einen kurzen Blick auf die Uhr neben der Apothekenreklame, an der er gerade vorbeilief. Gleich fünf. Wenn Lukas nicht vor sieben zu Hause war, hatte er noch über zwei Stunden Zeit zum Ficken. Johannes spürte, wie er bei dem Gedanken an den bevorstehenden Sex schon wieder geil wurde.

Er blieb einen Moment auf dem Bürgersteig stehen. Sollte er oder sollte er nicht? Blöde Frage. Entschlossen lenkte er seine Schritte zu dem Pornokino ein paar Straßen weiter.

Sobald er die dunklen Räume betreten hatte, rückten alle Gewissensbisse in den Hintergrund. Geübt taxierte Johannes die Besucher des Kinos. Ein junger Typ, der sich in dem kleinen Heterokino auf einen Eckplatz zurückgezogen hatte und so tat, als wäre er nicht schwul. Im Homokino direkt daneben war noch weniger los. Nur alte Männer mit schmierigen Haaren, glasigen Augen und gelben Zähnen; ein halbwegs annehmbarer Typ in einem dunklen Anzug, der krampfhaft seine Aktentasche vor seinen Schoß hielt in der lächerlichen Annahme, man könnte nicht sehen, dass er sich einen runterholte; eine Glatze mit Hosenträgern, die in regelmäßigen Abständen auf den Boden rotzte.

Johannes ließ sich auf einem Stuhl nieder, von dem aus er Bildschirm und Eingangstür im Blick hatte. Umständlich kramte er eine zerdrückte Zigarettenschachtel aus seiner Hose, zündete sich eine *Lucky* an und inhalierte gierig. Vor einem halben Jahr hatte er Lukas zuliebe – der sich zu einem militanten Nichtraucher entwickelt hatte – versucht, das Rauchen aufzugeben. Lukas war furchtbar stolz auf ihn gewesen. Er hatte ihn sogar zum Essen eingeladen, in ihr Lieblings-Thairestaurant, wo die Bedienung vor Ergebenheit fast auf dem Boden kroch. Eine Woche hatte Johannes durchgehalten, dann war er rückfällig geworden. Aber er hatte es nicht übers Herz gebracht, seine Niederlage Lukas einzugestehen, und war stattdessen dazu übergegangen, heimlich zu rauchen. Seitdem war sein Zigarettenkonsum größer als vorher.

Die Eingangstür öffnete sich und jemand in Jogginghose, Bomberjacke und Basecap betrat das Kino.

Johannes stand auf, schlich sich vorsichtig heran und umarmte Mario von hinten. „Hallo, geile Sau", flüsterte er ihm ins Ohr. „Ich warte schon mindestens fünf Minuten!"

Wortlos presste Mario seinen Hintern an Johannes' Schwanz.

„Jesus ...", sagt er langsam und pfeift leise durch die Zähne. Sie sind so ziemlich das einzige, was bei dem Sturz nicht verletzt wurde. Er spricht das Wort englisch aus: Djiises. „Du Arschloch. Was hast du für eine kranke Fantasie. Da war nie etwas zwischen mir und ..."

„Ach wirklich?" falle ich ihm ins Wort. „Und was hast du die ganze Zeit gemacht, während ich gearbeitet habe?"

Er sieht mich entgeistert an. „Ich glaube, ich mag deine Version der Geschichte nicht sonderlich", sagt er schließlich. „Und sie ist auch nicht sehr witzig."

„Nein", sage ich und beobachte ihn verstohlen aus den Augenwinkeln. „Nicht wirklich. Aber ich hatte dich gewarnt."

„Ja, ja. Schon gut", mault er. Seine Kräfte lassen nach. Ich merke es daran, dass er auf der Couch unruhig hin- und herrutscht. Wir schweigen und starren an uns vorbei, an die entgegengesetzten Wände des Zimmers.

Nach einer Weile werden seine Augenlider schwer und sein Kinn sackt auf den Brustkorb. Erschreckt fährt er auf.

„Du bist müde", sage ich.

Er nickt. „Ich gehe besser ins Bett." Angestrengt zwingt er sich in eine sitzende Position und versucht aufzustehen.

Für einen Augenblick lasse ich ihn gewähren und beobachte, wie er sich erfolglos bemüht, seinen malträtierten Körper nur mit der Kraft seines Willens in eine stehende Position zu zwingen. Es hat etwas damit zu tun, dass ich noch immer entsetzt darüber bin, wie schwach er ist, aber auch damit, dass ich ihm seine Ohnmacht vor Augen führen will, seine

Abhängigkeit von mir. Eine kleine, spießige Rache. Erst als er sich wütend zurückfallen lässt, greife ich ein. Mit wenigen Handgriffen hebe ich ihn hoch und trage ihn ins Schlafzimmer. Er ist leicht wie eine Feder und ich muss die Tränen herunterschlucken, die mir plötzlich in die Augen steigen. Ich lege ihn vorsichtig aufs Bett und er rollt sich sofort in eine Fötusposition, so müde ist er. Ich ziehe ihm die Decke bis zu den Schultern, damit er heute Nacht nicht friert, und er sieht mich noch nicht einmal an.

„Schlaf gut", sage ich leise.

Ein weiteres Lächeln huscht über sein Gesicht. Das zweite heute. „Geschichtenerzähler", murmelt er schläfrig; dann sind seine Atemzüge tief und regelmäßig. So hat er mich seit Monaten nicht mehr genannt. Ich lösche das Licht und lasse die Tür angelehnt, damit ich ihn höre, falls er nach mir ruft. Dann gehe ich auf die Terrasse, wo mich die gedämpften Geräusche der Großstadt empfangen: hupende Autos, Musikfetzen, die von der Straße nach oben wehen, Kinderstimmen. Der Abendhimmel hat eine rötliche Farbe angenommen. Morgen wird es nochmals einen schönen Tag geben, auch wenn für das Wochenende ein Wetterumschwung angekündigt worden ist. Ich seufze und reibe mir erschöpft die Augen, aber müde bin ich nicht.

Geschichtenerzähler! denke ich ungehalten. Aber er hat ja Recht. Es ist das, was ich am besten kann.

Schon zu Anfang unserer Beziehung haben wir abends oft im Bett gelegen, haben das kleine Universum betrachtet, das er mithilfe dutzender Leuchtsterne an der Decke befestigt hatte, und uns gegenseitig von unserem Tag berichtet. Und wenn es nichts mehr zu sagen gab und ich schon dabei war, mit ihm in meinem Arm einzudösen, hat er mich gebeten, ihm etwas zu erzählen. So wie früher, als ihm sein Vater eine Gute-Nacht-Geschichte vorgelesen hat.

Zuerst war ich peinlich berührt und habe ihn gefragt, ob er vielleicht einen Daddy-Komplex hat, aber dann – als ob er mich beruhigen wolle – hat er Sachen mit mir gemacht, die er sicherlich nicht mit seinem Vater tun würde, und danach kuschelte er sich an mich und hörte zu, wie ich die fantastischsten Geschichten und unwahrscheinlichsten Abenteuer erfand. Von den beiden Ratten Rainer und Rolli, die in den Abwasserkanälen unter Kölns schwuler Disco wohnen und jedes Wochenende Party machen mit den Pillen, die – in kleine Plastiktütchen verpackt – absichtlich oder versehentlich im Klo landen und zu ihnen gespült werden. Von Joschi, dem jodelnden Almwirt, und Sigrid, der singenden Sekretärin aus Sindelfingen, die sich bei der Aufzeichnung zur „Volkstümlichen Hitparade" ineinander verlieben. Und vor allem von Brand, dem räuberischen Drachen, der hoch oben in den abgelegenen und von dichten Wäldern umgebenen Bergen jenseits der bekannten Welt wohnt, zusammen mit seinem Freund, dem Faun Grünherz, und einen Schatz unvorstellbaren Ausmaßes hütet. Brand und Grünherz erfand ich schon in unserer ersten Nacht und sie wurden zu seinen Lieblingsfiguren. Wie ein Kind lauschte er meinen Worten mit offenem Mund und er war enttäuscht, wenn ich die Fortsetzung einer Geschichte auf den nächsten Abend verschob, weil ich müde war oder eine trockene Kehle hatte.

Manchmal kommt es mir so vor, als wären es zwei andere Menschen, die das erlebt haben. Es ist alles so lange her und so vieles hat sich verändert. Wir haben uns verändert.

Als meine Geschichten ein schlimmes Ende nahmen, wollte er keine mehr hören. Zuerst habe ich ihm Rainer weggenommen und ihn von einer Katze zerfetzen lassen. Rolli war zu dem Zeitpunkt so breit, dass er nicht einmal hörte, wie Rainer um Hilfe schrie.

Er war so wütend auf mich, dass er die Nacht im Wohnzimmer auf der Couch verbrachte. Trotzdem hat er weiter zugehört. Seine Leidensfähigkeit war viel größer, als ich vermutet hatte.

Beim zweiten Mal ist Joschi bei einem Verkehrsunfall ums Leben gekommen. Danach hat er sich nicht mehr von mir berühren lassen. Selbst wenn ich ihm nur durch die Haare streichen wollte, ist er mir ausgewichen, mit einem angeekelten Gesichtsausdruck, als hätte ich Blut an meinen Fingern kleben. Im Bett hat er auf dem äußersten Rand der Matratze geschlafen und ich habe begonnen, vom Alleinsein zu träumen.

Nach und nach habe ich alle umgebracht, die ich durch meine Erzählungen zum Leben erweckt hatte, und sein Gesicht wurde zu einer steinernen Maske, wenn ich abends vor dem Einschlafen zu sprechen begann – wie das der Niobe, deren Kinder aus Rachsucht von den Göttern getötet werden. Dabei waren es streng genommen meine Kinder, die ich ermordete, und nicht seine.

Zum Schluss waren nur noch Brand und Grünherz übrig und sie habe ich getötet, indem ich dem Drachen von einem heimtückischen, brutalen Ritter mit einem flammenden Schwert auflauern ließ, der ihm erst das Liebste umbrachte, was er besaß, und dann Brand bei lebendigem Leib das Herz aus der Brust schnitt.

Ich wollte ihn endlich loswerden und konnte doch nicht gehen. Zwei Seelen in meiner Brust, die sich bekämpften. Es war der Abend, bevor dies alles hier passiert ist.

Während Brand und Grünherz starben, hat er sich ganz klein gemacht, als könnte er so der Brutalität meiner Worte ausweichen, als würde ihn so das schreckliche Ende nicht finden.

Danach bin ich wortlos aufgestanden und habe mich angezogen, ganz langsam, wie in Zeitlupe. Ich habe mir Unterhose, Strümpfe, ein T-Shirt und die verwaschene Jeans übergestreift und meine Schuhe zugebunden.

Er hat sich vor mir aufgebaut und mit zitternder Stimme gefragt: „Weißt du eigentlich, was du gerade getan hast?“

„Was?“ habe ich zurückgefragt, obwohl ich es sehr genau wusste.

„Sie sind alle tot. Es ist keiner mehr übrig. Warum? Warum hast du nicht wenigstens eine Geschichte übrig gelassen? Was sollen wir jetzt tun?“

Die Antwort auf seine Frage lag mir auf der Zunge, aber ich war zu feige, sie auszusprechen. Stattdessen habe ich mich umgedreht und bin gegangen. Ich bin die ganze Nacht weggeblieben und habe gehofft, dass er mutiger ist als ich. Und am Morgen ... am Morgen ...

Kraftlos schlage ich gegen das Geländer der Terrasse.

Johannes zerrte Mario ungeduldig in einen der dunklen Räume hinten im Kino und schob die Hände unter sein T-Shirt, aber Mario wandte sich unwirsch aus seiner Umarmung.

„Was ist los?“ flüsterte Johannes erstaunt. „Hast du keinen Bock mehr?“

„Das ist nicht der Punkt“, zischte Mario genauso leise zurück. „Aber ich finde es scheiße, dass wir uns immer hier treffen. Hier kann ich mich nicht ... gehen lassen.“

Johannes schnaubte ungläubig auf. „Und wie war das beim letzten Mal? Als ich dich gefickt habe und du den zwei anderen Kerlen die Schwänze geblasen hast?"

Mario ignorierte Johannes' Einwand. „Warum können wir nicht einfach zu mir gehen? Bei mir ist es schön kuschelig und wir haben viel mehr Platz!"

„Wenn ich es kuschelig haben will, kann ich auch zu Hause mit Lukas eine Nummer schieben", gab Johannes patzig zurück. „Hier geilt mich die Atmosphäre auf. Man weiß nie, was passiert, wer noch mitmacht ..."

„... von welchen Rentnern man diesmal begrapscht wird", warf Mario ein.

„Vor den beiden Türken neulich konntest du nicht schnell genug auf die Knie gehen. Und die waren höchstens fünfundzwanzig!"

„Johannes, begreifst du nicht? Ich will mehr! Klar finde ich Sex an ungewöhnlichen Orten geil, aber ich will auch mal laut stöhnen können, ohne Angst zu haben, aus dem Kino geworfen zu werden. Ich will mich hinlegen können, wenn du mich fickst. Ich will dir beim Rummachen in die Augen sehen! Hier kann ich dich ja kaum erkennen."

Johannes starrte Mario sprachlos an. Eben noch hatte er sich auf eine unkomplizierte, geile Nummer gefreut und jetzt hatte er eine Art Ehekrach mit einem Mann, mit dem er noch nicht einmal zusammen war.

„Übrigens habe ich Lukas im Treppenhaus getroffen", setzte Mario nach. „Fast hätte ich mich verplappert."

Johannes sah ihn mit blitzenden Augen an. „Lukas ist schon zu Hause? Wieso?"

Mario zuckte mit den Schultern. „Vielleicht hat er früher Feierabend gemacht. Keine Ahnung."

Langsam formte sich eine Idee in Johannes' Kopf, eine Idee, die seine Geilheit ins Unermessliche steigerte. Er würde Mario nachgeben und sie würden es bei ihm in der Wohnung treiben. Genauso wie Mario es sich vorstellte. Er würde Mario in die Matratze nageln, bis er nicht mehr wusste, wo oben und unten war. Und die ganze Zeit über wäre Lukas nur eine Etage weit weg. Johannes fühlte seinen steifen Schwanz am Hosenbund. „Los, komm", flüsterte er heiser. „Lass uns gehen!"

„Wohin?" erwiderte Mario erstaunt.

„Na, zu dir! Das ist es doch, was du willst, oder?"

Lukas sah zur Tür, als er hörte, wie sich der Schlüssel im Schloss herumdrehte. Johannes schob seinen dunklen Lockenkopf in den Flur, etwas atemlos und mit einem Gesichtsausdruck, der Lukas schon von weitem signalisierte, was passiert war.

Er wandte sich wieder dem Fernseher zu und tat, als verfolgte er den Bericht des Reporters mit großem Interesse.

„Ich komme zu spät", sagte Johannes schuldbewusst und blieb im Flur stehen. Jacke und Tasche behielt er an, als wäre er nur ein ungebetener Gast in ihrem Zuhause, darauf vorbereitet, sofort und jederzeit wieder hinausgewiesen zu werden.

„Weißt du eigentlich, wie spät es ist?" Lukas hatte Mühe, seine Eifersucht und Enttäuschung im Zaum zu halten.

Reflexartig schaute Johannes auf sein Handgelenk. „Ich habe keine Uhr um", sagte er entschuldigend. „Du weißt doch, dass ich nie eine Uhr trage."

Lukas schüttelte verärgert den Kopf. „Es ist kurz nach neun. Wo warst du?" Wieder war seiner Stimme die Verletztheit deutlicher anzumerken, als ihm lieb war.

„Darf ich reinkommen?" fragte Johannes und ein unsicheres Lächeln stahl sich über sein Gesicht.

Lukas hasste es, wenn Johannes diesen Trick anwandte. Er nahm seinem Ärger jedes Mal die Spitze. Er beraubte Lukas seiner rechtschaffenen Wut und ließ ihn sich wie ein Idiot fühlen.

„Natürlich darfst du hereinkommen. Blöde Frage." Lukas schaltete den Ton des Fernsehers ab und begann, im Wohnzimmer hin- und herzulaufen, wie immer, wenn er nervös oder angespannt war. Vor noch gar nicht allzu langer Zeit hatte Johannes behauptet, dass der Teppich an den Stellen, an denen Lukas auf und ab lief, schon ganz durchgetreten war. Das seien die ersten

Anzeichen von Hospitalismus. Lukas hatte den ironischen Unterton nicht verstanden und tatsächlich erschrocken nach unten geschielt. Erst als Johannes verhalten zu lachen begonnen hatte, hatte er gemerkt, dass sein Freund es wieder einmal geschafft hatte, ihm den Wind aus den Segeln zu nehmen. Aber diesmal nicht.

„Wo warst du?" wiederholte er. „Ich warte schon seit Stunden auf dich!" Sofort bereute er seine Worte. Sie ließen ihn wie eine verbitterte, unzufriedene Hausfrau klingen und erinnerten ihn an die nörgelnde Stimme seiner Mutter, die seinem Vater frustriert und machtlos Vorhaltungen machte, wenn er wieder einmal zu spät zum Essen oder die ganze Nacht nicht nach Hause gekommen war, weil er das Bett lieber mit der blonden Friseuse teilte, die in dem Salon vier Straßenbahnstationen entfernt arbeitete.

Johannes warf seine Schuhe in die Ecke und hing die Jacke achtlos über die Garderobe. Er ignorierte Lukas' Frage und begrüßte Marie, die mit hechelnder Zunge und unter stürmischen Liebesbeweisen an seinem Hosenbein hochsprang.

„Hallo, meine Süße!" sagte Johannes und kraulte dem Hund den Nacken. „Na, wie war dein Tag? Hast du wieder ein paar Tonnen Haare verloren und in der Wohnung verstreut? Hast du dich gut amüsiert?"

Marie bellte und schlabberte ihm über die Hände.

„Ich war an der Uni", log er dann zu Lukas gewandt. „Ich hab dir doch einen Zettel an den Kühlschrank gehängt, oder?" Zweifelnd sah er hinüber in die Küche, aber aus den Augenwinkeln versuchte er heimlich Lukas zu beobachten.

„Bis neun Uhr abends? Erzähl mir keine Märchen!" sagte Lukas unwirsch. Er hasste es, für dumm verkauft zu werden. „Marie, Platz jetzt!" herrschte er den Hund an, der noch immer an Johannes hochsprang. Marie ließ sich wie ein Pfannkuchen platt auf den Boden fallen und sah Lukas beleidigt an.

„Gut, ich habe auch noch einen Freund getroffen und ... und mich mit ihm unterhalten", gab Johannes mit einem unschuldigen Gesichtsausdruck zu.

Er strich Lukas mit einer um Versöhnung bittenden Geste durch die Haare – und dann stieg Lukas der Geruch von Sex auf Johannes' Haut in die Nase, eine Mischung aus Schweiß, ungewohntem Aftershave und fremden Bettlaken.

„Warst du mit ihm im Bett?" fragte er knapp.

Johannes zuckte zusammen. Dann ging er schweigend in die Küche und goss sich ein Glas Mineralwasser ein. „Ja", sagte er und schaute zu Boden. Für einen Augenblick war alles still und Lukas konnte erneut die Geräusche der Stadt durch die geschlossenen Fenster wahrnehmen. Ein Lastwagen hupte neben der Baustelle unten an der Kreuzung, eine Straßenbahn fuhr mit dem üblichen Getöse in die Haltestelle gegenüber ein. Er fühlte, wie die Angst durch seine Adern kroch.

„Es tut mir Leid", sagte Johannes. Insgeheim rollte er die Augen und wappnete sich für die Moralpredigt, die jetzt unweigerlich folgen würde. „Ich wollte dich nicht verletzen", fügte er vorsichtshalber hinzu, aber er konnte nicht verhindern, dass es läppisch klang.

Lukas lachte humorlos auf. „Nein, natürlich nicht! Wie solltest du auch darauf kommen, dass es mir wehtut, wenn du hinter meinem Rücken mit anderen Männern herumfickst?" erwiderte er bitter. „Jedenfalls hält es dich nicht davon ab, es immer und immer wieder zu tun." Er hatte einen Kloß im Hals und musste sich räuspern, um seine Stimme wiederzufinden. „Immer und immer wieder", wiederholte er. „Weißt du eigentlich, wie ich mich dabei fühle? Was für ein Gefühl das ist, wenn man sich bewusst wird, dem eigenen Freund nie genug zu sein? Dass man mit einem Mann zusammen ist, der zu anderen nie nein sagen kann? Der nur noch mit dem Schwanz denkt, sobald es um andere Kerle geht?" Die Fernbedienung in seiner Hand zitterte.

„Lukas, nicht. Nicht schon wieder." Johannes stand jetzt reglos in der Mitte des Raumes, noch immer mit gesenktem Kopf und hängenden Schultern.

Aber Lukas kam gerade erst in Fahrt. „Du machst das mit Absicht!" sagte er leise. „Ich weiß nicht warum, aber du tust es, weil du weißt, wie sehr du mich damit verletzt. Es macht dir Spaß!"

„Nein ... doch, ja", erwiderte Johannes unerwartet und sah ihn trotzig an. „Ja, es macht mir Spaß, aber es ist anders, als du denkst. Ich mache es nicht mit Absicht. Ich will dir nicht wehtun, das ist die Wahrheit. Ich brauche diesen Kick einfach. Es ... es hat nichts mit dir zu tun", sagte er lahm.

Lukas schnaubte ungläubig auf. „So kann man es auch ausdrücken."

Johannes seufzte gequält. „So habe ich das nicht gemeint", sagte er. Er schloss seine Augen einen Moment und versuchte seine Gedanken zu ordnen. „Du engst mich ein", sagte er dann plötzlich ganz ruhig. „Du klammerst, bis ich das Gefühl habe, eine Kette mit einer Eisenkugel an den Füßen zu haben. Du willst so viel Nähe, dass ich das Gefühl habe, um mich schlagen zu müssen!"

Aber Lukas war nicht in der Stimmung, über Johannes' Vorwurf nachzudenken. „Ach, das ist ja prima!" erwiderte er. „Jetzt bekomme ich die Schuld dafür in die Schuhe geschoben, dass du fremdgegangen bist. Du machst es dir wirklich einfach!" Lukas wurde lauter.

„Lukas, hör auf! Das ist mega-ätzend!" Johannes' Stimme klang plötzlich scharf und ungehalten. „Lass uns nicht wieder von vorn anfangen! Ich habe dir gesagt, dass die anderen Männer nichts mit unserer Beziehung zu tun haben. Wo ist dein gottverdammtes Problem?" fragte er wütend.

Lukas schloss die Augen und zählte langsam rückwärts von zehn bis null. In Momenten wie diesem fragte er sich jedes Mal, warum er nicht den letzten Schritt tat, warum er nicht die Beziehung beendete. Es wäre die logische Schlussfolgerung gewesen: Johannes ging fremd und weigerte sich, damit aufzuhören. Lukas konnte es nicht ertragen. Keine Basis für einen Kompromiss. Punkt. Eine Trennung wäre die normalste Reaktion der Welt gewesen. Jeder hätte es verstanden. Fast alle Freunde und Bekannte hätten ihm zugestimmt und mit einem Seufzer der Erleichterung gesagt: „Gut so, Lukas. Schau, was er aus dir gemacht hat. Ohne ihn geht es dir besser." Stattdessen blieb er bei Johannes, ertrug dessen Eskapaden und ließ sich auf immer neue Auseinandersetzungen ein.

Lukas schluckte. „Ich habe Angst, dich zu verlieren. Ist das so schwer zu verstehen?"

Schwerfällig stand er auf und holte aus dem Wohnzimmerschrank drei dicke, staubige Fotoalben. Mit einer herausfordernden Bewegung knallte er sie auf den Tisch. Die Beweise seiner Leidensfähigkeit. Wütend blätterte er die Seiten um und deutete auf die Personen, die in erstarrten Posen wie Schaufensterpuppen für die Ewigkeit festgehalten worden waren.

„Da. Das ist Tim, als wir zwei Wochen auf Madeira waren", erklärte er mit einem Kratzen im Hals. „Und das da. Bernd. Königinnentag 1987 in Amsterdam. Siehst du die orange Schleife an seinem Revers?" Er blätterte weiter, immer schneller, die Bilder wechselten sich ab wie in einem Daumenkino. Johannes wurde schwindelig beim Hinsehen. „Achim und Rudi und Michael beim Grillen auf den Poller Wiesen. Jürgen ... ich weiß gar nicht mehr, wo das war. Klaus, bei einem Ausflug im Stadtwald. Sein Fahrrad hatte einen Platten, weil er über einen toten Igel gefahren war." Lukas hielt inne, um Luft zu holen, und starrte Johannes an. „Manchmal komme ich mir vor wie ein Totengräber oder wie der Überlebende eines Kriegsmassakers", sagte er leise. „Du bist zu jung. Du verstehst das nicht." Fast zärtlich legte er seine Hand auf die Fotos seiner verstorbenen Freunde, von denen einer nach dem anderen auf der Strecke geblieben war, die Todesursachen genauso vielfältig wie die Erscheinungsformen des Virus.

„Was willst du mir damit sagen?" fragte Johannes misstrauisch. „Dass du Angst hast, ich könnte mich infizieren? Mach dir keine Sorgen, ich wusste schon mit sechzehn, wie man ein Gummi benutzt."

Lukas schüttelte den Kopf. „Das meine ich nicht. Für so dumm halte ich dich nicht." Er schwieg und suchte nach Worten, die Johannes vermitteln konnten, was er empfand. „Ich bin ich, weil meine Vergangenheit so ist, wie sie ist. Es hat mich viel Kraft gekostet, all das hier durchzustehen." Lukas klappte die Fotoalben zu und sah Johannes eindringlich an. „Es hat mich viel Kraft gekostet, noch einmal mit dir von vorne anzufangen, ein neues Leben zu beginnen. Alles, was ich an Gefühlen besitze, habe ich in diese Beziehung investiert. Ich kann es mir nicht leisten, dich an jemand anderen zu verlieren."

Johannes lachte ungläubig auf. „Das ist Erpressung!" sagte er. „Das ist eine durchtriebene, ganz miese emotionale Erpressung. Du glaubst doch wohl nicht im Ernst, dass ich mich auf so ein Spiel einlasse?"

„Aber ich habe nur versucht, dir zu erklären ..."

Johannes unterbrach ihn energisch. „Du hast versucht, die Bedingungen, unter denen unsere Beziehung läuft, einseitig zu verändern. Mit der Gefühlskeule. *Das* hast du getan. Aber da mache ich nicht mit. Ich kann nichts dafür, was dir in grauer Vorzeit passiert ist", sagte er spöttisch, „und ich denke nicht daran, mich damit erpressen zu lassen. Du willst, dass ich dich so nehme, wie du bist? Dann tu dasselbe mit mir! Ich will nicht in einer monogamen Beziehung versauern, nur weil du Verlustängste hast. Ende der Diskussion!" Wütend stand er auf und trat auf die Terrasse.

Lukas schloss die Augen und schüttelte den Kopf. Er hatte gehofft, er könnte Johannes etwas von dem vermitteln, was er erlebt hatte, wie er sich fühlte. Aber Johannes gehörte zu einer anderen, neuen Generation, die den Schatten nicht mehr wahrnahm, weil sie in seinem Dunkel aufgewachsen war.

Enttäuscht stand er auf und stellte die Fotoalben zurück an ihren Platz. Vom Wohnzimmer aus betrachtete er den breiten, abweisenden Rücken seines Freundes. Erneut waren sie in einer Sackgasse angelangt. Lukas seufzte. Wieder einmal war es an ihm, nachzugeben. Wieder einmal war er derjenige, der einen faulen Kompromiss ertragen musste. Lukas beobachtete, wie der Wind Johannes' Haare zerzauste, und ärgerte sich, dass er nicht in der Lage war, einen Schlussstrich zu ziehen. Schließlich trat er hinter Johannes und schlang seine Arme um den Körper seines Freundes.

„Ich liebe dich", sagte er leise. „Darum das ganze Theater. Nur deshalb."

Johannes entspannte sich ein wenig, aber er schwieg und starrte über die Dächer der Stadt. In der Ferne konnte er den Fernsehturm blinken sehen. Als hätte Lukas' Geständnis einen Teil seiner Wut verrauchen lassen, sagte er zögernd: „Erzählst du mir nachher im Bett eine neue Geschichte?" Es klang wie ein Friedensangebot.

Und plötzlich wusste Lukas, dass er ein Mittel gefunden hatte, wie er Johannes die Bedeutung von Verlustängsten klarmachen konnte.

Er nickte als Antwort auf Johannes' Frage und wechselte abrupt das Thema. „Ich war heute bei Karsten", sagte er so beiläufig wie möglich. „Er hatte mal wieder zu viel gekocht."

Johannes sah ihn dankbar an. „Wie geht's ihm?"

„Das Essen war total versalzen. Er trauert noch immer seinem Ex nach. Das Übliche." Es war schwierig, über alltägliche Dinge zu sprechen, nachdem sie gerade haarscharf an einem Streit vorbeigeschlittert waren. Dann fiel ihm noch etwas ein. „Als Karsten und ich in der Küche saßen, haben wir gehört, wie Mario eine Nummer geschoben hat. Man konnte buchstäblich jedes Wort und jede Beckenbewegung hören. Die ganze Situation war ein bisschen absurd. Vor allen Dingen, weil Karsten förmlich der Sabber aus dem Mund gelaufen ist, als er das Stöhnen gehört hat." Lukas grinste, als er sich an die Geräusche aus Marios Wohnung erinnerte.

„Wirklich?" Johannes bemühte sich, seine Stimme so normal wie möglich klingen zu lassen, obwohl ihm das Herz bis zum Hals schlug. Er fühlte, wie sein Gesicht rot anlief, und drehte sich schnell weg. Er trat zurück ins Wohnzimmer, zupfte nervös ein paar vertrocknete Blätter von dem Ficus auf der Fensterbank und zerdrückte sie in seiner Hand.

Aber Lukas war mit seinen Gedanken schon woanders. „Hast du mit Evi gesprochen?" fragte er.

„Evi?" fragte Johannes verwirrt. „Wieso? Warum sollte ich … oh, äh, nein … das hatte ich total vergessen."

„Du hast es vergessen?" fragte Lukas fassungslos. „Du hast vergessen, dass wir heute Morgen mit Hartmut im Bett aufgewacht sind?" Manchmal war er sich nicht sicher, ob Johannes' Weltfremdheit gespielt war oder der Realität entsprach.

„Ja ... nein, ich hab einfach gedacht, es wäre nicht so wichtig. Es ist doch nichts Schlimmes passiert."

„Darüber kann man wahrscheinlich unterschiedlicher Ansicht sein", erwiderte Lukas sarkastisch. „Insbesondere deine Schwester."

Johannes ließ sich auf einen Sessel fallen und starrte an die Decke. „Na, schön", sagte er, „was soll ich tun?"

„Wie wär's, wenn du nach unten gehst und die Sache aufklärst?"

„Aufklären? Was soll ich denn aufklären? Hartmut wollte mit uns ins Bett und genau das ist auch passiert. Wenn jemand etwas aufzuklären hat, dann ist das ja wohl Hartmut!"

„Jetzt stell dich nicht dümmer als du bist", antwortete Lukas ungeduldig. „Ich habe jedenfalls keine Lust darauf zu warten, dass mir Evi Keulen schwingend den Weg versperrt, wenn ich das nächste Mal die Treppe hinuntergehe, weil sie denkt, ich will ihr den Mann abspenstig machen. Sag ihr, dass so was nicht noch mal vorkommen wird. Entschuldige dich bei ihr! Du hast die Sache schließlich auch angeleiert."

„Ja, ja, schon gut! Ich kümmere mich morgen darum."

„Jetzt, Johannes!" sagte Lukas scharf.

Johannes hob abwehrend die Hände und stand auf. Besser, Lukas nicht noch weiter zu provozieren. Er war glimpflicher davon gekommen, als er befürchtet hatte. Bevor er die Wohnungstür hinter sich zuzog, drehte er sich noch einmal um.

„Ist wieder alles okay?" fragte er vorsichtig.

Lukas versteckte die Gefühle, die wie auf einem Karussell in ihm herumwirbelten, hinter einem breiten Lächeln. „Jetzt geh schon runter!" sagte er. „Und bleib nicht so lange."

„Bist du noch wach, wenn ich wiederkomme?"

Lukas zuckte mit den Achseln, als Johannes die Tür schloss. Ja, dachte er grimmig. Ja, ich werde noch wach sein.

Johannes lief die Treppen hinab ins Erdgeschoss und nahm zwei Stufen auf einmal, bis er vor der Wohnungstür von Evi und Hartmut angekommen war. Er atmete einmal tief durch und hatte den

Daumen schon fast auf der Klingel, als er plötzlich eine gedämpfte und ziemlich verzweifelte Stimme aus dem Keller rufen hörte.

„Mietzi, Mietzi, komm … Mietzi, komm …"

Neugierig ging Johannes die Kellertreppe hinunter und wäre an der Tür, die zu den Kellerverschlägen, der Waschküche und dem Garten führte, fast über die alte Frau Maier-Cigorsky gestolpert, die ihm – in einen pastellgrünen Morgenrock gehüllt und die Haare unter einem Haarnetz zusammengeschoben – den Rücken zudrehte, vor der Tür kniete und mit einer Gabel energisch auf eine geöffnete Dose Katzenfutter einschlug.

„Guten Abend, Frau Maier-Cigorsky", sagte Johannes überrascht. „Kann ich Ihnen irgendwie helfen?"

Die alte Dame antwortete nicht und hämmerte weiter auf der Dose herum. Johannes tippte ihr sachte auf die Schulter. Mit einem lauten Entsetzensschrei verlor Frau Maier-Cigorsky das Gleichgewicht, ließ die Gabel und das Katzenfutter fallen und plumpste überrascht auf den Hosenboden. Unter ihrem Morgenmantel und dem Nachthemd ragte ein riesiger, altmodischer Schlüpfer hervor, der nach Johannes' Einschätzung wahrscheinlich schon die Kanzlerschaft Konrad Adenauers miterlebt hatte.

„O mein Gott, haben Sie mich erschreckt!" zeterte Frau Maier-Cigorsky verstört, während Johannes seiner leicht derangierten Nachbarin auf die Füße half. „Macht es Ihnen Spaß, alte Leute in Todesangst zu versetzen?"

„Ich habe Ihre Stimme im Erdgeschoss gehört und …" versuchte Johannes zu erklären.

Frau Maier-Cigorsky schüttelte unwillig den Kopf. „Ich verstehe kein Wort, junger Mann! Warum flüstern Sie denn?"

Grinsend deutete Johannes auf das Ohr seiner Nachbarin.

„Ach, herrje! Mein Hörgerät!" Frau Maier-Cigorsky wühlte unbeholfen in einer Tasche ihres Morgenrockes, zog einen kleinen Apparat heraus und drehte an einem Knopf. Plötzlich gab es einen schrillen Pfeifton, der Johannes fast das Trommelfell zerriss.

„So", sagte die alte Dame dann zufrieden, „jetzt ist alles wieder in Ordnung. Ich danke Ihnen vielmals." Sie machte Anstalten, sich in dem schmalen Kellergang an Johannes vorbeizudrängeln und zurück in ihre Wohnung zu gehen.

„Äh ... Frau Maier-Cigorsky?" sagte Johannes vorsichtig. „Warum haben Sie eine Gabel und eine Dose Katzenfutter mit in den Keller genommen?"

Frau Maier-Cigorsky starrte ihn empört an. „Warum sollte ich so etwas tun? Glauben Sie, ich habe nicht mehr alle Tassen im Schrank?"

„Aber ich habe doch gesehen, wie ..."

Ein aufgebrachtes Miauen unterbrach ihren Disput.

„Mietzi, Mietzi, meine arme, kleine Mietzi!" rief Frau Maier-Cigorsky entsetzt. „Ich habe meine Mietzi vergessen!"

Johannes sah etwas genauer nach unten, in die Richtung, aus der das Miauen kam. Es schien unter der Kellertür hervorzukommen. Er beugte sich auf den Boden und wurde von einem Furcht einflößenden Fauchen und zwei großen gelben, funkelnden Augen begrüßt.

Erschrocken zuckte Johannes zurück. „Cool!" sagte er und war für einen Moment sprachlos. Mietzi, die Perserkatze von Frau Maier-Cigorsky, steckte in der Katzenklappe fest, die Lukas vor zwei Jahren auf Bitten seiner Nachbarin in die Kellertür gesägt hatte. Von vorne waren nur der Kopf mit den angelegten Ohren, ein Teil des Vorderkörpers und zwei Pfoten mit spitzen, ausgefahrenen Krallen zu sehen. Unwillkürlich musste Johannes an den Zaubertrick mit der „zersägten Jungfrau" denken.

„Ich habe ja schon immer gesagt, dass die Klappe für Mietzi viel zu schmal ist", empörte sich Frau Maier-Cigorsky. „Da passt ja kaum ein Kaninchen durch!"

Johannes unterließ es, seine Nachbarin darauf hinzuweisen, dass er den Namen „Mietzi" schon immer für einen Euphemismus gehalten hatte, „Pitbull" wäre seiner Meinung nach ein passenderer Name gewesen, vor allen Dingen in Anbetracht der Tatsache, dass die Perserkatze alle Nachbarhunde in Schach hielt und auch Marie einen großen Bogen um sie machte, sobald sie nur in ihre Nähe kam. Seit er Mietzi kannte, trat Johannes für einen Maulkorberlass für Katzen ein. Frau Maier-Cigorsky hatte nämlich die Angewohnheit, ihre Wohnungstür einen Spaltbreit offen stehen zu lassen, damit ihre Katze ein- und ausgehen konnte, wie es ihr beliebte. Mehr als einmal hatte Mietzi Johannes in einer Ecke des Hausflures aufgelauert und ihm die Waden zerfleischt, während er nichts ahnend das Treppenhaus betrat, und sowohl er als auch Lukas hatten sich wegen Mietzis Hinterhältigkeit schon Tetanusspritzen geben lassen müssen. Die anderen Hausbewohner hatten ähnliche Erfahrungen gemacht. Karsten hielt sich die Katze mithilfe einer kleinen Zwille vom Leib, die er immer in seiner Hosentasche trug, und Angelina hatte gedroht, das Vieh im Aachener Weiher zu ersäufen, wenn sie nur noch eine einzige Laufmasche mehr zu beklagen hätte.

Mietzis derzeitige missliche Situation war im Übrigen nicht darauf zurückzuführen, dass Lukas die Katzenklappe zu schmal zugeschnitten hatte, sondern darauf, dass Mietzi ein gefräßiges Monstrum war und dementsprechend zu Übergewicht neigte – eine Nebensächlichkeit, die Frau Maier-Cigorsky geflissentlich übersah. Selbst als Mietzi im letzten Sommer auf den Pflaumenbaum geklettert war und mitsamt dem Ast, auf den sie ihren Körper mühsam gehievt hatte, auf die Wiese gestürzt war, hatte Frau Maier-Cigorsky dem angeblich morschen Baum die Schuld gegeben, und auch wenige Wochen zuvor hatte sie nicht zugeben wollen, dass Mietzi ihre fette Wampe nur noch durch angehaltenen Atem davon abhalten konnte, auf dem Boden zu schleifen. Insofern war das Malheur, das Mietzi jetzt ereilt hatte, voraussehbar gewesen.

Vorsichtig und in sicherer Entfernung von den ausgefahrenen Krallen, die hektisch und zielsicher nach seinen Hosenbeinen angelten, rüttelte Johannes an der Kellertür. Mietzi fauchte aufgebracht, aber ihr Körper bewegte sich keinen Millimeter.

„Tja", sagte Johannes und kratzte sich am Kopf. „Wie festgemauert. Vielleicht sollten Sie Mietzi auf Diät setzen, wenn wir sie da herausgeholt haben. *Falls* wir sie befreien können!"

„Mein armes Kätzchen!" jammerte Frau Maier-Cigorsky. „Tun Sie doch was, junger Mann!"

Johannes kam eine Idee, die ihn unwillkürlich grinsen ließ, denn wenn seine Befreiungsaktion funktionierte, so hatte er gleichzeitig die Genugtuung, Mietzi ein paar ihrer Bösartigkeiten zurückzuzahlen.

Langsam öffnete er die Kellertür, unter den gefauchten Protesten der Perserkatze, die dabei mitsamt ihrem fetten Unterleib über den rauen Boden geschleift wurde. Dann zwängte er sich durch den Spalt, schloss die Kellertür wieder und hob seinen Fuß.

„Auf drei!" rief er Frau Maier-Cigorsky durch die Tür zu. „Gehen Sie lieber ein Stück zur Seite. Eins, zwei ... drei!" Mit ordentlichem Schwung gab er dem gelbrot gefleckten Hinterteil der Katze einen kräftigen Fußtritt; es gab ein schepperndes Geräusch, ein wütendes Maunzen und dann schoss die aus ihrer Zwangslage befreite Perserkatze wie der geölte Blitz die Kellertreppe hinauf, als hätte sie eine ganze Packung Katzenminze verabreicht bekommen.

„Ist sie weg?" fragte Johannes vorsichtshalber, bevor er die Tür wieder öffnete.

„Sie haben sie gerettet!" erwiderte Frau Maier-Cigorsky glücklich. „Wie haben Sie das bloß geschafft?"

Johannes zuckte mit den Schultern. „Ich hab ihr in den Hintern getreten. Was Besseres fiel mir im Moment nicht ein."

„Sie ... Sie haben Mietzi in den Hintern getreten?" Frau Maier-Cigorsky schnappte nach Luft. „Das ... das ist einfach unerhört! Sie Rüpel! Mietzi! Mietzi, komm her!" Frau Maier-Cigorsky eilte aus dem Keller, um das ramponierte Ego und Hinterteil ihrer Katze zu pflegen. Johannes blieb überrascht zurück. Zumindest ein kleines „Dankeschön" hätte er schon erwartet. Kopfschüttelnd nahm er die Gabel und die Dose mit dem Katzenfutter, warf sie in die Mülltonne, klopfte sich den Staub von der Kleidung und stieg dann langsam die Kellertreppe hinauf. Vor ihm fiel gerade die Tür von Frau Maier-Cigorsky mit einem lauten Knall ins Schloss. Johannes wandte sich zur gegenüberliegenden Wohnung.

Er drückte auf die Klingel, über der ein kleines, erdfarbenes und aus Ton gebranntes Häuschen mit dem Namenszug „Familie Burmeister" angebracht war. Evi hatte es vor einigen Monaten in einem Emaillierkursus für Frauen an der Volkshochschule hergestellt. Das war aber auch alles, was ihre kreativen Fähigkeiten zugelassen hatten. Eigentlich hatte sie sich vorgenommen, eine Büste von Ignaz herzustellen und auf dem Beistelltischchen neben dem Fernseher zu installieren – die Idee war ihr gekommen, als sie zusammen mit Johannes die in Stein und Marmor gehauenen Köpfe der Agrippina und einiger antiker Göttergestalten bei einem Besuch im Römisch-Germanischen Museum entdeckte –, aber dann hatte sie den Fehler begangen, ein Modell ihrer Arbeit mit nach Hause zu bringen und Hartmut unter die Nase zu halten. Johannes' Schwager hatte sein Gesicht feixend hinter der neuesten Ausgabe des *Kicker* versteckt und Evi gefragt, ob sie jetzt das ganze Jahr Halloween feiern würden. Danach hatte es einen dumpfen Knall, eine Delle in der Wand direkt über Hartmuts Kopf und jede Menge Tonscherben gegeben und Evi hatte sich nur noch dazu aufraffen können, die Türklingel ein wenig zu verschönern.

Johannes wartete einige Momente und klingelte dann ein zweites Mal, bis Evi die Tür aufriss, bekleidet mit schwarzen Leggins und einem T-Shirt, das ein gelbes, schlecht gelauntes Smilie zeigte und wohl ihre Stimmungslage widerspiegeln sollte. In der rechten Hand hielt Johannes' Schwester ein großes Fleischermesser.

„Was willst du? Kommst du, um dich zu entschuldigen?" fuhr sie ihren Bruder an.

Johannes schluckte und starrte auf das Messer. „Was ... was hast du vor?" stammelte er schließlich.

„Fleisch schneiden. Wieso?" fragte Evi verständnislos. Sie folgte seinem Blick und blieb mit ihren Augen an dem Messer hängen, bevor ihr dämmerte, was die Frage sollte. „Ach", sagte sie spitz, „ein schlechtes Gewissen hast du also wenigstens! Glaubst du, ich könnte mich vergessen und etwas tun, was ich später bereuen würde? Vielleicht noch ein bisschen mehr Geschnetzeltes als geplant?" Mit einem überlegenen Lächeln ging sie einen Schritt auf Johannes zu, bis die Messerspitze, die gerade noch Putenbrüste durchtrennt hatte, einen Knopf seiner Hose berührte. Johannes spürte, wie das Messer den Stoff der Jeans einritzte, und wagte nicht zu atmen. Was sich in seiner Hose befand, versuchte automatisch, sich ganz klein zu machen.

Nachdem sie den Ausdruck auf dem Gesicht ihres Bruders ausgekostet hatte, ließ Evi das Messer befriedigt sinken und winkte ihn in die Wohnung. „Komm schon rein", sagte sie. „Und mach die Tür zu."

„Ist … ist Hartmut nicht da?"

„Der ist im Krankenhaus! Dem hab ich den Schwanz schon abgeschnitten", knurrte sie mürrisch.

„Was?" Blankes Entsetzen machte sich auf Johannes' Gesicht breit.

„Holla, da hat aber jemand Muffensausen, was? Hartmut hat Spätdienst, du Blödmann. Er ist Krankenpfleger, schon vergessen?"

Johannes seufzte erleichtert auf. Für einen Augenblick hatte er wirklich geglaubt, dass Evi es ernst gemeint hatte. Schnell folgte er ihr in die Küche, wo sie an der Arbeitsplatte neben dem Herd energisch auf ein wehrloses und totes Stück Geflügel einstach. Ignaz, Hartmuts und Evis siebenjähriger Sohn, saß am Küchentisch und zeichnete mit Wachsmalstiften auf ein Blatt Papier.

„Hallo, Ignaz!" sagte Johannes. Es schauderte ihn jedes Mal, wenn er den Namen seines Neffen aussprechen musste. Er konnte sich schon gar nicht mehr erinnern, wie oft er Evi und Hartmut angefleht hatte, das Kind wenigstens anders zu rufen, aber Hartmut war unerbittlich geblieben. Sein Sohn war nach Hartmuts Vater benannt worden und dabei würde es bleiben.

„Hallo, Onkel Johannes!" Ignaz schaute nicht einmal auf, so vertieft war er in seine Beschäftigung.

„Was malst du denn da?" Johannes sah Ignaz über die Schulter. Das Blatt war mit viereckigen Kästen, Kreuzen und schwarzen Bäumen übersät.

„Einen Friedhof. Siehst du die Leichen, die aus den Gräbern kommen?" Ignaz deutete stolz auf ein paar blutrote Strichmännchen, die über den Kästen standen. Zumindest auf künstlerischem Gebiet schien Ignaz nicht die überdurchschnittlichen Fähigkeiten zu besitzen, mit denen seine Eltern prahlten.

„Oh … äh, ja … voll krass … sehr lebensecht", erwiderte Johannes schwach und sah Evi fragend an.

„Er hat heute bei einem Freund einen Horrorfilm auf Video gesehen", sagte Evi erklärend, während sie mit raschen Schnitten das Fleisch zerteilte. „*Die Rückkehr der lebenden Toten* oder so."

„Super", erklärte Johannes. „Ist ja auch Quatsch, Kinder immer nur *Sesamstraße* gucken zu lassen."

„Glaubst du vielleicht, es war meine Idee?" sagte Evi aufgebracht. „Ich kann doch nicht ahnen, was Ignaz und seine Freunde anstellen, wenn sie woanders spielen."

„*Sesamstraße*!" sagte Ignaz verächtlich. „Das ist doch Babykram! Meine Lieblingsserie ist *Hinter Gittern*, da wo die ganzen Frauen im Knast sind. Das ist abgefahren!"

„Kenn ich nicht", gestand Johannes. „Ich hab eigentlich nie Zeit zum Fernsehgucken."

Evi schnaubte verächtlich auf. „Kein Wunder", erklärte sie wütend, „du bist ja auch ständig damit beschäftigt, mit deinem Schwager in die Kiste zu hüpfen!"

„In welche Kiste?" fragte Ignaz aufhorchend.

„Ignaz, Bett!" sagte Evi, ohne sich umzudrehen. „Das ist ein Gespräch unter Erwachsenen, da hast du nichts in der Küche verloren. Außerdem ist schon längst Schlafenszeit!"

„Ja, klar", maulte Ignaz, „immer, wenn es interessant wird, werde ich aus dem Zimmer geschickt." Beleidigt hüpfte er von seinem Stuhl, nahm sein Gemälde und die Stifte unter den Arm und knallte die Küchentür hinter sich zu.

„Evi, es war das erste Mal, dass das mit Hartmut passiert ist", versuchte Johannes abzuwiegeln.

„Das will ich doch auch hoffen!" schrie Evi ihn plötzlich an und ließ ihrer Wut freien Lauf. „Ich glaube es einfach nicht! Ich erwische meinen Bruder, meinen Schwager und meinen Mann bei einem Dreier! Jede andere Frau hätte wahrscheinlich einen Nervenzusammenbruch bekommen oder in einer Kurzschlusshandlung eine Bluttat verübt! Nur gut, dass mir Hartmut alles erklärt hat."

„Erklärt? Was hat er dir erklärt?"

„Na, dass du ihn dazu verführt hast. Du hast ihn besoffen gemacht und dann bist du ihm an die Wäsche gegangen."

„Wie bitte? Das stimmt doch gar nicht!" Johannes war erschreckt, wie nahe Hartmut mit seiner Schilderung der Wahrheit gekommen war. Aber das war etwas, was er Evi gegenüber niemals eingestehen würde. „Er wollte mir unbedingt die Tätowierung zeigen! Er konnte die Unterhose gar nicht schnell genug nach unten ziehen!"

„Also, das ist doch ..." Evi schlug mit der Faust auf die Arbeitsplatte und drehte sich zu Johannes. „Willst du damit sagen ..."

„Dein Mann hat eine gehörige Portion schwule Anteile, Schwesterchen, und es wäre klug von dir, wenn du mal darüber nachdenkst, wie er ansonsten wohl einen hochgekriegt hat. Er brauchte seinen Schwanz jedenfalls nirgendwo abzustützen. Der stand von ganz alleine!"

Blitzschnell hob Evi ihre Hand, holte aus und gab Johannes eine schallende Ohrfeige. „Lass. Deine. Finger. Von. Hartmut", sagte sie langsam und drohend. „Er gehört zu mir und Ignaz! Er hat eine Familie! Er hat Verantwortung!"

„Er hat es gemocht, stimmt's?" fragte Johannes. Er konnte nicht umhin, innerlich zu triumphieren. Er hatte es von Anfang an gewusst!

Evi setzte sich an den Küchentisch, an dem ihr Sohn eben noch gemalt hatte, und brach in Tränen aus. „Er hat es natürlich abgestritten, aber ich habe es an seinem Gesichtsausdruck abgelesen, und an der Art, wie er über dich gesprochen hat." Evi zog geräuschvoll die Nase hoch. „Von Lukas hat er übrigens kein Wort gesagt, ich dachte, ihr hättet beide mit ihm ..."

Johannes schüttelte den Kopf. „Reine Taktik", gab er schließlich zu. „Lukas war viel zu betrunken und hat geschlafen. Er hat gar nichts mitbekommen. Ich habe ihn nur in dem Glauben gelassen, damit ich mir nicht schon wieder eine Moralpredigt über Treue anhören muss", erklärte er verächtlich.

„Oh", sagte Evi unsicher und wischte sich die Tränen an ihrem T-Shirt ab. „Du meinst, du gehst laufend mit anderen Typen ins Bett? Das mit Hartmut war kein einmaliger Ausrutscher?"

Johannes versuchte Evis schockiertem Blick auszuweichen und zuckte mit den Schultern. „Es gibt so viele", lachte er unsicher.

„Weiß Lukas davon?"

„Von einigen. Wenn er fragt. Aber er fragt nicht immer."

„Und wie kommt er damit zurecht?" fragte Evi. „Kann er damit umgehen?"

Johannes schüttelte den Kopf.

„Dann hör auf damit! Warum willst du deine Beziehung aufs Spiel setzen?" Evi kramte eine Zigarette aus der Packung, die neben der Brotschneidemaschine lag, und zündete sie an.

„Ich kann nicht", grinste Johannes. „Ich habe es versucht. Aber ich halte es nie länger als ein paar Tage durch. Die Versuchung ist einfach zu groß. Und eigentlich will ich auch nicht."

„Ich kapiere das nicht", sagte Evi. „Ich meine, was ist es, was dich dazu treibt?" Ungeduldig schnippte sie die Asche auf eine Untertasse auf der Spüle. Dann verzog sie das Gesicht. „Männer!" fügte sie hinzu und rollte die Augen.

„Ja", erwiderte ihr Bruder. „Männer. Manchmal ist es der Bartschatten auf dem Gesicht eines Mannes, manchmal die Farbe seiner Augen, ein schüchternes Lächeln, eine linkische Bewegung. Es spielt keine Rolle. Wenn es soweit ist, kann ich nicht zurück. Ich sehe auch nicht, wo das Problem liegt. Ich meine, dieses ganze Gefasel von wegen Treue und Monogamie ist doch nur Selbstbetrug. Es hat übrigens auch nichts mit Lukas zu tun, ich meine, es ist nichts, was unsere Beziehung betrifft ..." Johannes hatte Schwierigkeiten, die richtigen Worte zu finden.

„Armer Lukas", warf Evi ein.

„Ich liebe Lukas!" verteidigte Johannes sich. „Gefühlsmäßig werde ich ihm nie untreu!"

„Was für ein Bockmist! Wem willst du hier eigentlich was vormachen?" fragte Evi.

„Ich habe auch nicht erwartet, dass du mich verstehst", sagte Johannes verärgert. „Heteros sind einfach zu spießig."

Evi rümpfte die Nase. „Es gibt ja diese Theorie, dass der Mann von Natur aus polygam ist", erklärte sie dann. „Hat irgendwas mit

Evolutionsgeschichte zu tun. Damals, als die Menschen noch in Felle gekleidet durch die Pampa gehüpft sind und Mammuts mit bloßen Händen erwürgt haben, war es wichtig, dass die Art erhalten bleibt. Und deshalb haben die Neandertaler-Männer so viele Neandertaler-Frauen wie möglich geschwängert. Die Frauen wiederum waren daran interessiert, nur den Stärksten und Mutigsten an sich heranzulassen, weil nur der in der Lage war, das prähistorische Eigenheim mit eingebauter Feuerstelle gegen die Naturgewalten und die anderen notgeilen Männer zu verteidigen, und ... äh ... worauf wollte ich jetzt eigentlich hinaus?" Evi sah ihren Bruder hilfesuchend an.

Johannes zuckte mit den Schultern. „Hört sich so an, als ob du mir erklären wolltest, dass schon ein Großteil der Urzeit-Männer schwul gewesen ist. Quasi aus der Not heraus, weil die meisten Frauen nur mit dem frisch gekürten Mr. Pleistozän in die Kiste springen wollten."

„Nein, das war es nicht", antwortete Evi abwesend. „Ich kann mir außerdem nicht vorstellen, dass es damals schon Schönheitswettbewerbe gegeben hat."

„Genau. Was hätten sie auch als Hauptgewinn ausrufen sollen? Zwei Wochen Traumurlaub auf Mallorca?" stichelte Johannes, froh, dass die Unterhaltung auf ein anderes Thema gelenkt worden war. Gespräche über seine Untreue waren ihm immer unangenehm.

„Du verarschst mich!" sagte Evi mürrisch.

„Nur ein bisschen. Hör zu, es ist spät und Lukas wartet auf mich. Ich werde wieder nach oben gehen. Und du musst bestimmt noch irgendwelche hausfraulichen Tätigkeiten erledigen: Gemüse putzen, Kloschüsseln reinigen, Kinder ins Bett bringen und so", sagte Johannes mit einem spöttischen Unterton. Dann stand er auf und drückte Evi einen flüchtigen Kuss auf die Stirn.

„Johannes?" Evi sah ihm ernst ins Gesicht. „Du wirst Hartmut in Zukunft in Ruhe lassen?"

„Versprochen. Ich lasse die Finger von ihm."

Mit dem angenehmen Gefühl im Bauch, zumindest bei seiner Schwester gut Wetter gemacht zu haben, lief Johannes nach oben.

In der Wohnung war alles dunkel und still, auch Marie hatte sich schon auf ihre Wolldecke unter dem Küchentisch zurückgezogen. Nur ihr auf den Boden klopfender Schwanz ließ erkennen, dass sie noch nicht eingeschlafen war. Leise ging Johannes ins Badezimmer, pinkelte und putzte sich die Zähne. Danach öffnete er geräuschlos die Schlafzimmertür. Lukas hatte das Licht seiner Nachttischlampe noch brennen und blätterte lustlos in einer Biografie über Luis Buñuel.

„Ich hatte Angst, dass du schon schläfst", sagte Johannes.

„Nein, ich hab noch ein bisschen gearbeitet", gab Lukas zurück und klappte das Buch zu. „Alles wieder okay mit Evi und Hartmut?"

„Ja klar, kein Problem." Johannes zog sich bis auf seine Boxershorts aus und stieg ins Bett. Unter der Bettdecke nestelte er eine Weile, bis er eine gemütliche Position gefunden hatte. Dann kuschelte er sich an seinen Freund an.

„Lukas?" fragte er mit geschlossenen Augen. „Was ist jetzt mit einer Geschichte?"

Lukas löschte das Licht. In die Dunkelheit hinein antwortete er heiser: „Darauf habe ich nur gewartet."

~ „Tu mir das nicht an!" sagt er und seine Stimme klingt fast flehend. „Ich will es nicht noch einmal hören. Bitte!"

Wir sitzen auf der Terrasse. Es ist Sonntag, ich muss nicht arbeiten. Das Wetter ist schön und einigermaßen warm, ein Junitag, wie er im Buche steht. Blauer Himmel, den ab und zu ein paar weiße Wolken durchwandern, wie kleine Boote, die träge durch die Grachten von Amsterdam gleiten. Sonnenschein, der die Fleißigen Lieschen und das Männertreu in unseren Balkonkästen leuchten lässt. Männertreu. Der Name der Blume mit den kleinen, blauen Blüten klingt wie ein schlechter Witz, wie eine zynische Bemerkung über das, was in unserer Beziehung falsch läuft.

Ich habe den Kaffeetisch für uns draußen gedeckt, damit er ein bisschen an die frische Luft kommt und nicht immer in der Wohnung hocken muss. Ich war sogar beim Bäcker und habe Käsekuchen besorgt. Aber er hat das Stück, das ich ihm auf den Teller gelegt habe, noch nicht angerührt. Er isst viel zu wenig.

Ich lege den Kopf in den Nacken und beobachte eine vorbeiziehende Wolke. Wir waren nie zusammen in Amsterdam, obwohl er sich das immer gewünscht hat. Er wollte in einen Coffeeshop gehen, die Bilder von van Gogh sehen, den Tulpenmarkt und das Stadtschloss der Königin. Ich hatte immer Angst, ihn im Labyrinth der vielen Bars und Gelegenheiten zu verlieren, vielleicht für immer.

„Du kannst nicht mehr weglaufen!" sage ich. „Du wolltest eine Geschichte, jetzt bekommst du sie. Derjenige, der die Geschichte erzählt, bestimmt die Regeln."

Er kneift die Augen zusammen und blinzelt mich an und für einen Moment glaube ich, dass er gleich aufspringt und aus dem Haus rennt. Aber dann sehe ich die Krücken neben ihm und die Wolldecke, in die ich seine fast nutzlosen Beine gehüllt habe. Er kann nicht flüchten, auch wenn er es sich noch so sehr wünscht. Die Gartenliege, auf die ich ihn gesetzt habe, kann er nicht ohne meine Hilfe verlassen. Ich kann ein Gefühl von Genugtuung nicht unterdrücken. Ein böses Lächeln zerrt an meinen Mundwinkeln.

Aber ich habe ihn unterschätzt. Noch immer stehen ihm Mittel und Wege zur Verfügung, mit denen er mir zeigen kann, dass er nicht kooperieren wird. Er vergräbt den Arm, den er ohne Schmerzen bewegen kann, in der Tasche seiner Jogginghose und holt eine Packung *Lucky Strikes* und ein Feuerzeug hervor. Er hat mal versucht, mit dem Rauchen aufzuhören, und dann wieder heimlich angefangen, weil er genau weiß, dass ich es hasse, wenn in meiner Anwesenheit geraucht wird. Er hat geglaubt, ich merke es nicht. Ich habe keine Ahnung, woher er die Zigaretten hat, denn ich habe mich bisher immer geweigert, ihm welche zu besorgen. Wahrscheinlich haben die anderen sie ihm zugesteckt. Genüsslich bläst er den stinkenden Qualm über den Kaffeetisch in meine Richtung und schnippt die Glut auf den Boden. Herausfordernd sieht er mich an, als mein missbilligender Blick der herabfallenden Asche folgt.

„Es ist kein Aschenbecher da", sagt er. „Sorry." Am liebsten würde ich ihm die brennende Zigarette aus der Hand reißen und in den Garten werfen, aber stattdessen stehe ich auf, krame im Wohnzimmerschrank nach dem Aschenbecher, den ich dort für Notfälle aufbewahre, und stelle ihn neben seine Kaffeetasse.

„Der Geschichtenerzähler legt also die Regeln fest?" sagt er und irgendwie klingt seine Frage rhetorisch.

„Ja", sage ich vorsichtig. „So war es bisher immer."

„Dann heißt das aber noch lange nicht, dass der Zuhörer sich alles anhören muss", erwidert er und schneidet eine Grimasse. Ich brauche einen Augenblick, bis ich erkenne, dass sein Gesichtsausdruck ein triumphierendes Lächeln darstellen soll. Seine Hand angelt nach dem auf dem Boden liegenden Discman und er stülpt sich seelenruhig die Kopfhörer über die Ohren. „Von mir aus kannst du erzählen, was du willst", sagt er. „Ich höre lieber ein bisschen Musik."

Damit drückt er die Play-Taste, dreht die Lautstärke nach oben und schließt die Augen.

Ich bin sprachlos. Er hat mich schon wieder ausgetrickst. Wütend starre ich auf seinen Fuß, der sich im Takt zu der Musik bewegt. Ich weiß, welche CD er eingelegt hat: Dianne Reeves. Ich habe sie ihm geschenkt, als er noch im Krankenhaus lag. Er muss sie mittlerweile hundertmal gehört haben.

Verärgert überlege ich, ob ich wieder hineingehen soll. Eigentlich habe ich es doch nicht nötig, mich seiner Launenhaftigkeit auszusetzen. Eigentlich habe ich es nicht nötig, überhaupt noch hier zu sein.

Aber dann tue ich etwas, was mich selber erstaunt. Ich fange an zu erzählen, obwohl er mir nicht zuhört.

Was für ein merkwürdiger Anblick, wenn uns jetzt jemand sehen könnte. Zwei Männer auf einer Terrasse, der eine ganz in Musik versunken und der andere scheinbar mit sich selbst redend.

Aber je länger ich erzähle, desto klarer wird mir, dass es gar nicht notwendig ist, dass er zuhört. Auch wenn er sich eine Weile ausklinkt, so tut, als gehörte er nicht dazu – er ist ein Teil der Geschichte. Jedenfalls bis jetzt.

Deshalb rede ich weiter, werfe meine Worte in die Luft dieses lauen Frühsommernachmittages und lasse die Vergangenheit wieder aufleben.

Rainer und Rolli und der Tod

Rainer wachte auf, weil ihn sein Pelz juckte. Die Läuse in seinem Fell hatten anscheinend gerade zu einem verspäteten Frühstück Platz genommen. Erfolglos versuchte er sich mit seiner linken Vorderpfote am Rücken zu kratzen. Aber die Kopfschmerzen waren schlimmer. Er hatte einen richtigen Brummschädel. Was für eine Party letzte Nacht! Zu viele Drogen, zu viele Weibchen und, wenn er es recht bedachte, auch zu viele Männchen. Er und Rolli nahmen es ja nicht so genau, wenn es um Sex ging. War er nicht mal irgendwann für einen Augenblick zu sich gekommen, eingekeilt in einem Pulk von vier oder fünf Leibern beiderlei Geschlechts? Wenn er sich Mühe gab, konnte er sich dunkel daran erinnern, dass ihm die Zitzen eines Weibchens im Gesicht gebaumelt hatten, während Rolli ihn von hinten gerammelt hatte. Rainer seufzte. Das war der Nachteil, wenn man so viele Pillen einwarf. Am nächsten Tag waren alle Ereignisse in einen Nebelschleier gehüllt.

Jedenfalls waren die letzten Ratten erst gegen zehn Uhr vormittags davongetorkelt, als im Erdgeschoss über ihnen die *After hour*-Party langsam an Schwung zu verlieren begann. Rainers Kopf fühlte sich an, als wäre ihm geradewegs ein Klodeckel auf den Schädel gefallen. Dabei war ihm das bisher nur einmal bei einem ihrer Raubzüge zugestoßen, seit er und sein bester Kumpel Rolli in den Abwasserkanälen unter der schwulen Disco ihre Zelte aufgeschlagen hatten. Immerhin war damals seine Frechheit mit einer Nase Koks belohnt worden. Eine Nase für beide von ihnen.

Rainer hockte sich ächzend auf seine Hinterfüße und sah sich um. Das Nest aus Papierschnipseln, zusammengetragenem Laub und Kondomen, das er mit Rolli teilte, sah aus wie ein Schlachtfeld. Die Gummis konnte man prima als Schlafsäcke benutzen, jedenfalls die XXL-Größen. Man durfte nur nicht vergessen, sie vorher auszuspülen. Jemand hatte neben den Nesteingang gekotzt und die Vorratsecke in der Nische des Kanals, in der sie ihre spärliche Nahrungsbeute horteten, war geplündert worden. Also kein Frühstück. Sie würden sich mit hungrigen Mägen auf die Suche nach etwas Fressbarem begeben müssen. Rainer hielt seine Nase in die Luft und schnupperte. Ein Hauch von Desinfektionsmittel und WC-Reiniger lag in der Luft und das Abwasser, das an ihrem Nest vorbeischwappte, trug weißgefärbten Schaum auf der Oberfläche. Das bedeutete, dass in der schwulen Kneipe über ihren Köpfen schon die Putzfrau zugange war.

Rainers Magen meldete sich knurrend zu Wort. Rainer stupste die neben ihm kauernde, bewegungslose Ratte an und quiekte einmal warnend. Keine Reaktion. Rolli war noch immer jenseits von gut und böse. Seine Schnurrhaare zitterten im Schlaf.

Bis vor wenigen Monaten hatten sie zusammen mit drei Sippschaften ihrer Artgenossen unter einem Altersheim gewohnt. Die Reviere waren streng aufgeteilt, aber Rainer und Rolli hatten das Glück, zu der Sippe zu gehören, die sich direkt in den Kanälen unter der Küche eingenistet hatte und dort dem *dolce vita* fröhnte. Zu fressen hatte es dort also immer genug gegeben, doch ansonsten war es wirklich öde. Sämtliche Abfälle, die ins Klo gekippt wurden, waren passiert gewesen. Möhren, Kartoffeln, Obst, selbst Hähnchenschenkel und Schweineschnitzel, alles zu einem unansehnlichen Brei kleingehäckselt. Von Esskultur wirklich keine Spur.

Das Freizeitangebot war auch nicht der Rede wert gewesen. Der Patriarch der Sippschaft, eine großer, fast ein Kilo schwerer Nager mit stumpfem, hellgrauem Fell und milchigen Augen, den alle wegen seines österreichischen Akzents und seines schnarrenden Tonfalls nur unter dem Namen „der alte Adolf" kannten, hatte ein strenges Regiment geführt. Hinter vorgehaltener Pfote ging unter den Ratten in Rainer und Rollis Alter das Gerücht um, dass der alte Adolf sich vor Jahren durch eine komplette vergiftete Köderbox gefressen hatte, ohne umzufallen. Seitdem war er der unbestrittene Anführer der Sippe. Er beharrte auf dem Standpunkt, dass junge Ratten erst einmal auf die Gefahren des alltäglichen Überlebenskampfes vorbereitet werden mussten und ihnen außerdem ein wenig Allgemeinbildung nicht schaden würde, bevor sie aus der Obhut der Sippe entlassen wurden, um selbst eine Familie zu gründen. Also waren Rainers und Rollis Kindheitstage angefüllt mit Geschichtsunterricht – Schwerpunkte waren „Die glorreiche Zeit" vor fünfhundert Jahren, als die Ratten die Menschen mittels einer für Nagetiere harmlosen Krankheit um ein Haar von der Evolutionsleiter geschubst hätten, und „Das Massaker von Hameln", das Einsetzen der menschlichen Reaktion, bei dem im nordwestlichen Europa fast eine ganze Generation von Ratten aus purer Rachsucht ausgerottet wurde – sowie Religionsunterricht, bei dem Rainer und Rolli von dem sagenhaften Land in südöstlicher Richtung hörten, das an einem schlammigen, für Menschen heiligen Fluss lag und in dem Ratten wie Götter behandelt wurden. Zusätzlich gab es zweimal die Woche Selbstverteidigungskurse gegen feline und humanoide Feinde, eine Riechschule, in der die Nasen des Rattennachwuchses im Aufspüren neuer Nahrungsquellen geübt wurden, sowie Pflichtstunden über Fellpflege, Sozialverhalten und Brutaufzucht. Aber am schlimmsten empfanden Rainer und Rolli die immer wiederkehrenden paramilitärischen Wacheinsätze, in denen sie stundenlang durch leere und verlassene Röhren patrouillieren mussten, um gegnerische Sippschaften von ihrem Revier wegzubeißen oder potenzielle Feinde aufzuspüren. Dabei gab es dort nicht einmal eine Katze, die man zur Ablenkung hätte ärgern können. Tiere waren nämlich streng verboten in dem Altenheim. Die einzige Abwechslung für junge Ratten waren die Schwimmwettbewerbe, wenn der Wasserpegel des Rheins im Frühjahr anstieg. Dann wurde die Sickergrube des direkt am Fluss gelegenen Altersheims zum Spaßbad für ganze Nagerfamilien und ein paar stillgelegte, glitschige Kanäle, die hoch über der Sickergrube endeten, zur Wasserrutsche für die kleinsten Nachkömmlinge.

Aber aus diesem Alter waren Rainer und Rolli eines Tages hinaus. Mehr als einmal hatten sie sich am unteren Ende der Hackordnung wiedergefunden, weil sie aus purer Langeweile die Abwasserrohre mit Schlick und Laub stauten, um im Altersheim ein paar Toiletten und Bodenabflüsse künstlich zu fluten. Dabei hatten sie nur ein bisschen Spaß haben wollen. Plötzlich erschienen ihnen die altbekannten unterirdischen Gänge zu eng, jede Ecke war ausgekundschaftet und das Leben in der Sippe unter der

Herrschaft des griesgrämigen, alten Adolf war zu geordnet. Die Jugend von Ratten währt nur kurz und Rainer und Rolli waren fest entschlossen, die begrenzte Zeit so gut auszunutzen wie möglich. Sie wollten ein Abenteuer erleben.

Eines Nachts, als sie zusammen mal wieder zu einer Wache eingeteilt waren, stahlen sie sich heimlich aus dem angestammten Revier davon. Das ihnen bekannte Territorium endete hinter dem Park des Seniorenstifts, und als ihre acht Pfoten den Gulli verließen, der die Grenze zur unerforschten weiten Welt bildete, hielten sie aufgeregt ihre Nasen in die monderleuchtete Nacht und schnupperten den Geruch der Freiheit.

„Ich habe Hunger!" erklärte Rainer. Er hatte dem Plan ihrer Flucht nur zögernd zugestimmt, weil er sich ungern von den ständig gefüllten Fleischtöpfen trennte. Er war auch ein wenig dicker und unbeholfener als Rolli. „Ich hätte jetzt nichts gegen ein Stück jungen Gouda einzuwenden. Von mir aus auch passiert. Außerdem stinkt es hier!"

„Das ist der Geruch der Straße", gab Rolli zurück. „Wir sind die falsche Seite des Gullis hochgeklettert. Lass uns die Straße überqueren, dann sind wir sicher." Beide dachten mit Schaudern an die Geschichten der alten Rattenweibchen über die zerquetschten Leiber von unvorsichtigen, naseweisen Artgenossen, die die Erzählungen über die blitzschnell zupackenden, beim Angriff laut röhrenden und stinkenden Gefährten der Menschen, die kleine Tiere mit ihren tellergroßen, hell leuchtenden Augen hypnotisierten und sie dann in den Asphalt drückten, nicht ernst nahmen.

Vorsichtig setzte Rolli eine Vorderpfote auf die Straße, als er in der Ferne ein Dröhnen hörte, das sich schnell zu einem orkanartigen Brüllen steigerte. Er fühlte, wie der Asphalt zu beben begann. Das Unkraut in den Asphaltritzen begann trotz der herrschenden Windstille zu zittern. Er hatte gerade noch Zeit, seinen Kumpel zur Seite zu ziehen und sich mit ihm in den Rinnstein zu drücken, dann war das brüllende Tier schon über ihnen.

„Sieh ihm nicht in die Augen!" schrie Rolli in Rainers Ohr. „Schau auf den Boden und mach dich ganz klein! Vielleicht übersieht es uns dann!" Um sie herum tobte plötzlich ein Orkan aus Luftwirbeln, kleinen Kieselsteinen und einem entsetzlichen Gestank, der ihnen fast die Sinne raubte. Die Nacht wurde sekundenlang hell erleuchtet, das Röhren des Menschengefährten übertönte alle anderen Geräusche – und dann verschwand die Bestie ebenso schnell, wie sie gekommen war, am Horizont.

Rolli entwich ein Stoßseufzer der Erleichterung. „Es hat uns nicht bemerkt", sagte er triumphierend.

„Ist es weg?" fragte Rainer mit zusammengekniffenen Augen. Er zitterte am ganzen Körper. „Oder sind wir tot?"

„Wir sind nicht tot, du Idiot!" sagte Rolli. „Wir haben Glück gehabt."

Rainer riskierte einen vorsichtigen Blick und setzte sich auf. „Ich habe gehört, dass sie niemals fressen und niemals trinken", flüsterte er ängstlich. „Sie sind so schnell wie der Wind und können sich doch nur bewegen, wenn die Menschen auf ihnen reiten. Sie töten zum Spaß, niemals aus Hunger, und lassen ihre Opfer als Warnung an alle anderen Tiere dort liegen, wo sie sie angefallen haben. Was für fürchterliche Geschöpfe."

„Ja", sagte Rolli ungeduldig, „und ich habe gehört, dass sie feste Jagdrouten haben, die sie nie verlassen. Solche wie diese. Wir müssen hier weg!"

Zusammen lauschten sie in den Wind, und erst als sie kein einziges Geräusch mehr hörten, hasteten sie über die Straße und verkrochen sich im nächsten Gebüsch.

Sehr viel später, als ihr Instinkt ihnen sagte, dass die Dämmerung nicht mehr weit war, trauten sie sich wieder aus ihrem Versteck heraus und begannen ziellos nach Süden zu ziehen.

Bald besserte sich ihre Laune. Schon nach wenigen Tagen erkannten sie, dass die Stadt, durch die sie von Ecke zu Ecke huschten, das reinste Schlaraffenland war, eine Art durchgehend geöffneter Fastfoodimbiss für Nagetiere. Sie brauchten nur die ängstlichen Mäuse mit einem kurzen Fauchen zu vertreiben und sich vor herumstreunenden Katzen in Acht zu nehmen und schon konnten sie sich durch die meist unverschlossenen Mülltonnen fressen. Vor allen Dingen in der Nähe von Bäckereien, Pommesbuden und Obst- und Gemüseläden gab es eine schier unbegrenzte Auswahl von Speisen.

„So habe ich mir immer das Paradies vorgestellt", erklärte Rainer am Ende einer weiteren Nacht seufzend und rülpste zufrieden, nachdem er einer halb leeren Thunfischdose in der Mülltonne neben einer Pizzeria den Garaus gemacht hatte. „Aber ich könnte noch ein kleines Dessert gebrauchen." Unschlüssig blickte er an dem Abfallberg hinunter, auf dessen Spitze er es sich bequem gemacht hatte. „Ich bin nur zu voll gefressen, um mich zu bewegen."

„Warte", rief Rolli aus der Tonne daneben, „ich hatte hier gerade etwas, was dir gefallen wird." Seine Stimme klang etwas gedämpft, als er sich suchend durch den Unrat wühlte. Schließlich tauchte sein Kopf wieder auf. In der Schnauze hielt er eine angematschte Erdbeere, die er Rainer geschickt vor die Füße schleuderte. „Hier, du alter Nimmersatt. Wie wär's damit?"

„Erdbeeren!" sagte Rainer verzückt. „Meine Lieblingsspeise! Gibt's auch Schlagsahne?"

„Bin ich hier die Kaltmamsell, oder was?" gab Rolli zurück. „Außerdem hast du genug gefressen! Du hast in den letzten Tagen eine richtige Wampe bekommen."

„Das ist nicht wahr!" erwiderte Rainer entrüstet. Er hockte sich auf seine Hinterpfoten, setzte sich auf und zog den Bauch ein. „Siehst du?" presste er mit angehaltener Luft heraus. „Genauso schlank wie immer!"

Rolli sprang aus der Mülltonne heraus und landete zielsicher auf allen vier Pfoten auf dem Bürgersteig. „Los, komm jetzt. Das Leben besteht nicht nur aus Völlerei. Ich will jetzt was erleben! Ein bisschen Bewegung wird dir auch gut tun."

Beleidigt sprang Rainer hinter seinem Freund her und sah ein letztes Mal sehnsüchtig zur Mülltonne zurück. „Ich verlasse diesen Platz nur ungern", maulte er. „Hier könnte ich für den Rest meines Lebens bleiben."

„Ja, und bald so aussehen wie der alte Adolf!" stichelte Rolli.

„Oh, wie gemein!"

Aber Rolli bedeutete ihm, still zu sein, und hielt seine Nase in die Luft. „Ich rieche etwas", sagte er.

„Ach, tatsächlich?" sagte Rainer noch immer ein wenig beleidigt. „Und was?"

„Männerschweiß, Lust, Ekstase", erwiderte Rolli träumerisch. „Hier entlang!" Ohne auf Rainer zu warten, bog er um eine Straßenecke und war verschwunden.

„Männerschweiß, Lust, Ekstase?" murmelte Rainer. „Was für ein Quatsch! Ich rieche nichts." Dann huschte er Rolli hinterher.

Er fand seinen Kumpel wie angewurzelt auf dem Bürgersteig hockend und auf ein Schild starrend, das über der Eingangstür einer Kneipe angebracht war, aus der wummernde Musik herausdrang.

„Partymusik! Hierher kommt der Geruch", sagte Rolli mit glänzenden Augen. „Kannst du es nicht auch riechen? Hier sind wir richtig. Nach so etwas habe ich gesucht." Aufgeregt klopfte er mit seinem Schwanz im Takt der Musik auf den Boden.

„Was steht auf dem Schild?" fragte Rainer und beäugte den Schriftzug aus blinkenden Neonröhren.

„Woher soll ich das wissen? Seit wann können Ratten lesen?" gab Rolli verärgert zurück.

Im selben Moment öffnete sich die Tür der Kneipe und zwei junge Männer in grüngefleckten Hosen, schweren Stiefeln, Muskel-Shirts und mit geschorenen Köpfen verließen das Lokal Arm in Arm. Eine Wolke aus nikotin- und alkoholgeschwängerter Luft schlug Rainer und Rolli entgegen. Aber Rainer musste Rolli recht geben. Da waren noch andere Gerüche: Schweiß, Ausgelassenheit und Sex. Die beiden Ratten hatten Kölns schwule Disco entdeckt.

Rainer und Rolli richteten sich in der Kanalisation unter der Kneipe häuslich ein. Sie bauten ein Nest, erkundeten die Abflussrohre und schlossen schnell Freundschaft mit den anderen Bewohnern des unterirdischen Abwassersystems. Die meisten von ihnen waren ebenfalls in Rainers und Rollis Alter, alle auf der Suche nach Aufregung, Spaß und Party, die die zu ihnen heruntersickernde Musik versprach. Hier gab es keine Sippenhierarchie, keinen Geschichtsunterricht, keine Patrouillengänge, hier gab es nur gleich gesinnte Ratten, ein paar Käfer und vereinzelt auch einige ausgeflippte Kakerlaken, die ihre Jugend feiern und etwas erleben wollten, bevor sie Junge warfen und sich den strengen Leitsätzen ihrer Familien wieder unterwarfen. Auch die Öffnungszeiten des Lokals kamen den nachtaktiven Säugern entgegen: Tagsüber schliefen Rainer und Rolli und abends, wenn im Keller der Disco die Party begann, sprangen sie kurz in das Wasser eines Abflussrohrs, um sich zu waschen und zu putzen, und anschließend trafen sie sich mit ihren Freunden, um die große Sause zu beginnen. Jemand hatte von unten die Leitung der Bierzapfanlage angenagt, sodass es immer genug zu trinken gab. Rolli und Rainer und ihre Freunde brauchten sich nur an die Pfütze zu stellen und den Alkohol aufzulecken. Ihre Tanzfläche befand sich in einem kleinen Schacht direkt unter der Anlage des DJs.

Aber das Allerbeste waren die kostenlosen und reichlich vorhandenen Partydrogen, die jede Nacht die Stimmung zum Überschäumen brachten. Um an eine Nase Koks oder ein paar Pillen heranzukommen, dachten sich Rainer und Rolli ein gewitztes und fast narrensicheres System aus.

Die beiden Ratten lauerten in Wartestellung im Abflussrohr direkt unterhalb einer Kloschüssel, bis jemand das WC betrat, die Tür verriegelte und mit einem kleinen Plastiktütchen oder einem Papier verstohlen zu rascheln begann. Dann sahen sich Rainer und Rolli an, zählten bis drei, schwammen mit kräftigen Zügen nach oben, sprangen mit viel Schwung aus den Tiefen der Kloschüssel direkt auf den Toilettenrand und blitzten den Delinquenten mit gefletschten Zähnen an. Der Rest war ein Kinderspiel. Der Anblick von zwei triefnassen Ratten, die mit gesträubtem Fell und scheinbar zu allem entschlossen urplötzlich aus dem gluckernden Abwasser der Toilette auftauchten und Anstalten machten, ihnen ins Gesicht zu springen, war für fast alle Schwulen zu viel. Die meisten ließen alles fallen und liefen kreischend aus dem WC. Rolli und Rainer brauchten die Tütchen nur noch aufzusammeln und auf demselben Weg wieder zu verschwinden, auf dem sie gekommen waren. Ein solcher Raubzug reichte meist für zwei oder drei Nächte.

Für die beiden jungen Ratten war es der Himmel auf Erden.

Ein neuerliches Magenknurren riss Rainer aus seinen Gedanken. Er hatte noch immer Hunger und wollte endlich etwas zu fressen. Noch einmal stupste er Rolli mit seiner Schnauze an, etwas unsanfter als beim ersten Mal. Aber Rolli brachte nur ein Grunzen hervor. Wenn Rainer seinen Hunger stillen wollte, musste er wohl oder übel allein auf Nahrungssuche gehen.

Seufzend verließ er das Nest und seinen schnarchenden Kumpel. Vorsichtig fühlte er mit der rechten Vorderpfote die Temperatur des Wassers, bevor er sich in das Abwasserrohr plumpsen ließ, um mit dem Strom bis zum nächsten Gulli zu paddeln. Brrr. Eiskalt. Höchstens zehn Grad. Rainer hasste es, durch kaltes Wasser schwimmen zu müssen. Die Kälte verlangsamte seine Reflexe und jagte ihm einen Schauer über das Fell. Heute hatte es allerdings den Vorteil, dass die Kälte ihn wach machte und seinem Brummschädel gut tat.

Nach drei Abzweigungen verließ er das Abwassersystem und kletterte an der glitschigen, moosbewachsenen Wand zum Ausgang hinauf, einem Gullideckel direkt im Rinnstein vor der Disco. Bevor er sich nach oben schwang, linste Rainer vorsichtig, ob ihm nicht einer der brüllenden Gefährten der Menschen entgegenkam. Er hatte den Beinahe-Zusammenstoß in ihrer ersten Nacht in Freiheit nicht vergessen. Aber die Luft war rein. Alle Bestien, die er an den Straßenrändern sehen konnte, schienen zu schlafen.

Rainers Frühstücksziel waren die beiden Fünf-Sterne-Luxus-Mülltonnen, in denen er und Rolli zwei Tage lang gespeist hatten, bevor sie die schwule Bar entdeckten. Wenn er nur an die Erdbeere dachte, lief Rainer schon das Wasser im Maul zusammen und sein Magen grummelte um so lauter. Höchste Zeit, dass er etwas zwischen die Zähne bekam. So hungrig wie heute Morgen war er schon lange nicht mehr gewesen.

Rainer machte an der Straßenecke halt und hielt seine Nase in die Luft. Es war hier irgendwo ganz in der Nähe gewesen. Da! Der

Duft von süßlich verrottendem Abfall stieg ihm in die Nase. Auf Anhieb konnte Rainer Kartoffelschalen, Rotkohlreste, Fertigjoghurts und die Überbleibsel einer halb vergammelten Lasagne unterscheiden. Pasta! Ein verklärtes Lächeln machte sich auf seinem Gesicht breit. Jetzt würde er sich gleich den Bauch voll schlagen können. Und es war ihm egal, ob Rolli fand, dass er zu dick wurde. Lieber dick und satt als schlank und verhungert. Rolli! Wer war eigentlich Rolli?

Rainer machte einen Satz nach vorne und stürmte auf die Mülltonnen zu. Sie waren so gut gefüllt, dass der Deckel nicht mehr richtig schloss und es für Rainer ein Leichtes war, mit einem Sprung in den Abfall einzutauchen. Er erklärte die Rotkohlreste zu einem Rohkostsalat und vertilgte sie als Vorspeise, bevor er als Hauptspeise zur Lasagne überging. Der überbackene Käse bereitete ihm ein paar Schwierigkeiten, weil sich die Schmelz-Fäden immer wieder in seinen Schnurrhaaren verfingen.

Gerade war er dabei, eine kleine Verschnaufpause einzulegen und sich genüsslich zu überlegen, ob er als Dessert zuerst die Joghurtreste fressen sollte oder den abgenagten Apfel, den er in der Mitte der Tonne aufgetrieben hatte, als ihm sein Instinkt plötzlich Gefahr signalisierte. Reglos verharrte er inmitten seines kalten Buffets und schnupperte. Es roch nach … Katze! Rainer riss erschrocken die Augen auf. Eine Katze! Und er saß mitten in einer Mülltonne fest, wie auf einem Präsentierteller. Was um alles in der Welt sollte er jetzt bloß tun? Krampfhaft versuchte Rainer, sich das verschüttete Wissen aus den Selbstverteidigungskursen der Rattenschule ins Gedächtnis zu rufen. Was war bloß die Hauptregel beim Zusammentreffen mit einer Katze gewesen? Alles, woran Rainer sich erinnern konnte, war der Blödsinn, den Rolli und er im Unterricht verzapft hatten. Warum nur hatte er nicht besser aufgepasst? Flucht! Das war der beste Ratschlag gewesen, der ihnen gegeben worden war. Flucht, so schnell wie möglich und so weit wie möglich. Aber das war jetzt leichter gesagt als getan.

Der Geruch nach Katze wurde stärker. Lautlos kletterte Rainer auf die Spitze des Abfallberges und lugte ängstlich unter dem halb geschlossenen Deckel der Mülltonne nach draußen. Keine fünf Meter entfernt entdeckte er an einer Hausecke einen schwarzen Schatten mit glühenden Augen. Eine ausgewachsene, geschmeidige Katze, die nach einem guten und geübten Jäger aussah. Noch dazu scheinbar eine mit allen Wassern gewaschene Straßenkatze, nicht eins von den fetten, verweichlichten Haustieren. Unwillkürlich begann Rainer zu zittern – und mit ihm der Haufen Zeitungspapier, auf den er gekrochen war.

Rainer sah, wie die geschulten Ohren der Katze das Rascheln registrierten und ihre Augen seine Mülltonne inspizierten. Es blieben nur noch ein paar Sekunden. Die Katze duckte sich und schlich in Lauerstellung an die Mülltonne heran. Rainers Gedanken rasten. Wenn die Katze erst einmal auf die Tonne sprang, waren seine Chancen gleich Null. Dann gab es kein Entkommen vor den scharfen Klauen. Noch hatte er ein kleines Überraschungsmoment auf seiner Seite, noch wusste die Katze nicht genau, wodurch das Rascheln des Zeitungspapiers ausgelöst worden war. Und der rettende Gulli war nur zwei Ecken weit weg. Auf der anderen Seite waren Katzen schneller als Ratten. Wenn er einen Vorsprung haben wollte, musste er seinen Gegner überrumpeln.

Blitzartig entschied sich Rainer für den einzigen Ausweg, der ihm in den Sinn kam, und sprang mit einem verzweifelten Satz aus der Mülltonne heraus und über den Kopf der am Boden kauernden Katze hinweg. Etwas unsanft landete er auf seinem Hintern und rappelte sich so schnell wie möglich auf. Sobald er alle vier Pfoten auf dem Boden hatte, begann er um sein Leben zu rennen. Aber die Katze reagierte schnell. Sie drehte sich um die eigene Achse und setzte Rainer mit großen Sprüngen nach. Ihre Augen fixierten die Ratte und ließen sie keine Sekunde aus dem Blick.

Rainer rannte weiter; seine kleinen Pfoten huschten über den Asphalt. Sein Herz raste und er hatte Seitenstechen. Er hatte zu viel gefressen und er war schnell außer Atem. Außerdem war er viel kleiner als sein Gegner und der Vorsprung, den er sich durch seinen Überraschungssatz erkämpft hatte, schrumpfte von Sekunde zu Sekunde. Seine feinen Ohren nahmen den gleichmäßigen, schnellen Atem des Jägers wahr. Gleich würde ihn die Katze eingeholt haben. Rainer bog um die letzte Ecke und hatte den rettenden Gulli vor Augen.

Nur noch ein paar Meter! dachte er flehend. Bitte, bitte! Nur noch ein paar Meter! Für einen Moment empfand er so etwas wie eine verzweifelte Hoffnung.

Doch dann drückte sich die Katze mit ihren Hinterläufen vom Boden ab, sprang über ihn hinweg und kam vor dem Gullideckel zu stehen. Sie hatte ihm geschickt den Fluchtweg abgeschnitten. Rainer sah, wie die Katze ihn anstarrte und sich mit der Zunge genüsslich über das Maul leckte, und quiekte vor Entsetzen.

Verzweifelt drehte er sich um. Seine Pfoten bewegten sich wie von selbst, während seine Augen die Umgebung nach einem Versteck oder einem Unterschlupf absuchten. Ein Loch, einen Spalt, irgendetwas, in das er hineinschlüpfen konnte.

Aber es war zu spät.

Ein scharfer, stechender Schmerz durchzuckte seinen linken Hinterlauf. Er fühlte, wie sich die Krallen tief in sein Fleisch bohrten, ihn von der Straße hoben und in die Luft schleuderten. Rainer begann zu schreien, ein Schrei, der allen Nagetieren im Umkreis von hundert Metern das Blut in den Adern gefrieren ließ und ihnen sagte, dass sich einer ihrer Artgenossen im Todeskampf befand.

Als Rainer wieder auf dem Boden aufschlug, rann ihm Blut über seine linke Pfote. Die Krallen der Katze hatten ihm einen Teil seines Felles heruntergerissen. Wie ein Zahnstocher stach der weißliche Knochen aus der blutenden Wunde hervor. Er konnte seinen Hinterlauf nicht mehr benutzen. Rainer war übel, er wusste, was ihm bevorstand. Plötzlich erinnerte er sich, dass Katzen gnadenlose und unbarmherzige Jäger waren, die gerne mit ihrer wehrlosen Beute spielten, bevor sie sie töteten. Instinktiv kroch er ein paar Zentimeter in Richtung Gulli. Die Wunde verursachte ihm Schmerzen, wie er sie noch nie zuvor verspürt hatte. Sein ganzes Denken richtete sich auf ein Ziel: sich zu verkriechen. Aber die schwere Pfote der Katze auf seinem Bauch stoppte seinen letzten

Fluchtversuch mühelos. Rainer öffnete die Augen und sah, wie die Katze erneut ihre Krallen ausfuhr und ihr kalter, desinteressierter Blick ihn beobachtete. Fast gelangweilt hob die Katze ihre Pfote und dann durchzuckte ihn ein neuer, unbeschreiblicher Schmerz, als die spitzen Krallen seinen Magen aufrissen und seine Gedärme im Rinnstein verteilten. Rainer fühlte eine warme, klebrige Flüssigkeit unter sich und wusste, dass er in seinem eigenen Blut schwamm. Noch einmal versuchte er sich ein paar Millimeter zu bewegen, aber die Schmerzen in seinem Körper ließen schwarze Schatten vor seinen Augen tanzen und er fühlte, wie ihn seine letzten Kräfte verließen. Ein weiterer Tatzenhieb riss eine tiefe Wunde in seinen rechten Vorderlauf. Rainer versuchte, erneut zu schreien, aber Blut stieg seine Lungen hinauf und nahm ihm sogar die Luft zum Atmen. Mit brechenden Augen warf er einen letzten, sehnsüchtigen Blick auf den Gulli, unter dem sein Zuhause und sein Kumpel Rolli auf ihn warteten, und als er fühlte, wie sich die scharfen Reißzähne seines Jägers seiner Kehle näherten, war er fast froh, dass es endlich vorbei war.

~~~

Zum Renovieren brauchte Mario Popmusik, laute, stampfende Popmusik. Wie beim Putzen ging die Arbeit dann leichter von der Hand. Mit Unterstützung der *Pet Shop Boys* hatte er schon die Bilder abgehängt und die Möbelstücke in die Mitte des Zimmers gerückt. Die alte Couch hatte er am Morgen mit Hartmuts Hilfe in die Waschküche transportiert. Absurd sah es aus: ein quietschgrünes Sofa vor einer Waschmaschine, als wollte jemand den Waschvorgängen wie einem Fernsehprogramm zuschauen. Hartmut und er hatten gelacht. In drei Tagen würde die neue Couch geliefert werden. Bis dahin wollte Mario mit der Renovierung fertig sein. Jetzt war er damit beschäftigt, Plastikplanen zu entwirren, um den Teppichboden und alle Möbel abzudecken, während Kylie Minogue seine Anstrengungen mit dem Refrain ihres größten Hits anfeuerte.

Na na na, na na na na, na na na I just can't get you out of my head. Mario sang laut mit und hüpfte ein paar Schritte im Takt, als es
~~~

durchdringend und lang anhaltend an der Tür schellte. Fluchend drehte er die Lautstärke herunter, zwängte sich am Fernseher vorbei und lief in den Flur. Bestimmt die alte Maier-Cigorsky, dachte er verärgert. Die blöde Kuh soll doch einfach ihr Hörgerät abschalten!

„Schon gut, schon gut!" rief er über die insistierende Klingel hinweg. „Bin schon unterwegs!" Mit einem entnervten Ruck riss er die Wohnungstür auf. „Was ist los?" bellte er seinen Besucher an.

„Kann ich reinkommen?" fragte Johannes. Überrascht bemerkte Mario ein leichtes Zittern in der Stimme und sah Johannes genauer an. Rotgeränderte Augen, die Haare zu struppigen Strähnen verknäult, ein ungewohnter Bartschatten, der an Kinn und Wangen wie Ruß über das Gesicht kroch.

Sein Ärger verschwand schlagartig. „Was ist los?" wiederholte er besorgt. „Du siehst richtig scheiße aus!" Er ging einen Schritt zur Seite, um Johannes in die Wohnung zu lassen.

Wie ein Schlafwandler betrat Johannes das Chaos. „Oh", sagte er tonlos, „du fängst schon mit der Renovierung an." Geistesabwesend registrierte er Pinsel, Farbroller und die Eimer mit weißer Farbe, die Mario in einer Ecke deponiert hatte.

„Ja. Hab ich dir nicht erzählt, dass ich diese Woche damit beginnen wollte?"

Johannes kauerte sich in eine Ecke des kahlen Raums und schien ihn nicht zu hören.

Mario begann, sich ernsthaft Sorgen zu machen. So hatte er Johannes noch nie gesehen. „He", sagte er vorsichtig und hockte sich zu ihm auf den Boden. „Was ist denn mit dir? Hast du was eingeworfen? Bist du auf einem miesen Trip?"

Johannes' Pupillen blieben an Mario hängen, aber es dauerte eine Weile, bis er sein Gegenüber wahrnahm. „Trip?" wiederholte er langsam. „Nein."

„Bist du krank? Soll ich Lukas anrufen?"

Der Name seines Freundes schien Johannes ein wenig aus seinem apathischen Zustand zu reißen. Zum ersten Mal wurde sein

Blick ein wenig klarer. „Nein, auf keinen Fall!" sagte er heftig und fügte murmelnd hinzu: „Dann wird es nur noch schlimmer!"

„Was wird schlimmer?" fragte Mario verständnislos.

„Alles!" flüsterte Johannes und ließ den Kopf hängen, sodass seine Locken sein Gesicht verbargen.

Erneut spürte Johannes einen Würgereiz tief in seinem Hals und schmeckte Galle in seinem Mund. Als Lukas am Abend zuvor die Geschichte von Rainer und Rolli beendet hatte, war Johannes aufgesprungen und ins Bad gerannt. Er hatte vor der Kloschüssel gekniet, seinen gesamten Mageninhalt ausgekotzt und verzweifelt nach Luft geschnappt, genau wie Rainer, als das Blut in seinen zerfetzten Lungen nach oben stieg. Er hatte gespürt, wie Tränen der Wut über sein Gesicht liefen. Später war er dann zurück ins Schlafzimmer gegangen, wo Lukas auf ihn wartete.

„Es tut mir Leid", hatte Lukas gesagt, aber es war kein echtes Bedauern in seiner Stimme gewesen, „es war eine kleinliche Rache. Bist du sauer?"

Wortlos hatte Johannes seine Bettdecke und sein Kopfkissen genommen, die Schlafzimmertür fest hinter sich geschlossen und sich im Wohnzimmer auf das Sofa gelegt. Lukas war ihm nicht nachgegangen. Johannes hatte die ganze Nacht kein Auge zugemacht. Während er den Morgen heraufdämmern sah, hallte Rainers Todesschrei in seinem Kopf wider, wie bei einer Schallplatte, die einen Kratzer hat. Am Morgen, bevor er ins Büro fuhr, war Lukas gekommen und hatte sich über ihn gebeugt, aber Johannes hatte sich weggedreht und Lukas war ohne ein Wort gegangen.

„Johannes?" Er spürte Marios kühle Hand auf seinem Gesicht und sah auf.

„Lukas und ich hatten Streit gestern Abend", sagte er schließlich. „Einen ziemlich heftigen."

„Weswegen?"

„Männer. Was sonst?" erklärte er müde.

„Oh. Weiß er von uns?" fragte Mario und konnte die Beunruhigung in seiner Stimme nicht verbergen.

„Nein", erwiderte Johannes humorlos auflachend, „das nicht. Dann wäre das Massaker wahrscheinlich noch größer geworden. Aber er weiß, dass ich mit jemandem im Bett war."

„Was für ein Massaker?"

Johannes schüttelte den Kopf. „Kann ich dir nicht erklären. Eine lange Geschichte." Er musste sich zusammenreißen, damit ihm nicht die Stimme wegbrach. „Kannst du mich nicht einfach festhalten?" Er ließ sich in Marios Arme fallen und schloss die Augen, während Mario ihm etwas hilflos und überrascht durch die Haare strich. Dies war ein Johannes, den er nicht kannte und mit dem er nicht umzugehen wusste. Er mochte Johannes, keine Frage, aber eigentlich hatte er keine Lust, in seine Beziehungsschwierigkeiten hineingezogen zu werden. Wenn der Sex mit ihm nur nicht so geil wäre …

Nach einer Weile spürte er, wie Johannes' Atem ruhiger wurde, und seine Hände wanderten langsam über Johannes' Brust und seine Arme und seine Oberschenkel, bedächtig, aber stetig das tuend, was den anderen bisher immer auf andere Gedanken gebracht hatte, bis seine Faust schließlich Johannes' harten Schwanz spürte.

„Hast du es jemals mit Farbe getrieben?" flüsterte er und grinste.

Johannes schüttelte langsam den Kopf.

„Dann zieh dich aus!" sagte Mario und öffnete seinen Gürtel.

Das erste, was er sagt, als er am Morgen aufwacht, ist: „Ich will raus!" Kein „Guten Morgen!", kein „Hast du gut geschlafen?" Nein, nur „Ich will raus!" Als ob ich zu seinem Kammerdiener mutiert wäre.

Aha, denke ich, trotzdem ein gutes Zeichen. Dann hat es ja doch etwas gebracht, dass wir gestern auf dem Balkon gesessen haben.

„Ich klappe die Liege auf der Terrasse wieder auf. Dann kannst du es dir dort gemütlich machen, solange du möchtest. Willst du auch da frühstücken? Ich bringe dir nachher die Zeitung."

Er schüttelt genervt den Kopf und bringt sich stöhnend in eine sitzende Position. „Ich habe gesagt, ich will raus!" schreit er mich plötzlich an. „Nach draußen! Raus aus dieser Wohnung!"

Ich schließe die Augen und zähle von zehn bis null, wie bei der Startsequenz eines Raketenabschusses, damit ich ihn nicht ebenfalls anschreie. Es wird anscheinend wieder einer von diesen Tagen, an dem ich ihm nichts recht machen kann.

„Du bist noch zu schwach", erwidere ich betont ruhig, als redete ich mit einem kleinen Kind, dem man erklären muss, das es nicht jedes Mal eine Süßigkeit bekommt, wenn man in den Supermarkt geht. „Wie willst du das schaffen?"

„Wir haben den Rollstuhl", antwortet er patzig.

Das ist wahr. Wir haben den Rollstuhl. Er ist vor ein paar Tagen geliefert worden und steht in einer Ecke im Flur. Es ist so ein billiger AOK-Chopper, mit blauer, ausgeleierter Sitzfläche und angerosteten Metallverstrebungen. Der Mensch vom Sanitätshaus hat erklärt, der Rollstuhl solle ja auch nur übergangsweise als Hilfsmittel dienen, bis der Patient wieder selbstständig laufen könne. Er hat die ganze Zeit mit mir geredet, während der „Patient" ihm gegenüber auf dem Küchenstuhl saß.

Ich seufze. Das bedeutet, dass ich meinen Tag anders planen muss. „Also schön", gebe ich nach. „Der Herr möchte im Rollstuhl durch die Stadt kutschiert werden. Ich werde es arrangieren."

Ich trage ihn ins Bad und setze ihn vorsichtig auf den Stuhl vor das Waschbecken. Als er nach Hause kam, habe ich den Spiegel über dem Becken abgehängt, damit er sich nicht erschreckt, damit er sein zerschnittenes Gesicht nicht sieht. Aber ich hatte vergessen, dass wir noch andere Spiegel in der Wohnung haben.

„Ich gebe Bescheid, wenn du mir den Rücken waschen kannst", sagt er mürrisch und greift nach der Zahnbürste und der Zahnpasta. Er braucht meine Hilfe bei seiner Körperpflege, wenn auch nicht mehr so viel wie in den ersten Tagen, nachdem er sich selbst aus dem Krankenhaus entlassen hatte.

Ich gehe aus dem Badezimmer und lasse die Tür angelehnt. Wütend schlägt er sie mit seinem gesunden Arm hinter mir zu. Ich zucke mit den Schultern und rufe in der Redaktion an, um meinem Chef mitzuteilen, dass ich heute zu Hause arbeite. Ungehalten werde ich darauf hingewiesen, dass eine Redaktionssitzung stattfindet und meine Anwesenheit eigentlich unabdingbar ist. Ich werde auch darauf hingewiesen, dass ich in den letzten Wochen sehr viel Zeit zu Hause anstatt in der Redaktion verbracht habe. Man habe durchaus Verständnis für meine Lage, aber irgendwann sei ein Punkt erreicht, wo man auch von mir wieder etwas mehr „Input" verlange. Ich erwidere, dass ich meine Artikelvorschläge per Fax durchgeben werde, und lege wütend auf. Früher konnte man dem Gesprächspartner am anderen Ende der Leitung seine Verärgerung noch wortlos kundtun, indem man den Hörer lautstark auf die Gabel warf. Im Zeitalter der Handys und schnurlosen Telefone ist man dieser Aussageform beraubt. Ein wütend gedrücktes Knöpfchen beendet das Gespräch auf genau dieselbe Art wie ein sensibel oder ein emotionslos gedrückter Knopf.

Ich höre seine Stimme, als ich gerade Kaffee aufsetze. Sie klingt ungehalten.

„Ich rufe schon seit fünf Minuten", mault er, als ich die Tür öffne. „Ich hätte mir sonst was antun können in der Zeit."

Ob das eine Drohung ist? Ich habe keine Ahnung. Im Moment ist es mir auch egal. Manchmal habe ich einfach genug von ihm. „Du hast die Tür zugemacht", antworte ich.

„Ich wollte wenigstens beim Waschen ein bisschen Privatsphäre haben", gibt er zurück. Plötzlich stehen ihm Tränen in den Augen und ich weiß nicht, was ich sagen soll.

Ich nehme den Waschlappen vom Haken, halte ihn unter das lauwarme Wasser und beginne seinen Rücken zu waschen. Es ist eine schwierige Arbeit, denn sein Rücken ist ebenfalls mit unzähligen Schnittverletzungen übersät, die mit lauter kleinen, blauen Fäden vernäht worden sind. Die kleinste Stelle mit zwei Stichen, die größte mit zehn. Es ist ein Wunder, dass er nicht verblutet ist. Damals habe ich nicht geglaubt, dass er es schafft, das Blut war einfach überall. Vorsichtig wische ich mit dem Lappen über die gesunden Hautpartien. Es ist wie beim Slalomfahren, man muss rechtzeitig die Kurve kriegen, um dem nächsten Hindernis ausweichen zu können. Danach tupfe ich mit dem Handtuch die feuchten Stellen trocken. Trotzdem kann ich nicht verhindern, dass er ab und zu die Luft anhält, wenn ich eine seiner Wunden streife. Zum Schluss kämme ich behutsam seine Haare. Es wäre eigentlich nicht nötig, er könnte es mit seinem gesunden Arm auch selber machen. Aber er lässt es geschehen. Er schließt die Augen und genießt, wie die Bürste durch seine Locken fährt.

Für einen Moment ist es, als hätte es die letzten Wochen und Monate nicht gegeben, und meine Hände fangen an zu zittern.

Dann schlägt er die Bürste weg und sagt: „Genug jetzt. Das reicht."

Ich trage ihn zurück ins Schlafzimmer und er besteht darauf, sich seine Unterwäsche selber anzuziehen, auch wenn es sehr viel länger dauert. Nach Unterhose und Socken muss er allerdings aufgeben, T-Shirt, Jogginghose und Sweatshirt kann er nicht ohne meine Hilfe bewältigen. Ich gehe in die Küche und mache weiter Frühstück, während er, auf die Krücken gestützt, langsam nachkommt. Als er sich auf den Küchenstuhl fallen lässt, ist er schon wieder schweißgebadet.

„Willst du ein Brötchen?" frage ich und gieße ihm Kaffee ein.

Er schüttelt den Kopf.

„Rührei? Du musst ein bisschen was essen."

„Na gut", sagt er. „Rührei."

Aber er isst nur drei Bissen, dann legt er die Gabel zur Seite und zündet sich eine Zigarette an. Ich stehe auf und kippe das Fenster.

„Wie ist es passiert?" fragt er plötzlich. Er deutet auf die Schnittwunden auf seinem Körper. „Ich kann mich noch immer nicht erinnern. Du warst dabei, du musst es wissen."

Die Frage aller Fragen, und ich bin völlig unvorbereitet.

„Du bist gestürzt", sage ich vorsichtig. Es ist keine Lüge, aber es ist auch nicht die Wahrheit.

Er sieht mich zweifelnd an, aber als ich nichts weiter sage, lässt auch er das Thema fallen. Als ob er ahnt, dass wir beide auf die Wahrheit noch nicht vorbereitet sind.

„Gehen wir jetzt endlich raus?" fragt er nach einer Weile ungeduldig.

„Darf ich wenigstens zu Ende frühstücken?" gebe ich mit vollem Mund zurück. „Ich brauche was im Magen. Es ist bestimmt anstrengend, dich durch die Gegend zu fahren. Du musst ja nur sitzen." Ich merke erst, was ich gesagt habe, als es schon zu spät ist. „Tut mir Leid", sage ich leise. „War nicht so gemeint."

„Ach, leck mich doch am Arsch!" erwidert er wütend.

Unerwartet schießt mir ein Bild aus längst vergangenen Zeiten durch den Kopf. „So wie früher?" rutscht es mir heraus. „Mit Zunge ganz tief drin?"

Er sieht mich überrascht und mit großen Augen an. Seine Mundwinkel fangen an zu zucken, er hält sich die Hand vor den Mund und lässt die Locken nach vorne ins Gesicht fallen. Seine Schultern vibrieren und aus seiner Kehle kommt ein komisches Geräusch, eine Art unterdrücktes Grunzen. Und dann kann er das Lachen nicht mehr zurückhalten. Es schüttelt seinen ganzen Körper, von oben bis unten, er muss seine Ellenbogen auf der Tischplatte aufstützen und schreit immer wieder „Au, verdammt!“, weil ihm beim Lachen die Schnittwunden im Gesicht wehtun. Aber er hört nicht auf.

Schließlich beruhigt er sich, und ich denke, dass es vielleicht doch noch ein angenehmer Tag werden wird.

„Idiot!“ sagt er, aber seine schmutzig braunen Augen blitzen mich an. Ich bin auf einmal gut gelaunt, sogar mein Puls geht schneller. Welche Macht er noch immer über mich hat.

Ich lasse den Tisch so unaufgeräumt, wie er ist.

Zuerst trage ich den Rollstuhl die drei Etagen nach unten und klappe ihn im Flur des Erdgeschosses auf. Als ich ein wenig außer Atem wieder nach oben komme, hat er es immerhin geschafft, sich alleine die Turnschuhe anzuziehen.

„Fertig?“ frage ich.

Er nickt. Ein weiteres Mal hebe ich ihn hoch und er legt die Arme um meinen Nacken. Unsere Köpfe sind ganz nah beieinander, aber er wendet sein Gesicht ab. Die Tür fällt hinter uns ins Schloss und etwas unbeholfen stapfe ich mit ihm die ersten Treppenstufen nach unten. Es ist das erste Mal, dass wir es ausprobieren. Im zweiten Stock wird mein Atem lauter und im ersten Stock fange ich an zu keuchen. Plötzlich ist er viel schwerer, als ich dachte. Wir schaffen es gerade noch bis zum Parterre und ich lasse ihn etwas unsanft in seinen Rollstuhl plumpsen. Er verzieht das Gesicht, aber er sagt kein Wort. Ich lasse mich auf den Treppenabsatz fallen und ringe nach Luft. Meine Oberarmmuskeln zittern vor Anstrengung. Ich habe keine Ahnung, wie ich ihn nachher in die Wohnung zurückbekommen soll.

„Vielleicht können wir einen der anderen bitten, uns zu helfen“, sagt er plötzlich, als hätte er meine Gedanken gelesen. „Nachher, meine ich.“

Ich stehe ächzend auf und fahre mit ihm ins Freie. Es ist umständlich, den Rollstuhl über die Schwelle und durch die geöffnete Haustür zu bugsieren, und es ist ein komisches Gefühl, ihn vor mir herzuschieben. Ich kann ihn nur von hinten und von oben sehen. Das linke Rad eiert ein bisschen.

„Wohin?" frage ich.

„Zum Rhein", sagt er.

Die Rheinpromenade ist voller Menschen, die Fahrrad oder Rollerblades fahren, Kinderwagen vor sich herschieben, Hand in Hand am Wasser entlangspazieren. Wir sind die einzigen Rollstuhlfahrer. Ich wusste gar nicht, dass unter der Woche hier so viel Betrieb ist. Auf der anderen Rheinseite, drüben in Deutz, ist gerade Kirmes. Man kann das Riesenrad und die Achterbahn erkennen. Ein leichter Wind kommt auf und bläst ihm die Haare aus dem Gesicht.

„Ist dir kalt?" frage ich besorgt. Mir jedenfalls nicht. Unter den Achseln meines T-Shirts haben sich dunkle Ränder gebildet. „Sollen wir eine Fahrt mit der Fähre machen?" Wir kommen gerade am Anlegesteg der Ausflugsboote vorbei. Die Touren dauern meist nicht lange. Die Schiffe fahren bis Königswinter oder ein Stück den Rhein hinunter.

„Bin ich deine Großmutter?" knurrt er mich an.

Ich halte den Mund und wir arbeiten uns schweigend bis zur Hohenzollernbrücke vor, wo die Züge dreißig Meter über uns donnernd über den Rhein geleitet werden. Ich überlege, welches Verb wohl das richtige ist, wenn einer im Rollstuhl sitzt und der andere ihn schiebt: fahren oder laufen?

„Sie starren mich alle an", sagt er plötzlich.

„Ach was", erwidere ich beschwichtigend. „Das bildest du dir bloß ein." Aber ich habe die neugierigen und entsetzten Blicke auch bemerkt.

„Ich sehe aus wie Frankenstein nach einem missglückten Facelifting und ich sitze im Rollstuhl. Natürlich starren sie mich an", antwortet er sarkastisch.

Ich steuere wortlos ein Café mit Außengastronomie und Blick auf den Rhein an und stelle ihn und den Rollstuhl vor einen Tisch. Er sieht mich fragend an. „Ich brauche eine Pause", sage ich erklärend.

Er winkt die Bedienung heran und bestellt ein Wasser für mich und einen Milchkaffee für sich. Ich schließe die Augen, lasse die Sonne auf mein Gesicht scheinen und stelle mir vor, ich wäre irgendwo in Florida,

Gran Canaria, Südfrankreich oder sonst wo. Überall, nur nicht hier. Ohne ihn. Aber er lässt mich nicht lange träumen.

„Womit hast du gestern aufgehört?“ fragt er und ich merke, dass wir eine ganze Weile nichts gesagt haben.

„Ich dachte, du willst nicht mehr zuhören“, sage ich mit geschlossenen Augen. „Kann dir doch egal sein!“

„Womit hast du gestern aufgehört? Ist Rainer schon tot?“ Er kann so stur sein.

„Ja“, sage ich, „Rainer ist tot und Johannes heult sich bei Mario über den bösen Lukas aus.“ Wenn ich die Augen zu lasse, muss ich ihn nicht ansehen.

Ich höre, wie er schluckt. Aber es kann auch sein, dass er gerade am Milchkaffee genippt hat.

„Noch mehr Lügen!“ sagt er abfällig. „Aber gut. Du kannst trotzdem weitererzählen.“

„Ich mag jetzt nicht. Ich bin k.o. Lass mich in Ruhe“, sage ich. „Du willst es doch auch gar nicht hören.“

„Immer noch besser, als Löcher in die Luft zu schweigen.“

„Also schön“, sage ich seufzend und nehme einen Schluck Wasser. „Ist dir auch wirklich nicht kalt?“

„Nein“, sagt er, „es geht schon.“

Lukas goss sich großzügig einen Whisky ein, holte Eis aus dem Gefrierfach und ließ drei rechteckig geformte Stückchen klirrend ins Glas fallen. Durch das Terrassenfenster blickte er auf die Silhouette der beleuchteten Kölner Altstadt, den bläulich gefärbten Dom, die matt angestrahlte Fassade der Kirche Groß St. Martin und die roten Rücklichter der Autos, die über die Deutzer Brücke in den rechtsrheinischen Bezirken der Stadt verschwanden.

Er hatte ein schlechtes Gewissen. Er hatte nicht damit gerechnet, dass der Tod von Rainer Johannes so mitnehmen würde. Oder? Lukas sah noch immer den anklagenden Blick, den Johannes ihm zugeworfen hatte, als er sich sein Kissen und die Bettdecke genommen hatte, um die Nacht im Wohnzimmer auf der Couch zu verbringen. Sie hatten sich schon häufiger gestritten, aber noch nie hatte einer dem anderen so demonstrativ gezeigt, dass er seine Nähe nicht ertragen konnte. Vielleicht war er zu weit gegangen, vielleicht hätte er Rainer nicht töten sollen. Aber es war doch nur eine Geschichte gewesen, Fiktion, nichts Reales. Und insgeheim war Lukas der Überzeugung, dass Johannes einen Denkzettel verdient hatte.

Den ganzen Abend hatte Lukas nach Johannes' Geständnis wegen des Seitensprungs diese Wut im Bauch gespürt, trotz der vorsichtigen Versöhnung leise vor sich hinköchelnd, wie eine Suppe, die auf kleiner Flamme stundenlang auf dem Herd gegart wird. Und dann, als Johannes neben ihm im Bett lag, waren Lukas' Wut, Enttäuschung und Eifersucht plötzlich übergekocht. Er hatte es förmlich genossen, die Katze ihre Krallen in Rainers Fleisch versenken zu lassen, und er hatte den Todesschrei der Ratte fast hören können. Jede Wunde, die die Katze Rainer zufügte, ließ ihn freier atmen und sich besser fühlen. Erst als Rainer mit glasigen Augen tot im Rinnstein lag, hatte Lukas endlich das Gefühl gehabt, mit Johannes quitt zu sein.

Trotzdem gingen ihm die Würgegeräusche, die danach aus dem Bad drangen, und der säuerliche Geruch nach Erbrochenem nicht mehr aus dem Sinn. Er hatte wirklich keine Ahnung gehabt, dass Johannes so mit den Helden der Geschichten mitlebte. Nein, das war nicht ganz richtig, wenn er ganz ehrlich war. Er hatte es vermutet und deshalb hatte er in Rainers Tod eine Möglichkeit gesehen, Johannes ebenso zu verletzen, wie er von ihm verletzt worden war.

Merkwürdig, auf welch verdrehte Art und Weise Menschen in Beziehungen manchmal miteinander umgingen.

Lukas konnte sich selbst dabei nicht leiden. Er hätte jetzt gerne mit Johannes geredet, sich vielleicht sogar entschuldigt, aber er hatte seinen Freund den ganzen Tag nicht gesehen und er hatte keine Ahnung, wo er war und wann er zurückkommen würde. Heute hatte kein Zettel am Kühlschrank geklebt. Als Lukas aus der Redaktion nach Hause gekommen war, hatte dort nur Marie auf ihn gewartet. Lukas war froh, dass Angelina und Claudia in zwei

Tagen wieder zurück sein würden. Er hatte genug davon, sich bei Wind und Wetter von dem Hund vor die Tür zerren zu lassen.

Aber selbst nachdem Marie auf einer nahe gelegenen, matschigen Rasenfläche ihr Geschäft erledigt hatte und sie sich beide noch eine halbe Stunde die Beine vertreten hatten, war Johannes nicht zu Hause gewesen.

Typisch, dachte Lukas wütend. Der hat bestimmt kein schlechtes Gewissen. Er seufzte und tätschelte Marie den Kopf. „Hunde haben mit so was keine Probleme", sagte er.

Marie leckte sich die Schnauze und rannte in die Küche, wo sie abwechselnd auf ihren leeren Hundenapf und Lukas starrte. Hunde, schien sie sagen zu wollen, Hunde haben viel existenziellere Sorgen.

Lukas nahm die Packung *Frolic* vom Tresen und füllte Maries Schüssel. Kurz darauf zermalmten die Backenzähne des Hundes genüsslich das Trockenfutter. Ziellos wanderte Lukas in der dunklen Wohnung umher, setzte sich schließlich im Arbeitszimmer an seinen Schreibtisch und begann, sinnlose Kringel auf seine Schreibunterlage zu malen. Unwillkürlich wanderten seine Gedanken zurück zu dem Tag, an dem ihm Johannes über den Weg gelaufen war, und er bemerkte nicht einmal, wie sich ein melancholisches Lächeln auf seine Lippen stahl.

Sie hatten sich vier Jahre zuvor kennen gelernt, im Kölner Karneval. Ausgerechnet, dachte Lukas zynisch. Ich hätte wissen müssen, dass der Zeitpunkt ein schlechtes Omen war. Jeder knutscht mit jedem rum, alles ist erlaubt.

Die Jahre zuvor war er aus gutem Grund zur Karnevalszeit aus Köln geflüchtet. Sinnentleerten Liedern wie *„Drink doch eene met, stell dich nit e so aan"* und *„Die Karawane zieht weiter, dä Sultan hätt Doosch"*, dem damit einhergehenden Zwangsschunkeln und den unsäglichen Verbrüderungsszenen wildfremder Trinkkumpane an bierverklebten Tresen hatte er noch nie etwas abgewinnen können. In jener Session aber hatte sich ein Bekannter nicht davon abbringen lassen, Lukas auf den „Rosa Funken Ball" mitzuzerren, eine Karnevalsparty mit Kostümzwang, zu der vornehmlich Schwule zugelassen waren, veranstaltet von einem schwulen Tanzkorps, das nichts schöner fand, als in rosa Garderöckchen auf einer Bühne herumzuhopsen und wahllos ausgesuchten Persönlichkeiten der *Community* den berühmt berüchtigten „Popo- und Pipiorden" zu verleihen. Eine Ehre, die Lukas bestenfalls zweifelhaft fand. Aber andererseits – er lief ja auch nicht Gefahr, damit ausgezeichnet werden. In seinem stickigen, aus hundertprozentigem Polyester bestehenden und mit Fellstücken besetzten, grünen und total bescheuerten Ganzkörper-Drachenkostüm hatte er den größten Teil des Abends missgelaunt in einer Ecke gestanden, in der der Frohsinn nicht so geballt und unbarmherzig über ihn herfallen konnte, und versucht, sich so schnell wie möglich zu betrinken. Ein Versuch, der nur bedingt gelang, da er in der brüllenden Hitze seines Kostüms die meiste Flüssigkeit so schnell wieder ausschwitzte, dass sie gar keine Zeit hatte, ihm in den Kopf zu steigen.

Als sich dann am Pissbecken auch noch ein kleines Marsmännchen mit einem riesigen, wippenden Dildo auf dem Kopf besoffen an ihn lehnte, ihm versehentlich über seine roten Drachentatzen pinkelte und ihn vertrauensselig fragte, ob er Lust habe, von einem Außerirdischen entführt und intergalaktisch missbraucht zu werden, hatte Lukas beschlossen, dass der Abend für ihn gelaufen war. Empört hatte er den aufgegeilten Marsbewohner einer Madonna-Imitation mit behaartem Rücken in die Arme geschoben und war in den Festsaal gelaufen, um seinem Bekannten zu sagen, dass er eine Bach-Kantate oder eine Tschaikowsky-Sinfonie allemal den *Bläck Fööss* vorziehe und jetzt nach Hause gehen werde.

Im Saal allerdings war es berstend voll, weil gerade ein mit den „Rosa Funken" befreundetes Tanzkorps auf der Bühne damit beschäftigt war, zu den Klängen eines Willy-Millowitsch-Medleys zwergwüchsige Mädchen in die Luft zu werfen und möglichst unbeschadet wieder aufzufangen. Nach fünf Minuten sah Lukas ein, dass es sinnlos war, in diesem Wirrwarr seinen Bekannten zu suchen, und begann, sich zum Ausgang zurückzukämpfen. Ein Unterfangen, das sich schwieriger bewerkstelligen ließ, als Lukas gehofft hatte, denn die enthemmten Massen, angestachelt vom Zeremonienmeister, schoben ihn unter penetrantem „Kölle aloha"-Gejohle – dem Schlachtruf der schwulen Karnevalsjecken – statt in Richtung Ausgang quer durch das Foyer hin zum Buffet, an dem ihn ein paar schlaffe Frikadellen und vergoren aussehender Kartoffelsalat willkommen hießen. Lukas hätte in diesem Moment einiges dafür gegeben, wirklich Feuer spucken und sich den Weg zum Ausgang freibrennen zu können.

Entnervt ließ er sich auf einen der wenigen freien Stühle fallen, nahm den Drachenkopf ab und betrachtete verstört das karnevalistische Treiben. So oder ähnlich hatte er sich immer Dantes *Inferno* vorgestellt, jedenfalls einen der äußeren Höllenkreise.

Ein junger, groß gewachsener, schlanker Faun mit grüngeschminktem Gesicht, spitzen Ohren, einem langen Schweif und silbern besprühten Locken kam auf Lukas zu, stellte ihm ein Kölsch vor die Nase und betrachtete ihn neugierig.

„Du heißt nicht zufällig Fuchur oder Smaug?" fragte der Faun etwas kleinlaut anstelle einer Begrüßung. Im ersten Moment glaubte Lukas, tatsächlich die Inkarnation einer römischen Waldgottheit vor sich zu sehen, so perfekt war die Verkleidung. Auf der nackten Brust des Fauns reflektierte eine Unmenge Glitter in Form von kleinen Sternchen das Neonlicht. Seine Schultern waren mit Efeuranken bedeckt, Arme und Rücken glänzten schwarz, grün und silbern.

Lukas glotzte das Fabelwesen verständnislos an und brauchte einen Augenblick, bis er begriff, dass er mit dem Glücksdrachen aus *Die unendliche Geschichte* und dem Feuer speienden Drachen aus *Der kleine Hobbit* verwechselt wurde.

„Ich finde fantastische Geschichten nämlich toll", fügte der Faun versonnen hinzu. „Ich kann mir nicht helfen; wenn ich einmal anfange sie zu lesen, kann ich nicht mehr aufhören." Seine Sprache klang ein wenig verwaschen, als ob er zu viel Alkohol getrunken hätte, und sein Blick war merkwürdig hoffnungsvoll. „Als ich ein kleiner Junge war, hat mir mein Vater immer ein Märchen erzählt, wenn er mich ins Bett brachte."

Lukas schüttelte den Kopf. „Nein", sagte er bedauernd, „mein Name ist Lukas und ich bin auch kein Drache, sondern Filmkritiker bei einer Zeitung. Nicht einmal mein Atem ist feurig."

Der Faun grinste anzüglich. „Dein Atem vielleicht nicht, aber deine Küsse bestimmt."

Lukas hätte um ein Haar laut aufgelacht, so sehr triefte diese Bemerkung von Kitsch, aber als er dem Faun in die Augen sah und das Fabelwesen sich zu ihm hinunterbeugte und ihm seine Lippen auf den Mund presste, blieb ihm eine abfällige Antwort im Halse stecken. Stattdessen schloss er die Augen und zog den Faun dicht an sich heran. Manchmal war das Leben eben kitschig.

„In Wirklichkeit bin ich auch keine Gestalt aus einem Märchen", murmelte der Faun etwas später in sein Ohr und knabberte spielerisch an seinem Ohrläppchen. „Eigentlich heiße ich Johannes und studiere Englische Literatur. Und im Gegensatz zu allen Fabelwesen habe ich ganzjährig Brunftzeit."

Jetzt musste Lukas wirklich lachen. „Tatsächlich", erwiderte er und rieb seine Handfläche über den harten Schwanz, der sich unter Johannes' dünner Hose abzeichnete, „man kann es spüren."

„Und wie ist es bei den Drachen?"

Lukas überlegte und von sich selbst überrascht hörte er, wie seine Stimme unvermittelt den Tonfall eines Geschichtenerzählers annahm. „Es steht geschrieben, dass Drachen gerne in ihrer Höhle bleiben und eifersüchtig die Schätze bewachen, die sie während jahrelanger Raubzüge gehortet haben. Sie sind von Natur aus träge und es dauert lange, bis sie sich aus ihrer Lethargie reißen lassen. Derjenige, der sie herausfordert, muss Kühnheit und Mut im Übermaß besitzen. Aber wenn ein Drache einmal erregt ist, dann wenden die Bewohner der umliegenden Täler ängstlich ihre Gesichter ab, schließen sich in ihren Häusern ein und die Berge erzittern."

Johannes lächelte zufrieden. „Ja", sagte er leise, „so steht es geschrieben."

Lukas nahm Johannes mit nach Hause. Artübergreifend und gegen alle Regeln der Evolution paarten sich der Drache und der

Faun, und später, als ihr Atem wieder regelmäßig ging und Johannes sich an ihn kuschelte, erfand Lukas das erste Abenteuer von Brand, dem goldgepanzerten, Feuer speienden Drachen, dem letzten seiner Art, der jenseits der bekannten Welt in einer unzugänglichen Höhle einen Schatz unvorstellbaren Ausmaßes hütete und den eine tiefe Freundschaft mit Grünherz, dem geheimnisvollen Faun, verband.

Maries Pfoten auf seinen Oberschenkeln zerrten ihn unsanft in die Realität zurück. Der Hund jaulte leise und setzte sich mit einem flehenden Gesichtsausdruck vor die Wohnungstür.

„Schon wieder?" fragte Lukas genervt. „Wir waren doch gerade erst!"

Marie hüpfte unruhig hin und her.

„Also schön. Aber nur kurz um den Block. Ist das klar?" Schwerfällig stand Lukas auf, nahm die Leine und seine Jacke von der Garderobe und ging mit Marie noch einmal nach draußen.

Als Lukas eine halbe Stunde später frierend die Wohnungstür öffnete, schlug ihm der Geruch von Spiegeleiern entgegen. Unwillkürlich durchfuhr ihn ein Gefühl der Erleichterung. Johannes war zurück. Bis jetzt hatte er sich nicht eingestehen wollen, dass er entsetzliche Angst gehabt hatte, Johannes könnte ihn verlassen. Er ließ die Tür ins Schloss fallen und ging in die Küche. Johannes saß am Küchentisch und saugte mit einem Stück Brot die Reste des zerflossenen Eigelbs von seinem Teller auf.

„Hallo", sagte Lukas vorsichtig. „Schön, dass du da bist."

Johannes sah ihn stumm an und nickte. Lukas bemerkte die rotgeränderten Augen und das leichte Zittern seiner Hände.

„Bist du okay?" fragte er leise.

Johannes schluckte. „Ich bin den ganzen Tag durch die Stadt gelaufen", antwortete er. „Und dann war ich auf dem Friedhof und habe mir Gräber angesehen. Ich habe mich gefragt, ob es Rainer jetzt wohl besser geht." Seine Stimme klang wie die eines kleinen Jungen und im Stillen rechtfertigte er sich, dass das, was er Lukas erzählte, noch nicht einmal gelogen war – jedenfalls nicht so ganz. Nachdem er und Mario sich von der weißen Farbe befreit hatten, war er tatsächlich an die frische Luft gegangen und an einem Friedhof vorbeigekommen. Aber die Wege waren leer und der Eingang mit einem Tor verschlossen gewesen.

„Rainer war doch nur eine Figur", sagte Lukas stockend. „Eine Figur in einer erfundenen Geschichte."

„Er war wie ein Freund", flüsterte Johannes, „und du hast ihn getötet." Tränen stiegen ihm in die Augen und er wischte sie mit dem Handrücken beiseite. „Was wirst du als nächstes tun, um dich zu rächen?"

Lukas machte ein paar Schritte auf Johannes zu und umarmte ihn zaghaft von hinten. „Es tut mir Leid", sagte er leise. „Aber ich war so wütend auf dich."

Johannes nickte und atmete tief durch. Langsam, als wollte er das notdürftig geflickte Vertrauen erst einmal testen, lehnte er sich in Lukas' Umarmung. Aber etwas hatte sich verändert. Er fühlte sich nicht länger sicher.

Lukas sah auf die Uhr und gähnte. „Ich bin müde", sagte er. „Lass uns ins Bett gehen."

Johannes nickte. „Geh schon", erwiderte er, „ich komme gleich nach." Und während Lukas sich die Zähne putzte, ächzend ins Bett stieg und ein paar Minuten später das Licht löschte, blieb Johannes im Wohnzimmer sitzen, starrte in den dunklen Nachthimmel und dachte an Mario.

~ Unser Ausflug hat ihn erschöpft. Als er wieder im Bett liegt, dreht er wortlos den Kopf und vergräbt sein Gesicht im Kopfkissen. Kurz darauf schläft er. Die Augen hinter seinen Lidern flackern unruhig hin und her. Er schläft und träumt. Die Ärzte haben gesagt, dass es normal ist, wenn er viel schläft, weil sein Körper ausgelaugt und der Genesungsprozess kräftezehrend ist. Was sie nicht gesagt haben, ist, dass es auch für mich eine anstrengende Zeit sein wird, denn ich muss mich um ihn kümmern, ich muss den Haushalt schmeißen und nebenbei habe ich ja auch noch einen Job. Aber Ärzte sind Spezialisten; sie haben einen eingeschränkten Blickwinkel, der ausschließlich auf die Bedürfnisse der Patienten gerichtet ist. Angehörige und deren Probleme können sie bei den

Kassen nicht abrechnen, sie stören den Praxisbetrieb. Für mich gibt es bestenfalls ehrenamtliche Selbsthilfegruppen, bei denen ich mein Herz ausschütten kann. Allerdings bin ich tagsüber so beschäftigt, dass ich überhaupt keine Zeit für so etwas habe. Spätestens abends bin ich genauso ausgepowert wie er.

Sie haben mich auch nicht gefragt, ob ich mich überhaupt um ihn kümmern will. Wenn sie es getan hätten, wäre ich mir meiner Antwort nicht sicher gewesen. Eigentlich wollte ich frei sein, frei von ihm. Und jetzt sind wir enger aneinander gekettet als jemals zuvor.

Wenn er träumt, spricht er oft im Schlaf. Das hat er schon immer getan, hin und wieder sogar in ganzen Sätzen. Manchmal bin ich nachts erschrocken aufgewacht, weil jemand laut und deutlich gesprochen hat und ich zuerst nicht begriffen habe, dass er es gewesen ist. Später, als ich mich daran gewöhnt hatte, habe ich gehofft, er würde im Schlaf seine Geheimnisse ausplaudern, aber er hat nur Banalitäten von sich gegeben, Sätze wie: „Der Kaffee ist noch nicht durchgelaufen!" oder „Du hast eine E-Mail bekommen." Als ob er im Traum dem Beruf eines Sekretärs nachgehen würde.

Jetzt allerdings bilden seine Worte keine ganzen Sätze mehr, es sind mehr oder weniger sinnlose Laute, die verwaschen und undeutlich seinen Lippen entfliehen. So sehr ich mich auch bemühe zu verstehen, was er sagt, ich kann es nicht. Es ist, als hätte sich unser Unvermögen, über mehr als das Notwendigste miteinander zu kommunizieren, bis in seine Träume geschlichen. Als wären auch sie von einer alles erdrückenden Sprachlosigkeit erfasst.

Ich verbringe viel Zeit damit, ihm beim Schlafen zuzusehen. Es sind die einzigen Momente des Tages, an denen wir uns nicht belauern, uns nicht wie Indianer auf dem Kriegspfad benehmen oder versuchen, in die Worte des anderen etwas hineinzuinterpretieren, was gar nicht beabsichtigt gewesen ist. Ich setze mich dann auf den Stuhl neben dem Bett, lese in einem Buch oder in der Zeitung und versuche, ihn durch das Rascheln beim Umblättern nicht zu wecken. Manchmal starre ich ihn auch einfach nur an. Ich beobachte, wie sich sein Brustkorb regelmäßig hebt und senkt und wie er sich hin und her wälzt, um eine Stellung zu finden, bei der er keine Schmerzen hat. Sein Hausarzt, der jeden zweiten Tag kommt, hat schon mehrmals angeboten, ihm etwas gegen die Schmerzen oder zum Einschlafen zu geben, aber er will nicht. Früher hat er nicht mal Aspirin genommen.

Wenn er richtig tief schläft, weicht die Anspannung des Tages aus seinem Körper und sein Gesicht bekommt einen vollkommen friedlichen Ausdruck. Dann will ich ihn berühren, ihn wie früher in den Arm nehmen, ihm ins Ohr flüstern, dass alles wieder gut wird. Aber ich tue es nicht, weil ich mir sage, dass er seinen Schlaf braucht, dass ich ihn nicht unnötig wecken darf. Was mich wirklich davon abhält, ist der Zweifel, ob es nicht zu spät ist. Ich glaube nicht daran, dass alles wieder gut wird. Außerdem habe ich Angst vor dem, was er tun könnte, wenn er hört, was eigentlich passiert ist. Und es ist nur eine Frage der Zeit, bis er die Wahrheit erfährt.

Es klingelt an der Tür. Seine Schwester steht im Flur, mit einem Topf dampfender Gemüsesuppe. Ich habe ihr verboten, ohne Ankündigung einfach in die Wohnung zu kommen. Sie schaut suchend an mir vorbei; ich lasse sie nicht herein und wimmele sie ab, indem ich ihr sage, dass er schläft. Sie ist sauer auf mich, weil ich nur selten jemanden zu ihm lasse, seit er aus dem Krankenhaus zurück ist. Aber er bekommt genug Besuch, wenn ich in der Redaktion oder einkaufen bin. Wenn ich nach Hause komme, will ich ihn für mich alleine haben. Auch wenn ich ihn dann manchmal an die Wand klatschen könnte.

Seine Schwester beruhigt sich, als ich ihr erzähle, dass wir zum ersten Mal mit dem Rollstuhl draußen waren.

„Das ist schön", sagt sie. „Frische Luft tut immer gut."

„Ja", sage ich und schweige. Ich erzähle ihr nicht, dass wir uns beide unwohl gefühlt haben, weil ihn die Leute wie im Zoo angestarrt haben.

Sie zögert und drückt mir schließlich den heißen Topf in die Hände. „Hier", sagt sie, „Kraftbrühe. Er soll sie essen."

„Ist gut", antworte ich und gehe einen Schritt zurück, um die Wohnungstür zu schließen. Auf der Treppe dreht sie sich um. Ein paar Haarsträhnen haben sich aus ihrem Zopf gelöst. Sie streicht sie mit einer ungeduldigen Bewegung hinter das Ohr. „Was wird jetzt werden?" fragt sie. „Mit euch." Sie macht sich Sorgen.

Ich zucke mit den Achseln. Ich weiß es nicht. Niemand weiß das.

Den Topf mit der Gemüsesuppe stelle ich in der Küche auf den Herd. Nachher, wenn er wach wird, können wir davon essen. Dann gehe ich ins Wohnzimmer. Sein Discman liegt auf dem Boden, fast wäre ich draufgetreten. Ich drücke auf die Eject-Taste und entnehme die CD. Es ist immer noch Dianne Reeves. Normalerweise höre ich keine zeitgenössische Musik, schon gar keinen Jazz, aber jetzt lege ich die CD in unsere Hifi-Anlage, drehe die Lautstärke herunter und tippe wahllos ein Lied an. Es ist ein Experiment. Vielleicht kann mir die Musik Auskunft darüber geben, wie er sich fühlt. Leise Klavierakkorde und ein dezentes Schlagzeugbecken leiten das Lied ein und dann erfüllt eine samtweiche, melancholische Stimme den Raum.

„I remember thinking we were worlds apart
until I heard your words, and they spoke my heart.
I remember thinking I was too far gone
and you reminded me that there is no such thing …"

Ich bleibe mitten im Wohnzimmer stehen, schließe die Augen und lasse mich mit der Musik treiben.

„Was tust du da?" fragt er plötzlich.

Er steht im Türrahmen, auf seine Krücken gestützt, und sieht mich an. Ich unterbreche das Lied mitten in einem Akkord. „Deine Schwester war da. Sie hat Suppe gebracht."

„Du hast sie nicht hereingelassen." Es ist eine Feststellung.

„Du hast geschlafen." Was er kann, kann ich schon lange.

„Ich bin nicht dein Gefangener und du nicht mein Bewacher." Seine Stimme ist aggressiv.

„Du kannst ja gehen, wenn du willst!" gebe ich verletzt zurück. Er sieht mich an, als ob ich ihn geschlagen hätte. Diesmal entschuldige ich mich nicht. Ich habe keine Lust, ständig auf seine Befindlichkeit Rücksicht zu nehmen.

„Du kannst doch auch gehen", sagt er plötzlich leise. „Ich werde dich nicht aufhalten."

Überrascht sehe ich ihn an, so, als wäre er mein Erlöser. „Willst du, dass ich gehe?" frage ich.

„Ja", antwortet er. „Nein. Ich weiß nicht."

Johannes wurde durch die quietschenden Bremsen eines Möbelwagens geweckt, der direkt vor dem Haus hielt. Lukas war schon längst auf dem Weg in die Redaktion. Johannes kroch müde aus dem Bett und rieb sich die Augen. Er schlief nicht mehr gut. Sein Gesicht war fahl geworden, feine, rote Äderchen durchzogen seine Augäpfel. Fast jede Nacht hatte er Albträume, in denen er in einem dunklen, fensterlosen Raum saß, dessen Wände immer näher zusammenrückten. Mehr als einmal war er hektisch atmend aufgewacht, mit einem beklemmenden Gefühl in der Brust, das Kopfkissen nass von Angstschweiß. Es kostete Kraft, sich gegenüber Lukas nichts anmerken zu lassen. Die Träume hatten begonnen, nachdem Lukas Rainer hatte sterben lassen. Ungläubig schüttelte Johannes den Kopf. Das war schon Tage her, und noch immer kam es ihm vor, als wäre es erst gestern geschehen.

Johannes fingerte nach einer Zigarette und inhalierte das Nikotin mit einem Stoßseufzer der Erleichterung. Langsam begann er sich besser zu fühlen. Er beobachtete durch die Gardine, wie zwei Möbelpacker aus dem Lkw sprangen, die hintere Ladefläche öffneten und ein großes, beigefarbenes Sofa herauswuchteten. Erst nach einem Moment fiel ihm ein, dass Mario eine neue Couch bestellt hatte. Schnell ließ er die Gardine los und trat einen Schritt vom Fenster weg. Plötzlich war sein Kopf voll mit Gedanken an das letzte Mal mit Mario.

Mario hatte die Heizung aufgedreht, aber trotzdem war es ein Schock gewesen, als die erste Hand voll kalter Farbe seinen Körper berührte und über seine Oberschenkel gestrichen wurde. Vor Aufregung und Kälte hatte Johannes gezittert und dann hatte seine Hand ebenfalls in den Farbeimer gelangt und die träge, ölige Flüssigkeit über Marios Oberarme und Bauch verteilt. Er hatte sich plötzlich an seine Kindergartenzeit erinnert, an einen Tag, an dem er mit Fingerfarbe gespielt hatte, und an das Gefühl der Lust, das er damals schon unterschwellig, aber noch nicht erklärbar empfunden hatte. Schnell, immer schneller, wie in einem Wahn, hatten ihre Hände in den Farbeimer gegriffen und ihre Hautfarbe war unter einem Mantel weißer Bemalung verschwunden. Sie hatten sich aneinander gerieben, aneinander geklammert, wortlos, stöhnend, hin und her glitschend wie in einem Moorbad, ein Ringkampf zweier enthemmter Kreaturen, bei dem es weder Sieger noch Verlierer gegeben hatte. Weiß, weiß, weiß, alles war weiß, Hände, Arme, Schwanz, die Eier, selbst die Zwischenräume der Zehen, die Ohren und zum Schluss sogar Haare und Gesicht. Und als Johannes in Mario eindrang, war es ganz leicht gewesen, nicht einmal ein Gleitmittel hatte er gebraucht. Beide waren sie gekommen wie in einem Rausch und hinterher hatten sie sich schwer atmend auf die klebrige, völlig verdreckte Plane fallen lassen und wie zwei Kinder gekichert und vor Vergnügen gekräht.

Nur das Abwaschen war mühevoll gewesen. Über eine Stunde hatten sie sich gegenseitig geschrubbt, hatten Farbreste aus den Haaransätzen und den Ohrmuscheln gespült, unter den Fingernägeln herausgekratzt und von den Fußsohlen abgebürstet.

Johannes grinste, als er daran dachte, und entschloss sich, Mario einen kleinen Besuch abzustatten. Später, wenn die Möbelpacker ihren Job erledigt hatten. Ansonsten lief er vielleicht noch Gefahr, beim Schleppen des neuen Sofas mithelfen zu müssen.

Um Zeit zu schinden, beschäftigte er sich den Vormittag über lustlos damit, endlich Maries Haare vom Teppich zu entfernen. Weder Lukas noch Johannes waren besonders traurig, als der Hund sie endlich verließ. Marie war ein wenig verstört gewesen, aber das war ja nichts Neues. Vielleicht hatte der Anblick ihrer beiden Frauchen Erinnerungen an die vegetarische Diät geweckt, zu der sie gezwungen worden war. Lukas hatte Angelina das restliche Hundefutter in die Hand gedrückt und ihr empfohlen, einen Tierpsychologen aufzusuchen, denn Marie hatte seiner Meinung nach einen fenchelallergiebedingten Minderwertigkeitskomplex entwickelt, da sie jedes Mal verschämt zusammenzuckte, wenn sie an einem Schaufenster vorbeilief und ihr Spiegelbild sah – als wüsste sie, dass sie eine Schande für ihre Spezies darstellte.

Während der Staubsauger durch die Wohnung brummte, spähte Johannes immer wieder unruhig auf die Straße. Die Möbelpacker ließen sich viel Zeit. Einmal hörte er ein lautes Poltern und anschließend aufgebrachte Stimmen durch das Treppenhaus schallen.

Lukas würde heute erst spät nach Hause kommen. Ein Preview von irgendeinem neuen französischen Kulturfilm stand auf dem Programm, mit anschließendem Sektempfang und Interview der zur Deutschlandpremiere herbeigeeilten Hauptdarstellerin. Den Namen hatte Johannes noch nie vorher gehört.

Er war froh über Lukas' Abwesenheit. Seit Lukas Rainer ermordet hatte, fühlte er Angst in sich hochkriechen, Angst, was wohl passieren würde, wenn er noch einmal einen anderen Mann auch nur ansah. Er hatte aufgehört, Lukas' Nähe zu suchen, und mied seine Berührungen.

Endlich schien die Anlieferung beendet zu sein. Johannes beobachtete, wie die Möbelpacker ihre Gurte in den Laderaum warfen und sich den Schweiß von der Stirn wischten. Einer notierte etwas auf einem Zettel und reichte ihn Mario zur Unterschrift. Kurz darauf wurde der Motor angelassen und der Wagen verschwand mit knatterndem Auspuff hinter der nächsten Straßenecke. Mario drehte sich um und verschwand im Hauseingang. Für einen kurzen Augenblick streifte sein Blick das Fenster, hinter dem Johannes stand und ihn beobachtete.

Johannes wartete fünf Minuten. Dann zog er die Jogginghose aus und tauschte sie gegen eine seiner eng sitzenden, verwaschenen Jeans. Eine Unterhose zog er nicht an. Unnötiger Ballast. Dazu streifte er ein einfaches, weißes T-Shirt über. Im Kühlschrank fahndete er nach einer Flasche Sekt. Aber die sonst immer mit ausreichend Alkoholika ausgestattete Tür enthielt nur eine Flasche Kölsch und eine angebrochene Tüte Milch und auch das Weinregal im Wohnzimmer war leer.

Natürlich, dachte er verärgert, immer wenn man dringend etwas braucht, ist es nicht da.

Dann fielen ihm die zwei Flaschen Champagner ein, die Lukas vor einigen Monaten von Arbeitskollegen geschenkt bekommen hatte, als er seine fünfjährige Betriebszugehörigkeit gefeiert hatte. Lukas hatte sie im Keller eingelagert, um sie vor Johannes' Mixexperimenten zu retten. „Für besondere Gelegenheiten", hatte er gesagt. Johannes entschied, dass jetzt eine dieser Gelegenheiten gekommen war. Er schnappte sich einen Korkenzieher und holte zwei Gläser aus dem Schrank.

Johannes griff seinen Schlüsselbund, zog die Tür hinter sich zu und rannte in den Keller. Die zwei Flaschen befanden sich in einer Ecke des staubigen Holzverschlages. Lukas würde den Verlust erst nach Wochen oder Monaten bemerken. Johannes räumte ein paar unbenutzte Blumentöpfe beiseite und den Fernseher, der die Unverschämtheit besessen hatte, letztes Jahr während der *Grand-Prix*-Übertragung seine Dienste einzustellen.

Er konnte sich ein Lächeln nicht verkneifen, als er an diesen Abend dachte. Der *Eurovision Song Contest* war eine der wenigen Leidenschaften, die er und Lukas teilten. Deutschland hatte eine blinde Sängerin ins Rennen geschickt, die völlig bewegungslos auf der Bühne stand, als hätte man ihre Füße mit einem Seil zusammengebunden. Zusätzlich hatte sie die irritierende Angewohnheit gehabt, das Mikrofon wie eine heiße Kartoffel von der einen in die andere Hand zu werfen, sodass Lukas und Johannes befürchtet hatten, es könnte jeden Moment zu Boden fallen. Während des finnischen Beitrags war dann das Bild auf dem Fernsehschirm erst zu einem schmalen Streifen und dann zu einem winzigen Punkt zusammengeschmolzen. Ohne lange zu überlegen, waren sie eine Etage tiefer gestürmt und hatten sich vor Marios Fernseher breit gemacht, um wenigstens noch die Punkteverteilung mitzubekommen. Rücksichtslos hatten sie Marios Samstagabend durcheinander gebracht. Seine verzweifelten Proteste, dass er gleich Besuch bekäme – wichtigen Besuch, wie er bedeutungsvoll hinzufügte –, hatten sie einfach beiseite gewischt.

„Triff ihn morgen!" hatte Lukas gebrummt.

„Ja, oder geht irgendwo anders ficken!" hatte Johannes mit einer abfälligen Handbewegung gesagt. Und: „Hast du keine Schokolade oder ein paar Kräcker?" Damals hatte er noch nichts mit Mario gehabt. Das war erst Monate später passiert.

Von Österreich hatten sie wie jedes Jahr keinen einzigen Punkt erhalten, aber dafür hatte Deutschland der Türkei wenigstens nicht wie sonst immer *douze points* gegeben. Später, als sie wieder in ihrer eigenen Wohnung waren, hatten sie darüber gelacht, als sie an Marios entsetztes Gesicht zurückdachten, dem plötzlich klar wurde, dass er den Abend mit ihnen und dem niveaulosesten Schlagerfestival aller Zeiten verbringen würde, anstatt sich mit einem geilen Kerl auf dem Teppich zu wälzen.

Johannes starrte das leblose, ausrangierte Fernsehgerät an. Es gehörte in eine andere Zeit, zu einem anderen Leben.

Eine langbeinige Spinne, die gerade damit begonnen hatte, zwischen mehreren Flaschenhälsen ein Netz zu weben, kroch Johannes über den Handrücken. Er schüttelte sie ab und zerrte eine der beiden Champagnerflaschen aus der Ecke. *Veuve Cliquot*. Gut genug für einen Fick unter Nachbarn. Johannes spürte, wie sein Schwanz steif wurde, und verschloss hastig den Türriegel des Kellers.

Gerade wollte er die Treppe hinauflaufen, als er aus der Waschküche Geräusche hörte und durch die angelehnte Tür einen grünlich schimmernden Gegenstand sah, den er dort noch nie bemerkt hatte.

Verdammt, dachte er, was hat die alte Maier-Cigorsky denn jetzt schon wieder gemacht?

Ungehalten stieß er mit einem Fuß die Tür zur Waschküche auf. Ihm gegenüber saß Mario auf seinem alten, ausrangierten Sofa und sah seiner Waschmaschine beim Waschen zu.

„Oh", sagte Johannes überrascht. „Ich dachte, du bist oben." Unschlüssig deutete er auf die Champagnerflasche, die er in der Hand hielt. „Ich wollte dich gerade besuchen. Was machst du hier?" fügte er dann verwirrt hinzu.

„Buntwäsche. Vierzig Grad", antwortete Mario und zeigte auf die Waschmaschine, als ob das alles erklären würde.

„Äh … ja. Aber wieso hast du das alte Sofa in die Waschküche stellen lassen?" fragte Johannes weiter.

„Hat Lukas dir nichts gesagt? Der Sperrmülltermin ist erst in ein paar Tagen und in der Wohnung ist für das alte Ding kein Platz mehr. Er hat mir erlaubt, es solange hier unterzustellen. Hartmut hat mir geholfen, es runterzuschleppen. Ist doch irgendwie witzig, oder?"

Johannes ließ die Tür hinter sich zufallen. Wie immer schloss sie nicht ganz. Er ging ein paar Schritte auf Mario zu und ließ sich neben ihn auf das Sofa fallen. Die Sektflöten klimperten, als er sie und die Champagnerflasche auf den Boden stellte.

Mario kraulte ihm geistesabwesend den Nacken. „Beim Wäschewaschen zuzusehen hat etwas Beruhigendes, finde ich. Hab ich schon als Kind gerne gemacht", sagte er. „Kochwäsche ist besonders geil. Da schäumt das Waschpulver richtig."

Johannes schüttelte grinsend den Kopf. Betont gelassen fuhr er mit seinem Zeigefinger über Marios Wirbelsäule. Mario hielt den Atem an. „Ich will mit dir ficken", flüsterte Johannes.

„Schon wieder?" erwiderte Mario, aber die Frage war nur rhetorisch gemeint. „Alle Farbreste entfernt?" Er grinste anzüglich. „Dann komm, lass uns nach oben gehen. Da kannst du auch meine neue Couch bewundern."

„Nein", sagte Johannes plötzlich. „Ich will es hier machen."

„Hier in der Waschküche?"

Johannes nickte.

„Ich weiß nicht", murmelte Mario halbherzig. „Hältst du das für eine gute Idee? Was ist, wenn uns jemand erwischt?"

„Das macht das Ganze doch so spannend", sagte Johannes. „Geilt dich das nicht auf?" Er griff Mario zwischen die Beine und rieb seine Hand an der Beule in Marios Jeans. „Dein Schwanz denkt, dass es eine gute Idee ist", sagte er.

„Mein Schwanz denkt nicht", gab Mario zurück.

„Das soll er beim Ficken auch nicht. Dabei soll man gar nicht denken." Johannes drehte Marios Gesicht zu sich und schob ihm seine Zunge zwischen die Lippen. Mit der anderen Hand öffnete er langsam die Knöpfe seiner Hose. Zögernd schloss Mario die Augen und ließ sich auf das Sofa zurückfallen.

Na, endlich, dachte Johannes zufrieden.

„Was ist mit dem Champagner?" fragte Mario.

„Oh", erwiderte Johannes, „hätte ich fast vergessen." Er entkorkte die Flasche und goss eines der Gläser halb voll. „Hat dir schon mal jemand den Schampus vom Schwanz gelutscht?"

Mario schüttelte den Kopf und schluckte. Die Waschmaschine gab einen kurzen Klick von sich und legte einen Schleudergang ein.

Mit einem kleinen, nervösen Grunzer erwachte Frau Maier-Cigorsky aus dem Mittagsschläfchen, das sie nach dem Essen in ihrem Lieblingssessel zu halten pflegte. Ihr Schoß fühlte sich plötzlich kühl an, denn der Platz, den Mietzi immer einnahm, wenn sie sich zusammenrollte und den Kopf zwischen ihren Pfoten versteckte, war leer.

Irritiert blickte Frau Maier-Cigorsky sich um. Wo war bloß ihre süße, kleine Miezekatze? Mit unterdrücktem Ächzen zwang sie ihre arthrosegeplagten Glieder aufzustehen. Normalerweise verließ Mietzi den wärmenden Schlafplatz nur ungern. Ein verärgertes Scharren an der Wohnungstür beantwortete ihre Frage.

Natürlich! dachte Frau Maier-Cigorsky besorgt und strich sich die Katzenhaare vom Kleid. Den ganzen Vormittag hatte das arme Tier in der Wohnung ausharren müssen, weil es im Treppenhaus zuging wie auf dem Bahnhof. Dabei war die Katze daran gewöhnt, ein- und auszugehen, wie es ihr passte.

Frau Maier-Cigorsky rümpfte missbilligend die Nase. Seit Herr Lukas und Herr Johannes das Regiment im Hause übernommen hatten, feierte in fast allen Wohnungen die Perversion fröhliche Urständ. Der Großvater von Herrn Lukas würde sich im Grab herumdrehen, wenn er das wüsste. Männer, die mit Männern zusammenlebten, und Frauen, die mit Frauen im selben Bett schliefen. Ein Sündenpfuhl! Selbst der Junge von gegenüber war eine Plage. „Alte Hexe" hatte er ihr neulich durch die angelehnte Tür zugezischt und nach Mietzi hatte er auch getreten. Früher hatte es so etwas nicht gegeben.

Jedenfalls hatten die Möbelpacker einen solchen Radau veranstaltet, dass Mietzi sich den ganzen Vormittag nicht ins Treppenhaus getraut hatte. Und ihre Mietzi war sonst nicht zimperlich. Ein befriedigtes Lächeln huschte über Frau Maier-Cigorskys Gesicht. Sie hatte die Attacken ihrer Katze auf die Waden der anderen Hausbewohner immer als gerechten Ausgleich dafür angesehen, dass ihre Nachbarn ihr nicht den Respekt entgegenbrachten, der ihr ihrer Meinung nach zustand. Das hatten die Nachbarn davon, wenn sie hinter ihrem Rücken über eine gebrechliche, alte Frau herzogen.

Vorsichtig öffnete sie die Gardinen einen Spalt und spähte auf den Bürgersteig. Der Möbelwagen war fort. Frau Maier-Cigorsky huschte in den Flur und presste ihr Ohr an die Wohnungstür. Alles ruhig.

„Siehst du, Mietzimäuschen, jetzt kannst du nach draußen. Die bösen Onkel sind weg. Ich komme mit dir in den Keller und schaue, ob die Tür nach hinten offen ist. Dann kannst du ein bisschen im Garten spielen."

Mietzi funkelte sie mit einem undurchdringlichen Blick an und fuhr behäbig ihre Krallen aus. Dann schoss sie aus der Wohnung und lief die Kellertreppe hinunter. Frau Maier-Cigorsky kam etwas langsamer hinterher. Während sie vorsichtig einen Schritt vor den anderen setzte, fuhr ihr Finger prüfend über das Geländer. Staub. Ihr Zeigefinger war ganz grau. Frau Maier-Cigorsky nickte selbstgefällig. Sie hatte ihre junge Nachbarin schon häufiger beim Treppeputzen durch den Spion beobachtet. Immer nur schnell-schnell, nie den Putzlappen auswringen und nie die Ecken wischen. Einmal hatte sie gesehen, wie Evi heimlich ein paar Spritzer *Pril* im Hausflur verteilte, damit es besser roch und man glauben sollte, sie hätte anständig geputzt. Endlich hatte sie einen Grund, Herrn Lukas beim nächsten Mal auf den Schmutz anzusprechen. Natürlich nicht direkt, immerhin war die Frau quasi die Schwägerin des Hauseigentümers. Nein, sie würde sich ganz besorgt bei Herrn Lukas erkundigen, ob Evi vielleicht wieder arbeiten gehe oder das Kind krank sei. Ihr wäre aufgefallen, dass ihre Nachbarin sich in letzter Zeit bei der Reinigung des Treppenhauses immer so furchtbar beeilen müsse. Das würde Wirkung zeigen.

Am Treppenabsatz hielt Frau Maier-Cigorsky inne. Jemand hatte schon wieder vergessen, die Waschküchentür zu schließen. Durch die angelehnte Tür konnte sie hören, wie eine Waschmaschine zu schleudern begann und ein wenig rumpelte, als wären die Füße nicht korrekt justiert worden. Wenn sie ihr Hörgerät ganz laut stellte, konnte sie den Lärm deutlich vernehmen. Die Leute wurden immer rücksichtsloser, niemand kümmerte sich um geräuschempfindliche Menschen wie sie. Es war eine Schande.

Aber da war noch mehr. Sicher, ihre Augen waren schon mal besser gewesen, aber sie hätte schwören können, dass sie hinter der Tür eine flüchtige Bewegung bemerkt hatte. Frau Maier-Cigorsky schlug das Herz plötzlich bis zum Hals und ihr fiel ein, dass sie am Morgen ihre Tabletten nicht genommen hatte. Sie lagen noch auf dem Nachttisch, zwei kleine weiße Pillen, direkt neben dem *Bianca*-Heft, in dem sie abends ein paar Seiten las, um besser einschlafen zu können. In den Zeitungen stand immer wieder, wie hoch die Kriminalitätsrate gestiegen sei und dass es vor allen Dingen die ganzen Ausländer wären, die Deutschland unsicher machten. Erst neulich hatte sie noch einen skandalösen Bericht über die Russen-Mafia gelesen. Oder hatte das mit Prostitution zu tun gehabt? Aber das war bei dem Gesockse sowieso einerlei.

Frau Maier-Cigorsky legte eine zitternde Hand auf die Türklinke. Sollte sie oder sollte sie nicht? In Gedanken sah sie zwei verschiedene Schlagzeilen in der morgigen Ausgabe des *Express* vor sich: „Rentnerin bei Einbruch brutal niedergeschlagen!" und „Rüstige Rentnerin vereitelt Raubüberfall!" Für einen Moment zögerte sie noch, aber dann gewannen das Verlangen nach der positiven Schlagzeile und ihre eigene Neugierde die Oberhand. Immerhin hatte sie den Lärm des Schleudergangs als Überraschungsmoment auf ihrer Seite. Mit einem entschlossenen Ruck stieß sie die Waschküchentür auf.

Es dauerte einen Augenblick, bis Frau Maier-Cigorsky begriff, was ihre Augen registrierten. Vielleicht weil es schon Jahrzehnte her war, dass eine entsprechende Handlung in dieser oder zumindest ähnlicher Weise an ihr selber vorgenommen worden war und ihr Gehirn eine längere Anlaufzeit brauchte, um das Geschehen einordnen zu können. Vielleicht lag es aber auch daran, dass sie nicht darauf vorbereitet war, in der Waschküche ein grünes Sofa vorzufinden.

Zumindest jedoch hatte sie nicht damit gerechnet, auf ebendiesem Sofa zwei nackte Männer mit erigierten Geschlechtsteilen zu entdecken, von denen einer ganz eindeutig Herr Johannes war, der noch dazu gerade intensiv damit beschäftigt war, dem anderen nackten Mann Champagner über den Bauch zu kippen und anschließend aus dem Bauchnabel genüsslich herauszuschlürfen. Je länger sie starrte, desto sicherer war sich Frau Maier-Cigorsky, dass es sich bei dem anderen Mann um den Herrn Mario aus dem zweiten Stock handelte.

Frau Maier-Cigorsky japste ein paar Mal fassungslos nach Luft und dann stieß sie einen spitzen, gellenden Schrei aus.

Evi und Ignaz saßen am Küchentisch, umgeben von Grammatikheften, dem Schüler-*Duden* und diversen Schreibutensilien. Ignaz versuchte gerade, seiner Mutter die Regeln der neuen Rechtschreibreform beizubringen.

„Nein, Mama, das ist ja total falsch!" sagte Ignaz entnervt und ließ eine Faust auf den Tisch fallen. „Beim Diktat in der Schule wärst du jetzt durchgefallen." Insgeheim aber war er durchaus nicht verärgert. Es gefiel ihm ganz gut, einmal den Lehrer spielen zu können.

„Aber wieso denn?" fragte Evi verzweifelt. „Das war doch bisher immer richtig!"

„Aber jetzt nicht mehr. Du musst schreiben: *Rad fahren* und nicht *radfahren*", erklärte ihr Sohn altklug. „'Substantive, die mit Verben ein festes Gefüge bilden, aber nicht mit diesen zusammengeschrieben werden, schreibt man groß.' Außerdem werden Verbindungen aus Substantiv und Verb getrennt geschrieben", zitierte er auswendig zwei der noch immer umstrittenen Reformen.

„Substantive?" fragte Evi nach.

„Hauptwörter, Mama. O weia, das ist ja voll krass hier!" Ignaz seufzte auf, so wie seine Deutschlehrerin es immer machte, wenn sie so tat, als wäre sie am Ende ihrer Nerven. „Und hier sind sogar zwei Fehler drin!" Er deutete auf einen anderen Satz, den er seiner Mutter gerade diktiert hatte. „*Schwer fallen* wird jetzt getrennt geschrieben und *Delfin* nur noch mit *f*."

„Was für ein Schwachsinn", schnaubte Evi wütend und zerknüllte den Zettel. „Daran werde ich mich nie gewöhnen. Es macht auch überhaupt keinen Sinn! Diese Regeln sind vollkommen willkürlich. Ich schreibe weiter so, wie es mir passt."

„Aber dann ist es falsch!" erwiderte Ignaz empört.

„Ach was", sagte Evi. „Früher haben wir auch geglaubt, es sei falsch, den Müll nicht zu trennen und haben fein säuberlich Pappe, Papier, Verpackungen und Aluminium und was weiß ich noch alles in unterschiedliche Mülleimer geworfen. Und dann hat sich herausgestellt, dass die Müllabfuhr den ganzen Krempel wieder zusammenschmeißt und in einer großen Verbrennungsanlage gemeinsam verbrennt, die nur gebaut worden ist, weil ein paar Bonzen sich gegenseitig Millionen von Schmiergeldern zugeschoben haben. Die ganze Plackerei war also umsonst."

Ignaz sah seine Mutter verwirrt an. „Und was hat das mit der Rechtschreibreform zu tun?" fragte er.

Evi holte tief Luft und sah Ignaz bedeutungsvoll an. „Geh und räum dein Zimmer auf!" sagte sie dann.

„Aber ..."

„Kein aber!" sagte Evi. „Du hast die Wahl: Entweder Zimmer aufräumen oder beim Abwasch helfen."

Ignaz entschied sich für das kleinere Übel und verließ fluchtartig die Küche. Erwachsene waren so unlogisch!

Evi atmete erleichtert auf. Rechtschreibung, also wirklich! Sie hatte weiß Gott andere Dinge zu tun, als sich mit solchen Lappalien herumzuschlagen. Energisch ließ sie heißes Wasser in die Spüle einlaufen. Sie stapelte die schmutzigen Teller des Mittagessens übereinander und warf die Essensreste in den Mülleimer. Nicht dass heute viele Reste übrig geblieben waren. Es hatte Pizza gegeben und dann aß Ignaz meistens jeden Krümel auf.

Die letzten Tage waren nicht einfach gewesen. Johannes hatte sich zwar entschuldigt – auch wenn Evi ihm seine Reue insgeheim nicht abnahm –, aber damit war die Situation zwischen Hartmut und ihr noch nicht bereinigt. Evi hatte lang und breit darüber nachgedacht, wie es dazu hatte kommen können, dass Hartmut mit einem anderen Mann im Bett landete, und je länger sie sich den Kopf zerbrach, desto logischer war ihr die Erklärung ihres Bruders erschienen: Vielleicht hatte Hartmut wirklich ein paar schwule Anteile. Mehr als einmal hatte sie sich vorgenommen, mit Hartmut zu sprechen, schließlich waren sie erwachsene Menschen, und sie, Evi, war sicherlich in der Lage, einmal ihre verletzte Eitelkeit zu vergessen, genauso wie ihre Bitterkeit und ihre Wut, und mit ihrem Mann über ein Problem sexueller Art ganz ruhig und objektiv zu reden. So wie sämtliche Hobby-Psychologen in allen Zeitschriften, die sie beim Zahnarzt oder Frauenarzt durchblätterte, es immer empfahlen: Sprechen Sie mit ihrem Mann über das, was Sie bewegt! Die Sache war nur, dass Hartmut kein Wort darüber verlieren wollte. Abends, sobald Ignaz sich in sein Zimmer verzog und unter der Bettdecke heimlich mit seinem *Gameboy* spielte, stellte Hartmut den Fernseher an, vergrub sein Gesicht hinter der Zeitung oder verließ das Haus, um sich in der Kneipe nebenan zu betrinken. Wenn er nach Hause kam, hatte er meist eine Alkoholfahne, und im Bett drehte er Evi demonstrativ den Rücken zu.

Erst letzte Nacht hatte ein reinigendes Gewitter die stickige Luft vertrieben. Hartmut hatte laut schnarchend neben ihr gelegen, Evi hatte erneut kein Auge zugetan und dann hatte sie plötzlich die Nase voll gehabt. Wütend packte sie ihr Kopfkissen und drosch damit auf ihren Mann ein. Hartmut fiel vor Schreck aus dem Bett.

„Hast du sie noch alle?" brüllte er sie vom Teppich aus an. „Bist du bescheuert, oder was?"

„Ich will wissen, was mit dir los ist!" schrie Evi zurück, und in dem Moment war es ihr egal, dass Ignaz von ihrem Geschrei aufwachen und den Ehekrach hautnah miterleben könnte. „Ich hab das Schweigen jetzt endgültig satt! Du bist mir noch eine Erklärung schuldig! Bist du jetzt schwul oder nicht?"

Hartmut rappelte sich auf und sah sie wütend an. „Ich hab's dir doch schon erklärt. Dein feiner Bruder hat mich besoffen gemacht und verführt. Ich stehe nicht auf Männer!"

„Dein Schwanz aber schon. Der stand!" gab Evi schlagfertig zurück.

„Woher willst du das wissen?"

„Johannes hat es mir erzählt. Er konnte sich übrigens sehr gut daran erinnern!"

„Das kann ich mir vorstellen", murmelte Hartmut. „Das war ihm bestimmt ein innerer Abgang."

„Johannes ist jetzt nicht das Thema", konterte Evi, „versuch erst gar nicht abzulenken!"

Hartmuts Wut war so schnell verraucht, wie sie gekommen war. Schlaff wie ein Mehlsack ließ er sich neben sie auf das Bett fallen und suchte im dunklen Zimmer ihren Augenkontakt. „Nein", sagte er schließlich, „ich bin nicht plötzlich schwul geworden. Glaube ich wenigstens. Denkst du wirklich, ich würde das alles hier wegen einmal Sex mit deinem Bruder aufgeben?" Seine Hand fuhr vage in die Luft und umfasste Evi, das Schlafzimmer, die Wohnung, ihr Kind und ihr ganzes Leben.

„Und warum schlafen wir seitdem nicht mehr miteinander?" fragte Evi.

„Weil ich ... weil ich ..." Hartmut druckste herum und wusste nicht, wie er es sagen sollte. „Weil ich Schiss habe, dass es nicht mehr klappt", stieß er plötzlich aus. „So, jetzt weißt du's!"

Ganz gegen ihren Willen hatte Evi angefangen zu kichern. Sie hatte versucht, es zu unterdrücken, aber es war immer stärker geworden, und schließlich hatte sie losgeprustet und laut gelacht.

„Soviel also zu der vielgepriesenen größeren Sensibilität von Frauen!" hatte Hartmut beleidigt gesagt. „Was ist daran so komisch?"

„Ach, nichts weiter", hatte Evi geantwortet und immer noch gegrinst. „Ich finde es nur absurd, dass wir eine Ehekrise haben, weil du Angst vor Potenzproblemen hast. Das ist einfach lächerlich."

„Haben wir denn eine Ehekrise?" hatte Hartmut leise gefragt.

Evi hatte einen Arm ausgestreckt und ihm den Nacken gekrault. „Nein", hatte sie gesagt, „jetzt nicht mehr."

Mit einem Ruck wurde Evi wieder in die Gegenwart gerissen. Ein lauter, entsetzter Schrei gellte durch das ganze Treppenhaus. Instinktiv flogen Evis Gedanken zu Ignaz, aber im selben Moment fiel ihr ein, dass ihr Sohn sich ja in sein Zimmer verkrochen hatte. Außerdem stürmte Ignaz in diesem Moment zur Küchentür hinein.

„Hast du das gehört, Mama? Da hat jemand geschrien!"

„Ja", sagte Evi knapp, trocknete sich rasch die Hände ab und öffnete die Wohnungstür. „Du bleibst hier, Ignaz! Und leg die Pistole mit den Platzpatronen beiseite!"

„Aber damit können wir die Einbrecher erschrecken!" protestierte Ignaz.

„Was für Einbrecher?" fragte Evi irritiert. „Das war eine Frauenstimme. Und wenn ich mich nicht irre, die von der alten Maier-Cigorsky. Wahrscheinlich ist ihr fettes Katzenvieh wieder in der Katzenklappe stecken geblieben." Johannes hatte seiner Schwester von seiner Begegnung mit Mietzi und dem genüsslichen Tritt in ihren Hintern erzählt.

Aber Ignaz dachte gar nicht daran, sich diese Show entgehen zu lassen. So etwas bekam man schließlich nicht jeden Tag geboten. Entschlossen stürmte er hinter Evi die Kellertreppe hinunter.

Das Bild, das sich ihnen in der Waschküche bot, würden weder Ignaz noch Evi jemals vergessen. Frau Maier-Cigorsky lehnte an der geöffneten Waschküchentür und sah aus, als ob sie jeden Moment in Ohnmacht fallen würde. Ihre Gesichtsfarbe ähnelte der von schmutzigem Schnee. Ein paar graue Haarsträhnen fielen ihr wirr ins Gesicht und mit der linken Hand fasste sie sich wiederholt und theatralisch an ihr Herz.

„Sodom und Gomorrha!" flüsterte sie und bemerkte Evi und Ignaz erst nach ein paar Augenblicken. „Unzucht! Wolllust! Sodomie!" Sie klang wie eine Reklame für einen Beate-Uhse-Katalog.

Mit der rechten Hand lenkte sie Evis Aufmerksamkeit in die Mitte des Raums und dann sackte sie langsam und demonstrativ an der Tür hinunter auf den Boden.

Das erste, was Evi sah, als sie der ausgestreckten Hand mit ihrem Blick folgte, war ein grünes Sofa, das unerklärlicherweise vor einer Waschmaschine platziert war. Genauso absurd war die Tatsache, dass ihr Bruder splitternackt und ungelenk auf einem Bein um das Sofa herumhüpfte und krampfhaft bemüht war, seinen linken Strumpf anzuziehen. Dann erst bemerkte Evi den ebenfalls nackten Mario, der versuchte, seinen Schwanz hinter einer vorgehaltenen, halb leeren Champagnerflasche zu verbergen, während ihm ein paar Tropfen Flüssigkeit vom Bauch tropften. Evi wollte gar nicht darüber nachdenken, was es mit diesem Nass auf sich hatte. Im Gegensatz zu Frau Maier-Cigorsky sah Marios Gesichtsfarbe ausgesprochen gesund aus.

Evi konnte nicht umhin, ein wenig Schadenfreude zu empfinden, und gewann innerhalb von einer Sekunde ihren Glauben an Gerechtigkeit zurück.

„Na, Bruderherz", sagte sie dann süffisant. „Einen größeren Fettnapf hast du wohl nicht gefunden?"

Johannes warf ihr einen hilflosen Blick zu. Hinter Evi versuchte Ignaz, über Frau Maier-Cigorsky hinwegzuklettern, um zu sehen, was sich in der Waschküche abspielte.

„Mama, was ist denn da vorne? Lass mich auch mal sehen!" quengelte er.

„Ignaz, geh nach oben!" sagte Evi scharf, aber da hatte Ignaz schon Frau Maier-Cigorsky hinter sich gelassen. Interessiert nahm er die Szenerie in Augenschein.

„Hallo, Onkel Johannes", sagte er schließlich, um direkt danach fachmännisch zu konstatieren: „Ihr seid beide nackt!"

Ganz der Vater! dachte Johannes mit einem Anflug von Galgenhumor. „Hallo, Ignaz", sagte er laut.

„Spielt ihr Liebespaar?" fragte sein Neffe.

Mario wäre vor Scham am liebsten im Erdboden versunken. Eine so peinliche Situation hatte er noch nie in seinem Leben durchstehen müssen. „Wo ist meine Unterhose?" zischte er verzweifelt.

Aber Johannes hörte ihn nicht. Eine Etage über ihnen wurde die Haustür geöffnet und gleich darauf kamen schwere Schritte die Kellertreppe hinunter.

„Scheiße!" flüsterte Johannes.

Lukas sah sich in dem Blumenladen um. Gelbe Gerbera, deren Stiele mit feinen Drähten umwickelt waren, um die Blüte zu stützen, Tulpen in allen möglichen Farben, gefüllt oder einfach, selbst ein paar erste zaghaft knospende Birkenzweige, obwohl Ostern noch einige Wochen entfernt war.

Er war früher als geplant aus der Redaktion gegangen; den Preview sowie das Interview hatte er einer Kollegin aufs Auge gedrückt, weil er sich sowieso nicht konzentrieren konnte. Keine Sekunde hatten ihn seine Gedanken in Ruhe gelassen. Lukas hatte ein schlechtes Gewissen, weil es Johannes so mies gegangen war.

Sein Freund hatte sich zurückgezogen wie ein waidwundes Tier in seinen Bau, um sich die Wunden zu lecken. Er hatte versucht, sich nichts anmerken zu lassen, aber Lukas war nicht dumm. Bei jeder Berührung zuckte Johannes zusammen, als befürchtete er, geschlagen zu werden; wenn Lukas ihn ansprach, war Johannes mit seinen Gedanken so weit weg, dass er kaum in der Lage war, eine verständliche Antwort zu geben. Als Lukas eines Abends im Bett Annährungsversuche machte, hatte Johannes sich wortlos auf den Bauch gelegt, das Gesicht im Laken vergraben und keinen Ton von sich gegeben. Lukas hatte das Gefühl gehabt, ein lebloses Stück Fleisch zu ficken. Er hatte es nicht noch einmal versucht. Selbst eine neue Geschichte wollte Johannes nicht hören. Lukas hatte weitere Abenteuer für Joschi und für Brand und Grünherz erfunden, er hatte sich wirklich Mühe gegeben, um den Tod von Rainer wiedergutzumachen, aber als er im Dunkeln die ersten Worte sprach, hatte Johannes zu zittern begonnen.

„Nein", hatte er gemurmelt und Lukas den Rücken zugedreht, „tu das nicht. Sie könnten umkommen." In der Nacht war Johannes mehrmals aufgewacht und am nächsten Morgen hatte Lukas das nass geschwitzte Kissen bemerkt.

Lukas machte sich Vorwürfe. Er war so unsensibel gewesen, er hatte Johannes verletzt, er hatte seinem Freund das Vertrauen entzogen, weil sein Stolz und seine Eitelkeit angeknackst worden waren. Weil er eifersüchtig gewesen war und es ihm einmal mit gleicher Münze heimzahlen wollte. Jetzt war es an Lukas zu zeigen, dass sie einen Neuanfang starten konnten. Johannes hatte lange genug für seine Fehler gebüßt.

„Hier", sagte er zu der Bedienung im Blumenladen, „zwei Dutzend von diesen lachsfarbenen Rosen."

„Gerne", erwiderte die Frau, die einen grünen Kittel über ihrem Sweatshirt und der Jeans trug, und lächelte ihn an. „Da wird sich aber jemand freuen! Ein Jubiläum?"

„So ähnlich", antwortete Lukas, „ein neuer Beginn."

„Zellophan oder Papier?"

„Wie bitte?"

„Wie soll ich die Blumen einwickeln?"

„Einfach so", sagte Lukas, „nicht einpacken."

„Na, dann viel Glück!"

Lukas stieg in seinen Wagen und legte die Blumen auf den Beifahrersitz. Plötzlich konnte er nicht schnell genug wieder zu Hause sein. Er wollte Johannes umarmen, ihm ins Ohr flüstern, dass jetzt alles gut werden würde und nichts von dem, was vorher passiert war, noch wichtig sei.

„Lass uns einfach von vorne anfangen!" würde er Johannes sagen. „Wir haben beide Mist gebaut, aber ich habe dir verziehen, und wenn du mir auch verzeihen kannst, dann gibt es keinen Grund, warum wir nicht zusammenbleiben sollten."

Und dann würde er Johannes ins Schlafzimmer zerren und alles würde so sein wie damals, als sie sich kennen gelernt hatten. Brand, der Drache, und Grünherz, der Faun, auf ewig vereint. Ein Hollywoodfilm mit Happy-End.

Mit zwanzig Stundenkilometern über der Höchstgeschwindigkeit fuhr Lukas die Nord-Südfahrt entlang, wartete ungeduldig, bis zwei ältere Damen den Bürgersteig erreicht hatten, und bog dann mit quietschenden Reifen in seine Straße ein. Er parkte, ließ die Autoschlüssel stecken, griff nach den Rosen, sprang aus dem Wagen und eilte durch den Vorgarten zur Haustür. Hastig schloss er auf und blieb dann einen Moment unentschlossen im Hausflur stehen.

Evis Wohnung und die Tür von der alten Maier-Cigorsky standen sperrangelweit auf. Unten aus dem Kellergeschoss drangen aufgeregte Stimmen nach oben. Einbrecher? Ein geplatztes Wasserrohr? Irritiert lief Lukas die Kellertreppe hinunter.

„Lukas!" begrüßte ihn Evi überrascht und peinlich berührt. Sie stand in der Tür zur Waschküche und versperrte ihm die Sicht. „Was tust du denn hier? Hast du keinen Dienst?" Seine Schwägerin fühlte sich sichtlich unwohl in ihrer Haut.

„Was ist passiert?" fragte Lukas beunruhigt zurück. „Alles in Ordnung?" Sein Blick fiel auf die noch immer auf dem Boden sitzende Frau Maier-Cigorsky.

„Alles in Ordnung?" krächzte seine ältliche Mieterin empört, die sich inzwischen ein wenig erholt hatte. Auch ihre Gesichtsfarbe lebte langsam wieder auf. „Gar nichts ist in Ordnung! Ich hatte einen Schlaganfall! Einen Blutsturz! Einen Herzinfarkt! Ich kündige! In so einer Umgebung bleibe ich keine Sekunde länger! Dieses Haus ist ein Bordell!"

Lukas sah Frau Maier-Cigorsky verständnislos an. „Was ist denn mit der los?" fragte er Evi. „Ist das jetzt Altersdemenz oder was?"

„Äh … ich weiß jetzt nicht, wie ich das beantworten soll", erklärte Evi zögernd und schüttelte resigniert den Kopf. Jetzt konnte sie Johannes auch nicht mehr helfen. „Du musst dir schon selber ein Bild machen. Ich bin nur froh, dass es mich eigentlich nichts angeht, ganz ehrlich. Es tut mir Leid." Bevor Evi weiter sprechen konnte, tauchte Ignaz hinter ihr auf und zog Lukas hektisch am Hosenbein. „Onkel Lukas, Onkel Lukas, schau mal, Onkel Johannes und Mario spielen Liebespaar!" rief er aufgeregt und zerrte Lukas an seiner Mutter vorbei in die Waschküche hinein.

„Was?" Lukas versuchte seine Gedanken zu ordnen und das groteske Bild, das sich ihm darbot, in einen logischen Zusammenhang zu stellen. Der Versuch misslang.

Wie Evi kurz vorher nahm auch er zuerst das Sofa wahr, das in der Waschküche einen so deplatzierten Eindruck machte. Vage erinnerte es ihn an einen Werbespot für einen Schokoriegel oder einen tropischen Fruchtsaft, in dem eine Couch direkt auf einen palmenbestandenen, lichtdurchfluteten Karibikstrand gestellt worden war. Erst danach bemerkte er Mario auf dem Sofa, völlig nackt, und noch immer seinen Schwanz hinter einer Champagnerflasche versteckend. Lukas erkannte die Marke sofort. Er hatte die Flasche erst vor wenigen Monaten von seinen Arbeitskollegen erhalten. Aber wieso trank Mario seinen Champagner? Und wieso war er nackt?

„Äh … hallo", sagte Lukas endlich etwas unentschlossen und deutete auf die Waschmaschine, die gerade ihren Schleudergang beendete. „Große Wäsche?"

Mario machte den Mund wie eine Schildkröte auf und zu und entschied sich dann für ein stummes Nicken.

Lukas kam sich idiotisch vor.

Hinter dem Sofa tauchte auf einmal ein dunkler Lockenkopf auf. Johannes war genauso unbekleidet wie Mario.

„Hallo, Lukas", sagte Johannes leise und richtete sich auf. Um seine Mundwinkel zuckte für einen Moment ein schmales Grinsen, das er nur mit großer Anstrengung wieder verschwinden lassen konnte. In Lukas' Kopf begannen sich die Einzelteile dieses verwirrenden Bildes wie die Teile eines Puzzlespiels zusammenzufügen – und plötzlich war die Situation nicht mehr komisch.

„Du!" sagte Lukas und starrte Johannes an. Der Boden unter seinen Füßen fühlte sich an wie Treibsand. In seinem Kopf hämmerte das Blut und in seinem Mund schmeckte er bittere Galle. Was für ein Dummkopf er gewesen war!

Johannes ließ beschämt den Kopf hängen. Es gab nichts, was er hätte sagen können, um die Situation zu erklären. „Die Rosen", sagte er schließlich mit gesenktem Blick, „sind … waren die für mich?"

Lukas hatte den Blumenstrauß in seiner Hand völlig vergessen. Geistesabwesend betrachtete er die Blüten. „Bescheuert von mir, was?" sagte er nach einer langen Pause und warf die Rosen Johannes verächtlich vor die Füße.

~ Ich schließe den Mund und beobachte seine Reaktion aus den Augenwinkeln.

Wir sitzen erneut in dem kleinen Café am Rhein. Unsere Spaziergänge auf der Promenade sind mittlerweile zu einem Ritual geworden. Wenn das Wetter schön ist und er sich gut genug fühlt, schleppe ich erst den Rollstuhl und dann ihn nach unten. Inzwischen habe ich Übung und kann meine Kräfte besser einteilen. Dann ziehen wir los. Manchmal verlassen wir auch die Promenade, gehen über die Brücke und drehen eine Runde im Rheinpark auf der anderen Seite des Flusses. Aber immer hier, bei diesem Café mit den weißen Plastikstühlen und den großen, gelben Sonnenschirmen, legen wir eine Pause ein. Der Kellner kennt uns schon. Ein drahtiger, kleiner Italiener mit behaarten Unterarmen, einem tiefschwarzen Bartschatten und einer blendend weißen Kittelschürze. Er nickt uns zu, schiebt einen Stuhl beiseite, damit genug Platz für den Rollstuhl ist, und stellt automatisch eine Tasse Milchkaffee für ihn und ein Glas Wasser für mich auf den Tisch. Dann dreht er den Sonnenschirm so, dass Schatten auf Johannes' Gesicht fällt und man die Schnittwunden nicht sofort erkennen kann, auch wenn sie mittlerweile gut verheilt sind. Ansatzweise kann man erahnen, wie sein Gesicht vorher ausgesehen hat. In einer Stunde haben wir einen Termin im Krankenhaus, dann werden die Fäden gezogen. Ich gebe dem Kellner immer ein großzügiges Trinkgeld.

„Du bist fertig", sagt Johannes erstaunt, weil er ein anderes Ende erwartet hat, und schweigt dann. Er lässt mich zappeln, er weiß genau, dass ich auf seinen Kommentar gespannt bin. Obwohl es mir eigentlich egal sein könnte, will ich wissen, wie ihm die Geschichte gefallen hat.

„Ja", antworte ich.

Minutenlang und nervtötend rührt er in seinem Kaffee. Der Löffel schlägt in genau abgemessenen Intervallen an die Innenseite der Tasse und erzeugt einen hellen, silbrigen Klang. Schließlich nehme ich ihm mit einer verärgerten Bewegung den Löffel aus der Hand und werfe ihn auf den Tisch.

„Hat sich schon mal jemand tot gerührt", sage ich.

„Hat sich schon mal jemand tot gestürzt", antwortet er und seine Lippen verziehen sich zu einem feixenden Grienen. Er sieht mich herausfordernd an.

Ich sitze ihm gegenüber und höre in Gedanken das tosende Geräusch einer zerberstenden Fensterscheibe. Es klingt wie ein riesiger Wasserfall aus Glas, irgendwie melodisch, die Glassplitter erzeugen beim Zerbrechen unterschiedliche Töne. Kleine Glasstücke haben einen hellen Klang, große eher einen tiefen, knisternden Ton. Aber über allem liegt der laute, kehlige Schrei, den seine Stimmbänder erzeugen, als er zusammen mit dem Glas nach unten stürzt. Ein unangenehmes, hässliches Geräusch.

„Aber du nicht", erwidere ich schließlich und lasse mir nichts anmerken.

„Nein", sagt er und beobachtet mich aufmerksam, „ich nicht. Erstaunlich, nicht wahr?"

Seine Frage hört sich an wie eine Anklage. Zum ersten Mal beschleicht mich das Gefühl, dass er etwas ahnt. Aber wie sollte er? Ich habe noch nichts erzählt. Ich hebe es mir auf, bis er wieder gesund ist, und tue so, als hätte ich seine Frage nicht gehört.

Ich schaue auf die Uhr und bemerke, dass wir gehen müssen. Schnell winke ich den Kellner heran, zahle und schiebe Johannes und den Rollstuhl nach Hause. Das Auto steht in einer Nebenstraße, es wird immer schwieriger, einen Parkplatz zu finden, trotz Parkausweis. Mit einiger Mühe steigt er vom Rollstuhl auf den Beifahrersitz um. Seine Beine zittern, weil seine Muskulatur die Belastung ohne die stützenden Krücken nicht gewohnt ist. Als er endlich sitzt, beuge ich mich über ihn und lege ihm den Sicherheitsgurt um. Mein Arm streift seine Schulter und die zufällige Berührung jagt mir eine Gänsehaut über den Rücken.

„Du", flüstert er plötzlich zärtlich und schockiert zugleich und ich zucke zusammen.

Nachdem ich den Rollstuhl im Kofferraum verfrachtet habe, fahren wir zum Krankenhaus. Das Wartezimmer in der Chirurgie ist erstaunlicherweise fast leer und wir müssen nur ein paar Minuten warten, bis er ins Behandlungszimmer gerufen wird. Der Dienst habende Arzt kennt uns schon. Wir sind hier Stammgäste. Nach so vielen Wochen stationären Aufenthaltes und anschließender ambulanter Versorgung kennen wir beide das gesamte Personal, bis hinunter zu den Zivildienstleistenden und den Putzfrauen.

Der Arzt hat dünne, graue Haare, die wie ein Kranz um seine Glatze angeordnet sind. Unter seinem Kittel ragt ein Bauch hervor und seine Hände zeigen erste Anzeichen von Altersflecken.

„Wie geht's uns denn?" sagt er jovial zur Begrüßung und reibt sich die Handflächen an der Hose. Er ist einer von denen, deren Berufsvorstellung von den Ärzten der *Schwarzwaldklinik* beeinflusst worden ist und die immer den Plural benutzen, obwohl sie den Singular meinen. Vielleicht ist es als Höflichkeitsfloskel gedacht, um die Distanz zwischen Arzt und Patient wenigstens sprachlich zu verringern.

Er bedeutet Johannes, sich hinzulegen, und hantiert in einer Schublade mit OP-Besteck. Ich setze mich auf einen Hocker in der Ecke des Untersuchungsraums. Im Moment bin ich nutzlos. Dann geht er zur Liege, bewaffnet mit einem Tupfer und einer Pinzette. „Das sieht doch wirklich gut aus", sagt er nach einem kurzen Blick über die vernarbten Gesichtswunden.

Eine Schwester betritt den Raum und stellt sich neben den Arzt, um ihm beim Fädenziehen zu assistieren. „Dann wollen wir mal", sagt er. „Es wird ziepen und vielleicht auch ein bisschen bluten, aber das hat nichts zu bedeuten. Sind Sie soweit?"

„Ja", höre ich seine Stimme von der Liege, und danach ist es vollkommen still im Raum, abgesehen vom Klappern des Bestecks, einem kurzen Zischen, wenn er ruckartig die Luft durch die zusammengebissenen Zähne einatmet, und dem beruhigenden, nichts sagenden Gemurmel des Arztes.

Nach einer guten halben Stunde ist alles vorbei und alle Wunden im Gesicht sind von den Fäden befreit. „So", sagt der Arzt befriedigt, „ein weiterer Schritt des Genesungsprozesses ist vollbracht! Den Schorf bitte nicht abkratzen, ich gebe Ihnen eine Salbe mit, die den Juckreiz ein bisschen lindert. In ein bis zwei Wochen ist alles endgültig abgeheilt."

„Bis auf die Narben", höre ich seine angestrengte Stimme. „Die bleiben."

Der Arzt ringt nach Worten, sucht eine beruhigende Floskel. Schließlich sagt er: „Narben machen einen Mann doch erst interessant. Alles halb so wild. Wir sehen uns nächste Woche zur Kontrolle." Mit wehendem Kittel verlässt er den Raum und die Schwester folgt ihm, nachdem sie entschuldigend die Augen verdreht hat. Wir sind wieder allein.

„Gibt's hier einen Spiegel?" fragt er, während er sich aufsetzt.

Ich helfe ihm auf und stütze ihn, während er zu dem Spiegel humpelt, der über dem Waschbecken angebracht ist.

„Willst du wirklich?" frage ich zögernd.

Er nickt entschlossen. Dann hebt er den Kopf und schaut sich sein Gesicht im Spiegel an.

„O Gott", flüstert er. „O Gott." Seine Finger fahren vorsichtig über die zwei großen Schnitte auf der Stirn, über die Narben an der linken Wange, dem linken Auge und die verheilten Wunden direkt neben seiner Lippe und dem Kinn. Das Relief einer unbekannten Landkarte, von der er nicht weiß, wie er sie lesen soll. Er schluckt entsetzt, als könnte er nicht glauben, was er sieht. „Bring mich hier weg!" sagt er schließlich, und da ist wieder diese Härte in seiner Stimme, dieser Kommandoton, der mich zu seinem Befehlsempfänger degradiert. Aber diesmal sage ich nichts, sondern tue einfach, was er sagt.

Zu Hause legt er sich sofort auf das Sofa im Wohnzimmer, mit dem Gesicht zur Wand, und dreht mir den Rücken zu. Seine Schultern beben und ich weiß, dass er weint, auch wenn kein Ton über seine Lippen kommt. Hilflos stehe ich im Raum. Ich sollte zu ihm gehen, mich zu ihm setzen, ein paar Worte sagen, ihm eine Hand auf die Schulter legen, ihn trösten. Aber ich kann nicht. Außerdem weiß ich, dass er am liebsten in Ruhe gelassen wird, wenn es ihm schlecht geht. Also schließe ich leise die Wohnzimmertür, damit er sich unbeobachtet fangen kann, und gehe in die Küche, um das Abendbrot vorzubereiten. Ich habe Rostbratwürstchen gekauft, die mag er ganz gerne. Dazu gibt es Tee, Graubrot und Fenchelsalat. Ich klappere mit Tassen, Geschirr und Besteck und versuche, an nichts zu denken. Als das Fett heiß ist und ich die Würstchen in die Pfanne lege, kommt er mit rot geränderten Augen in die Küche, setzt sich auf einen Stuhl und sieht mir beim Braten zu. Keiner von uns sagt ein Wort. Erst als alles fertig ist und ich ihm ein paar Würstchen auf den Teller schaufele, redet er wieder mit mir.

„Das war wirklich mies von dir", sagt er und ich sehe ihn fragend an.

„Was meinst du?"

„Die Geschichte, was sonst", erwidert er, als wäre sein Gedankensprung völlig logisch. „Sie ist unfair und sie verdreht die Tatsachen. Sie ist erstunken und erlogen."

„Wirklich?" Ich zucke gleichgültig mit den Achseln. „Das ist nicht mein Problem. Du wolltest eine Geschichte hören, ich habe sie erzählt. Was kann ich dafür, dass sie dir nicht gefällt?"

Wütend spießt er ein Würstchen mit der Gabel auf und fuchtelt mir damit vor der Nase herum. „Aber sie entspricht nicht der Wahrheit", sagt er aufgebracht. „Es war alles ganz anders!"

„Tatsächlich?" Unwillkürlich befinde ich mich in der Defensive und ich spüre, dass mir das überhaupt nicht gefällt.

„Nein", sagt er entschlossen. „so nicht! Dann werde ich eine neue, eine andere Geschichte erzählen. Meine Version!"

„Was?" frage ich entgeistert und lache abfällig. „Du? Das ist ja lächerlich! Du bist nicht der Geschichtenerzähler. Das kannst du nicht!"

„Ach nein?" grinst er süffisant. „Wart's ab. Ich habe viel gelernt von dir." Er schiebt den leer gegessenen Teller beiseite, holt seine Zigaretten aus der Tasche, zündet sich eine an und bläst mir genüsslich den Rauch ins Gesicht.

„Alles beginnt an einem frühen Montagmorgen", äfft er mich nach.

Wie gerne würde ich ihm die Fresse polieren.

Reverse

Noch bevor Johannes die Augen aufmachte, spürte er den hämmernden Schmerz, der sich direkt hinter seinen Augen einquartiert hatte. Mit jedem Herzschlag pochte er stärker und schien auch Ableger in der hinteren Gehirnhälfte zu bilden. Als wäre Johannes in der Disco aus Versehen direkt vor einer der Boxen eingeschlafen, während die Bässe und der DJ Amok liefen. Dabei hatte er seit Wochen keine Disco mehr von innen gesehen. Nicht mal in die Nähe von einer war er gekommen, genauso wie er es Lukas versprochen hatte. Kürzer treten, sich ums Studium kümmern, sich nicht die Nächte um die Ohren schlagen.

„Ja, Papa Lukas, wird gemacht, Papa Lukas!"

Lukas hasste es, in welcher Form auch immer auf den Altersunterschied zwischen ihnen aufmerksam gemacht zu werden. Dann ging er hoch wie eine Rakete, automatisch, zielsicher und punktgenau. Gerade in letzter Zeit war sein Alter ein Thema, das man besser nicht ansprach. Man durfte die Zahl 40 noch nicht mal zufällig vor sich hinmurmeln oder nach dem Duschen auf den beschlagenen Badezimmerspiegel schreiben, ohne Gefahr zu laufen, stundenlang einen gereizten Freund erdulden zu müssen. Johannes hatte Erfahrung in diesen Dingen. Er war vier Jahre mit Lukas zusammen und hatte gelernt, den Launen seines Freundes aus dem Weg zu gehen. Manchmal konnte man ihm einfach nichts recht machen.

Früher war das anders gewesen. Da war Lukas lustig gewesen, fröhlich und zärtlich, wenn auch ein bisschen introvertiert, ein Mann, an den Johannes sich anlehnen konnte. Unwillkürlich fiel ihm ein Abend zu Beginn ihrer Beziehung ein, den sie bei Kerzenschein und einer Sinfonie von Mahler in der Badewanne verbracht hatten, bis ihre Finger ganz verschrumpelt waren und der Wasserdampf wie aufsteigender Nebel über einem Hochmoor im Raum gehangen hatte. Damals waren sie beide glücklich gewesen.

Die Veränderung war schleichend gekommen, ohne dass Johannes zunächst einordnen konnte, was eigentlich geschah. Ein verständnisloses Schulterzucken hier, ein aufbrausender Tonfall da – und eines Tages erschien es ihm, als wäre er aus einem zu langen Schlaf erwacht. Plötzlich waren mürrische Bemerkungen an der Tagesordnung, genervte Blicke und Streitereien über Kleinigkeiten, die früher undenkbar gewesen waren.

Dabei hatte sich für Johannes nichts geändert. Noch immer war Lukas der wichtigste Mensch in seinem Leben und das hatte er seinem Freund eigentlich oft genug bewiesen. Johannes brauchte das Gefühl, zu jemandem zu gehören, ein Zuhause zu haben. Zugegeben, er war vielleicht oft auf der Rolle, zog mit Jaime, Karsten und Mario um die Häuser, kam manchmal erst am frühen Morgen ins Bett, aber das war etwas ganz anderes. Zwar hatte Lukas mit seinem unzufriedenen, nörgelnden Unterton schon häufiger darauf hingewiesen, dass er in ihrer Beziehung offenbar die Rolle des Hafens übernommen hatte, während Johannes das Schiff war, das erst nach abenteuerlichen und ausgiebigen Exkursionen den Schutz des sicheren Hafens suchte, aber Johannes hatte nichts Schlimmes in diesem Bild entdecken können. Heimkommen war doch ein schönes Gefühl, eines, das er genoss. Außerdem war es schließlich nicht seine Schuld, dass Lukas Kneipen und Partys nicht ausstehen konnte.

In gewisser Weise war die Metapher auch ein wenig schief, denn Johannes begab sich nie ohne Rettungsring auf große Fahrt. In den vier Jahren ihrer Beziehung war er Lukas niemals untreu geworden und irgendwie war er darauf auch ein bisschen stolz. Die anderen zogen ihn schon auf deswegen, machten blöde Witze, nur weil sie nicht verstanden, warum Johannes kein Interesse an Sex mit anderen Männern hatte. Mario zum Beispiel hatte ihm grinsend geraten, sich die Hörner abzustoßen, aber was wusste der schon von Beziehung? Dem kamen die Männer ja schon abhanden, wenn sie gerade mal mit dem Abspritzen fertig waren!

Sex ohne Beziehung war für Johannes wie ein Fischmac bei McDoof, wenn er nebenan in einem Fünf-Sterne-Restaurant Hummer haben konnte. Auch wenn alle anderen das spießig oder altmodisch fanden. In der Zeit vor Lukas hatte Johannes genug Fastfood gegessen, um den Unterschied beurteilen zu können.

Das Problem war nur, dass Lukas keinen Sex mehr haben wollte. Johannes konnte sich kaum noch erinnern, wann sie das letzte Mal miteinander im Bett gewesen waren. Mehr als einmal hatte er versucht, mit Lukas darüber zu sprechen, aber sein Freund hatte es bisher immer verstanden, vom Thema abzulenken. Vielleicht war es tatsächlich normal, wenn man nach vier Jahren nicht mehr so häufig miteinander in die Kiste ging. Man konnte wirklich nicht mehr vom Reiz des Neuen sprechen, das immerhin musste Johannes zugeben. Trotzdem vermisste er den Sex. Manchmal wünschte er sich, er wäre ein bisschen mehr wie Mario.

In *Men's Health* hatte Johannes neulich einen Artikel über Männer wie sich gelesen; seitdem konnte er seinem Sexualverhalten sogar eine wissenschaftliche Bezeichnung geben: serieller Monogamist. Der Bericht war zwar an den Haaren herbeigezogen, mit viel dummem Geschwätz über den „Wertewandel einer neuen Generation" und „die neuen Romantiker", aber das Schlagwort fand er cool. Es klang irgendwie wichtig und so abgefahren pervers, obwohl es genau das Gegenteil bedeutete. Johannes hatte die zwei Worte ein paarmal vor sich hingemurmelt, bis er sicher war, dass er sie nicht vergessen würde. Dann hatte er sich breitbeinig vor den Spiegel im Flur gestellt, das Basecap schräg über die Locken gezogen, seinen Macho-Gesichtsausdruck und die dunkle Sonnenbrille aufgesetzt, sich wie ein Rapper an den Schwanz gepackt und zu seinem Spiegelbild geknurrt: „Du geile Sau! Du serieller Monogamist!" Leider war in dem Moment gerade die Wohnungstür aufgegangen und Lukas hereingekommen, angenervt von einem stressigen Arbeitstag und einem Streit mit seinem Chef, und der Spaß war vorbei gewesen. Lukas mochte viele gute Charakterzüge besitzen – wenn er wollte, war er sehr fürsorglich und liebenswert, und Johannes schmolz geradezu dahin, wenn Lukas mal wieder daran verzweifelte, einen Nagel gerade in die Wand zu schlagen –, aber neben der Fähigkeit zu verzeihen gehörte auch Humor leider nicht zu seinen herausragenden Eigenschaften.

Johannes versuchte seine Gedanken zu sammeln und blinzelte vorsichtig mit dem linken Auge. Alles viel zu hell. Warum hatte

Lukas die Jalousien nicht heruntergezogen? Er war doch sonst so gewissenhaft!

Die Kopfschmerzen nahmen zu. Eindeutig ein Kater. Ein Kater, der nur mit viel Kaffee und Aspirin bekämpft werden konnte. Johannes leckte sich über die trockenen Lippen. Durst hatte er auch. Wenn er sich wenigstens erinnern könnte, was gestern Abend gewesen war. Johannes dachte angestrengt nach, soweit das sein Zustand erlaubte, und kam mit viel Mühe auf drei Flaschen Rotwein – mindestens. Aber das war bestimmt nicht alles gewesen, sonst würde es ihm nicht so schlecht gehen. Jetzt brauchte er sich nur noch darüber Gedanken zu machen, wie es zu diesem außerplanmäßigen Besäufnis gekommen war. Nicht, dass er sich dazu groß anstrengen musste. Wahrscheinlich hatte Lukas ihn dazu überredet.

Noch im Halbschlaf zog Johannes die Stirn in Falten. Lukas und seine Launenhaftigkeit waren ein Thema, über das er nicht sonderlich gern nachdachte – schon gar nicht mit einem dicken Schädel –, und bis vor kurzem hatte er auch keinen Grund dazu gehabt, denn da hatte das Problem noch nicht existiert. Zugegeben, er war auch jemand, der dazu neigte, Schwierigkeiten so lange wie möglich zu ignorieren und zu hoffen, dass sie sich von selbst erledigen würden. Hin und wieder ertappte er sich dabei, so zu tun, als wäre alles beim Alten, aber ein genervt aussehender Lukas war inzwischen kein Anblick mit Seltenheitswert mehr. Der unzufriedene Zug um die Mundwinkel und seine Ruhelosigkeit ließen sich genauso wenig beiseite wischen wie der unverständliche Horror vor dem Älterwerden und das abweisende Verhalten, das Johannes manchmal spürte – als wäre er schuld, dass Lukas nicht mit sich im Reinen war. Und die leeren Weinflaschen neben dem Abfalleimer vermehrten sich auch nicht von allein.

In letzter Zeit hatte er sich immer wieder von Lukas beobachtet gefühlt, aus einer kritischen, fast feindseligen Distanz. Wie neulich, als er vor dem Fernseher gelegen hatte, umgeben von einem Berg von Süßigkeiten, um sich in Ruhe die neuesten *MTV*-Charts anzusehen. Erst nach einer Viertelstunde hatte er bemerkt, dass Lukas im Türrahmen stand und ihn merkwürdig anstarrte.

„Was ist?" hatte Johannes arglos gefragt.

„Wieso hängst du schon wieder vor der Glotze? Hast du nichts Besseres zu tun?" hatte Lukas zurückgefragt und sein angriffslustiger, liebloser Tonfall hatte Johannes einen Stich versetzt. „Hast du mir nicht gestern erzählt, dass du einen Abgabetermin für eine Seminararbeit hast?"

„Aber ich sitze doch nur ein paar Minuten hier", hatte Johannes protestiert.

„Und hör auf, ständig Süßigkeiten in dich hineinzustopfen!"

„Jetzt reg dich ab, Lukas! Die Welt wird davon nicht untergehen!" war Johannes herausgerutscht, worauf sich die Miene seines Freundes noch weiter verfinstert hatte.

„Überspann den Bogen nicht, Johannes!" hatte er gedroht. Johannes hatte gespürt, dass Lukas geradezu einen Grund suchte, einen Streit vom Zaun zu brechen. „Mach die Flimmerkiste leiser. Ich muss noch arbeiten. Bei dem Krach kann man ja nicht denken!" Damit hatte er sich umgedreht und die Tür zum Arbeitszimmer wütend hinter sich zugeschlagen. Johannes hatte sich wie ein zwölfjähriger Rotzlöffel nach einer Standpauke seines Vaters gefühlt.

Selbst als sie später am Abend schlafen gegangen waren, hatte sich Lukas' Laune nicht gebessert. Vorsichtig hatte Johannes um eine neue Gute-Nacht-Geschichte gebeten – eine Gewohnheit, die sie seit dem Beginn ihrer Beziehung pflegten: Johannes kuschelte sich in Lukas' Arme, während Lukas seine Fantasie spielen ließ und komische oder spannende Geschichten erfand. Johannes fühlte sich dabei immer wohlig in seine Kindheit versetzt, umgeben von Geborgenheit und Wärme. An diesem Abend hätte er zu gerne ein neues Abenteuer von Joschi, dem Almwirt, und seiner Freundin Sigrid gehört, aber Lukas hatte sich nur mürrisch auf die Seite gedreht und gemurmelt, dass er keine Lust auf diesen Kinderkram habe und Johannes endlich erwachsen werden solle. Dann hatte er so getan, als schliefe er.

Johannes seufzte unwillkürlich auf. Das Hämmern in seinem Kopf wurde noch etwas stärker und ging nahtlos in ein Geräusch über, das so klang, als ob jemand mit den Fäusten gegen die Schlafzimmertür hämmerte, und zwar ziemlich wütend.

„Ihr Dreckskerle! Macht sofort die Tür auf! Ich weiß, dass ihr da drin seid!"

O Mann, was in aller Welt war denn jetzt kaputt? Johannes hätte schwören können, bei den Dreharbeiten zu *Gute Zeiten, schlechte Zeiten* gelandet zu sein, wenn er nicht die Stimme seiner Schwester Evi erkannt hätte.

„Johannes! Ich schwöre, ich renne die Tür ein, wenn du nicht aufmachst!"

Voll krass! Was ging hier eigentlich ab? Was hatte er verbrochen, dass Evi so wütend auf ihn war? Johannes rieb sich den Schlaf aus den Augen und gähnte. Und wieso kam Evi nicht einfach ins Zimmer? Die Tür war doch nicht abgeschlossen, oder? Ungehalten griff er neben sich, um Lukas zu wecken – und langte ins Leere. Fast hätte er das Gleichgewicht verloren und wäre auf den Boden gefallen. Es dauerte ein paar Augenblicke, bis Johannes begriff, dass an diesem Morgen alles ganz anders war als sonst. Nicht nur Lukas lag nicht neben ihm, er selber lag gar nicht in seinem Bett, sondern auf der alten Couch in der Ecke des Schlafzimmers.

Mit einem Ruck setzte sich Johannes auf. Plötzlich hellwach, sah er verwirrt hinüber zum Bett. Zwischen den Kopfkissen und der Bettdecke versteckt konnte er Lukas' Kopf mit dem dünner werdenden Haar erkennen und ein Stück der breiten Schultern, von denen er sich vor dem Einschlafen so gerne umarmen ließ. Aber neben ihm, dort, wo eigentlich sein Platz war, lag … ein anderer Mann. Johannes schüttelte ungläubig den Kopf, als bräuchte es nur diese kurze Bewegung, um der Illusion ihren realistischen Anstrich zu nehmen. Aber der Mann löste sich nicht wie erhofft in Luft auf. Im Gegenteil. Je länger Johannes zu ihm herüberstarrte, desto schärfer wurden seine Konturen und desto bekannter kam er Johannes vor, zumindest die Teile, die nicht unter der Bettdecke versteckt waren. Da war ein Kopf mit Stoppelhaarschnitt, ein kräftiger Unterarm, der seitlich aus dem Bett hing, und ein dicht behaarter Nacken. Der andere Arm lag auf Lukas' Brust, in einer eindeutigen, besitzergreifenden Geste.

Noch immer verwirrt ging Johannes auf Zehenspitzen ein paar Schritte näher an das Bett heran, bis er direkt neben den Schlafenden stand. Er kannte diesen Mann ... Hartmut! Es war Hartmut. Unwillkürlich zuckte Johannes zurück. Vielleicht wenn er einfach die Augen kurz schloss? Zwecklos. Lukas lag mit Evis Ehemann in einem Bett, während er selbst die Nacht auf der Couch verbracht hatte. Mit zitternden Händen und einer dunklen Vorahnung griff Johannes nach der Bettdecke und lugte vorsichtig darunter. Beide Männer waren nackt und ihre steifen Schwänze ließen keinen Raum für Interpretationen. Spermaflecken auf dem blauen Bettlaken, das ausgerechnet Evi ihnen letztes Jahr zu Ostern geschenkt hatte, machten jeden Zweifel zunichte. Lukas und Hartmut hatten Sex gehabt. Lukas hatte ihn betrogen. Im eigenen Ehebett. Mit seinem Schwager. Johannes bekam weiche Knie und seine Kopfschmerzen explodierten, als hätte jemand in seinem Gehirn eine Handgranate gezündet. Plötzlich nahmen die bisher vagen, gut zu verdrängenden Umrisse einer Beziehungskrise eine bedrohliche, konkrete Form an.

„Verdammte Scheiße!" murmelte er.

Lukas hob müde den Kopf und schaute Johannes mit verquollenen Augen an. „Was ... was ist los? Hab ich ... oh!" Er ließ den Satz unbeendet, als er Hartmut neben sich liegen sah.

„Ja", erwiderte Johannes, „du hast!" Dann drehte er sich um und ging zur Tür.

„Johannes, es ... es ist nicht so, wie du denkst", rief Lukas hinter ihm her, während er verzweifelt bemüht war, einen klaren Kopf zu bekommen. „Wirklich nicht!" Seine Stimme klang krächzend und verschlafen.

„Lukas, verschon mich, ja?" gab Johannes zurück. „Wir sind nicht in einem deiner bescheuerten Hollywoodfilme, also spar dir die schlechten Dialoge. Ich hab auf dem Sofa gepennt und du hast mit Hartmut in unserem Bett gefickt. Das ist ziemlich eindeutig. Mir brauchst du das nicht zu erklären. Aber du kannst ja mal versuchen, es Evi in Ruhe klar zu machen. Die wird dir bestimmt interessiert zuhören!" Damit drehte er den Schlüssel herum und öffnete die Tür.

„Morgen, Schwesterherz!" sagte er und drückte der überraschten Evi einen Kuss auf die Wange. „Suchst du deinen Mann?" fügte er dann kurz angebunden hinzu. „Der liegt mit Lukas im Bett. Ich geh mal eben duschen."

„O Mist!" hörte er Lukas hinter sich fluchen und sah aus den Augenwinkeln, wie sein Freund versuchte, sich die Bettdecke über den Kopf zu ziehen.

Während Evi an ihm vorbei ins Zimmer schoss, die Situation mit einem Blick erfasste und schreiend und mit bloßen Fäusten auf ihren gerade erst erwachenden Mann einzuschlagen begann, knallte Johannes die Tür hinter sich zu und ging ins Badezimmer.

Lukas hat mich betrogen! Lukas hat mich betrogen! Wieder und wieder flackerte dieser Gedanke durch seinen Kopf, wie die blinkende Schrift einer Neonreklame. Die Worte verließen ihn auch nicht, als er sich aus dem Schränkchen unter dem Waschbecken zwei Aspirin nahm, sich unter die Dusche stellte und darauf wartete, dass die heißen Wasserstrahlen in Zusammenarbeit mit den Tabletten seinen Kater davonjagten.

„Jetzt weißt du's", sagte er laut zu seinem matten Spiegelbild auf den Badezimmerkacheln. „So fühlt es sich also an, wenn man unter Schock steht!"

Nichts in ihrer Beziehung hatte Johannes auf eine solche Situation vorbereitet. Es war ihm einfach nicht in den Sinn gekommen, dass Lukas auswärts ficken könnte, und schon gar nicht mit dem eigenen Schwager. Eben noch hatten sie eine halbwegs harmonische Beziehung geführt – und einen Samenerguss später stand alles in Frage.

Die Tür ging auf und jemand klopfte an die Scheibe der Duschkabine. „Johannes?" sagte Lukas. „Bitte, lass es mich erklären!"

Johannes tat so, als hätte er nicht gehört, und drehte das Wasser auf.

„Es … es ist einfach so passiert!" begann Lukas stockend und ließ sich auf dem Deckel der Toilette nieder. „Komm, stell dich nicht so an! Ich … wir haben es doch nicht mit Absicht gemacht."

„Ach", entwischte es Johannes, „wie kann einem ein Fick denn einfach so passieren? Haben sich eure Schwänze irgendwie versehentlich gestreift, so wie bei einem Autounfall? Hat euch eure Geilheit aus dem Nichts überkommen? So wie Zahnschmerzen?" Johannes konnte durch die milchige Scheibe sehen, wie Lukas zusammenzuckte, als er den Sarkasmus in Johannes' Stimme hörte. „Wie merkwürdig, dass jemand sogar so umsichtig war, die Schlafzimmertür zu verschließen!"

„Bist du sauer?" fragte Lukas unnötigerweise.

Johannes stellte das Wasser ab, wrang seine nassen Haare aus und öffnete die Tür der Dusche. „Noch so 'ne blöde Frage und ich verschwinde!" sagte er laut. „Du bist der letzte Dreck!"

Lukas' Miene verfinsterte sich. „Du selbstgerechtes Miststück", fuhr er Johannes an. „Jetzt sei nicht päpstlicher als der Papst! Das war nur ein Fick, nichts weiter."

„Ein Fick mit dem Mann meiner Schwester!"

„Ich habe nichts getan, was er nicht gewollt hätte!" erwiderte Lukas heftig. „Hartmut war genauso daran interessiert wie ich!"

Johannes schnappte nach Luft. „Also war es doch absichtlich! Von wegen, es ist einfach so passiert!"

„Wir waren alle betrunken gestern Abend, wir haben vier Flaschen Rotwein platt gemacht!" versuchte Lukas die Situation zu erklären. „Du bist als erster eingeschlafen, auf dem Sofa. Hättest du länger durchgehalten, wäre es vielleicht gar nicht dazu gekommen!" Johannes sah Lukas erbost an, aber der ließ sich nicht unterbrechen. „Anschließend hat Hartmut es sich in den Kopf gesetzt, mir das neue Tattoo auf seinem Arsch zu zeigen, du weißt schon, den Löwen, den er sich vor drei Wochen hat machen lassen. Und dann führte irgendwie eins zum anderen und wir sind miteinander im Bett gelandet", erklärte er und vergaß geflissentlich die verschlossene Zimmertür. „Es war nicht geplant, ehrlich. Ich würde dich nie belügen."

Johannes lachte verletzt auf. „Du hast auch mal gesagt, du würdest mich nie betrügen! Komisch, dass du mit einem anderen Kerl in die Kiste springen kannst, aber nicht mit mir!"

Lukas setzte ein zerknirschtes Gesicht auf. „Schon gut, schon gut, war nicht so gemeint. Es tut mir Leid. Ja, ich gebe zu, ich war scharf auf Hartmut und vielleicht hat es mir ja einen zusätzlichen Kick gegeben, dass er eigentlich hetero ist, aber er hat auch seinen Teil dazu beigetragen, dass es so weit gekommen ist. Wenn ich jemals einen Heteromann mit schwulen Anteilen kennen gelernt habe, dann deinen Schwager! Ich schwör's dir, der ist im Bett abgegangen, als hätte er nur darauf gewartet. Wer hätte das gedacht?"

Unwillkürlich verzog Johannes die Mundwinkel, als er die Begeisterung in der Stimme seines Freundes hörte. Schnell versteckte er sein Gesicht im Handtuch. „Liebst du mich?" fragte er dann leise und ärgerte sich, dass die Unsicherheit in seiner Frage mitschwang.

„Ja", sagte Lukas gedehnt und verdrehte hinter dem Rücken seines Freundes genervt die Augen. „Natürlich. Ich liebe dich, weil du mich erträgst, wenn ich schlecht drauf bin ..."

„ ... weil du mich trösten kannst, wenn ich traurig bin ...", fiel Johannes mit einem schmalen Lächeln ein.

„... weil du der geilste Mann bist, den ich kenne ..."

„... und weil ich mir die Zukunft ohne dich nicht vorstellen kann", beendete Johannes ihr Credo, das sie beide auswendig konnten und sich nach Krisen und überstandenen Streitereien wie eine Bestätigung ins Ohr flüsterten. Aber diesmal klang es aufgesetzt, heruntergeleiert, wie eine Beschwörungsformel, um weiteres Unheil von ihnen fern zu halten. Trotzdem reichte die beruhigende Wirkung der Worte für den Moment aus und Johannes' Gesicht entspannte sich ein wenig.

Lukas drängte seinen Freund in eine Umarmung und küsste ihn. „Alles wieder in Ordnung?"

„Hm", brummte Johannes zweideutig. „Was ist mit Evi und Hartmut?" fragte er, um vom Thema abzulenken.

Lukas zuckte gleichgültig mit den Schultern. „Hartmut wird ein paar blaue Flecke davon tragen, schätze ich. Deine Schwester hat einen treffsicheren rechten Haken. Aber ansonsten wird es sich wahrscheinlich wieder einrenken. Ich glaube nicht, dass Hartmut zu einem Wiederholungstäter wird. Schade eigentlich", murmelte er dann in einem Nachsatz mehr zu sich selbst, „er hat schon seine Qualitäten."

Johannes sah Lukas scharf an.

„Ist ja gut", ergänzte Lukas hastig. „War mehr so allgemein gesprochen."

Eine Weile herrschte geschäftige Stille im Badezimmer. In der Annahme, dass das Thema damit beendet war, wandte sich Lukas dem Spiegel über dem Waschbecken zu, kramte sein Rasierzeug aus dem Schränkchen, seifte sich ein und setzte die Klinge an.

„Wie willst du dich eigentlich bei Evi entschuldigen?" fragte Johannes plötzlich und schüttelte das restliche Wasser aus seinen feuchten Haaren wie ein Hund sein Fell, wenn er aus dem Regen ins Trockene kommt. Wassertropfen spritzten in alle Richtungen.

„Was soll ich tun?" fragte Lukas entgeistert. Fast wäre er mit der Rasierklinge abgerutscht.

Johannes sah seinen Freund erstaunt an. „Ich dachte, das sei klar!" sagte er. „Du solltest nach unten gehen, auf die Knie fallen, Evi um Verzeihung bitten und ihr versprechen, dass du ihrem Mann nie wieder den Schwanz bläst."

„Er hat mir den Schwanz geblasen, nicht umgekehrt."

„Lukas!" Johannes hielt sich demonstrativ die Ohren zu. Solange er nicht wusste, was genau geschehen war, brauchte er es sich auch nicht vorzustellen.

„Schon gut, schon gut – aber reicht es nicht, wenn ich ihr einen *Fleurop*-Strauß schicke?"

„Superidee! Megacool! Am besten Rittersporn und Männertreu, das hat so was Symboltrachtiges!" antwortete Johannes.

Lukas grinste. „Weißt du, das liebe ich so an dir! Diesen charmanten Sarkasmus!" Das Kinn und die Hälfte einer Wange noch mit Rasierschaum bedeckt, lief er hinter seinem Freund her, der inzwischen im Kleiderschrank nach sauberen Klamotten fahndete. Evi und Hartmut hatten die Wohnung mittlerweile verlassen; er konnte ihre aufgeregten Stimmen im Treppenhaus hören.

„Ach, wirklich?" Johannes holte tief Luft, um nicht schon wieder die Beherrschung zu verlieren. „Hör zu", wechselte er das Thema, „ich muss jetzt zur Uni. Wenn ich heute Abend zurückkomme, will ich eigentlich keinen von den beiden hier sehen. Weder Evi und schon gar nicht Hartmut. Geht das?"

Lukas zuckte gleichgültig mit den Schultern. „Von mir aus. Ich bin schließlich nicht mit ihnen verwandt, sondern du!"

Johannes sah auf die Uhr. „Verdammt, schon so spät. Das Seminar fängt gleich an." Er schnappte sich seinen Rucksack und seine Jacke. „Musst du nicht ins Büro?"

„Erst später heute", murmelte Lukas. „Die Redaktionssitzung ist verschoben worden." Eine kleine Notlüge, aber Johannes musste ja nicht alles wissen.

Er sah seinem Freund nach, der hektisch die Treppen des Hauses hinunterrannte, sich auf sein am Hauseingang lehnendes Fahrrad schwang und wenige Augenblicke später um die Ecke bog. Dann erst atmete Lukas auf.

Er schlurfte zurück ins Schlafzimmer und ließ sich auf das Bett fallen. Manchmal fragte er sich, warum er überhaupt noch mit Johannes zusammen war. Der Altersunterschied war schon schwierig genug zu bewältigen, aber das Beharren von Johannes auf Treue und Beständigkeit ging ihm wirklich auf die Nerven. Sie beide hatten tatsächlich nichts gemein. Warum bloß konnte er sich dann nicht von Johannes trennen? Waren die Jungschwulen von heute alle so oder war Johannes der einzige, der demonstrativ mit einem Heiligenschein durch die Weltgeschichte lief?

Lukas rieb sich seufzend die Augen und gähnte. Egal. Den heutigen Tag würde er genießen. Er würde nicht über seinen Probleme mit Johannes grübeln und nur an sich denken. Lukas kroch unter die Decke und schloss erleichtert die Augen. Kurz darauf war er wieder eingeschlafen.

~ Er hustet einen schweren, trockenen Husten, der Erschöpfung und Müdigkeit signalisiert. Es klingt wie das Bellen eines Seehundes und hört sich sehr schmerzhaft an. Das Erzählen hat ihn angestrengt. Aber im Gegensatz zu seinem entkräfteten Körper blitzen seine Augen angriffslustig auf, als er eine Pause einlegt.

Während er gesprochen hat, habe ich vergessen zu essen, und das Abendbrot liegt unberührt auf meinem Teller. Ich habe auf den Linoleumboden der Küche gestarrt und versucht, seine rauchige Stimme auszublenden, aber es hat natürlich nicht funktioniert. Sie frisst sich in meine Gehörgänge und Gehirnwindungen wie ein Parasit, gegen den es keine Medikamente gibt. Ich will diese Geschichte nicht hören, ich will ihm nicht die Genugtuung geben, mich zu demütigen, aber ich kann ihm nicht entkommen. Zum ersten Mal begreife ich, dass sich nichts geändert hat – wir sind noch immer abhängig voneinander, trotz allem, was passiert ist, und jedes Wort, jede Tat, jede Geste verstrickt uns tiefer in unser selbst gewobenes Geflecht von Abhängigkeiten.

„Tu das nicht", sage ich eindringlich, „ich weiß, worauf du hinauswillst. Tu es nicht."

„Ich denke nicht daran, aufzuhören", sagt er heiser und verzieht das Gesicht zu einem zynischen Grinsen. „Du hast deine Geschichte erzählt und ich habe sie ertragen, und jetzt spielen wir das Spielchen umgekehrt. Auge um Auge, Zahn um Zahn. Bis zum bitteren Ende."

Ein weiterer Hustenanfall schüttelt ihn, bahnt sich den Weg von seinem Zwerchfell über seine Lungen nach draußen und lenkt für einige Minuten unsere Aufmerksamkeit ab. Er hält sich die Seiten und krümmt sich, als wollte er sich zu einem Ball zusammenrollen. Nachdem der Anfall vorbei ist, legt er erschöpft den Kopf auf die kühle Tischplatte und schließt die Augen.

„Du mutest dir zu viel zu", sage ich. Meine Stimme kann sich nicht zwischen Besorgnis und Schadenfreude entscheiden, aber er hört natürlich nur das letzte.

„Ach, sei doch still", keucht er. Dann richtet er sich auf und greift automatisch zu einer Zigarette. Als wäre diese Handbewegung für mich der Tropfen, der das Fass zum Überlaufen bringt, nehme ich wütend den stinkenden, mit Kippen gefüllten Aschenbecher und schleudere ihn vom Tisch. Es ist fast ein Reflex, aber er hat ungeahnte Folgen, denn ich habe noch nie gut zielen können: Anstatt gegen die Wand fliegt der Aschenbecher gegen die Fensterscheibe und die Wucht des Aufpralls lässt das Glas mit unglaublichem Getöse zerbersten. Wohin ich auch sehe, überall fliegen plötzlich Glassplitter vermischt mit grauer Asche durch die Luft und reflektieren das Licht der Abendsonne wie hunderte kleiner Sternchen aus silbrigem Glitter. Die großen Glasstücke fallen nach draußen und bohren sich drei Stockwerke tiefer in den Vorgarten zwischen die Blumenbeete.

Und dann höre ich plötzlich über dem Lärm des zerberstenden Fensters seinen Schrei. Er sitzt mit offenem Mund und weit aufgerissenen Augen am Tisch, starrt wie hypnotisiert auf die kaputte Fensterscheibe, in deren Rahmen wie Eiszapfen noch lange, scharfe Glassplitter stecken, und in seinem Blick kann ich Todesangst erkennen. Er schreit und schreit und ich höre ihm zu wie gelähmt. Ich weiß, was er gerade durchlebt.

Erst als es an der Tür Sturm klingelt, kann ich den Bann durchbrechen. Ich springe auf, hebe ihn vom Stuhl und trage ihn ins Schlafzimmer. Zusammen fallen wir aufs Bett und ich halte ihm den Mund zu. Ich rede auf ihn ein und sage ihm immer wieder, dass nichts passiert ist, dass alles gut ist, und wiege ihn in meinen Armen. Seine Augen irren wie die eines gehetzten Tieres hin und her und seine Finger schließen sich wie das kalte Metall von Handschellen um meinen Unterarm. Schließlich beruhigt er sich ein wenig und seine Schreie gehen in ein verängstigtes Wimmern über. Seine Atemzüge werden schwer und gleichmäßig und kurz darauf ist er eingeschlafen. Sein überanstrengter Körper hat sich sein Recht geholt.

Ich stehe auf und gehe zur Wohnungstür, an der noch immer heftig geklingelt wird. Fast alle unsere Nachbarn sowie seine Schwester und sein Schwager stehen vor der Tür und sehen mich mit einer Mischung aus Neugier, Sorge und Misstrauen an. In der Eile hat Evi vergessen, dass sie einen Nachschlüssel besitzt.

„Das Fenster ...", sagt schließlich jemand zögernd, „wir haben den Krach gehört und die Scherben herunterfallen sehen."

„Es ist alles in Ordnung", sage ich schnell, um alle zu beruhigen. „Nur ein Missgeschick. Ihm ist der Aschenbecher aus der Hand gefallen."

Die anderen starren mich ungläubig an.

„Wo ist er?" fragt seine Schwester. Sie ist völlig aufgelöst. Ihre blonden Haare hängen strähnig ins Gesicht und sie knetet nervös ein Taschentuch in der Hand. „Lass mich rein, ich will ihn sehen!" fügt sie entschlossen hinzu und drängelt sich an mir vorbei.

Diesmal verwehre ich ihr den Eintritt nicht. Stattdessen halte ich einen Finger vor den Mund und bedeute ihr, still zu sein. Dann führe ich sie in unser Schlafzimmer, damit sie sich selbst davon überzeugen kann, dass ihrem Bruder nichts passiert ist.

Sie atmet hörbar auf, als sie ihn schlafend auf dem Bett sieht, und legt entschuldigend ihre Hand auf meinen Arm. „Es tut mir Leid", sagt sie mit zittriger Stimme, während ich die Schlafzimmertür behutsam schließe. „Im ersten Moment dachte ich ..." Sie schüttelt betreten den Kopf. „Ich glaube, ich bin ziemlich fertig mit den Nerven. Ich habe vor dem Fernseher gesessen, und als ich gehört habe, wie die Glasscheibe zerbrochen ist, habe ich Angst gehabt, dass er ... dass er es noch einmal probiert."

Ich starre sie erstaunt an. Sie glaubt wirklich, dass er versucht hat, sich das Leben zu nehmen? Fast lache ich laut auf, weil ich es komisch finde, wie schlecht sie ihren kleinen Bruder kennt. Ich verberge meine Überraschung, indem ich so tue, als juckte es mich an der Nase.

„Nein", sage ich schließlich, „mach dir keine Sorgen. Ich passe schon auf." Ich wähle meine Worte absichtlich so neutral wie möglich. Die Gelegenheit, das Missverständnis auszuräumen, lasse ich ungenutzt verstreichen.

Wir gehen zusammen in die Küche und schauen uns an, welche Verwüstungen ein Aschenbecher anrichten kann. Jeder Quadratzentimeter des Raums ist mit kleinen Glassplittern bedeckt: das Fensterbrett, der Geschirrschrank, der Tisch, die Spülmaschine. Die Tomaten und die Bananen in der Obstschale sind übersät mit Glasstückchen, ebenso das Regal mit den Marmeladengläsern, der Herd und die Bratpfanne, in der ich die Würstchen gebraten habe. Nur die Stühle, auf denen wir gesessen haben, sind verschont geblieben. Ein leichter Wind weht ins Zimmer und blättert in dem Kochbuch auf der Arbeitsplatte. Das trostlose Bild erinnert mich an eine Reportage über einen israelischen Vergeltungsschlag in einem palästinensischen Flüchtlingslager, die ich vor ein paar Tagen gesehen habe. Die Fernsehbilder zeigten die von israelischen Panzern verwüsteten Wohnungen, in denen teilweise noch die angefangenen Mahlzeiten auf dem Tisch standen. Als ich vorsichtig über den Boden laufe und aus dem Fenster schaue, um zu sehen, ob die Glassplitter Schäden im Vorgarten angerichtet haben, knirschen die Scherben unter meinen Schuhen.

Evi zieht mich zurück und deutet auf die scharfkantigen Zacken, die im Rahmen stecken geblieben sind. „Sei vorsichtig", sagt sie, „die sind bestimmt alle locker."

Sie bietet mir an, bei den Aufräumarbeiten zu helfen. Eigentlich will ich ablehnen, aber dann merke ich plötzlich, dass ich zu zittern anfange und mir der kalte Schweiß auf der Stirn steht.

„Du bist kalkweiß im Gesicht", stellt Evi erschrocken fest. „Setz dich lieber hin. Du stehst unter Schock!" Sie kennt sich gut aus in unserer Wohnung und geht entschlossen an die Bar im Wohnzimmer, wo sie mir einen Brandy einschüttet, den ich in einem Zug herunterkippe. Ich spüre, wie sich der Alkohol seinen Weg durch die Speiseröhre in den Magen bahnt, und renne zum Klo, wo ich sofort alles wieder auskotze. Schwallartig schießt mir Erbrochenes aus dem Mund und ergießt sich in die Kloschüssel. Der säuerliche Geruch lässt mich noch mehr würgen und spucken, bis mein Magen vollkommen leer ist. Danach geht es mir besser.

„Mannomann!" sagt Evi, als ich wieder zurückkomme. „War wohl keine so gute Idee." Sie hat sich den Handfeger geschnappt und fegt die Scherben von den Regalen. Ich nehme den großen Besen und fange an, den Boden zu kehren. „Lass mal", sagt sie, „ruf lieber den Glaser an und die Versicherung. Sonst habt ihr heute Nacht kein Fenster in der Küche."

„Bei der Versicherung ist jetzt keiner mehr", sage ich. „Da kann ich erst morgen anrufen. Und der Glaser …"

„Männer sind so unpraktisch!" unterbricht mich Evi mit hochgezogenen Augenbrauen. Sie läuft zum Telefon und hat schon nach wenigen Sekunden die richtige Stelle in den *Gelben Seiten* gefunden. „Wozu gibt es wohl Notdienste?" fragt sie rhetorisch und hält ihren Zeigefinger auf eine Telefonnummer.

Es ist der gleiche Glaser wie beim letzten Mal und er sagt tatsächlich noch für den Abend zu, allerdings nicht ohne die dumme Bemerkung, dass bei uns aber häufig Scheiben zu Bruch gehen.

„Dasselbe Fenster?" fragt er erstaunt.

„Ja", sage ich wortkarg. Nach dem Telefonat gehe ich zurück in die Küche und helfe Evi doch noch beim Aufräumen.

Nach einigen Minuten schweigsamer Arbeit, in denen man nur das Kehren des Handfegers und das Klimpern der Glasscherben hört, hält sie plötzlich inne. „Was für ein Chaos!" sagt sie und ich weiß nicht, ob sie die Küche meint, den Zustand ihres Bruders oder unsere Beziehung. Zutreffen würde die Beschreibung auf alles.

„Zumindest ist diesmal kein Blut dabei", sage ich, ohne zu überlegen. Es ist das erste, was mir in den Sinn kommt, und ich merke zu spät, wie geschmacklos diese Bemerkung ist.

Evi sieht mich entgeistert an und nickt dann langsam. „Ja", erwidert sie verstört. „Das auch." Sie wendet sich wieder den Scherben zu, aber ich spüre, wie es in ihr rumort, und tatsächlich spricht sie mich gleich darauf noch einmal an: „Lukas?" fragt sie. „Was ist los mit euch? Glaubst du nicht, es wäre besser, wenn ihr mal wieder ein bisschen unter Menschen kommt? Ich meine, was tut ihr die ganze Zeit hier?"

Eigentlich geht sie das nichts an. Das ist eine Sache zwischen ihm und mir, und ich weiß auch nicht, ob sie es überhaupt verstehen kann. Trotzdem versuche ich, es zu erklären. „Es ist wie ein Wettstreit", sage ich. „Wir rechnen gegenseitig die Fehler auf, die wir in unserer Beziehung begangen haben."

„Ein Wettstreit?" fragt sie perplex. „Wozu? Was ist das Ziel? Und welchen Preis erhält der Gewinner?"

„Der Gewinner erhält Recht", sage ich zögernd, und als sie mich verständnislos anstarrt, schiebe ich hinterher: „Er hat damit angefangen! Er wollte es so!" Noch eine Lüge.

Ich möchte das Thema wechseln, aber Evi lässt nicht locker.

„Und wenn der Sieger feststeht und der Hauptgewinn verteilt ist", fragt sie, „was passiert dann?"

Ich zucke hilflos mit den Schultern.

Als wir mit dem Aufräumen fertig sind, verabschiedet sich Evi und drückt mir im Gehen einen Kuss auf die Wange. Ihre Geste des Vertrauens ist mir peinlich, denn eigentlich mögen wir uns nicht sonderlich. Wenn sie die Wahrheit wüsste, würde sie nicht so reagieren.

Ich höre seine Stimme aus dem Schlafzimmer. „Bringst du mir ein Glas Wasser?" bittet er mich. Ich nicke, gehe in die Küche und kehre mit einer Flasche Sprudel zurück, aus der er gierig trinkt. Er klopft mit der flachen Hand auf das Bett. „Setz dich hin", fordert er mich auf. „Es geht weiter." Seine Augen haben einen fiebrigen Glanz. Ich halte ihm meine Hand auf die Stirn, aber die Haut ist kühl. Von der Panik ist nicht mehr übrig geblieben als ein dunkler Schatten unter seinen Augen .

An der Uni hatte Johannes einen wirklich miesen Tag. Englisch als Studienfach hatte er ausgewählt, weil er während eines Schüleraustausches kurz vor dem Abitur die englische Literatur lieben gelernt hatte. Charles Dickens, George Orwell, Doris Lessing: Egal, ob zeitgenössische Literatur oder die Romane längst verstorbener Autoren, in den fulminanten Satzkonstruktionen und der klaren und doch häufig blasiert klingenden Sprache konnte er sich verlieren. Womit er allerdings nicht gerechnet hatte, waren die theoretischen Sprachseminare, die die Hälfte des Studiums ausmachten und in denen er mit Morphemen, Diphthongen und grammatikalischen Unregelmäßigkeiten belästigt wurde, deren Funktion und Zusammenhang in Bezug auf die Romane, die er so ins Herz geschlossen hatte, ihm schleierhaft blieben. Es war ihm fast unmöglich, dem Lehrstoff dieser Kurse seine Aufmerksamkeit zu schenken, und sein abwesender Blick brachte seine Dozenten in Rage.

Und ausgerechnet heute saß er die ersten zwei Stunden in einem sprachwissenschaftlichen Grundlagenseminar fest, von dem er nur die Hälfte verstand und dessen Thema *The Great Vowel Shift* ihn nicht einmal dann interessiert hätte, wenn man ihm Geld dafür gezahlt hätte. Zu viel war in den letzten Stunden geschehen, als dass er sich um die Veränderungen in der Aussprache von langen Vokalen im Mittelenglischen des 15. Jahrhunderts hätte kümmern können. Zusätzlich befand sich der Hörsaal auch noch in jenem Teil des Philosophikums, dessen Unterrichtsräume Johannes immer an die Folterzellen einer lateinamerikanischen Militärdiktatur erinnerten: keine Fenster, grelles, künstliches Neonlicht und unverputzte, graue Wände, die sowohl bei den Studenten als auch bei den Professoren Depressionen hervorriefen. Mehr als einmal verlor Johannes den Faden und konnte dem Unterricht nicht folgen; immer wieder kehrten seine Gedanken zu dem Chaos zurück, das ihn beim Aufwachen erwartet hatte. Jedes Mal sah er das Bild von Lukas und Hartmut vor sich, der eine im Schlaf den Arm besitzergreifend um den anderen geschlungen. Johannes merkte, wie sich etwas in seiner Kehle zusammenschnürte, er kam sich ausgeschlossen und einsam vor.

Mit einem schnarrenden *„See you next week!"* beendete der Dozent das Seminar, warf Johannes einen finsteren Blick zu und schreckte ihn damit aus seinen düsteren Gedanken hoch. Geistesabwesend ging Johannes in die Cafeteria, holte sich einen Kakao und lief mit dem heißen Plastikbecher nach draußen in die Kälte, um wach zu werden. Sein Atem bildete dünne Nebelschwaden, die vor seinem Gesicht hängen blieben, bevor sie sich in der Februarluft auflösten.

Seufzend machte sich Johannes auf den Weg in die Mensa, die zwar vor wenigen Jahren erst renoviert worden war, aber ihren zweifelhaften Siebziger-Jahre-Charme trotz allem nicht verleugnen konnte. Ausnahmsweise sah es so aus, als müsste er nicht wieder endlos lange anstehen. Der Grund dafür wurde Johannes allerdings klar, als er an der Vitrine mit den ausgestellten Essen vorbeikam. Ein Plakat kündigte auf weißblauem Hintergrund den Beginn einer bayerischen Woche mit Leberknödel, Sauerkraut und Schweinshaxe an. Angewidert verzog Johannes das Gesicht und entschied sich für die Salatbar, wo ihn eine Angestellte angiftete, weil er seine Mensakarte nicht zur Hand hatte und mit Bargeld bezahlen wollte. Genervt stellte er sich eine Auswahl aus grünem Salat, geraspelten Möhren und Mais zusammen, kippte eine undefinierbare Soße darüber und balancierte seinen Teller auf einem Tablett, während er den Raum nach einem freien Sitzplatz absuchte. In diesem Moment rempelte ihn jemand an und der Salat samt Soße ergoss sich über seine Hose und seine Schuhe. Johannes hatte plötzlich keinen Hunger mehr. Verärgert ignorierte er die Entschuldigungen der Kommilitonin, säuberte sich notdürftig mit ein paar Servietten und ging.

In der Bibliothek, in der er ein wenig Literaturrecherche für seine nächste Hausarbeit über den viktorianischen Roman betreiben wollte, waren fast alle Bücher, die er brauchte, in Benutzung oder ausgeliehen. Nach langwierigem Suchen fand er immerhin ein paar Zeitschriftenbände mit Artikeln zu seinem Thema, die auch tatsächlich an ihrem Platz standen. Dafür allerdings hatte sich eine lange Schlange vor den zwei Kopierern gebildet. Über eine halbe Stunde musste Johannes warten, bis er an die Reihe kam, und als er endlich den ersten Band auf die Maschine gelegt hatte, begann das Gerät zu stottern. Eine Anzeige blinkte auf und gab bekannt, dass ein Papierstau aufgetreten sei. Wütend trat Johannes gegen den Kopierer, warf die herausgesuchten Zeitschriften achtlos auf eine Ablage und stürmte unter den missbilligenden Blicken der Aushilfskraft aus der Bibliothek. Erst als er sich auf dem Weg ins Erdgeschoss befand, fiel ihm ein, dass er seine Kopierkarte im Automaten vergessen hatte, doch als er zurücklief, war sie nicht mehr da. Danach beschloss Johannes, seine Lernversuche für den Tag zu beenden.

Als er sich auf seinem Fahrrad durch die Innenstadt schlängelte, begann es zu allem Überfluss auch noch in Strömen zu regnen, und Johannes war innerhalb von wenigen Minuten nass bis auf die Haut. Während der Regen über sein Gesicht lief, malte er sich aus, wie schön es wäre, Lukas zu Hause anzutreffen. Vielleicht konnten sie ihren Streit vom Morgen endgültig begraben und sich mit einer Pizza und einem Glas Rotwein einen netten Abend machen.

Ein lauter Pfiff riss ihn aus seinen Gedanken, als er gerade in seine Seitenstraße einbiegen wollte. Überrascht schaute sich Johannes um und entdeckte auf der anderen Straßenseite einen Typen, den er im letzten Sommer beim Skaten ein paar Mal auf der Domplatte getroffen hatte und der ihm jetzt zuwinkte. Er trug die übliche Skaterkluft: XXL-Shirt, übergroßer Anorak und Baggies, deren Arsch bis auf die Kniekehlen hing. Seine Haare waren zu blonden Dreads verfilzt. Für einen kurzen Moment war Johannes versucht, anzuhalten und sich in ein Gespräch verwickeln zu lassen, aber dann winkte er doch nur zurück und fuhr weiter.

Offiziell gehörte das gelb gestrichene, stuckverzierte Haus, vor dem er vom Rad stieg, zwar Lukas, aber insgeheim sah es Johannes als ihr gemeinsames Haus an, denn er hatte mindestens genauso viel Herzblut hineingesteckt wie Lukas. Er war es, der den Vorgarten bepflanzte, er hatte vor fast vier Jahren den Ginster gesetzt, dessen Blüten Lukas jedes Frühjahr aufs Neue bewunderte, und er hatte Lukas dazu gedrängt, aus seinem Erbe eine Art schwul-lesbische Hausgemeinschaft zu machen. Gut, das war vielleicht nicht ganz uneigennützig gewesen, denn Johannes genoss die Zwanglosigkeit, mit der er mal eben bei Angelina und Claudia oder bei Jaime auf einen Kaffee vorbeischneien konnte, aber auch Lukas war nach einigem Zögern von der Idee ganz angetan gewesen. Nur der Vorschlag, seiner Schwester und ihrem Mann die Wohnung im Erdgeschoss anzubieten, war vielleicht doch nicht so brillant, wie er zuerst ausgesehen hatte. Bei dem Gedanken an Hartmut zogen sich Johannes' Mundwinkel nach unten.

Er öffnete die schmiedeeiserne Gartenpforte, schleppte sein Rad bis zur Eingangstür und lehnte es an die Hauswand. Mit Schwung rannte er die ersten Stufen nach oben, um eine Begegnung mit Evi oder seinem Schwager möglichst zu vermeiden. Nicht nur, dass er Hartmut jetzt nicht sehen wollte, er hatte auch keine Ahnung, wie er seiner Schwester in die Augen blicken sollte, nach dem, was Lukas in der letzten Nacht angerichtet hatte.

Auf halbem Weg nach oben kam ihm Mario entgegen, bekleidet mit Jogginghosen, Sneakers, einer dicken Bomberjacke und Basecap.

„He, Alter!" begrüßte er Johannes, „alles fit? Du siehst aus, als wärst du schwimmen gewesen."

„Es regnet und ich war mit dem Fahrrad unterwegs", erwiderte Johannes patzig und betrachtete die Wasserlache, die sich zu seinen Füßen bildete und wie eine Amöbe über den Boden kroch.

„Cool!" antwortete Mario ironisch. „Ich wüsste auch nicht, was ich an einem regnerischen Februartag lieber täte."

„Wieso? Dich treibt es doch anscheinend auch nach draußen! Willst du zum Sport?"

Mario schnaubte grinsend auf. „Sport? So kann man es auch nennen. Nee, ich geh auf einen Sprung ins Pornokino um die Ecke. Bin notgeil. Mir steht der Sabber bis Oberkante Unterlippe."

„Pornokino? Da sind doch nur versiffte Typen und Rentner!"

„Manchmal ja, manchmal nein. Hin und wieder habe ich auch Glück. Man kann nie wissen, was einen erwartet."

„Genau", erklärte Johannes. „Tripper oder Traumprinz? Aber fängt ja zumindest beides mit 'Tr' an."

„Ha ha!" erwiderte Mario verärgert. „Kann ja nicht jeder so unendlich glücklich verheiratet sein wie Lukas und du!" fügte er schnippisch hinzu.

Johannes zuckte zusammen. „Schon gut", murmelte er entschuldigend und wandte sich ab. „War nicht so gemeint. Ich hab einen miesen Tag erwischt."

„Ach ja", hielt ihn Mario noch einen Moment zurück. „Habt ihr was dagegen, wenn ich mein altes Sofa bis zum nächsten Sperrmülltermin in die Waschküche stelle? Ich hab mir eine neue Couch bestellt, und bevor die geliefert wird, will ich morgen noch mein Wohnzimmer streichen. Wäre gut, wenn das alte Ding dann aus dem Weg wäre."

„Von mir aus. Aber ich hab keinen Bock, dir dabei zu helfen, die sperrige Couch drei Etagen in den Keller zu schleppen."

„Kein Sorge", beruhigte ihn Mario augenzwinkernd. „Für so was haben wir doch einen echten Heterokerl im Haus. Ich hab Hartmut schon gefragt."

Johannes nickte stumm und verabschiedete sich.

Noch während er den Schlüssel herumdrehte, schallte ihm aus der Wohnung aufgeregtes Kläffen entgegen; dann wurde Johannes freudig von Marie begrüßt, die wie ein Gummiball vor ihm auf und nieder hüpfte. Er kraulte den Hund am Nacken, hängte seine Jacke über die Heizung und lief direkt ins Badezimmer, um sich ein Handtuch für seine Haare zu holen.

„Lukas?"

Keine Antwort. Enttäuscht ging Johannes durch die leere Wohnung. An der Kühlschranktür fand er einen kleinen Zettel.

„Kann heute später werden. Warte nicht mit dem Abendessen auf mich."

Johannes erinnerte sich, dass Lukas am Morgen gesagt hatte, dass die Redaktionssitzung verschoben worden war.

„Mist", sagte er laut und seine Laune verschlechterte sich weiter. Mit Unbehagen dachte er an einen langen, düsteren Abend, angefüllt mit Grübeleien und Hirngespinsten, die ihn in eine tiefe Melancholie stürzen würden.

Marie riss Johannes aus seinen Gedanken. Sie stupste ihn energisch mit ihrer kalten Schnauze an und setzte sich dann mit einem bettelnden Gesichtsausdruck vor die Wohnungstür. Ihr Schwanz klopfte dabei nervös auf den Boden.

„Was ist los, Hund?" fragte Johannes. „Das Wetter ist wirklich scheußlich. Du kannst doch nicht im Ernst jetzt nach draußen …"

Marie bellte bestätigend und kratzte verzweifelt an der Tür.

„O nein", seufzte Johannes, „sag bloß, Lukas ist nicht mit dir um den Block gegangen. Das glaub ich nicht!"

Marie sah ihn vorwurfsvoll an und Johannes hatte den Eindruck, als verlagerte sie unruhig ihr Gewicht von einem Hinterbein auf das andere. Resigniert zog er seine feuchte Jacke wieder an und legte dem Hund das Halsband um. „Na, dann los", sagte er, „bevor es hier ein Unglück gibt."

Marie schaffte es gerade noch bis in den Vorgarten, wo sie ihre Blase mit sichtlicher Erleichterung zwischen ein paar aufkeimenden Tulpenstängeln entleerte. Anschließend schnüffelte sie am Zaun und zerrte an der Leine.

Johannes lenkte fügsam seine Schritte durch die Innenstadt, in der wegen des ungemütlichen Wetters nur wenig los war. Auf der Schildergasse trotzte ein einsamer fliegender Obsthändler den niedrigen Temperaturen, die Früchte auf den Holzpaletten mit Plastikabdeckungen vor Wind und Nässe geschützt.

Johannes vergrub das Gesicht im Kragen seiner Jacke und überlegte, ob er den Spaziergang abbrechen und zurückkehren oder sich zumindest eine Mütze aufsetzen sollte. Schon bedeckte wieder ein feiner Film aus Regenwasser seine gerade erst trockenen Haare. Aber Marie schien das schlechte Wetter nichts auszumachen, ungeduldig zog sie an der Leine und beschleunigte ihren Lauf. Im Eiltempo führte sie Johannes stadtauswärts, an den großen, mehrstöckigen Buchhandlungen am Neumarkt und dem *Holiday Inn* am Rudolfplatz vorbei, bis sie den Aachener Weiher erreicht hatten, Teil des lang gezogenen Grünstreifens, der die Innenbezirke Kölns wie ein Halbmond umspannte. Johannes machte die Leine los und ließ Marie laufen; der Hund sprang fröhlich kläffend davon und schlug sich in die Büsche, während Johannes vor dem Regen Schutz suchte und sich unter die kahlen Zweige eines Kastanienbaums stellte.

Maries Kläffen wurde aus einiger Entfernung beantwortet und kurze Zeit später schoss sie in Begleitung eines riesigen Rottweilers aus dem Unterholz. Der Rottweiler entdeckte Johannes, änderte plötzlich seine Laufrichtung, bellte kurz auf und dann sprang er Johannes mit einem lang gestreckten Satz und seinem ganzen Gewicht an.

„Nein!" schrie Johannes aufgebracht und wich instinktiv einen Schritt zurück. „Nicht!"

Aber es war zu spät. Er verlor das Gleichgewicht, rutschte auf dem durchweichten Boden aus und lag wenige Sekunden später hilflos wie eine Schildkröte auf dem Rücken und im matschigen Gras, während der Rottweiler seine Pranken auf Johannes' Brust ruhen ließ und ihm freudig durch das Gesicht schlabberte.

„Max, du alte Sau!" stöhnte Johannes und versuchte, sich aufzurichten. „Wo ist dein Herrchen?"

Max bellte, ließ eine Extraportion Sabber auf Johannes' Schulter tropfen und drehte seinen Kopf hechelnd nach hinten, von wo sich schnelle Schritte näherten.

„Max, geh da runter! Du blödes Vieh!" schimpfte eine verärgerte Stimme. „Wozu gehen wir eigentlich einmal die Woche zur Hundeschule? Ich sollte dich gegen ein Meerschweinchen eintauschen!" Eine Hand riss Max am Halsband und zerrte ihn wie einen Sack Kartoffeln von Johannes herunter.

„Tag, Björn", sagte Johannes, rappelte sich ächzend auf und klopfte sich den Dreck von den Klamotten.

„Oh, hallo, Johannes, du bist es", erwiderte Björn erleichtert. „Ich dachte schon, Max hätte wieder eine Oma mit Gehhilfe gerissen."

„Wie bitte?" Johannes hatte Björn erst vor ein paar Tagen kennen gelernt, als er mit Marie auf den Poller Wiesen spazieren gewesen war, das heißt, eigentlich hatten sich Max und Marie angefreundet, und während die beiden Hunde miteinander durch das Unterholz tollten, waren die beiden Herrchen ins Gespräch gekommen. Zu Anfang hatte Johannes den Eindruck gehabt, dass Björn nicht abgeneigt gewesen wäre, aus den zufälligen Begegnungen eine intensivere Bekanntschaft zu machen, aber kurz darauf hatte Björn den Namen seiner Freundin Katja fallen lassen und Johannes überzeugt, dass er komplett hetero war – auch durch seine für Johannes völlig unverständliche und unbändige Begeisterung für Formel-Eins-Rennen und Michael Schumacher.

„Das ist Max' neuestes Hobby", erklärte Björn etwas betreten. „Er fährt total darauf ab, alten Mütterchen oder behinderten Mitmenschen ihre Gehhilfen wegzuschnappen. Sobald er einen Krückstock durch die Landschaft humpeln sieht, ist er nicht mehr zu halten. Er reißt sich von der Leine, fegt im vollen Galopp über die Pampa, klaut den Leuten ihre Krücken und erwartet auch noch eine Belohnung von mir. Und ich muss die verstörten und verängstigten Opfer dann vom Boden aufsammeln und mich entschuldigen. Vorgestern hätte so eine Oma fast einen Herzinfarkt bekommen, als Max sie angesprungen hat."

„Eine schlechte Angewohnheit von Max", bemerkte Johannes trocken. „Geht doch mal zum Tierpsychologen."

„Max hat keinen an der Klatsche!" sagte Björn empört. „Er ist halt ein Hirtenhund. Die sammeln gerne alles ein, was sich von der Herde entfernt."

„Gehhilfen und Krückstöcke?" erwiderte Johannes zweifelnd.

Björn seufzte. „Ich schwör dir, ich traue mich schon nicht mehr, in den Briefkasten zu sehen, weil ich Angst davor habe, was mir die Haftpflichtversicherung schreibt."

„Vielleicht solltest du Max grundsätzlich keine Stöckchen mehr apportieren lassen. Dann gewöhnt er es sich vielleicht ab." Johannes befühlte geistesabwesend seinen feuchten Hosenboden.

„Soll ich dir die Klamotten reinigen lassen?" fragte Björn.

Johannes schüttelte den Kopf. „Nein, lass mal. Ist ja nicht so tragisch."

Eine Weile standen die beiden stumm nebeneinander und beobachteten Max und Marie, die sich auf der regendurchweichten Wiese herumwälzten wie zwei Schweine beim Schlammbad.

„Marie scheint auch nicht gerade in bester Form zu sein", sagte Björn dann plötzlich.

„Wieso?"

„Sie verliert Haare. Ist dir das noch nicht aufgefallen? An manchen Stellen schimmert ja schon die Haut rosa durch!"

„Ach, das", winkte Johannes ab. „Das ist die Schuld von Maries lesbischen Frauchen. Angelina hat versucht, Marie zu einer Vegetarierin umzuerziehen und sie pausenlos mit ihrem Lieblingsgemüse gefüttert. Jetzt hat Marie eine Allergie auf Fenchel und wir können die vielen weißen Haare, die in der Wohnung herumfliegen, bald zu einem Flokati zusammenklöppeln."

Björn brauchte einen Moment, um diese ungewöhnliche Information zu verarbeiten. „Essen alle Lesben gerne Fenchel?" fragte er schließlich interessiert.

Johannes zuckte mit den Schultern. „Da bin ich überfragt", antwortete er. „Meine Schwester zumindest mag keinen und die ist heterosexuell. Aber irgendwie bezweifle ich, dass Angelina sich bei der Auswahl einer bestimmten Gemüsesorte von ihrer gleichgeschlechtlichen Vorliebe beeinflussen lässt."

„Fenchel ist zumindest irgendwie rund", bemerkte Björn. „Du weißt schon: rundes Gemüse, runde Möpse!"

„Das verwechselst du mit Weißkohl", sagte Johannes. „Fenchel ist mehr so eine Art Knolle mit Stielen dran."

„Oh", erwiderte Björn und schwieg.

„Du kochst wohl nicht besonders oft?" fragte Johannes spöttisch.

„Nö", erklärte Björn. „Katja ist der Koch bei uns. Ich kann nur Bratwurst."

Johannes grinste verstohlen. Dann pfiff er nach Marie und schüttelte sich den Regen aus den dunklen Locken. „Marie, wir gehen nach Hause", sagte er zu dem Hund, „mir ist kalt."

Zusammen verabschiedeten sie sich von Björn und Max und machten sich auf den Heimweg. Der Regen hatte mittlerweile aufgehört und einem grauen, wolkenverhangenen Himmel Platz gemacht.

Worüber sich Heteromänner so ihren Kopf zerbrechen! dachte Johannes noch immer lächelnd, während er einigen Pfützen auf dem Bürgersteig auswich. Ich wette, dass Björn jetzt immer mit Argusaugen darauf achtet, ob Katja Fenchel kocht.

Aber je näher er und Marie ihrem Zuhause kamen, desto mehr verdüsterte sich Johannes' Laune wieder. Die Begegnung mit Björn mochte ihn für ein paar Momente aufgeheitert haben, aber einem Entschluss, wie er auf Lukas' Verhalten reagieren sollte, war er damit keinen Schritt näher gekommen.

Das Klingeln des Telefons empfing ihn, als er erneut die Wohnung betrat. Von Lukas war noch immer nichts zu sehen. Hastig nahm Johannes das Gespräch an.

„Hallo?"

„Hallo, Johannes, hier ist Elke. Ich störe Lukas nur ungern an seinem freien Tag, aber ich muss ihn dringend wegen eines Artikels sprechen. Sein Handy hat er wohl abgeschaltet. Ist er da?"

Johannes hatte Lukas' Arbeitskollegin vor einiger Zeit kennen gelernt, als Lukas sie zum Essen nach Hause eingeladen hatte. Sie war ihm vor allem dadurch in Erinnerung geblieben, dass sie sich während des gesamten Hauptganges über die sexuelle Unersättlichkeit ihres Mannes beklagt hatte. Johannes hatte Lukas mehrmals bedeutungsvolle Blicke zugeworfen, als wünschte er sich, dass Lukas sich ein Beispiel an Elkes Mann nehmen würde.

„Freier Tag?" fragte Johannes verwirrt zurück. „Ich dachte, Lukas ist im Büro. Habt ihr keine Redaktionssitzung?"

„Äh … nein", zögerte Elke peinlich berührt, „die Sitzung ist morgen. Nicht heute."

„Oh", sagte Johannes und schwieg. Es dauerte einen Moment, bis er Elkes Information verarbeitet hatte.

„Hab ich was Falsches gesagt?" fragte Elke, die sich hörbar unwohl in ihrer Haut fühlte.

„Nein, nein, schon gut", erwiderte Johannes lahm. „Ich hab da wohl was durcheinander gebracht." Dann legte er auf, ohne sich zu verabschieden.

Lukas, was bist du für ein Arschloch! dachte er und starrte durch das Fenster in die Dunkelheit des frühen Abends. Unruhig lief er im Flur hin und her, bis er die Stille der Wohnung nicht mehr aushielt. Verdächtigungen und Anschuldigungen drehten sich in seinem Kopf im Kreis, bis er am liebsten um sich geschlagen hätte. Immer wieder sah er auf die Uhr.

Schließlich stürzte er kurz entschlossen noch einmal hinaus, die erstaunte Marie im Schlepptau, und klingelte an der Wohnung zwei Etagen tiefer. Er musste mit irgendjemandem reden.

Karsten öffnete umständlich die Tür, in der linken Hand einen Soßenlöffel balancierend, im linken Mundwinkel einen halb aufgerauchten Joint. Eine Wolke aus Spaghettisoße und Haschisch schlug Johannes wie eine Faust entgegen. „Hallo!" sagte Karsten. „Komm rein, ich koche gerade … äh … habt ihr oben einen Wasserrohrbruch?"

Erst jetzt bemerkte Johannes, dass er noch immer die regennasse Jacke trug. „Ich war mit Marie Gassi", antwortete er.

„Bei dem Wetter." Es war mehr eine Feststellung als eine Frage. Karsten deutete auf Johannes' Haare, die ihm feucht und unansehnlich am Kopf klebten. „Geil, Mann! Genauso stelle ich mir Jesus vor nach seinen ersten Versuchen, über Wasser zu wandeln." Er drückte Johannes den Soßenlöffel in die Hand und lief ins Bad. Einen Moment später kam er mit zwei nicht mehr ganz sauberen Handtüchern wieder. „Hier", sagte er und warf Johannes eines der Handtücher über die Schulter. „Trockne dich ab. Was anderes hab ich allerdings nicht. Ich hab die Waschmaschine abgeschafft, ich brauch sie ja eh kaum. Ich kümmere mich um Marie, die saut mir sonst den ganzen Teppich ein."

Was kann man denn da noch versauen? dachte Johannes und schaute auf den abgenutzten, mit Brandlöchern und dunklen Flecken übersäten Teppich.

„Und probier mal die Soße. Irgendwie ist sie mir mal wieder misslungen", sagte Karsten auf dem Weg in die Küche. „Oder willst du erst das Gras probieren?"

Johannes schlürfte die heiße Brühe vom Löffel und verzog das Gesicht. „Pfui Teufel! Wie viel Salz hast du da reingekippt? Ein Kilo? Was sollte das denn werden?"

Karsten ließ die Schultern hängen. „Spaghetti Bolognese. Seit Torsten mich sitzen gelassen hat, bin ich zu nichts mehr zu gebrauchen. Nicht mal das Kochen klappt mehr."

„Also, die Soße ist jedenfalls nicht mehr zu retten. Hast du noch *Maggi fix* oder so was?"

Karsten kramte im Hängeschrank über der Spüle, während sich Johannes die Klamotten vom Leibe pellte und sich abtrocknete.

„Tatsächlich! Zwei Tüten!" sagte Karsten erstaunt. „Ich weiß gar nicht, wann ich die gekauft habe. Meinst du, dieses Instantzeug schmeckt überhaupt?"

„Jedenfalls besser als deine eigene Kreation", erklärte Johannes. „Wer kommt denn zum Essen?"

„Niemand", antwortete Karsten dumpf. „Ich hab nur wieder zu viel gekocht. Seit Torsten mich sitzen gelassen hat ..."

„... bist du zu nichts mehr zu gebrauchen. Ja, ja, ich weiß", beendete Johannes den Satz, den Karsten seit Wochen wie ein Mantra vor sich herbetete – seit sein Freund Hals über Kopf ausgezogen war, weil er sich in einen Mann verliebt hatte, den er im Fitnessstudio beim Dauerduschen und anschließenden Saunagang kennen gelernt hatte. „Hast du was Trockenes zum Anziehen für mich?"

„Im Schlafzimmer fliegt irgendwo eine Jogginghose herum, und ein Sweatshirt kannst du dir aus dem Schrank nehmen."

In Karstens Schlafzimmer sah es aus, als hätte dort vor fünfundzwanzig Jahren ein Garderobenkoffer der *Sex Pistols* eingeschlagen, wäre mitten im Raum explodiert und seitdem nicht weggeräumt worden. Überall lagen Klamotten mit Sicherheitsnadeln, karierte Hosen und T-Shirts mit obszönen Sprüchen, dazu zerrissene und ungewaschene Jeans, abgewetzte Lederhosen, bierdurchtränkte Lederjacken und seit Ewigkeiten ungeputzte Schuhe. Im ganzen Raum roch es muffig und leicht modrig. Johannes schüttelte grinsend den Kopf und kramte in den Klamotten. „Seit wann hast du eine Jogginghose von *Nike*? Ist die neu?" rief er kurz darauf.

„Nein, die ist von Torsten. Er hat sie hier vergessen. Ich ... äh ... ich nehme sie nachts immer mit ins Bett und schnüffele daran. Sie riecht noch ein bisschen nach ihm. Vor allen Dingen vorne im Schritt", antwortete Karsten verlegen.

„Großer Gott!" murmelte Johannes und rollte die Augen, während er die Hose überstreifte.

In der Küche legte Karsten die Instantsoße beiseite und hockte sich auf den Boden, um die mittlerweile vor Kälte zitternde Marie trockenzurubbeln. „Na, komm, du hässliche Töle!" sagte er zu dem Hund. „Was für eine beknackte Idee, im strömenden Regen spazieren zu gehen! Was hat sich dein Pflegepapi bloß dabei gedacht?"

„Dem Pflegepapi ist in der Wohnung die Decke auf den Kopf gefallen", erklärte Johannes, als er aus dem Schlafzimmer zurückkam, und griff nach dem Joint, den Karsten ihm vor die Nase hielt. „Der Pflegepapi glaubt nämlich, dass die Pflegemami auswärts ficken geht." Johannes schluckte und plötzlich war ihm zum Heulen zumute.

Karsten sah ihn entgeistert an. „Lukas geht fremd? Das glaubst du ja selbst nicht!"

„Doch. Tue ich." Johannes holte tief Luft und dann erzählte er Karsten von dem Schock, als er Lukas mit Hartmut am Morgen im Bett gesehen hatte, von der Unzufriedenheit, die Lukas in letzter Zeit ausstrahlte, und wie aufbrausend er auf Kleinigkeiten reagierte, den überraschenden Anruf der Arbeitskollegin, und dass er Johannes angelogen und den Tag gar nicht im Büro verbracht hatte.

„Ich habe keine Ahnung, wo er jetzt ist", schloss er mit zitternder Stimme. „Er hat mir nur einen Zettel dagelassen, dass es spät wird heute Abend."

„Nicht zu fassen", erwiderte Karsten, der Johannes mit offenem Mund zugehört hatte. „Das hätte ich nicht für möglich gehalten."

„Also glaubst du auch, dass Lukas mich betrügt?"

„Ich meinte die Sache mit Hartmut", sagte Karsten mit glasigen Augen. „Glaubst du, ich könnte auch mal bei ihm mein Glück versuchen? Neulich bin ich an ihrer Wohnung im Erdgeschoss vorbeigekommen und da hat er es wohl gerade mit deiner Schwester getrieben. Du weißt ja, wie dünn die Wände sind. Ich bin stehen geblieben und habe zugehört, bis sie fertig waren. Es war wie ein Zwang."

„Und was mache ich mit Lukas?" fragte Johannes noch einmal nach, ohne auf Karstens Gelüste einzugehen.

Karsten wiegte unentschieden den Kopf hin und her. „Keine Ahnung. Eigentlich hast du nur Indizien. Vielleicht hast du ja auch was falsch verstanden, vielleicht gibt es für alles eine ganz harmlose Erklärung."

„Ach, und welche?" fragte Johannes aufgebracht.

Karsten zuckte mit den Schultern. „Keine Ahnung, er könnte einen Termin haben, den er aus Versehen der Redaktion nicht mitgeteilt hat. Er könnte die Tage durcheinander gebracht haben … er könnte spazieren gegangen sein."

„Quatsch! Dann wäre er zum Abendessen wieder aufgetaucht. Dann wäre die Nachricht auf dem Zettel nicht so vage gewesen." Johannes wischte Karstens Erklärungsversuche ungeduldig beiseite. „Er trifft sich mit einem anderen Kerl. Ich spüre das. Da ist so ein Gefühl in meinem Magen."

Karsten rührte am Herd geistesabwesend in der Instantsoße und probierte die Bissfestigkeit der Nudeln. „Du solltest mit ihm reden. Das ist das A und O in einer Beziehung. Reden hilft immer", sagte er mit vollem Mund. „Obwohl, Torsten wollte auch nie reden, immer nur ficken", fügte er dann einschränkend hinzu.

„Reden!" erwiderte Johannes aufbrausend. „Als ob er alles zugeben würde, wenn ich ihn frage!"

Karsten drückte den aufgerauchten Joint in einem der überquellenden Aschenbecher aus. „Und wie sieht's aus mit Ficken?"

Johannes zögerte. Es fiel ihm schwer, auf Karstens Frage zu antworten. „Er will nicht mehr", gab er schließlich zu. „Ich weiß nicht wieso, aber er hat keinen Bock mehr auf Sex. Jedenfalls nicht mit mir. Ich kann mich an das letzte Mal schon gar nicht mehr erinnern. Was bedeutet das?"

Karsten pfiff leise durch die Zähne und schwieg. „Vielleicht machst du aus einer Mücke einen Elefanten", sagte er schließlich beruhigend und schüttete das Nudelwasser samt Nudeln in das Spülbecken. Danach schreckte er die Nudeln mit kaltem Wasser ab, fischte sie mit seinen nikotingelben Fingern wieder aus dem Ausguss und verteilte sie kurzerhand auf zwei Teller. „Wart's ab. Heute Abend kommt er nach Hause und alles klärt sich auf. Und selbst wenn er mal seinen Schniedel woanders reingesteckt hat: Über so eine Sache wächst auch Gras."

„Hat man ja bei Torsten und dir gesehen!" gab Johannes zurück.

„Torsten war ein Arsch! Ihr seid schon so lange zusammen, ihr werdet auch das überstehen."

„Meinst du?" fragte Johannes zweifelnd.

„Ja", sagte Karsten und beendete das Thema, indem er die zwei Teller mit den Nudeln auf den Tisch stellte. „Und jetzt gibt's Spaghetti Bolognese mit Tütensoße. Wenn es sich als ungenießbar herausstellt, spendierst du uns 'ne Pizza vom Italiener."

Doch selbst um neun Uhr, als Johannes mit Marie im Schlepptau wieder nach oben ging, blieb Lukas verschwunden. Lustlos hockte sich Johannes vor den Fernseher und zappte sich durch das Programm. Erst als er bei *CNN* angekommen war und ein Moderator ihm die neuesten Börsenberichte erläuterte, hörte er endlich einen Schlüssel klappern und dann stand Lukas in der Tür.

Während sich Johannes mit den Widrigkeiten des Universitätsbetriebes herumschlug, verschlief Lukas den halben Tag. Als er aufwachte, war es schon Nachmittag. Er gähnte und lief in die Küche, um Teewasser aufzusetzen. Es war eine gute Idee, einen Tag blau zu machen und nicht in die Redaktion zu rennen. Er arbeitete sowieso zu viel. Vor allen Dingen war es ein toller Einfall gewesen, Johannes nichts davon zu erzählen. Es war einfach herrlich, die Wohnung ganz für sich allein zu haben. Niemand, der ständig fragte, wo er hingehe, was er gerade mache, wann er wiederkomme. Je länger Lukas darüber nachdachte, desto mehr gefiel ihm diese Situation.

Er knipste das Radio an und bekam von *Eins Live* eine Portion Technobeats um die Ohren gehauen. Johannes hatte wieder den Sender verstellt. Lukas drückte genervt einen Knopf und wurde augenblicklich von beruhigenden Klassikklängen umschmeichelt.

Er schmierte sich ein Marmeladenbrot und holte den letzten Joghurt aus dem Kühlschrank. Sein Magen knurrte schon, als er das Ganze zusammen mit einer Tasse *Darjeeling* als verspätetes Frühstück einnahm. Gerade wollte er sich gemütlich zurücklehnen und einen Blick in die Zeitung werfen, als er Marie an der Wohnungstür jaulen hörte.

„Halt die Klappe, du blöde Töle!" zischte er ungehalten. „Piss auf den Teppich und ich werf dich der Katze von der alten Maier-Cigorsky zum Fraß vor!"

Marie verzog sich mit hängenden Ohren ins Wohnzimmer. Warum bloß hatten sie den Hund in Pflege genommen? Lukas hatte den winselnden Köter noch nie leiden können, aber Johannes hatte ihn mit Marie im Schlepptau vor vollendete Tatsachen gestellt. Und jetzt versaute ihnen Marie mit ihrem dämlichen Haarausfall die ganze Bude.

Lukas versuchte erneut, sich auf die Zeitung zu konzentrieren, aber der Leitartikel über die neuesten Pläne der Regierung langweilte ihn. Stattdessen schweiften seine Gedanken zum vergangenen Morgen ab.

Er hatte nicht wirklich mit Hartmut ins Bett gehen wollen. Die letzte Nacht war nur ein Ergebnis aufgestauter sexueller Energien gewesen. Lukas hatte es nicht darauf angelegt, mit seinem Schwager in die Kiste zu steigen, aber als er die Gelegenheit kommen sah, hatte er sie zu nutzen gewusst. Johannes war betrunken eingeschlafen und auch er und Hartmut hatten mehr getankt, als gut für sie war. Lukas konnte sich nicht einmal mehr erinnern, wie es dazu kam, dass er plötzlich auf Hartmuts nackte Pobacke gestarrt hatte. Den Gesprächsfaden hatte er verloren, als Evis Mann in epischer Breite über Leverkusens Chancen auf die Meisterschaft philosophierte. Was fanden heterosexuelle Männer bloß an einem Ballspiel so faszinierend, bei dem zweiundzwanzig überbezahlte und unterbelichtete Kerle wie aufgescheuchte Karnickel kreuz und quer über eine Wiese rannten und versuchten, eine Lederpocke in ein mit Netzen überzogenes Rechteck zu bugsieren? Jedenfalls hatten seine Hände auf einmal das Tattoo befühlt, das Hartmut ihm stolz und verlegen zugleich vor die Nase hielt, und dann hatte irgendwie eins zum anderen geführt, wobei Lukas ziemlich sicher war, dass Hartmut sich in keinster Weise gewehrt hatte. Im Gegenteil.

Aber Hartmut war nicht das Problem, er war nur ein Symptom. Das Problem bestand zwischen ihm und Johannes, und wenn Lukas versuchte, ganz objektiv zu sein, dann musste er zugeben, dass er selber der Auslöser für ihre Beziehungskrise war.

Für einen kurzen Moment wünschte er sich, er könnte den Morgen ungeschehen machen und den Tag beginnen, wie früher alle Tage mit Johannes angefangen hatten: mit dem Gefühl, die vertraute Wärme und den säuerlichen, nach Schlaf riechenden Atem seines Freundes neben sich zu spüren, Johannes durch die Haare zu streichen, ihn automatisch und noch im Halbschlaf an sich zu ziehen, auf das Anspringen des Radioweckers zu warten und zu wissen, dass dies alles war, was er jemals gewollt hatte.

Aber es war eben nicht alles gewesen, was er gewollt hatte. Er hatte viel, viel mehr gewollt. In gewisser Weise war er ein Opfer seines Berufs: Wenigstens ein bisschen von dem, was die Helden in den Filmen durchlebten, die er oft genug als trivial und fern jeglicher Realität kritisierte, wollte er auch in seinem Leben. Liebe, Leidenschaft, Romantik – jedenfalls nicht diese entsetzliche Langeweile, die er seit einiger Zeit mit Johannes verspürte und die alles in ihm abstumpfte. Alle ihre Rituale waren für Lukas zur Routine verkommen, und wenn er Johannes in seinen Armen hielt, spürte er eine Gleichgültigkeit in sich, die ihn erschreckte und abstieß. Seit einigen Wochen erregte ihn nicht einmal mehr der Sex mit seinem Freund. Eine Weile hatte er die Fassade noch aufrecht erhalten können – sein Körper hatte durch die lange verinnerlichten Reize noch immer entsprechend reagiert –, aber dann war das Gefühl, eine lästige Pflicht erfüllen zu müssen, immer unerträglicher geworden. Und jetzt war schon der bloße Körperkontakt mit Johannes etwas, das er kaum ertragen konnte.

Nachts lag Lukas schlaflos im Bett, blickte an die Decke, die Johannes mit Sternchen und Monden, die im Dunkeln leuchteten, in ein Fantasieuniversum verwandelt hatte, und fragte sich, ob dies schon alles gewesen war. Er stellte sich vor, in zehn oder zwanzig Jahren noch immer in diesem Bett zu liegen, grauhaarig, mit faltigen Wangen, schlaffen Muskeln, einem kleinen Bierbauch, Prostataproblemen und Krampfadern. Dann starrte er den unbekümmert schlafenden Johannes an, während sich seine Gedanken immer weiter verselbstständigten. Er sah sich und Johannes, schlecht gelaunt und einsilbig, ein alt und mürrisch gewordenes Freundespaar, zusammengeschweißt aus schäbiger Gewohnheit und Angst vor der Einsamkeit, desillusioniert, gelangweilt und verpassten Gelegenheiten hinterhertrauernd. Zwei Männer, denen der Gesprächsstoff und die Zärtlichkeit füreinander ausgegangen waren, die sich nur noch darüber unterhalten konnten, wer wann die Zahnpastatube falsch ausgequetscht oder den Müll nicht hinuntergebracht hatte, und die sich darüber stritten, welches Fernsehprogramm am Abend über die Glotze flimmern sollte.

Lukas hatte das Gefühl gehabt, jemand versuche ihn mit einem Kopfkissen zu ersticken, und sein Herz hatte so schnell geschlagen, als wäre ein Infarkt nur noch eine Frage von Minuten. Mehr als einmal war er in den letzten Nächten leise aufgestanden, hatte sich angezogen und war mit der verwunderten, aber durchaus nicht abgeneigten Marie durch die Straßen der Stadt gelaufen, bis sich sein Pulsschlag wieder normalisiert, er sich ein bisschen beruhigt hatte und der Hund frierend darum bettelte, in sein warmes Körbchen zurückkehren zu können. Während dieser einsamen Spaziergänge hatte Lukas sich geschworen, so nicht enden zu wollen. Aber er war zu feige, den letzten Schritt zu tun.

Lukas schüttelte die Gedanken an seinen Freund von sich ab wie eine lästige Fliege. Er knipste das Radio aus, ging ins Badezimmer und putzte sich die Zähne. Danach sprang er wie Johannes einige Stunden zuvor unter die Dusche und ließ die heißen Wasserstrahlen auf seinen Körper prasseln. Er hatte noch immer den Nachmittag vor sich und beschloss, das beste aus seiner freien Zeit zu machen. Er würde etwas tun, was er schon lange nicht mehr getan hatte. Irgendetwas.

Schnell zog er sich an, entnahm der Haushaltskasse zwanzig Euro, da er nicht gerne ohne Bargeld in der Tasche aus dem Haus ging, und schrieb Johannes einen vagen Zettel. Anschließend lief er die Treppen hinunter ins Freie Richtung Innenstadt. Aber schon nach wenigen Metern machte ihm der beginnende Regen einen Strich durch seinen Plan, in dem Gebüsch am Aachener Weiher zu cruisen. Verärgert blieb er einen Moment auf dem Bürgersteig stehen, bis sein Blick auf das Reklameschild des Pornokinos auf der anderen Straßenseite fiel.

Warum nicht? dachte er plötzlich. Das habe ich auch schon ewig nicht mehr gemacht.

Entschlossen überquerte er die Straße und betrat den Sex Shop. An der Theke kramte er umständlich das Eintrittsgeld aus seiner Hosentasche und ließ sich dann von der Dunkelheit des Kinos verschlucken.

Tastend suchte Lukas seinen Weg an einer Wand entlang, hin zu dem Raum, der durch den flackernden Lichtschein eines Videogerätes ein wenig erhellt wurde. Umrisse von alten Männern mit schmierigen Haaren und ruhelosen Händen huschten an ihm vorbei und ein gebrauchtes Tempo blieb unter seinem linken Fuß kleben. Lukas fluchte leise und zog das Taschentuch angewidert von der Schuhsohle. Nach einer Weile gewöhnten sich seine Augen an die Dunkelheit und er suchte sich einen Platz auf einem der wackeligen Plastikstühle. Trotz der Kälte draußen war es im Kino stickig und warm, die Luft dick und blau vom Qualm zu vieler Zigaretten. Aus den Augenwinkeln beobachtete Lukas die anderen Kinobesucher: ein Typ in einem dunklen Anzug, der eine Aktentasche auf den Schoß geschoben hatte und darunter verstohlen seinen Schwanz wichste; eine Glatze mit Springerstiefeln und *Fred Perry*-Hemd, der Lukas abschätzig taxierte und sich sichtlich langweilte, und immer wieder unscheinbare, eilige Gestalten, die rastlos zwischen Kino und Darkroom hin und her pendelten. Nichts für ihn dabei.

Lukas versuchte, sich auf den Porno zu konzentrieren, aber die beiden Männer, die es auf der Videoleinwand vermeintlich so lustvoll miteinander trieben, hatten noch nicht mal einen stehen, und Lukas war des Gemurkses schnell überdrüssig. Sehnsüchtig dachte er an eine längst vergangene Zeit, in der Pornostars wie Al Parker und Pierce Daniels seine Fantasien beflügelt hatten. Ihre Nachfolger konnten ihnen bei weitem nicht das Wasser reichen und man sah ihnen an, dass sie keinen Spaß am Sex hatten. Lukas' Mundwinkel verzogen sich zu einem humorlosen Grinsen. Gerade war ihm aufgefallen, dass er diesen Satz auch auf sich und Johannes übertragen konnte.

Für einen kurzen Moment wurde es ein wenig heller im Vorführraum und ein weiterer Kinobesucher kam herein. Im Lichtkegel der geöffneten Tür erkannte er einen Mann in Jogginghose, Bomberjacke und Basecap. Lukas schrak zusammen und rutschte so tief wie möglich in seinen Sitz. Hektisch suchte er nach einer Fluchtmöglichkeit und stürzte nach hinten in den Darkroom, wo er sich in der dunkelsten Ecke versteckte. Warum passierte immer ihm so etwas Peinliches? Er schloss seine Augen und betete, dass er nicht erkannt worden war, denn ansonsten würde Johannes sehr schnell von seinem kleinen Ausflug erfahren. Plötzlich entstand Unruhe in dem engen, klaustrophobischen Raum. Jemand drängte sich an ihm vorbei und dann spürte Lukas, wie sich ein Körper von hinten entschlossen an ihn presste. Überrascht zuckte er zurück, aber zwei Hände schossen nach vorne und umarmten ihn, griffen nach seinen Handgelenken, drehten sie auf den Rücken und beraubten ihn für einen Moment jeglicher Bewegungsfreiheit. Lukas hätte beinahe entsetzt aufgeschrien, aber sein harter Schwanz in der Hose und das Adrenalin in seinem Blut ließen ihn verstummen. Einen kurzen Augenblick versuchte er gegen die aufkommende Geilheit anzukämpfen, aber dann ließ er sich in seine Wehrlosigkeit fallen.

„Hallo, Mario", flüsterte er in die Dunkelheit. „Was für ein Zufall."

„Halt den Mund", zischte eine heisere Stimme in sein Ohr. „Geh auf die Knie und blas meinen Schwanz."

~ Wir sind schon wieder bei einem Spezialisten, diesmal bei einem Physiotherapeuten, dessen Aufgabe es ist, Muskeln in verlernten Bewegungsabläufen zu schulen und sie zu kräftigen, zusammengeflickte Sehnen geschmeidig zu machen, Koordinationsübungen zu vermitteln und allgemein Zuversicht zu verbreiten, dass Johannes eines Tages wieder richtig laufen wird. Ich kann die Stunden und Tage, die wir bei Ärzten verbracht haben, schon nicht mehr zählen.

Die Praxis ist überfüllt mit älteren und übergewichtigen Menschen, die beim Aufstehen ächzen, sich die Kniescheibe halten oder mit Rückenschmerzen unruhig auf den unbequemen Stühlen hin und her rutschen. Aber auch drei junge Männer mit Sportverletzungen sitzen im Raum. Einer hat den linken Ellenbogen bandagiert, einer den Fuß und einer das rechte Handgelenk. Ein Panoptikum der Gebrechlichkeiten.

Die Luft ist stickig und bleiern im Wartezimmer, legt sich wie eine zu warme Wolldecke auf die Patienten, setzt unangenehm riechende Körperausdünstungen frei. Draußen ist einer dieser Hochsommertage, an denen die Temperatur dem Inneren eines Backofens ähnelt und sich gleichzeitig kein Lüftchen regt. Während wir sitzen und die Zeit totschlagen, verdichtet sich die Schwüle des Vormittags, vielleicht wird es später ein klärendes Gewitter geben. Nach und nach verstummen in der Hitze alle Geräusche, die von draußen durch die geöffneten Fenster hereinkommen: zuerst das Geschrei der spielenden Kinder, dann die Motoren von vorbeifahrenden

Autos und schließlich sogar der Gesang der Vögel. Auch im Wartezimmer wird es immer ruhiger: Die stockenden Gespräche versiegen, niemand hüstelt mehr, niemand schnäuzt sich die Nase, niemand blättert in den Seiten einer Illustrierten und zum Schluss wird diese absolute, totale Stille nur noch durch das Atmen der Menschen unterbrochen. Es ist, als hätte jemand eine Käseglocke über diesen Vormittag gestülpt.

Die warme Luft macht schläfrig. Meine Augen werden schwer und ich habe Mühe, wach zu bleiben. Ihm geht es nicht anders. Immer wieder fällt sein Kopf nach vorne, bis er durch die abrupte Bewegung aufgeweckt wird und hochschreckt. Wenn ich mich zu ihm drehe, kann ich sehen, wie sein Puls langsam und regelmäßig in seiner Schläfe pocht.

„Ich kann nicht mehr", murmelt er plötzlich. „Ich bin so müde."

Ich antworte nicht, denn zurzeit sprechen wir nicht miteinander. Das heißt, ich rede nicht mit ihm, ich habe beschlossen, kein Wort mehr mit ihm zu wechseln, bis er seine Geschichte beendet hat oder sich eine andere Handlung ausdenkt. Was er erzählt, sind Lügen oder zumindest Halbwahrheiten – jedenfalls aus meiner Sicht der Dinge –, und ich habe keine Lust, seine Spielchen mitzuspielen. Was weiß er schon von Mario? Nichts. Gar nichts.

Aber meine Reaktion hat ihn bisher nicht beeindruckt. Seit über sechsunddreißig Stunden hält er mein Schweigen aus und tut so, als wäre es das Normalste der Welt. Er macht mich krank.

Schließlich werden wir von einer jungen Ärztin aufgerufen. Ihre Haare haben die Farbe von schmutzigem Stroh und sie trägt eine Nickelbrille à la John Lennon. Auf dem Weg ins Sprechzimmer über einen dunklen Flur, von dem rechts und links mehrere Behandlungszimmer abzweigen, frage ich: „Wo ist Dr. Brahmert?"

„Dr. Brahmert ist in Urlaub. Ich bin seine Vertretung. Mein Name ist Dr. Mohnhaupt", erhalte ich zur Antwort.

Sie bittet uns, Platz zu nehmen, und setzt sich hinter ihren Schreibtisch. Dr. Mohnhaupt ist jung genug, um bei einem kurzen Augenaufschlag das Mitleid, das sie Johannes entgegenbringt, nicht zu verbergen, als sie die Narben in seinem Gesicht und seinen humpelnden, auf Krücken gestützten Gang mustert. Er bemerkt diesen Moment der Sentimentalität nicht, aber ich bin inzwischen wieder wach genug, um ihn mitzubekommen. Ich weiß nicht warum, aber das Verhalten der Ärztin macht mich augenblicklich rasend vor Eifersucht. Am liebsten würde ich aufspringen und ihr ins Gesicht schreien: Ja, vielleicht ist er durch eine Glasfront gestürzt, vielleicht ist er drei Etagen nach unten gefallen, vielleicht wäre er beinahe ums Leben gekommen, aber was ist mit mir? Er besitzt kein Monopol auf Verständnis und Mitleid, ich bin auch noch da! Seit Monaten ertrage ich seine Depressionen, seine miesen Launen und seine Wehleidigkeit. Ich bin umzingelt von seinen Ängsten, ich ertrinke in seinen Tränen und ich habe jeden Tag, jede Stunde seinen verletzten Körper und sein entstelltes Gesicht vor mir, die mich bei jedem Atemzug daran erinnern, dass ich niemals von ihm frei komme!

Aber natürlich sage ich nichts, sondern versuche, meine innere Wut zu zähmen, und setze ein unverbindliches Lächeln auf.

Dr. Mohnhaupt studiert eine Aktenmappe, die vor ihr auf dem Tisch liegt, und murmelt ein paar medizinische Fachausdrücke vor sich hin, die weder für ihn noch für mich einen Sinn ergeben. Schließlich schlägt sie die Akte zu und sieht ihn fragend an.

„So“, sagt sie, „was machen die Fortschritte?“

„Sie halten sich in Grenzen“, erwidere ich für ihn. „Alles geht viel langsamer vorwärts, als wir uns das vorgestellt haben.“

„Ah“, antwortet Dr. Mohnhaupt, „und Sie sind sein ...?“

„Freund. Lebensgefährte. Partner“, antworte ich schnippisch. „Suchen Sie sich etwas aus.“

„Sind Sie auch sein Mund?“ fragt die Physiotherapeutin und macht mich mit diesem einen Satz sprachlos. Nur mühsam wahre ich meine Selbstbeherrschung. Ich suche nach einer passenden, schneidenden Antwort, aber ich finde keine.

„Nein“, antwortet er plötzlich, als wäre er gerade aus dem Schlaf erwacht, „natürlich ist er das nicht. Wir wissen ja nicht einmal, ob die drei anderen Umschreibungen noch zutreffen.“

Die Worte fallen in den Raum wie eine Atombombe. Erst lange nach dem Einschlag wird klar, welche Kollateralschäden sie ausgelöst haben.

Eine erste Folge ist, dass ich unabsichtlich mein Schweigen ihm gegenüber breche. Fassungslos sehe ich ihn an. „Ich glaube das einfach nicht!“ sage ich heftig. „Du blöder Arsch! Seit wann waschen wir denn unsere Dreckwäsche in aller Öffentlichkeit?" Was mich aber noch viel wütender macht, ist, dass auch er den Status quo in Frage stellt.

Er sieht mich triumphierend an. „Du sprichst ja wieder mit mir", erwidert er ironisch. „Schau mal einer an! Jetzt weiß ich wenigstens, was es braucht, um dich aus der Reserve zu locken!"

Wütend springe ich auf und renne zur Tür. „Sieh doch zu, wie du nach Hause kommst", schreie ich außer mir, „du ... du Krüppel!"

Johannes zuckt zusammen, als hätte ich ihn geschlagen, und seine Augen werden glasig und feucht.

Ich stürme aus der Praxis, die erstaunten Blicke der Sprechstundenhilfe in meinem Rücken, und laufe auf die Straße. Niemand greift einer Entscheidung über Fortbestand oder Ende unserer Freundschaft vor, auch er nicht. Das ist allein meine Sache.

Der Himmel wird langsam dunkel, Gewitterwolken ballen sich über dem Dom zusammen, als hätten die Spitzen der Kathedrale eine elektromagnetische Anziehung.

Ich weiß nicht, wohin mit meinem Zorn. Jetzt würde ich gerne jemanden verprügeln, einfach nur, um meinen Frust und meine Aggressionen loszuwerden. Die Wut pulsiert wie Gift in meinen Adern, schwirrt wie ein aufgeschreckter Bienenschwarm durch meine Gedanken und steigert meinen Adrenalinspiegel, bis mir fast der Kopf platzt. Ich hasse ihn ich hasse ihn ich hasse ihn. Blindlings renne ich durch die Straßen der Altstadt, rempele Spaziergänger und Passanten mit Einkaufstüten an, laufe über rote Fußgängerampeln und ignoriere den Straßenverkehr, bis ich Seitenstechen habe und keuchend nach Luft ringe.

Vor dem Schaufenster eines Spielwarenladens bleibe ich stehen. Zwischen Plüschbären, Barbiepuppen und mehreren Pappkartons mit Plastik-Jedi-Rittern sehe ich mein Spiegelbild. Dunkle Ringe zeichnen sich unter meinen Augen ab, meine Gesichtsfarbe wirkt fahl und ungesund, die Schultern hängen abgespannt nach unten. Ich trage dasselbe Hemd wie gestern und habe es noch nicht einmal gemerkt. Vorne auf der Brust ist ein Fettfleck. Früher habe ich immer darauf geachtet, jeden Tag ein frisches Hemd anzuziehen. Ich betrachte mich von oben bis unten wie einen Fremden und breche plötzlich in Tränen aus. Ich heule wie ein Schlosshund, schlage die Hände vors Gesicht und zittere am ganzen

Körper. Rotz läuft mir aus der Nase und meine Zunge schmeckt Salz auf den Lippen.

Ein kleines Mädchen starrt mich an und zerrt fasziniert an der Hand seines Vaters. „Der Mann da weint!" sagt es laut.

„Komm weiter! Nicht stehen bleiben!" zischt der Vater und wirft mir einen zornigen Blick zu, als hätte ich mich vor seiner Tochter entblößt.

Umständlich krame ich in meiner Hosentasche nach einem Tempo und schnäuze mir die Nase.

Du lässt dich gehen, denke ich angewidert von mir selbst. Reiß dich zusammen. Zumindest das bist du ihm schuldig. Und natürlich hasst du ihn nicht. Du liebst ihn. Du musst es dir nur oft genug ins Gedächtnis zurückrufen, dann stimmt es auch wieder.

Langsam werde ich ruhiger. So peinlich der Gefühlsausbruch auf offener Straße auch war, er hat mir gut getan. Etwas von dem Druck hat sich in Luft aufgelöst, wie eine geplatzte Seifenblase, von der nur ein feuchter, klebriger Film auf der Handfläche übrig bleibt. Ich schaue auf die Uhr und bemerke erschrocken, dass über zwei Stunden vergangen sind.

Als ich nach Hause komme, höre ich das Klappern von Geschirr in der Küche. Das Radio ist an und dudelt *Abba*. Er singt sogar mit.

„Honey, Honey, touch me baby, aha, Honey, Honey", brummt er im Chor mit Frida und Agnetha und wackelt andeutungsweise mit dem Hintern, während er am Küchenschrank lehnt und sich auf nur einer Krücke abstützt. In der anderen Hand balanciert er Kaffeetassen und Zuckerdose und im Hintergrund brodelt die Kaffeemaschine.

„Du hörst *Abba*?" sage ich entgeistert und bleibe in der Tür stehen. Die Popmusik klingt so viel lebendiger als das melancholische Zeug, das er in letzter Zeit ununterbrochen hört.

„Ist das verboten?" fragt er zurück. Die Locken fallen ihm ins Gesicht und verbergen sein Mienenspiel. Aber ich kann ein eindeutiges Grinsen zwischen seinen Worten heraushören.

„Du hörst doch sonst nur Jazz und diesen Techno-Mist." Ich bin noch immer verblüfft. Wieso hat er so gute Laune? Es ist, als hätte unser Streit nie stattgefunden.

„Ein Krankentransport hat mich nach Hause gebracht", informiert er mich. „Willst du auch Kaffee?"

Ohne auf eine Antwort zu warten, gießt er mir eine Tasse ein und wirft zwei Stücke Zucker dazu, so, wie ich meinen Kaffee am liebsten mag. „Aha", sage ich unverbindlich. Ich lasse mich auf einen Stuhl fallen und sehe ihn an. „Was ist los mit dir?" frage ich schließlich.

Er hält es nicht mehr länger aus und strahlt mich an wie ein Honigkuchenpferd. In diesem Moment erinnert er mich an den naiven, hoffnungslos romantischen Jungen, der er war, als ich mich in ihn verliebt habe. Etwas in mir verkrampft sich und ich sehne mich nach dieser Zeit zurück, in der alles so leicht war, aber wir tragen beide die Geschichte unserer Beziehung wie einen Klotz am Bein. So wie damals wird es niemals wieder werden.

„Fällt dir nichts auf?" Er wedelt mit der freien Hand aufgeregt vor meinem Gesicht herum. „Ich brauche die zweite Krücke nicht mehr! Sieh mal!" Er humpelt ein paar Schritte mit nur einer Gehhilfe durch die Küche, zwar noch unbeholfen und wackelig, und er zieht das Bein ein wenig nach, aber er schafft es tatsächlich.

„Toll!" sage ich, aber ich bin zu erschöpft, um genug Enthusiasmus in meine Stimme zu legen. „Wie schön!"

Sein Lachen fällt zusammen wie das eines Kindes, dem man gerade beigebracht hat, dass der Nikolaus in Wirklichkeit ein verkleideter Mann mit einem falschen Bart ist. „Du freust dich gar nicht", sagt er enttäuscht. „Dabei ist das der erste Fortschritt seit Wochen!"

„Das ist nicht wahr", erwidere ich müde. „Natürlich freue ich mich. Ich bin nur ziemlich fertig." Und dann nehme ich meinen ganzen Mut zusammen. „Johannes ..." beginne ich zögernd und will ihm endlich alles sagen, die Wahrheit, die Wahrheit und nichts als die Wahrheit, aber er unterbricht mich.

„Nein", sagt er entschieden. „Noch nicht. Ich bin noch nicht soweit. Erst, wenn ich meine Version der Geschichte beendet habe, dann ..."

„Oh", sage ich resigniert. „Wie du willst." Ich schließe die Augen und nicke seufzend.

Lukas hatte keine Ahnung, wie er sich jetzt verhalten sollte. Schnaufend ließ er sich von Mario hochhelfen. Seine Knie zitterten vor Anstrengung, kleine milchige Rinnsale liefen über seinen

Brustkorb und verklebten seine Haare. Sein Arsch fühlte sich wund an.

„Hast du mein Hemd gesehen?" fragte er schließlich unsicher. Mario holte ein Tempo aus der Hosentasche, wischte sich damit notdürftig ab und warf es achtlos neben das gebrauchte Gummi in eine Ecke. Dann griff er hinter sich auf den Boden und hielt Lukas wortlos das Hemd vor die Nase.

„Das war geil", sagte er nach einer Weile und sah Lukas beim Anziehen zu. „Hochgradig geil. Bereust du, dass wir gefickt haben?"

Lukas schüttelte den Kopf. „Ich war nur nicht darauf vorbereitet und irgendwie ist es eine komische Situation. Was für ein Zufall", wiederholte er.

„Ja", grinste Mario. „Nicht wahr?"

Ein zögerndes, linkisches Schweigen legte sich zwischen sie.

„Hast du vor ... wirst du Johannes davon erzählen?" fragte Mario und umfasste mit einer vagen Handbewegung den Raum und alles, was darin passiert war.

„Nein!" erwiderte Lukas schnell. „Auf keinen Fall! Und du?"

„Warum sollte ich das tun?"

Lukas zuckte mit den Schultern. „Weil du ein Freund von Johannes bist."

„Wenn ich ihm das auf die Nase binden würde, wäre ich es wahrscheinlich die längste Zeit gewesen. Du weißt doch am besten, wie monogam er ist."

Lukas seufzte. Wie Recht Mario hatte. Wenn Johannes herausbekam, dass er mit Mario eine Nummer geschoben hatte, hatte er eine dicke Ehekrise am Hals.

„Warum hast du nicht nein gesagt?" fragte Mario, als könnte er Lukas' Gedanken lesen.

„Du hast mir ja keine Wahl gelassen", antwortete Lukas ironisch. Unbewusst massierte er sich die schmerzenden Handgelenke.

„Ja ..." erwiderte Mario gedehnt, „ich hab gemerkt, dass dir die härtere Gangart gefällt."

Lukas sah verlegen zur Seite. Aber es stimmte: Es war aufregend und angenehm zugleich gewesen, die Kontrolle und Verantwortung für eine Zeit lang beiseite zu legen und sich treiben zu lassen. Etwas, das er bei Johannes noch nie gekonnt hatte.

Wieder legte sich eine unsichere Stille auf ihre Unterhaltung. Lukas versuchte, im Dunkeln seine Armbanduhr zu lesen und erschrak, als er feststellte, wie spät es geworden war.

„Ich muss gehen", erklärte er. „Johannes kommt bald nach Hause. Wir hatten ein paar ... Unstimmigkeiten heute Morgen."

„Er ist schon längst da", sagte Mario und zog den Schirm seines Basecaps wieder nach vorne.

„Woher weißt du das?"

„Ich hab ihn vorhin im Treppenhaus getroffen."

Lukas riss sich los und machte Anstalten zu gehen, aber Mario hielt ihn am Ärmel zurück. „War das jetzt ein einmaliger Ausrutscher", fragte er, „oder können wir das wiederholen? Vielleicht an einem anderen Ort ... vielleicht zu Hause?"

„Ich weiß es nicht", antwortete Lukas zögernd, „Lust hätte ich schon, aber ich weiß nicht, ob das nicht alles viel zu kompliziert ist."

„Was ist daran kompliziert?" fragte Mario erstaunt. „Wir verabreden uns, wenn du weißt, dass Johannes an der Uni ist, ficken 'ne Runde und alles ist gut."

Überrascht stellte Lukas fest, dass Mario noch viel weniger Skrupel hatte als er. „Ich muss darüber nachdenken, okay?"

Mario nickte. „Ist gut", sagte er. „Und grüß Johannes von mir!"

Den Teufel werde ich tun! dachte Lukas, während er das Pornokino verließ und den Weg nach Hause einschlug.

Sobald Johannes hörte, dass der Schlüssel in der Tür herumgedreht wurde, setzte er einen konzentrierten Gesichtsausdruck auf und tat so, als verfolgte er gebannt die Meldungen des Nachrichtensenders. Lukas hing seine Jacke auf und stand zögernd im Flur.

„Tut mir Leid, dass ich so spät dran bin", sagte er dann vorsichtig, „aber ich bin aufgehalten worden."

Johannes würdigte ihn keines Blickes. „Wie war die Redaktionssitzung?" fragte er, ohne die Augen vom Fernseher zu wenden.

Lukas bekam rote Flecken im Gesicht. „Oh ... äh ... wie immer", log er, „du weißt doch, wie das ist, wenn ein knappes Dutzend profilierungssüchtige Journalisten aufeinander treffen."

„Nein, weiß ich nicht!" fuhr Johannes ihn plötzlich an. Das Fernsehprogramm war vergessen, stattdessen konnte Lukas die Muskeln von Johannes' Wangenknochen arbeiten sehen. „Und du weißt es auch nicht. Zumindest nicht heute."

„Was soll das heißen?" fragte Lukas ahnungsvoll.

„Du warst gar nicht arbeiten. Du hast mich angelogen!"

Wahrscheinlich wäre es besser gewesen nicht zu antworten, aber auf einmal fand Lukas es wichtiger, nicht klein beizugeben, anstatt die Wahrheit zu sagen. „Du spinnst ja!" gab er wütend zurück. „Warum sollte ich so was tun?"

„Keine Ahnung!" schrie Johannes ihn so heftig an, dass winzige Tropfen Spucke auf dem Teppich verteilt wurden. „Du wirst schon deine Gründe haben. Vielleicht ist Hartmut ja nicht der einzige, mit dem du nebenbei eine Nummer schiebst!"

Lukas schluckte. „Ich war arbeiten, wie jeden Tag", beharrte er störrisch. „Ich hab dir doch sogar einen Zettel geschrieben, oder?"

Johannes schwieg einen Augenblick. Dann wandte er sein Gesicht ab und starrte aus dem Fenster. „Elke hat angerufen", sagte er schließlich und seine Stimme klang müde und enttäuscht. „Also gib dir keine Mühe. Du warst schon immer ein schlechter Lügner."

Lukas' Lippen formten sich zu einem lautlosen Oh und er fühlte sich wie ein kleiner Junge, der beim Naschen erwischt wird. Bevor er es verhindern konnte, entfuhr ihm ein verärgerter Stoßseufzer.

Aber Johannes ließ ihm keine Zeit, sich zu fangen. Trotz seines unguten Gefühls im Magen hatte er noch immer gehofft, mit seinem Verdacht Unrecht zu haben; dass es irgendeine halbwegs vernünftige Erklärung dafür geben könnte, dass Lukas den Tag nicht im Büro verbracht hatte. Doch Lukas' Reaktion, die Dreistigkeit, mit der er seinen Freund für dumm verkaufen wollte, zerstörten diese Hoffnung und ließen Johannes noch entschlossener werden, die Wahrheit zu erfahren – und wenn er ihm jedes Wort einzeln aus der Nase ziehen musste.

„Du warst nicht im Büro", stellte er noch einmal fest. „Wo warst du dann?"

Lukas räusperte sich und machte als Geste der Versöhnung ein paar Schritte auf Johannes zu. „Es ... es tut mir Leid", stotterte er. „Ich ... ich wollte ein wenig allein sein, um nachzudenken." Er senkte die Augen und betete, dass Johannes wenigstens diese Aussage schlucken würde.

„Nachdenken? Worüber?" fragte Johannes scharf. Er sprang aus dem Fernsehsessel und stellte die alte Distanz zwischen ihnen her, indem er einige Meter zurückwich. „Über deinen Fehler von letzter Nacht?"

„Letzte Nacht?" Lukas war verwirrt.

„Ja. Letzte Nacht. Vielleicht erinnerst du dich ja nicht mehr daran, aber Hartmut war zu Besuch", erklärte Johannes mit beißender Ironie.

„Oh, das." Lukas grinste unsicher. Durch das Treffen mit Mario hatte er die unwirkliche Situation des vergangenen Morgens tatsächlich schon fast vergessen. „Genau. Ich bin einfach durch die Stadt gelaufen und habe über heute Morgen nachgedacht."

„Den ganzen Tag", erwiderte Johannes ungläubig.

„Schön, ich hab auch mal zwischendurch was gegessen und einen Kaffee getrunken."

Johannes lachte spöttisch auf. „Und zu welchem Ergebnis haben dich deine Gedanken gebracht?"

Nervös suchte Lukas nach ein paar überzeugenden Worten. „Dass ... dass es mir Leid tut, was heute Nacht passiert ist", wiederholte er lahm.

„Pah!" sagte Johannes aufgebracht. „Soweit waren wir heute früh auch schon mal. Das sind ja sensationelle Neuigkeiten!"

Lukas rollte die Augen. Vielleicht war es besser, in die Offensive zu gehen und Johannes davon abzubringen, nachzuforschen, wie er seinen Tag tatsächlich verbracht hatte. Angriff war immer noch die beste Verteidigung.

„Was willst du denn von mir hören?" fragte er betont genervt. „Wäre es dir lieber, ich sage, dass ich mit fünf Kerlen eine wilde Orgie gefeiert habe, während du brav deine Seminartexte gebüffelt hast? Dass ich es kaum abwarten konnte, bis du aus dem Haus warst, und sofort losgestürmt bin, um mich dem nächstbesten Mann an den Hals zu schmeißen? Von mir aus! Jetzt kannst du deinen Heiligenschein rauskramen und putzen! Das gibt dir sicherlich ein gutes Gefühl!"

Johannes war blass geworden. „Und, hast du es getan?" fragte er leise, aber unbeirrt.

„Verdammt, Johannes, was soll das? Ich hab in der Stadt noch einen Freund getroffen und wir haben uns unterhalten. Ich hab die Zeit vergessen. Das ist alles!"

Johannes ging zweifelnd auf Lukas zu. Zu gerne hätte er ihm geglaubt. Vielleicht reagierte er selber nach den Ereignissen des Morgens zu sensibel, vielleicht sah er Gespenster. Vielleicht sagte Lukas die Wahrheit und hatte einfach nur Zeit gebraucht, um mit sich ins Reine zu kommen. Er wollte nicht mit Lukas streiten.

„Du hättest wenigstens Marie mal kurz mit rausnehmen kön ..." begann er versöhnlich und brach dann mitten im Satz ab. Plötzlich hatte er den Geruch von Sex auf Lukas' Haut in der Nase. Jemand anders hatte mit den Händen über Lukas' Brust gestreichelt, hatte sich mit der Zunge in seinen Achselhöhlen vergraben, hatte seine nackte Haut berührt. Dinge, die nicht einmal er, Johannes, mehr tun durfte.

Seine Augen verengten sich zu schmalen Schlitzen. „Warst du mit ihm im Bett?" fragte er knapp.

Lukas zuckte zusammen. Auf einmal hatte er keine Lust mehr, so zu tun, als wäre nichts passiert. Schweigend ging er in die Küche und goss sich ein Glas Mineralwasser ein.

„Ja", sagte er dann und schaute zu Boden.

Johannes sackte zusammen wie eine Gummipuppe, der die Luft ausgegangen war. Er ließ sich in den Sessel fallen und vergrub die Hände in seinen Haaren.

„Warum?" fragte er tonlos. „Warum? Ich verstehe das nicht."

Lukas nahm einen Schluck Wasser und räusperte sich umständlich. Wie gerne hätte er sich richtig gestritten mit Johannes, ihn angebrüllt und Geschirr gegen die Wand geworfen, einfach, um den aufgestauten Frust über eine Beziehung loszuwerden, in der er sich gefangen fühlte und von der er doch nicht loskam. Aber gegen die Melancholie und die Harmoniesucht, die Johannes verbreitete, war er machtlos. Jedes Wort von ihm machte Johannes noch mehr zum Opfer, jeder Wutausbruch machte ihn selber nur noch schuldiger. Stattdessen zuckte er mit den Schultern, als hätte der Sex mit anderen Männern nicht viel zu bedeuten.

„Einfach so", sagte er dann. „Ich brauchte mal etwas Abwechslung. War doch nur ein Quickie. Es hat nichts mit dir zu tun."

„Es scheint mir fast so, als hätte nichts mehr in dieser Beziehung irgendetwas mit mir zu tun", erwiderte Johannes. „Oder kannst du mir erklären, wieso du an einem Tag mit zwei verschiedenen Kerlen in die Kiste gehen kannst, aber mit mir schon seit Wochen nicht mehr geschlafen hast?"

Aus Langeweile? Weil ich nicht länger sicher bin, ob wir eine Zukunft haben? Fast hätte Lukas seine Zweifel laut ausgesprochen. Stattdessen versuchte er, Johannes' Frage auszuweichen.

„Seit Wochen? Das stimmt doch gar nicht!" wiegelte er ab. „So lange ist das nicht her!"

„Sieben Wochen und drei Tage. Ich hab es nachgerechnet."

„Du führst Buch darüber, wie oft wir Sex haben?" fragte Lukas fassungslos.

„Noch nicht. Aber vielleicht sollte ich damit anfangen."

Lukas schnaubte auf. „Ach, und wie häufig muss ich dann mit dir ins Bett? Zweimal die Woche? Zweimal täglich? Und wenn ich keinen Bock habe, hältst du mir dann dein Buch vor die Nase?"

Johannes sah seinen Freund mit großen Augen an. „Ich hab nicht gewusst, dass Sex mit mir für dich ein Muss ist. Ich dachte, es würde dir Spaß machen."

„Zurzeit macht mir mit dir gar nichts Spaß!" gab Lukas patzig zurück. Für einen Moment sah es so aus, als würde er noch mehr sagen, und seine Lippen öffneten und schlossen sich tonlos, aber dann schluckte er herunter, was ihm auf der Zunge lag, lief in sein Arbeitszimmer und knallte die Tür hinter sich zu.

Johannes blieb still im Sessel sitzen und kämpfte mit seinen aufsteigenden Tränen. Kurz darauf öffnete sich die Tür des Arbeitszimmers wieder. Ein schuldbewusster Lukas sah seufzend zu seinem Freund und kniete sich vor Johannes auf den Boden.

„Das war gemein von mir", flüsterte er. „Und es stimmt auch nicht, das weißt du genau." Er strich Johannes eine Locke aus der Stirn und gab ihm einen Kuss auf die Wange. Johannes wischte sich die feuchten Augen trocken und dann klammerte er sich wortlos in die Umarmung seines Freundes. Lukas hatte das Gefühl, als würde ihm die Kehle zugeschnürt.

„Warum kannst du mir nicht eine lange Leine lassen, wenigstens für eine Weile?" fragte er leise. „Warum ist das so schwer?"

Johannes schniefte und zog die Nase hoch. „Ach", sagte er erstaunt, „du hättest gerne einen Freifickschein, damit du kein schlechtes Gewissen haben musst. Und was ist mit meinen Bedürfnissen? Soll ich mir vielleicht auch jemand anderen für zwischendurch suchen?"

„Warum nicht? Ich würde dir jedenfalls nicht jedes Mal so eine Szene machen, wie du es tust."

Johannes sah Lukas fassungslos an. „Aber ich will überhaupt nicht mit einem anderen Mann ins Bett!" sagte er erbost. „Du müsstest dich mal hören! Wie krank das ist, was du von mir erwartest!"

Lukas stand enttäuscht auf und schüttelte den Kopf. „Sieht aus, als hätten wir eine Sackgasse erreicht", erklärte er. „Und wie geht es weiter?"

Johannes schloss die Augen und atmete tief durch. Zum ersten Mal dachte er darüber nach, wie weit Lukas wohl gehen würde, um seine Wünsche durchzusetzen. „Lass uns das Thema wechseln", antwortete er schließlich. „Vielleicht müssen wir beide einfach nur noch mal in Ruhe nachdenken."

„Worüber möchtest du denn mit mir reden?"

Johannes überhörte den Sarkasmus in Lukas' Stimme und sagte einfach: „Über Evi. Kannst du dich nicht wenigstens bei ihr entschuldigen?"

Lukas hatte Mühe, Johannes' Gedankensprung zu verfolgen. „Entschuldigen? Wofür?"

„Zum Beispiel dafür, dass du ihren Mann in unser Bett gezerrt hast!"

„Den brauchte man nicht lange zu zerren", murmelte Lukas. „Der ist von ganz alleine hineingefallen!"

Johannes war nicht in der Stimmung, auf Lukas' ironische Bemerkung einzugehen. „Du hast die ganze Sache eingefädelt, jetzt sieh auch zu, dass du sie wieder gerade biegst", sagte er. „Ich hab jedenfalls keine Lust, meiner Schwester unter die Augen zu treten, bevor du nicht die Situation erklärt hast!"

Lukas hob abwehrend die Hände. „Schon gut, schon gut! Ich kümmere mich morgen darum!"

„Jetzt, Lukas!" sagte Johannes bittend.

Lukas nickte nachgebend und ging zur Tür. Es war wahrscheinlich klüger, so zu tun, als würde er seinen Fehler mit Hartmut einsehen, um Johannes nicht noch mehr zu verstimmen. Immerhin war er bei ihrer Auseinandersetzung besser davongekommen, als er befürchtet hatte. Nicht einmal nach dem Namen des anderen Mannes war er gefragt worden.

„Lukas?" fragte Johannes plötzlich, als sein Freund schon fast im Hausflur stand, „wer war es eigentlich heute Nachmittag? Ich meine ... ist es jemand gewesen, den ich kenne?"

„Nein", erwiderte Lukas langsam, „niemand, den du kennst." Auf dem Absatz zur Treppe kam ihm eine Idee und drehte er sich noch einmal um. „Bist du noch wach, wenn ich zurückkomme?" rief er in die Wohnung.

„Vielleicht. Wieso?"

„Ich habe dir schon lange keine neue Geschichte mehr erzählt."

Es klang wie ein Friedensangebot, aber Johannes war nicht sicher, ob es wirklich eines war. Irgendwie war ihm unwohl in seiner Haut.

„Ja", antwortete er zögernd. „Das wäre schön."

Freu dich nicht zu früh! dachte Lukas grimmig und schloss die Wohnungstür hinter sich. Unser Streit ist noch nicht vorbei. Ich wechsle nur die Ebene.

Schlecht gelaunt machte er sich auf den Weg ins Erdgeschoss. Im Grunde sah Lukas noch immer nicht ein, weswegen er sich bei Evi entschuldigen sollte. Hartmut war mindestens genauso schuldig wie er, wenn man überhaupt von Schuld sprechen konnte. Was war schon groß passiert? Er und Evis Mann hatten ein bisschen Spaß gehabt, na und? Wieso musste man das gleich zu einem Weltuntergang hochstilisieren? Evi sollte sich eher Gedanken darüber machen, wieso ihr Göttergatte lieber in fremden Gewässern fischte, als im heimatlichen Tümpel zu angeln. Genau dasselbe hätte er vielleicht Johannes sagen sollen.

Vor der Wohnungstür von Evi und Hartmut holte Lukas tief Luft und wollte gerade auf den Klingelknopf drücken, als ihn eine zittrige und ängstliche Stimme aus dem Keller ablenkte.

„Schätzchen, komm runter! Was machst du denn da oben? Komm, Mietzi, spring!"

Irritiert lief Lukas die Kellertreppe hinunter, vorbei an der Waschküche, der Tür zum Garten und den Gang entlang, von dem links und rechts die Kellerverschläge abzweigten. Aus dem letzten Keller schaute ihm ein pastellgrüner Morgenrock entgegen und der durchdringende Geruch von Katzenfutter wehte ihm um die Nase.

„Guten Abend, Frau Maier-Cigorsky", sagte Lukas erstaunt. „Ist was passiert?"

Seine alte Nachbarin zuckte zusammen und ließ vor Schreck eine Dose *Whiskas* aus den Händen gleiten. Der Inhalt klatschte als unansehnlicher und stinkender Klumpen auf den Boden. „Gott im Himmel, haben Sie mich erschreckt!" zeterte Frau Maier-Cigorsky. „Wollen Sie, dass ich einen Herzinfarkt bekomme?"

„Nichts läge mir ferner", erwiderte Lukas grinsend.

„Was wollen Sie dann hier?"

„Ich habe Ihre Stimme im Hausflur gehört und dachte, Sie könnten vielleicht meine Hilfe gebrauchen."

„Ihre Hilfe? Wobei?" Frau Maier-Cigorsky sah Lukas verstört an. Lukas hatte den Eindruck, dass ihrer fortschreitenden Altersdemenz wieder ein paar Gehirnzellen zum Opfer gefallen waren. Eines Tages würde er die Alte mit einem Rettungswagen ins nächste Seniorenstift befördern lassen müssen.

„Das weiß ich nicht, Frau Maier-Cigorsky. Ich dachte, dass Sie mir das vielleicht sagen können." Sein Blick streifte suchend durch den Kellerraum, der nur durch eine matte Glühbirne an der Decke erhellt wurde. Ein alter, wurmstichiger Wäscheschrank nahm den meisten Platz ein, davor waren kalkfleckige, ausgediente Blumentöpfe gestapelt, an denen eingetrocknete Erdreste hingen. Spinnweben und Rußflocken verunzierten die Decke und die Ecken. An den Seiten des Raums waren Regale angebracht, auf die sich im Laufe der Jahre fingerdicker Staub gelegt hatte. Lukas konnte Töpfe mit selbst gemachten Marmeladen erkennen und eingewecktes Obst, das mit der Zeit seine Farbe verloren hatte und nun eher den abgetrennten und in Formaldehyd aufbewahrten Körperteilen aus dem Versuchslabor eines Dr. Mabuse ähnelte. Auf dem obersten Regal, hinter einem Glas Gewürzgurken, die Lukas fröstelnd an abgeschnittene Finger erinnerten, entdeckte er endlich den Grund für den spätabendlichen Aufruhr. Mietzi hatte sich hinter den Konserven verbarrikadiert und schien nun nicht mehr in der Lage zu sein, ihren aufgeschwemmten Körper von dort fortzubewegen, geschweige denn auf den Boden zu springen.

„Wie ist sie da hinaufgekommen?" fragte Lukas.

„Meine Mietzi ist ein guter Kletterer!" sagte Frau Maier-Cigorsky stolz.

„Und warum klettert sie dann nicht einfach wieder hinunter?"

„Ich glaube, sie hat Angst. Sie ist doch so furchtbar sensibel! Ich habe schon versucht, sie mit einer Dose von ihrem Lieblingsfresschen zu locken, aber es hat nichts genützt. Oh, Herr Lukas, bitte, Sie müssen meiner Mietzi helfen!"

Sensibel war wirklich das letzte Adjektiv, das Lukas im Zusammenhang mit der bösartigen Perserkatze seiner Mieterin gebraucht hätte. Mietzis Charakter erinnerte ihn eher an den Comic-Kater Garfield, dessen Lebensinhalt darin bestand, jede menschliche Lebensform in seiner Umgebung zu erniedrigen und ihr dabei physischen Schaden zuzufügen. Mehr als einmal hatte Lukas sich nur durch eine beherzte Flucht in den ersten Stock vor den scharfen Klauen der in einem Winkel des Erdgeschosses lauernden Katze retten können.

Als ob Mietzi Lukas' Abneigung gespürt hätte, schoss plötzlich eine Pfote mit ausgefahrenen Krallen zwischen den Einweckgläsern hervor und zerschnitt die Luft ein paar Millimeter vor seiner Nase. Gelbe, weit aufgerissene Augen funkelten ihn aus dem Schatten bedrohlich an.

„Verdammt!" fluchte Lukas überrascht und ging sicherheitshalber einen Schritt zurück.

Neben dem Wäscheschrank entdeckte er einen alten Besen, mit dem Frau Maier-Cigorsky früher das Laub aus dem Vorgarten gefegt hatte. Jetzt, aufgrund ihrer zunehmenden Gebrechlichkeit, überließ Frau Maier-Cigorsky das Kehren Lukas, und der Besen stand vergessen in der Ecke. Einer plötzlichen Eingebung folgend, griff Lukas nach dem Feger, drehte ihn mit den Borsten nach oben und ging langsam auf Mietzi zu. Endlich hatte er die Gelegenheit, dem Mistvieh ein paar seiner Gemeinheiten zurückzuzahlen.

„Was wollen Sie mit dem Besen?" fragte Frau Maier-Cigorsky schrill und voller Misstrauen.

„Sie glauben doch nicht ernsthaft, dass ich Ihr Kätzchen mit bloßen Händen anfasse?" fragte Lukas zurück. „Dann kann ich meine Finger auch gleich in einen Schredder halten!"

„Aber Sie tun meiner Mietzi doch weh!"

„Wollen Sie sie vom Regal herunterhaben oder nicht?" herrschte Lukas die alte Frau an und nahm Frau Maier-Cigorskys eingeschüchtertes Schweigen als Zustimmung. „Machen Sie sich keine Sorgen! Ich werde ihr nur einen kleinen Schubs mit dem Besen geben. Das wird Ihre Katze anspornen, ihren fetten Hintern wieder auf den Boden zu bewegen."

„Herr Lukas!"

Lukas beschloss, Frau Maier-Cigorsky zu ignorieren, und pirschte sich weiter an das Kellerregal heran. Vorsichtig hob er den Besen und zielte mit den Borsten hinter die Konserven. Mietzi fauchte den auf sie zukommenden Feger an und sträubte die Nackenhaare.

„Mein armes Kätzchen!" jammerte Frau Maier-Cigorsky.

„Auf drei!" rief Lukas seiner Nachbarin zu. „Gehen Sie lieber ein Stück zur Seite. Eins, zwei … drei!" Lukas holte aus und drückte Mietzi die stacheligen Borsten des Besens energisch ins Hinterteil. Aber anstatt die Flucht zu ergreifen, drehte sich Mietzi blitzschnell um, sprang mit einem Riesensatz über den Besen hinweg und landete mit einem wütenden Knurren direkt vor Lukas' Füßen, wo sie ihre Krallen genüsslich in seine rechte Wade versenkte. Allerdings hatten ihre Hinterläufe im Sprung das Glas mit den eingelegten Gurken gestreift und zum Wanken gebracht, und während Lukas noch vor Schmerzen aufschrie und gleichzeitig wütend versuchte, nach der Katze zu treten, kippte das Glas endgültig um, der Deckel öffnete sich, und das säuerliche Wasser samt den fahlen Gurkenfingern ergoss sich plätschernd über Lukas' Kopf und durchnässte sein Hemd.

„So eine verfluchte Scheiße!" brüllte Lukas, hüpfte auf einem Bein und befreite sich angeekelt von den Gurkenstücken. „Wo ist das Mistvieh? Ich drehe ihm den Hals um!"

„Sie … Sie Rabauke!" rief Frau Maier-Cigorsky nach Luft schnappend. „Was haben Sie mit meiner Mietzi gemacht!" Völlig außer sich nahm sie Lukas den Besen aus der Hand und fuchtelte ihm damit vor dem Gesicht herum. „Ich … ich werde Sie anzeigen wegen Tierquälerei … Sie Flegel!" Wütend rannte sie aus dem Keller, um das verletzte Ego und Hinterteil ihrer Katze zu pflegen, die sich fauchend aus dem Staub gemacht hatte. Lukas blieb mit einer blutenden Wade, durchweichtem Hemd und nach Gurkenwasser riechenden Haaren zurück – und dem Vorsatz, es

Mietzi bei der nächsten sich bietenden Gelegenheit heimzuzahlen. Konnte er die Alte nicht zwingen, die Katze einzuschläfern? Oder das Vieh heimlich entführen, in einen Sack stecken und ertränken?

Kopfschüttelnd wischte er sich mit den Hemdsärmeln notdürftig das Gesicht trocken und stieg langsam die Kellertreppe hinauf. Sollte die Maier-Cigorsky das Chaos in ihrem Keller doch selber beseitigen.

Erneut stellte er sich vor die Wohnungstür seiner Schwägerin und seine Laune hatte sich nicht gerade gebessert.

Ignaz, Johannes' siebenjähriger Neffe, verkleidet in einem silberglänzenden Roboterkostüm und mit dem Motorradhelm seines Vaters auf dem Kopf, öffnete auf sein Klingeln – und stach Lukas ohne Vorwarnung entschlossen mit einer Nähnadel in die Kniekehle, ein paar Zentimeter oberhalb der Wunde, die ihm wenige Augenblicke vorher Mietzi zugefügt hatte.

„Aua!" schrie Lukas auf und musste sich beherrschen, damit ihm nicht die Hand ausrutschte. Wieso schien es heute Abend alle Welt auf sein rechtes Bein abgesehen zu haben? „Was soll das, Ignaz?"

„Angreifer identifiziert!" ertönte eine dumpfe und monotone Stimme unter dem Motorradhelm. „Es ist Spezies 3649. Wir sind die Borg. Sie sind soeben assimiliert worden. Widerstand ist zwecklos!"

„Kleine Mistkröte!" fluchte Lukas und rieb sich das Bein. „Ist die Borg-Königin zu Hause?"

„Positiv!" bekam er zur Antwort. „Sie ist in der Bordkantine und repliziert gerade eine schmackhafte Nahrungsergänzung für ihre Drohnen."

„Äh … ja", erwiderte Lukas genervt, „schön. Darf ich zu ihr, ohne noch einmal gepiekst zu werden?"

„Es heißt assimiliert, Onkel Lukas, nicht gepiekst!" erklärte Ignaz entrüstet und ließ Lukas in die Wohnung. „Wieso riechst du so komisch? Hast du Gurken gegessen?"

Lukas warf dem Kind einen vernichtenden Blick zu, während er in die Küche ging. „Hallo, Evi", begrüßte er vorsichtig seine Schwägerin und versuchte, an Evis Miene ihre Laune abzulesen.

„Du!" erwiderte Evi kurz angebunden. Sie stand am Herd und zerkleinerte Brokkoli mit einem Küchenmesser.

„Du solltest Ignaz für einen Akupunkturkurs anmelden. Dein Sohn hat mir gerade eine Nähnadel in die Kniekehle gerammt!" Vorsichtig humpelte Lukas vorwärts und versuchte, sein lädiertes Bein so wenig wie möglich zu belasten.

„Ich weiß, ich weiß", antwortete Evi, ohne den Blick von ihrer Arbeit zu wenden, „Seit die neue Serie von *Star Trek* läuft, ist er unerträglich. Gestern hat er sein Brillengestell absichtlich in der Mitte durchgebrochen, weil diese Borg-Wesen nur auf einem Auge ein Olekar... Okularimplantat tragen. Danach ist er natürlich vor den Türrahmen im Kinderzimmer gelaufen und hat sich eine dicke Beule auf der Stirn geholt. Mann, war das ein Geschrei."

„Willst du mal meine Laserkanone sehen?" fragte Ignaz. „Warte, ich zeig sie dir!" Ohne auf eine Antwort zu warten, rannte er ins Badezimmer.

„Er bewahrt seine Laserkanone im Bad auf?"

„Ja", antwortete Evi knapp, „wir haben jetzt eine neongrüne Klobürste."

„Warum verbietest du ihm nicht einfach diese Science-Fiction-Scheiße?" sagte Lukas. „Stell ihn doch auf *Sesamstraße* um."

„Ha!" sagte Evi. „Dass ich nicht lache! *Sesamstraße*! Wo hast du denn die letzten zehn Jahre gelebt? Die Kiddies von heute wachsen mit *MTV* auf!"

Ignaz kam aus dem Bad zurück und gab mit einer giftgrün bemalten Klobürste im Anschlag ein paar imaginäre Laserschüsse auf den Freund seines Onkels ab. „Peng, peng, peng!" rief er enthusiastisch.

„Ignaz", bemerkte Lukas trocken, „und wenn ich dir den ganzen Tag damit verderbe: Ich werde nicht so tun, als könntest du mich mit etwas erschießen, das andere Leute zur Reinigung ihrer Toilette benutzen! Nimm dir ein gutes Buch, verzieh dich in eine Ecke und schmöker ein bisschen!"

„Bist du gekommen, um meinen Sohn zu erziehen, oder willst du dich entschuldigen für das, was heute Nacht vorgefallen ist?" mischte sich Evi bissig in das Gespräch ein.

Lukas hob abwehrend die Hände. „Schon gut! Ich … äh … entschuldige mich, dass ich mit deinem Mann in der Kiste war", murmelte er. „Zufrieden?"

„In welcher Kiste?" fragte Ignaz interessiert und ließ die Laserkanone auf den Boden fallen.

„Ignaz, Bett!" sagte Evi scharf, ohne sich zu ihrem Sohn umzudrehen. „Das ist ein Erwachsenengespräch!"

„Mein Regenerationszyklus ist noch von heute Morgen komplett!" protestierte ihr Sohn.

„Wenn du nicht sofort verschwindest, kannst du morgen den ganzen Tag in deinem Zimmer regenerieren!" erwiderte Evi.

„Typisch", maulte Ignaz, während er beleidigt die Küchentür hinter sich zufallen ließ, „immer wenn es interessant wird, kriegen die Borg eins auf den Sack!"

„Und stell die Klobürste zurück an ihren Platz!" rief ihm seine Mutter nach.

„Es tut mir Leid", sagte Lukas betreten. „Ehrlich, Evi, ich …"

„Was bildest du dir eigentlich ein?" fiel ihm Evi wütend ins Wort. „Du glaubst wohl, du kannst dir alles erlauben, nur weil wir in deinem Haus wohnen! Aber so nicht, mein Lieber! Es war wirklich eine ziemlich miese Nummer, Hartmut erst besoffen zu machen und dann über ihn herzufallen …"

„Wer sagt das?"

„Na, wer schon? Hartmut hat mir alles erklärt."

„Hartmut hat dir erklärt, dass ich ihn verführt habe? Wo ist er überhaupt?" Schnell wechselte Lukas das Thema, denn eigentlich hatte er die ganze Verantwortung für die letzte Nacht auf Hartmut abwälzen wollen.

„Hartmut?" fragte Evi und hieb mit dem Messer energisch auf den Brokkoli ein. „Im Krankenhaus."

Lukas schluckte und blieb mit seinen Augen unwillkürlich an dem Küchenmesser hängen. „Hast du etwa …?" begann er zögernd.

Evi folgte seinem Blick und grinste vielsagend. „Angst, Lukas? Die solltest du auch haben, denn du hast keine Ahnung, wozu ich fähig bin, wenn es um meinen Mann geht!" Sie packte das Küchenmesser fest in ihre Faust und ging drohend auf Lukas zu, die Messerspitze auf seinen Unterleib gerichtet. „Ein kleiner Schnitt, und du kommst mir nie wieder in die Quere", flüsterte sie und sah Lukas fest in die Augen. Dann ließ sie das Messer langsam sinken. „Hartmut hat Spätdienst, du Niete! Krankenpfleger machen Schichtarbeit! Obwohl ich wirklich nicht übel Lust gehabt hätte, ihm die Eier abzuschneiden, dem Mistkerl! Und dir gleich dazu!"

„Ach so", sagte Lukas erleichtert.

Evi drehte ihm seufzend den Rücken zu und kippte das klein geschnittene Gemüse in eine Schüssel. „Männer!" sagte sie verächtlich. „Wenn Gott gewollt hätte, dass Männer fremdgehen, hätte er ihnen kein Gehirn einbauen müssen. Das schaltet sich dann nämlich sowieso automatisch ab. Aber hinterher, da tut es ihnen dann Leid und sie sind so klein mit Hut. Wetten, dass Hartmut mir nachher einen riesigen Blumenstrauß mitbringt? Wahrscheinlich wieder Nelken und Schleierkraut, so hat es nämlich sein Vater auch immer bei seiner Mutter gemacht. Und ich hasse Nelken und Schleierkraut! Hast du Johannes auch Blumen geschenkt?"

„Äh, n… nein", stotterte Lukas. „Wir haben uns gestritten."

„Gut so!" stellte Evi befriedigt fest. „Ich hoffe, er hat dir die Hölle heiß gemacht!"

„Keine Sorge", antwortete Lukas sarkastisch, „er hat die Familienehre gewahrt!"

Evi sah ihn prüfend an. „Hör zu, Lukas", sagte sie. „Es geht mich ja nichts an, wie ihr eure Beziehung führt …"

„Da hast du allerdings Recht!" unterbrach er verärgert.

„… aber wenn ich merke, dass du meinem kleinen Bruder weh tust, dann werde ich zur Furie! Meine Loyalität beschränkt sich nicht nur auf Hartmut! Ist das klar?"

„Willst du mir etwa drohen?" fragte Lukas erstaunt.

„Das brauche ich gar nicht", erwiderte Evi geringschätzig. „Männer wie du stolpern früher oder später immer über ihre eigenen Füße! Lass mich raten: Hartmut war weder dein erster Fehltritt, noch wird er dein letzter sein, oder?"

Lukas schwieg unangenehm berührt.

„Dachte ich es mir doch!" sagte seine Schwägerin triumphierend. Dann hielt sie inne, als hätte sie gerade eine Erleuchtung gehabt. „Hoffentlich macht Johannes nicht denselben Fehler wie Meg Ryan", murmelte sie plötzlich.

Lukas sah sie fragend an.

„Na, da gab's doch so einen Film mit Meg Ryan und diesem Typen, der auch in *Ein Fisch namens Wanda* mitgespielt hat und ständig einem anderen Typen Pommes frites in die Nase gesteckt hat. Wie hieß der bloß gleich?"

„Wer? Der mit den Pommes?" fragte Lukas stöhnend. Evis Namensgedächtnis für Schauspieler war bemerkenswert schlecht. Außerdem verlor sie bei jedem Kinofilm nach spätestens einer halben Stunde den Handlungsfaden und brauchte permanent jemanden an ihrer Seite, der ihr erklärte, was gerade warum passierte. Selbst in Filmen mit Bruce Willis verwechselte sie die Guten und die Bösen. Lukas hatte sich schon nach dem ersten Kinobesuch mit Evi geweigert, noch einmal mit ihr einen Film zu sehen.

„Nein, der andere! Der Name liegt mir auf der Zunge. Komm, du musst ihn doch kennen, als Filmkritiker. Jetzt hab ich's: Calvin Klein!"

„Das ist eine Unterhosenmarke", sagte Lukas. „Du meinst wahrscheinlich Kevin Kline, und der Film hieß *French Kiss*."

„Ah ja? Ist ja auch egal. Jedenfalls war Meg Ryan in derselben Situation wie Johannes. Ihr Freund verliebt sich in eine andere, sie reist den beiden nach und verfolgt sie bis Paris und Nizza – oder war es Cannes? – und zum Schluss … zum Schluss …." Evi fuchtelte aufgeregt mit einem Kochlöffel in der Luft herum und sah Lukas verwirrt an, „zum Schluss hat sie ihre amerikanische

Staatsbürgerschaft verloren, einen anderen Kerl am Hals und muss für den Rest ihres Lebens auf einem Weinberg arbeiten."

„Und was möchtest du mir damit sagen?" fragte Lukas ungeduldig. „Dass Johannes mir nicht verzeihen sollte, weil er sonst seine Staatsbürgerschaft verliert? Dass er mal Wein anbauen wird? Das ist kompletter Schwachsinn!"

„Nein, das war es nicht. Ich wollte etwas anderes sagen", gab Evi zu. Sie zuckte entschuldigend mit den Achseln. „Ich hab's vergessen."

„Außerdem bin ich nicht in jemand anders verliebt", sagte Lukas wütend. „Und ich habe auch nicht vor, deinen Bruder zu verlassen", fügte er noch schnell hinzu. „Du brauchst dich um Johannes also nicht zu sorgen. Er ist bei mir in guten Händen."

„Hauptsache, du lässt ihn nicht unter den wild gewordenen Hormonen deiner Midlife-Krise leiden!"

Lukas stand beleidigt auf und ging zur Tür. „Hab ich dir eigentlich schon mal gesagt, dass ich dich nicht ausstehen kann?" fragte er giftig im Gehen.

„Das beruht ganz auf Gegenseitigkeit", erwiderte Evi zuckersüß. „Schönen Abend noch!"

Lukas knallte die Wohnungstür hinter sich zu und stapfte wutentbrannt und gedemütigt die Treppen hoch. Plötzlich hörte er noch einmal Evis Stimme von unten.

„Und Lukas?", schrie sie zum Abschied durchs Treppenhaus. „Wenn du meinen Mann noch einmal anfasst, nagele ich deine Eier auf das Türschild, das ich in dem Emaillierkurs gemacht habe! Und ich werde sie rot anmalen!"

Verdrossen stapfte Lukas weiter nach oben und tat so, als hätte er nichts gehört.

Zu Hause war nur noch im Schlafzimmer Licht, der Rest der Wohnung lag im Dunkeln. Lukas ging ins Bad, pinkelte und putzte sich die Zähne. Im Spiegel betrachtete er die Ringe unter seinen Augen, anschließend strich er sich müde und mit einer fahrigen Geste durch die Haare. Es war ein langer und ereignisreicher Tag gewesen, aber noch war er nicht zu Ende.

Im Bett blätterte Johannes geistesabwesend durch einen englischen Roman, der auf der Lektüreliste für ein Seminar stand.

„Du schläfst noch nicht", stellte Lukas fest.

Johannes gab keine Antwort, klappte aber das Buch zu, während Lukas sich auszog. „Wie war's bei Evi?" fragte er.

„Wie soll es schon gewesen sein?" gab Lukas patzig zurück. Johannes wartete darauf, dass Lukas ein paar Informationen mehr preisgab, aber sein Freund hüllte sich in dumpfes Schweigen.

„Ich habe heute übrigens Mario getroffen", sagte Johannes, um die angespannte Stille zu unterbrechen. Lukas, der gerade dabei war, seine Hose auszuziehen, hätte fast das Gleichgewicht verloren.

„Und?" brummte er so desinteressiert wie möglich.

„Er will sein altes Sofa bis zum nächsten Sperrmülltermin in der Waschküche deponieren. Ich hab es ihm erlaubt."

„Von mir aus. Hauptsache, er räumt es da wieder raus." Lukas hatte Mühe, seine Erleichterung zu verbergen. Erschöpft ließ er sich ins Bett fallen.

Nach einer Weile bemerkte er, wie Johannes sich enger an ihn kuschelte, bis seine Absicht, Lukas ein verstecktes Friedensangebot zu unterbreiten, offensichtlich war.

„Du riechst nach Gurke", bemerkte Johannes.

„Ich will nicht darüber reden", erklärte Lukas schroff.

Johannes zuckte unmerklich mit den Schultern und hielt den Mund. „Lukas?" fragte er dann mit geschlossenen Augen. „Was ist jetzt mit einer Geschichte? So wie früher?"

Lukas hatte eigentlich keine Lust, so zu tun, als ob alles wieder beim Alten wäre. Trotzdem löschte er das Licht und in die Dunkelheit hinein antwortete er heiser: „Wie du willst, Johannes."

Joschi und der Tod

Die Tür des Geschäfts in Stuttgart, das Joschi gerade mit einem glücklichen Lächeln verlassen hatte, fiel mit sanftem Geklimper hinter ihm ins Schloss. Joschi trat, zufrieden mit sich selber, auf den Bürgersteig, hielt eine Hand schützend über die Augen und blinzelte ins Licht.

Das Wetter entsprach Joschis Gemütszustand: Es war sonnig und warm. Aber das war für Joschi eigentlich nichts Besonderes, schon seine Mutter hatte immer seufzend gesagt: „Der Junge ist der geborene Sonnenschein. Wenn den etwas aus der Fassung bringt, dann ist alles zu spät." Dabei pflegte sie die Stirn zu runzeln und eine Leichenbittermiene aufzusetzen, als wäre Joschis gute Laune ein persönlicher Affront gegen das schwere Schicksal, das sie ganz allgemein als Frau und insbesondere als Joschis Mutter zu tragen hatte. Als Frau deshalb, weil sie es als eine ausgesprochene Zumutung und ein persönliches Opfer empfand, dass sie sich von Joschis Vater aus der Münchner Großstadt und mit der Aussicht auf eine Eintrittskarte zur Münchner Schickeria – immerhin hatte sie in den siebziger Jahren eine entfernte Bekannte gehabt, die eine Freundin von Uschi Glas war – in einen Teil des Allgäus hatte „entführen" lassen, wo alle Wege mit fliegenumschwärmten Kuhfladen gepflastert zu sein schienen, und die kulturellen Höhepunkte des Jahres der herbstliche Almabtrieb und der Alphornblaswettbewerb waren, der von der Großmolkerei im Nachbartal ausgerichtet wurde. Ansonsten entsprach das Dorf, in dem sich Joschis Mutter zu ihrem nie versiegenden Entsetzen wiederfand und wo Joschi die ersten Jahre seiner Kindheit verbrachte, in allen Einzelheiten der Postkartenidylle, die solche Dörfer zwecks Tourismuspflege gerne von sich verbreiten. Es gab weißgestrichene Gasthöfe mit leuchtend roten Geranien auf den Balkonen, deftige Brotzeiten, „Pfuerdi Gott"s, steile Abhänge, an denen Edelweiß blühte, ein paar auch im Sommer verschneite Bergkuppen und hin und wieder die eine oder andere ungewollte Schwangerschaft.

Joschis Vater hatte schon bald genug von den Vorhaltungen seiner Frau, die sehr gut auf der Klaviatur von unterschwelligen Schuldzuweisungen spielen konnte – zum Beispiel, wenn sie darauf bestand, die Hühner in den roten Pumps zu füttern, die sie sich kurz vor ihrer Abreise aus München gekauft hatte, anstatt sich praktischerweise ein Paar robuste Gummistiefel anzuziehen.

Schließlich beschloss er, mit der größten aufgedunsenen Leber, die je bei einem Almbauer diesseits der Alpen gefunden worden war, in die Annalen und Stammtischgeschichten seines Dorfes einzugehen. Es kostete ihn einige Jahre harte Arbeit – und das kleine Vermögen, das er von seinen Eltern geerbt hatte –, aber mit seinem Tod hatte er das Ziel erreicht.

Dies allerdings trug nicht gerade dazu bei, die Laune von Joschis Mutter zu verbessern, denn nun sah sie sich in ihrem unerträglichen Exil, umgeben von „Dorfdeppen und Almöhis", auch noch mit der Aufgabe konfrontiert, Joschi fast mittellos und angewiesen auf die Barmherzigkeit der Dorfbewohner, die sie im Grunde ihres Herzens so verachtete, großzuziehen. Zwei Jahre versuchte sie ihrer Verantwortung gerecht zu werden, aber als sie eines Tages die Landstraße entlanglief und ein vor ihr fahrender Traktor seine Fracht verlor und ihre roten Pumps unter einer riesigen, stinkenden Ladung Schweinemist begraben wurden, war für sie das Ende der Fahnenstange erreicht. Kurzentschlossen packte sie ihren Sohn und einen Koffer mit seinen Sachen und gab beides bei Joschis Großvater ab, der ein paar Kilometer den Berg hinauf eine kleine Alm betrieb. Danach verschwand sie mit einem letzten verächtlichen „Grüaß Gott!" aus Joschis Leben und kehrte aus der Diaspora zurück nach München, um dort ihren unterbrochenen Versuch, die High Society der bayerischen Landeshauptstadt zu erobern, fortzusetzen.

Nun hätte man annehmen können, dass die schweren Schicksalsschläge, der frühe Säufertod des Vaters und die Landflucht der Mutter dem kleinen Joschi das sonnige Gemüt verhageln würden. Theoretisch wäre der Junge prädestiniert gewesen für eine langwierige Psychoanalyse, jahrelange Aufenthalte in Heimen für schwer erziehbare Kinder und eine anschließende Karriere als Gewaltverbrecher oder Drogendealer ohne Aussicht auf Resozialisierung. Aber in Bezug auf ihren Sohn hatte Joschis Mutter eine geradezu prophetische Weissagung gemacht. Nichts brachte Joschi aus der Fassung, jedenfalls fast nichts. Er war und blieb ein Sonnenschein und liebte das Leben auf der Alm seines Großvaters, genauso wie er das Leben im Dorf geliebt hatte. Nach ein paar

Monaten vergaß er sogar, seine Mutter zu vermissen. Vielleicht war er einfach zu jung, um zu verstehen, was ihm seine Eltern angetan hatten, vielleicht war es auch die gute, nach Kräuterpastillen duftende Luft oder – zumindest in Bezug auf das Dealen mit Drogen – die im Bergland mangelhafte Infrastruktur und die fehlende Kundschaft. Schließlich sind fast alle jungen Erwachsenen in den deutschen Alpen Ski-Leistungssportler und zumindest für einen Weltcup angemeldet. Vielleicht war es aber auch nur die Tatsache, dass Joschi ein bisschen einfach gestrickt war.

Schon in frühester Jugend hatte er von seinem Großvater das Jodeln beigebracht bekommen. Opa Haslhuber war ein Verfechter und Bewahrer alter Traditionen gewesen und hatte mit Gamsbart und Krachledernen jeden Morgen die Berge mit dem *Erzherzog-Johann-Jodler* begrüßt. Daneben hatte er sich aber auch bis zu seinem Tod geweigert, fließendes Wasser und Elektrizität auf seiner Alm installieren zu lassen, weil er beides für ein Werk des Teufels hielt. Und er hatte eine Ziege in der Wohnstube gehalten. Klein-Joschi stand schon als Vierjähriger neben ihm und krähte beglückt und aus vollem Hals mit, bis sich Großvater Haslhuber erbarmte und ihn in die Geheimnisse des Jodelns einweihte. Später dann war Joschi einem der vielen Jodelvereine seiner Heimat beigetreten, die das Allgäuer Liedgut mit Inbrunst pflegten. Hin und wieder war er auf Festen von Schützenvereinen oder sogar im Radio zu hören gewesen und vor ein paar Monaten sogar im Fernsehen des *Bayerischen Rundfunks.*

Bei dieser Gelegenheit hatte Joschi Sigrid kennen gelernt, seine Sigrid. Sie war ebenfalls Gast gewesen bei einer dieser Volksmusiksendungen, bei der viele Menschen Trachtenensembles tragen, die sie am Tag zuvor in einem exklusiven Folkloreladen in Passau, Landshut oder München gekauft haben – gleichzeitig aber so tun, als wären sie nur mal eben zum Mitklatschen bei *Marianne & Michael* im Fernsehstudio vorbeigeschneit, während ihre draußen geparkte Schweineherde weitergezogen ist und längst den Viktualienmarkt blockiert. In Wirklichkeit sind alle Zuschauer im Saal Angestellte der bayerischen Staatsregierung und keiner von ihnen hat in seinem ganzen Leben auch nur ein Ferkel kastriert.

Sigrid war in der Sendung mit einer Gruppe von singenden Sekretärinnen aus Sindelfingen eingeladen, die sich dem schwäbischen Liedgut verschrieben hatten. Es war Liebe auf den ersten Blick. Während der ersten Probe für die Livesendung hatten sich Joschis und Sigrids Blicke getroffen und nicht mehr voneinander lassen können. Für ihn hatte sie ausgesehen wie die junge Sonja Ziemann in einem Heimatfilm aus den fünfziger Jahren, und er hatte sie an den jungen Karl-Heinz Böhm erinnert, den „Franz-Josef" aus den *Sissy*-Filmen.

„Jo mei!" hatte er ins Mikrofon gestammelt und den Schlussakkord des Jodlers verhauen.

Und Sigrid hatte ihm verzückt geantwortet: „Hailigsblechle!"

Danach war die Romanze nicht mehr aufzuhalten. So oft er konnte, war Joschi am Wochenende von seiner geerbten Alm heruntergeklettert, hatte sein Wams und seine Lederhose mit einem Straßenanzug vertauscht und war in die Fremde gefahren: Zuerst mit dem Bummelzug nach Kempten, von dort aus weiter nach Stuttgart, und dann war er noch einmal in den Bus nach Sindelfingen umgestiegen, wo ihn Sigrid erst schüchtern in Empfang nahm, später aber dann immer zutraulicher wurde und schließlich Händchen haltend mit ihm durch die Stadt ging.

Joschi hatte nie darüber nachgedacht, ob in seinem Leben etwas fehlte. Bisher waren ihm die Natur, die Berge, die Tiere und die Menschen seiner Heimat genug gewesen, aber je öfter er mit Sigrid zusammen war, desto häufiger stellte er sich vor, wie es wohl wäre, sie für den Rest seines Lebens an seiner Seite zu haben. Joschi liebte ihre unkomplizierte Art, über alle möglichen Dinge zu lachen, die erstaunliche Weichheit ihrer Haut, die so ganz anders war als die der Kühe und Lämmer, die er sonst tätschelte, und selbst das unverständliche Kauderwelsch, das sie ihren Heimatdialekt nannte, liebte er. Er malte sich aus, wie Sigrid – die blonden Haare zu langen, dicken Zöpfen geflochten – bekleidet mit einem zünftigen Dirndl, daheim die Stube fegte, über den Gartenzaun einen Schwatz mit der Reslbäuerin hielt, die Rosen in ihrem kleinen Garten beschnitt, ihm abends, wenn er von der Arbeit kam, seine Weißwürstl mit Kraut vorsetzte oder zur Abwechslung die Käsespätzle, die sie so gut konnte, und ihm, vielleicht ein wenig später, zwei oder drei Kinder gebar. Ja, eigentlich wollte er ein ganzes Haus voller Kinder. Je länger Joschi in diesen Fantasien schwelgte, desto einsamer und trübsinniger kam ihm sein Zuhause vor, wenn er von einem Wochenende mit Sigrid auf seine kleine Alm zurückkehrte. Sehnsüchtig starrte er dann auf das Foto, das Sigrid ihm nach seinem dritten Besuch zum Abschied verstohlen in die Hand gedrückt hatte und das nun seinen festen Platz auf dem Nachttisch hatte, schubste die von Großvater Haslhuber geerbte und mittlerweile steinalte Ziege aus dem Bett, drehte sich um und versuchte vergeblich, einzuschlafen. Mit der Zeit wurde sein Entschluss immer fester: Er wollte um Sigrids Hand anhalten. Und der Verlobungsring, den er gerade vom Juwelier geholt hatte, war der erste Schritt, um seine Vorstellungen von der Zukunft in die Tat umzusetzen.

Heute Abend wollte er Sigrid die Frage aller Fragen stellen, und wenn alles so klappte, wie er es sich in seinen Wachträumen ausgemalt hatte, würde sie bald seine Frau werden. Joschi blieb an der Straßenecke stehen und kramte das samtüberzogene Etui aus seiner Jackentasche. Er war sich darüber im Klaren, dass der Verlobungsring nicht viel hermachte. Er war nur aus Weißgold, ganz einfach, ohne Edelstein, und wenn etwas Joschis Laune hätte schmälern können, dann war es die Tatsache, dass er nicht mit Brillanten und Juwelen um seine Braut werben konnte, so wie er es von den Berichten der Zeitschriften kannte, aus denen er der alten Niederwieserin von der Alm nebenan vorlas, wenn er abends bei ihr vorbeischaute, um nach dem Rechten zu sehen. Es wäre zu schön gewesen, Sigrid heute nach dem Abendessen – zu dem er sie in eines dieser teuren Restaurants ausführen wollte, die ihre Preise nach der Anzahl der Fremdworte auf der Speisekarte richten –, mit einer Schachtel zu überraschen, aus der sie beim Öffnen ein funkelnder, glitzernder Stein angestrahlt hätte. Er hatte hin und her gerechnet, immer wieder aufs Neue Papier und Bleistift zur Hand genommen, Zahlen addiert, durchgestrichen und dann nochmals von vorne angefangen, aber der Luxus eines auch nur einkarätigen Brillanten lag außerhalb seiner Möglichkeiten. Er war eben nur ein einfacher Almwirt, dessen Einkommen gerade für die Lebensnotwendigkeiten des Alltags reichte.

Joschi fing mitten auf der Straße an zu lachen und scherte sich nicht um die verwunderten Blicke der Passanten. Er schloss die Schatulle mit dem Ring und verstaute sie wieder umständlich in seiner Jackentasche. Was machte es schon, dass er nicht reich war? Geld hatte er nie viel Bedeutung beigemessen und seit er Sigrid kennen gelernt hatte, war es fast noch unwichtiger geworden. Mit allem Geld der Welt wäre es ihm nicht gelungen, Sigrids Bekanntschaft zu machen. Das hatte er einzig und allein seiner Begabung beim Jodeln zu verdanken.

Joschi schaute auf seine Uhr. Er hatte nicht mehr viel Zeit, wenn er den Bus nach Sindelfingen noch erreichen wollte. Er beschleunigte seine Schritte und eilte zusammen mit den anderen Fußgängern, die im abendlichen Berufsverkehr ihrem Zuhause zustrebten, zum nahen Busbahnhof. Plötzlich rempelte ihn jemand im Vorbeigehen an. Joschi verlor für einen Moment das Gleichgewicht und musste sich an einer Laterne abstützen.

„Zapperlot!" fluchte er ungehalten. „Idiot, damischer!"

„Hobbla!" entschuldigte sich der junge Mann, der ein grünes Basecap trug, mit einem arroganten Grinsen. „Desch-mr aber arrg!" Dann war er einfach weitergelaufen.

Joschi seufzte und wollte seinen Weg zum Bahnhof fortsetzen. „Großstadt!" murmelte er verärgert und seine Hand glitt reflexartig über die Jackentasche. Die Tasche war leer! Ungläubig blickte er dem Mann, der ihn seines Schatzes beraubt hatte, hinterher. Es verging noch ein weiterer Moment, bis er begriffen hatte, dass er soeben bestohlen worden war – und dann sprang Joschi, ohne nachzudenken, hinter dem Mann her, der fast schon in der Menge verschwunden war. Nur an der hin und wieder hervorblitzenden grünen Kappe konnte Joschi ihn noch erkennen.

„Dieb! Saubub! Gib mir mei Ring zruck!" rief Joschi außer sich und lief dem Dieb hinterher.

In diesem Moment hätte Joschi sich besser an den prophetischen Ausspruch seiner Mutter erinnert. Denn wie sie schon früh erkannt hatte, drohte Joschi Unheil, wenn er doch einmal seine Fassung verlieren sollte.

Der Mann schaute sich ertappt um und begann ebenfalls zu rennen. Noch nie in seinem Leben war Joschi so wütend gewesen. Noch nie war er so sehr von den Abgründen menschlichen Handelns betroffen gewesen. Er fühlte, wie der Hass in ihm hochkochte und seinen Kopf benebelte. In Joschis Heimatdorf kam so etwas wie Diebstahl nicht vor, schon deshalb nicht, weil sowieso jeder jeden kannte. Dort stellte es schon ein Vergehen unerhörten Ausmaßes dar, wenn der Milchmann aus Versehen morgens eine Flasche angesäuerter Milch vor die Tür stellte oder die Frau vom Gemeinderat Hobelweiß sich nicht wie alle anderen geduldig in die Schlange vor dem Tante-Emma-Laden einreihen wollte, weil sie sich für etwas Besseres hielt. Aber so etwas wie diesen kaltblütig geplanten Diebstahl hatte Joschi noch nicht erlebt.

Die Wut in seinem Bauch und der Ärger, dass seine Pläne für den wichtigsten Abend seines Lebens von einem gewöhnlichen Dieb durchkreuzt worden waren, verliehen Joschi eine Schnelligkeit, mit der er selbst nicht gerechnet hatte. Der Abstand zwischen ihm und dem Taschendieb verringerte sich zusehends. Jetzt konnte er ihn wieder deutlich sehen: Der Mann war höchstens Anfang zwanzig, trug verwaschene Jeans und ein T-Shirt mit der Aufschrift *Fuck off*.

Ein Fremdländischer! dachte Joschi und wurde noch schneller. Wenn er den Burschen zu packen bekäme! Dem würde er eine Tracht verpassen!

Erneut schaute sich der Junge um und bemerkte, dass Joschi aufgeholt hatte. Hektisch und rücksichtslos rempelte der Dieb einige Passanten an und schlug dann plötzlich einen Haken, der ihn direkt auf die breite und dichtbefahrene Hauptverkehrsstraße führte. Quietschende Reifen, hupende Autos und fluchende Autofahrer begleiteten seine Flucht über die Straße, bis er sicher und außer Atem auf dem anderen Bürgersteig angelangt war.

Joschi … Joschi hatte nicht so viel Glück. Auch er sprang, ohne auf den Verkehr zu achten, auf die Straße, im Kopf nur die Wiederbeschaffung des Rings. Auch vor ihm hielten quietschende Reifen und ein Radfahrer bremste so abrupt, dass er vom Fahrrad fiel. Bis auf zehn Meter kam Joschi an den namenlosen Dieb heran, fast schon konnte er den Moment fühlen, in dem er den Jungen am Kragen packen würde, um ihm ein paar ordentliche Watschen zu geben und ihn zum nächsten Gendarmen zu schleifen – und dann stellte sich ein Lkw zwischen Joschi und den Jungen. Ein Lkw, dessen Herannahen Joschi in seinem Eifer nicht bemerkt hatte. Ein Lkw, der wie alle anderen Autofahrer ein wenig schneller fuhr als erlaubt. Ein Lkw, dessen Fahrer übermüdet war und deshalb nicht mitbekam, dass vor ihm ein Mann blindlings über die Straße rannte und jeden Moment mit seiner Kühlerhaube zu kollidieren drohte.

Es ging alles so schnell, dass Joschi weder die Zeit blieb zu reagieren noch zu begreifen, was gerade passierte. Er wurde vom rechten Kotflügel des Fahrzeugs erfasst und mit gebrochenem Arm und zermalmter Hüfte in die Luft geschleudert. Ein rasender Schmerz fuhr ihm in Arm und Oberschenkel, ein Schmerz, der sich in jeden Winkel seines Körpers ausbreitete und sich anfühlte, als amputierte ihm jemand ohne Betäubung seine Gliedmaßen. Joschi schrie, noch während die Schwere des Zusammenstoßes ihm den Atem aus den Lungen presste, er reflexartig nach Luft schnappte und danach nur noch röcheln konnte. Der rechte Außenspiegel des Lkws zerbrach unter der Wucht des Aufpralls; präzise und scharf wie ein Laserskalpell bohrte ein großer Glassplitter ein tiefes Loch in Joschis Kopf, durch das sein Gehirn in alle Himmelsrichtungen herausspritzte. Für einen kurzen, flüchtigen Augenblick sah Joschi die Welt, wie sie sich um ihn herum wie auf dem Karussell drehte, auf das ihn Großvater Haslhuber gesetzt hatte, als sie das einzige Mal in Joschis Leben das jährliche Volksfest im Tal besucht hatten. Noch während der Lkw zu bremsen versuchte und der Fahrer hilflos das Steuer herumriss, schlug Joschi auf dem Boden auf und blieb stöhnend auf der Fahrbahn liegen. Blut rann aus seinem Kopf, den Ohren und aus seinem Mund. Er konnte nichts mehr sehen und er konnte nicht mehr denken, denn das, womit er bisher gedacht hatte, lag als gallertartige Masse auf der Fahrbahn und färbte den Asphalt dunkel. Auch Joschis andere Sinne stellten ihre Funktion ein, automatisch, wie ein Computer, der sich bei Überlastung seiner Systeme selbst abschaltet. Zum Schluss schlug nur noch sein Herz, ein paar zuckende, unfreiwillige Schläge, als hätte es die Sinnlosigkeit seiner Arbeit noch nicht erkannt. Mühsam pumpte es noch einige Sekunden Blut durch Joschis zerbrochenen Körper, bis der rechte Hinterreifen des Lkws quietschend über das Hindernis fuhr, das in seinem Weg lag, Joschi erst ein paar Rippen brach und ihm dann langsam den Brustkorb zerquetschte. Dann erst schlug auch Joschis Herz nicht mehr.

Auf der Straße war es totenstill und regungslos, als hätte jemand einen Dokumentarfilm über Joschis Leben unterbrochen und den Moment seines Todes als Standbild auf die Leinwand projizieren lassen. Nur die Tür des Lkws wurde geöffnet und wieder zugeklappt und der kreidebleiche Fahrer wankte auf die Straße. Mit seinen Füßen trat er in die Blutlache, die unter seinem Fahrzeug hervorquoll. Er würgte ein paarmal, sank auf die Knie und übergab sich neben dem, was von Joschi übrig geblieben war. Erst viel später begannen mehrere Stimmen zu schreien und in der Ferne konnte man die Sirenen hören.

Sigrid wartete an diesem Abend vergebens am Bahnhof von Sindelfingen auf Joschis Ankunft. Auch als sie Stunden später bei ihm anrief, ging niemand ans Telefon. Am nächsten Tag saß sie in einem Café und las in der Zeitung von einem schweren Verkehrsunfall in der Stuttgarter Innenstadt. Neben dem Bericht war ein Bild von Joschi aus glücklicheren Tagen abgebildet. Sorgsam legte sie die Zeitung zusammen und spürte, wie ihre Augen sich mit Tränen füllten. Dann sah sie auf ihre zitternden Hände und einen Moment blitzte ein Sonnenstrahl zwischen ihrem kleinen Finger und ihrem Ringfinger auf.

Es ist mitten in der Nacht, als ich von einem ungewohnten Geräusch geweckt werde. Verärgert schaue ich auf die Radiouhr. Halb vier. Draußen ist es noch stockfinster und ein leichter Regen fällt gegen die Fensterscheiben. Was mich hat hochschrecken lassen, klingt wie das leise Schnüffeln eines Tieres, und im ersten Moment bin ich unsicher, aus welcher Richtung es kommt. Noch immer an der Grenze zwischen Traum und Realität schießt mir der Gedanke durch den Kopf, dass Rainer und Rolli irgendwo im Schlafzimmer sind, auf der Suche nach etwas Fressbarem oder ein paar Pillen, um sich zuzudröhnen, und es dauert einen Augenblick, bis mir einfällt, dass die beiden Ratten nur in unserer Fantasie existiert haben. Nervös wische ich die Hirngespinste beiseite. Das ist alles seine Schuld. Er hat damit angefangen. Er und seine bescheuerte Sucht nach Geschichten. Ein Psychologe hätte seine helle Freude an seinem Verlangen nach Realitätsflucht. Johannes hat das alles viel zu ernst genommen. Er hat sein Leben vom Schicksal einiger blöder Fantasiefiguren beeinflussen lassen. Wenn ich vorher gewusst hätte, was sie für ihn bedeuten, wäre ich nie soweit gegangen, weder bei Rainer und Rolli, noch bei Joschi und Sigrid und schon gar nicht bei Brand und Grünherz.

Aber ich habe es gewusst. Ich wusste es ganz genau.

Das Schnüffeln ist immer noch da. Ich beuge mich zu ihm hinüber und sehe, dass ihm Tränen über die Wangen laufen und er im Schlaf die Nase hochzieht. Er hat sich in seine Fötusposition zusammengerollt, so weit wie möglich weg von mir, am anderen Ende des Bettes, und weint.

Ich seufze und schüttele ihn sanft. „Du", sage ich leise, „wach auf. Du hast einen schlechten Traum. Wach auf."

Verwirrt dreht er den Kopf zu mir und sieht mich mit seinen nassen Augen verschlafen an. „Ich habe geträumt", murmelt er unnötigerweise und kuschelt sich instinktiv an mich, so wie früher. Die ungewohnte Nähe lässt meinen Körper einen Augenblick stocksteif werden, wie ein Tier, das sich bei Gefahr tot stellt. „Ich habe von Joschi geträumt."

O Gott! denke ich und habe sofort ein schlechtes Gewissen. Meine Anspannung verfliegt und ich streichele sein Gesicht und küsse ihm die Tränen von den Wangen. Es ist eine reflexartige Reaktion, fast ein Automatismus, zur Selbstverständlichkeit geworden durch vier gemeinsame Jahre. Alte Gewohnheiten sterben langsam.

„Es tut mir Leid", flüstere ich und in diesem Moment meine ich es auch so. Sein Körper drängt sich schutzsuchend in meine Umarmung; wir machen Löffelchenliegen.

Meine Hand fährt beruhigend durch seine vom Schlaf zerwühlten Locken, streicht über seine Schulter und seine Seite, als ob sie die Vergangenheit mit ein paar zärtlichen Berührungen wegwischen könnte. Seine Haut riecht wie feuchtes Laub. Es ist ein merkwürdiges Gefühl, nach so langer Zeit seinen nackten, noch immer vertrauten Körper unter meinen Fingern zu spüren. Da ist das weintraubenförmige Feuermal unter seiner Achsel, wo die Haut ein wenig grobporiger ist, die kleinen Vertiefungen zwischen seinen Rippen, an denen er so furchtbar kitzelig ist, der zarte Flaum, der am Ende seines Rückens beginnt und so weich ist, dass sich die Haare wie Ähren im Wind bewegen, wenn man sachte über sie drüberpustet. Meine Hand fährt sanft über altbekanntes Territorium und ist doch neugierig und nervös. Erschrocken registriere ich, dass ich eine Latte habe. Er hat es ebenfalls bemerkt und dreht sich langsam auf den Rücken. Meine Hand tastet sich vorsichtig nach unten und ich fühle seinen harten Schwanz in meiner Faust. Wir schauen uns stumm an, seine Augen halten mich fest, erkunden zögernd und fast ängstlich meine Absichten, aber ich weiß selbst nicht, was ich will. Dann beuge ich mich über ihn und unsere Lippen berühren sich vorsichtig, zucken zurück und suchen sich dann erstaunt wieder. Ein leises Stöhnen entfährt ihm, fast wie das Miauen einer Katze, und dieser Ton lässt in mir alle Dämme brechen.

Meine Zunge drängt sich in seinen Mund, er schmeckt ein wenig bitter und säuerlich nach Schlaf. Ich schließe die Augen und merke, wie mir die Geilheit in den Kopf schießt und alle anderen Gedanken verdrängt. Ich wollte das nie wieder mit ihm tun, ich hatte es mir geschworen, aber jetzt ist es egal, jetzt zählt nur, soviel wie möglich von seinem Körper zu riechen, zu schmecken, zu spüren. Ich lecke durch sein Ohr und knabbere an seinem Ohrläppchen, weil ich genau weiß, dass ihn das wahnsinnig macht. Ich beiße ihn in den Nacken und erinnere mich an die vielen Knutschflecke, die ich ihm im Laufe der Jahre an dieser Stelle zugefügt habe, und sein Körper bäumt sich auf und antwortet mir. Plötzlich spüre ich seine Hände auf meinem Kopf und sie drücken mich nach unten, sie drücken mich nach unten auf den Teppichboden, bis ich vor ihm knie, sie dulden keinen Widerstand und sie halten mich wie in einem Schraubstock, bis ich meine Lippen öffne und sich sein Schwanz fordernd in meinen Mund schiebt.

„Ja", stöhnt er, „blas ihn!" und stößt seinen Schwanz erbarmungslos in meinen Rachen, bis ich würgen muss. Erst dann gönnt er mir eine Atempause. Als er seine Oberschenkel an meine Schläfen presst, sehe ich zu ihm hoch.

„Ist es das, was du brauchst?" fragt er mich von oben herab. „Die härtere Tour?"

„Nein", sage ich zögernd, „ja. Manchmal. Ich weiß nicht." Es ist wie eine Form der Buße, aber es macht mich auch geil.

Er schnaubt verärgert auf, lässt sich wieder auf den Rücken fallen und kramt unbeholfen nach dem Bademantel, den er am Abend neben das Bett hat fallen lassen. Mein Kopf ist noch immer zwischen seinen Oberschenkeln eingeklemmt und ich bin erstaunt, wie viel Kraft sein geschundener Körper besitzt. Selbst wenn ich wollte, könnte ich mich nicht aus seiner Umklammerung befreien. Mühevoll richtet er sich wieder auf und schaut ausdruckslos auf mich herab. In seinen Händen hält er plötzlich den Gürtel des Bademantels. Herausfordernd und wortlos lässt er ihn vor meinen Augen hin und her baumeln, als wäre er eine Mohrrübe, die er einem Lastesel zur Belohnung versprochen hat, und ich muss schlucken und spüre, dass mein Schwanz immer härter wird. Genauso wortlos wie er senke ich meine Augen und kreuze langsam die Hände auf dem Rücken. Während er sich über mich beugt und mich fesselt, wage ich kaum zu atmen. So etwas haben wir noch nie getan und vorsichtig und neugierig und aufgegeilt taste ich mich an das ungewohnte Gefühl heran, mich in seine Gewalt zu begeben. Dann reißt er plötzlich meinen Kopf in den Nacken und küsst mich, wild und ungestüm, er spuckt mir in den Mund und kaut auf meinen Lippen, bis sie ganz wund und rot sind und ich Angst habe, dass sie anfangen zu bluten. Er zerrt an meinen Brustwarzen, reibt sie zwischen seinen Fingerspitzen, bis mir fast die Augen aus den Höhlen treten, bis ich vor Schmerzen und Geilheit stöhne und er mir keuchend und verzweifelt ins Ohr flüstert: „Liebe dich, liebe dich, liebe dich!" Und ich kann nichts dagegen tun.

Er zerrt mich zurück ins Bett und es ist demütigend und geil zugleich, wie ich das Gleichgewicht verliere, ungeschickt mit weichen Knien und gefesselten Händen auf das Laken zurücktorkele und hilflos wie ein gestrandeter Fisch auf der Seite lande. Er packt mich erneut und drückt mir seinen glitschigen Schwanz in den Mund und plötzlich ist er eine Fickmaschine. Er stößt mit tiefen, rhythmischen Bewegungen zu, präzise und genau wie ein Boxer seine Kinnhaken verteilt. Mir läuft die Spucke aus dem Mundwinkel, selbst wenn ich meine Augen schließe, kann ich seinen Schwanz vor mir sehen. Er füllt mich aus und ich will mehr, ich will es fester und ich will es schneller, ich will alles tun, was er mir sagt, und ich öffne meinen Mund, so weit ich nur kann, und dann höre ich seinen rasselnden Atem immer schneller werden und plötzlich zieht er sich aus mir zurück. Für einen kurzen, langen und ewigen Augenblick empfinde ich ein bodenloses Gefühl der Enttäuschung, als hätte mich jemand abrupt aus einem wunderschönen Traum geweckt, und dann höre ich sein Stöhnen und spüre, wie sein Sperma heiß und feucht auf meine Wange, meine Stirn und mein Kinn klatscht und mir in dicken, klebrigen Rinnsalen über Hals und Nacken läuft, und dann komme ich auch, ohne dass ich mich auch nur einmal berührt habe, und ich brülle und brülle und in meinen Ohren klingt mein Stöhnen wie der Todesschrei eines Tieres.

Wir liegen schwer atmend nebeneinander und ein ungeheures Glücksgefühl durchströmt mich. Ich fühle mich leicht und schwerelos wie ein Astronaut im Weltall. Sein Sperma tropft langsam von meinem Nacken auf das Laken und ich hebe den Kopf und sehe Johannes lächelnd an.

„Mach mich los", bitte ich ihn. „Mein Handgelenk schläft gleich ein!" Aber seine Augen beobachten mich kalt. Er ignoriert meine Bitte und mein Lächeln fällt unsicher in sich zusammen.

„Das war es also! Deswegen hast du es mit ihm gemacht!" sagt er schließlich und in seiner Stimme schwingt Verachtung mit. „Und? War ich besser?"

„Besser als wer?" frage ich verständnislos zurück.

„Besser als Mario!" knurrt er wütend.

Ich antworte nicht. Plötzlich fühle ich mich benutzt und schmutzig.

„Na los, sag schon!" schreit er mich an. Er zieht sein Knie hoch, als wollte er mir gleich in die Eier treten, und ich rolle mich zu einer Kugel zusammen, um meine Genitalien zu schützen. „Ja", sage ich leise und mit zitternder Stimme, „du warst besser als Mario." Aber dann füge ich noch einen Satz hinzu, der ihm zeigt, dass ich mich noch nicht geschlagen gebe: „Und wenn ich dir die gleiche Frage stelle?“ sage ich. „Was antwortest du dann?“

Aber er ignoriert meinen Gegenangriff und schweigt. Stattdessen bindet er mich endlich los und ich steige auf wackeligen Beinen aus dem Bett. Ohne auf ihn zu achten, laufe ich ins Badezimmer, schließe mich ein, wasche mir das Gesicht und spüle mir den Mund aus.

Die Türklinke wird heruntergedrückt und dann klopft er an die Tür. „Entschuldige“, sagt er betreten. „Ich habe es nicht so gemeint. Bitte, mach auf.“

„Hast du das nur getan, um mir zu beweisen, dass du mich fertig machen kannst?“ frage ich. „Das hätte ich dir auch so beantworten können. Das konntest du schon immer am besten!“

„Nein“, antwortet er. „Ich habe es getan, weil ich eine Antwort brauchte.“

„Nun, die hast du ja jetzt“, sage ich bitter und öffne die Tür.

„Ich habe es auch getan, weil ich Sex mit dir haben wollte“, sagt er dann und sieht mich an. „Ich wollte mit dir schlafen.“ Er lässt den Kopf hängen und sieht aus wie ein begossener Pudel. Er weiß, dass er zu weit gegangen ist. „Und es hat dir doch auch Spaß gemacht.“

Ich kann ihm nicht widersprechen. Es war der beste Sex, den wir seit langem hatten. Es war seit langem das erste Mal, dass wir überhaupt Sex hatten.

Trotzdem bin ich plötzlich wie erschlagen. Unsere Beziehung oder besser gesagt, das, was davon übrig ist, zermürbt mich. Sie ist wie ein Stück Acker in einem Bürgerkriegsgebiet. Überall lauern versteckte Landminen und jeder Schritt, den man tut, zur Seite, nach vorne oder nach hinten, kann zu einer Explosion führen.

„Ich hoffe, wir sind bald quitt“, sage ich mutlos, während ich mich unter die Bettdecke schiebe, um noch ein bisschen zu schlafen. Draußen graut schon der Morgen und ein paar Vögel fangen an zu zwitschern.

„Noch nicht ganz“, sagt er. „Aber bald.“

Ich stöhne und stopfe mir das Kissen über den Kopf. Ich will nichts mehr hören.

Zufrieden sah sich Mario in dem Chaos um, das er in seinem Wohnzimmer veranstaltet hatte. Seine Renovierungsbemühungen nahmen langsam Form an. Am Morgen, nachdem Hartmut ihm geholfen hatte, das alte Sofa in die Waschküche zu schleppen, hatte er die Ecken an den Seiten und zur Decke hin vorgestrichen und danach eine Pizza verdrückt, deren Reste er zusammen mit der Pappschachtel auf der Hifi-Anlage deponiert hatte. Nun nahm er sich die glatten Wandflächen vor. Konzentriert bewegte er den Farbroller gleichmäßig von oben nach unten, um keine Unregelmäßigkeiten auf der frisch gestrichenen Wand zu hinterlassen. Er hatte gute Laune und die Arbeit lief wie geschmiert. Nur das Abstreichen der überschüssigen Farbe am Gitter hatte er noch nicht richtig im Griff. Rund um den Farbeimer und auf der ausgelegten Plastikplane mehrten sich die Kleckse, genauso wie auf dem Hut aus Zeitungspapier, den er sich gebastelt hatte, auf seinen Händen und auf den alten Turnschuhen, die er am Morgen unter seinem Bett hervorgekramt hatte. Gerade hatte er begonnen, die vierte Bahn zu streichen, als es an der Wohnungstür klopfte.

Mario legte den Farbroller zur Seite und wischte sich mit dem Hemdärmel durch das Gesicht, wobei er einen weißen Streifen Farbe auf seiner Stirn zurückließ.

„Moment!" rief er und stieg vorsichtig über einen Stuhl und ein paar Zimmerpflanzen, die er ebenfalls mit Abdeckplane versehen hatte. Umständlich drückte er die Türklinke mit dem Ellenbogen herunter und schob die Tür mit dem Fuß auf.

„Hi", sagte Lukas verlegen und betrachtete überrascht Marios ungewöhnlichen Kopfschmuck. „Ich … ich wollte nur mal vorbeischauen. Was machst du gerade?"

„Renovieren. Das heißt, ich streiche das Wohnzimmer. Hast du es schon mal mit einem Malermeister getrieben?" fragte er anzüglich.

„Johannes hat mir gar nichts davon gesagt, dass du dich heute handwerklich betätigen wolltest", erwiderte Lukas und starrte Mario unverwandt an. Die Frage ließ er unbeantwortet. „Er hat mir nur irgendwas von einer alten und einer neuen Couch erzählt."

„Genau. Die alte steht in der Waschküche und bevor die neue kommt, wollte ich ein bisschen frische Farbe in die Bude bringen."

Lukas hob zögernd die Tüte mit dem Kuchen hoch, die er in der Hand hielt. „Ich war gerade beim Bäcker", sagte er, „wenn ich dich allerdings störe …"

„Quatsch, komm rein. Aber pass auf, wo du hintrittst. Es ist alles voller Farbe. Am besten gehen wir in die Küche." Scheinbar achtlos drehte er Lukas den Rücken zu, zog sein Malerhemd aus und warf es über einen Küchenstuhl. Während er Kaffee aufsetzte, redete er weiter. „Irgendwie macht es mir Spaß, das Zimmer selber zu streichen. Hab ich mich bisher nie getraut, aber es ist gar nicht so schwer, wie ich dachte. Nur anstrengend ist es. Morgen hab ich bestimmt Muskelkater. Na ja, dann kann ich mir einen Trip in die Muckibude sparen." Geistesabwesend fuhr er sich über die nackten Oberarmmuskeln, während er sich vergewisserte, dass er genug Pulver in die Kaffeemaschine abgezählt hatte. „Aber du kommst genau im richtigen Moment. So hab ich wenigstens eine Ausrede, um eine Pause zu machen. Was für Kuchen hast du denn mitgebracht?"

Plötzlich spürte Mario Hände um seine Taille und dann Lukas' Atem im Ohr.

„Ich habe nachgedacht", flüsterte Lukas.

Mario drehte sich um und grinste. „Das ging schnell", sagte er.

„Es gab nicht viel zu überlegen", erwiderte Lukas, auch wenn das nicht ganz der Wahrheit entsprach.

Tatsächlich hatte er die halbe Nacht wach gelegen und Johannes betrachtet, der sich zum äußersten Rand des Bettes zurückgezogen hatte und mit Tränen in den Augen eingeschlafen war, nachdem Lukas Joschi umgebracht hatte. Unruhig hatte er sich neben seinem Freund in den Bettlaken gewälzt und sich gefragt, warum es ihm eine solche Genugtuung bereitete, Johannes leiden zu sehen, aber eine Antwort war ihm nicht eingefallen. Ein- oder zweimal hatte er seinen Arm ausgestreckt, um Johannes im Schlaf zu berühren, ihm durch die Haare zu streichen, so als wollte er sich entschuldigen. Doch sogar im Traum war Johannes zusammengezuckt, wenn Lukas nach ihm tastete, und in seinem Gesicht hatte Lukas Ekel und Abneigung erkennen können.

Schließlich hatte Lukas den Schlaf aufgegeben und am Schreibtisch liegen gebliebene Arbeit aufholen wollen, aber seine Gedanken waren zu Mario und ihrer zufälligen Begegnung im Pornokino abgedriftet. Immer wieder dachte er an den Sex und sein Schwanz hatte zunehmend seine Konzentration beeinträchtigt. Mehr als ein paar nichts sagende Zeilen für einen Artikel über die Bedeutungslosigkeit des deutschen Films hatte er nicht zustande gebracht. Gegen sieben Uhr hatte er gefrühstückt, obwohl er keinen Hunger hatte, anschließend kalt geduscht, um seine Erregung unter Kontrolle zu bringen, und dann war er in die Redaktion gefahren, ohne noch einmal nach Johannes zu sehen. In gewisser Weise war es befreiend gewesen, sich selber einzugestehen, dass ihn Johannes' Gefühlslage im Moment nicht interessierte.

Als Lukas am späten Nachmittag wieder nach Hause kam, war das Bett leer und die Wohnung verlassen, und er hatte sich, ohne zu zögern, entschlossen, die Gelegenheit zu nutzen. Solange Johannes an der Uni war, hatte er freie Bahn für einen Überraschungsbesuch bei Mario.

„Und wofür hast du dich entschieden?" fragte Mario erwartungsvoll.

„Für den Apfelkuchen", erklärte Lukas mit funkelnden Augen.

„Was?"

Lukas schwenkte mit einem unschuldigen Blick die Kuchentüte vor Marios Gesicht. „Ich nehme das Stück mit dem gedeckten Apfel und du bekommst den Windbeutel."

„Ach so. Dann hol schon mal die Teller aus dem Schrank", erwiderte Mario, während er krampfhaft versuchte, ernst zu bleiben.

Lukas nahm gehorsam zwei Kuchenteller aus dem Küchenregal und stellte sie auf den Tisch. Als er sich umdrehte, hatte Mario die Schlagsahne aus dem Windbeutel herausgekratzt und balancierte die schaumige, weiße Masse in seiner linken Handfläche. Ein anzügliches Grinsen umspielte seine Mundwinkel.

„Hast du es wenigstens schon mal mit Schlagsahne getrieben?" fragte er.

Lukas schüttelte langsam den Kopf.

„Dann zieh dich aus!" befahl Mario und öffnete mit der freien Hand seine Hosenknöpfe.

Johannes starrte in den kalten, noch immer wolkenverhangenen Nachthimmel. Wie am Tag vorher hatte es auch heute stundenlang Bindfäden gegossen. Die Winter im Rheinland waren meist grau und regnerisch und Johannes sehnte sich nach ein paar Sonnenstrahlen und lauen Sommerabenden, in denen er mit Karsten oder Claudia, Angelina und Lukas in einem Biergarten sitzen konnte, die Füße ausgestreckt auf einer Bank, ein kühles Hefeweizen in den Händen und ein wohliges Gefühl im Bauch.

Stattdessen hockte er in einem ausgekühlten Wohnzimmer und wärmte seine Hände an der Heizung. Von Lukas war wieder nichts zu sehen gewesen, als er von der Uni nach Hause kam. Diesmal hatte Lukas sich noch nicht einmal die Mühe gemacht, ihm einen Zettel zu hinterlegen.

Die Wohnung war ungewohnt still und leer, die einzigen Geräusche waren das Brummen des Kühlschranks und das Knacken im Holz der Bücherregale. Lustlos blätterte er in einer Computerzeitschrift, aber die Buchstaben verschwammen vor seinen Augen und sein Gehirn weigerte sich, die Informationen abzuspeichern.

Seit der letzten Nacht drehten sich Johannes' Gedanken ausschließlich um Joschi, für nichts anderes schien in seinem Kopf mehr Platz zu sein. Noch immer konnte er die viel zu spät einsetzenden, quietschenden Bremsen des Lkws hören und den gellenden Todesschrei, der so abrupt abbrach, als Joschis Lungen die Luft ausging. Noch immer hallte das Geräusch des knackenden Brustkorbs in seinen Ohren, als die Räder Joschi unter ihrer Last zermalmten. Während des vergangenen Tages hatte Johannes mehrmals einen stechenden Schmerz verspürt, dort, wo der Glassplitter in Joschis Kopf eingedrungen war, und wenn er sich die blutige Masse auf der Straße vorstellte, die einmal Joschi gewesen sein sollte, dann wurde ihm übel und er hatte einen bitteren Geschmack im Mund.

Nicht in seinen schlimmsten Träumen hatte Johannes damit gerechnet, mit welcher Brutalität Lukas Joschi umbringen würde, zu wie viel Sadismus er fähig war. Tatsächlich hatte Johannes nicht einmal vorausgesehen, dass Lukas Joschi überhaupt umbringen könnte. Joschi und all die anderen waren doch zu Freunden geworden, ein Teil von ihnen, ein Stück ihrer Beziehung. Wie konnte Lukas all das kaputt machen? Wie konnte Lukas, der Mann, der ihm seit Jahren Halt und Sicherheit gegeben hatte, plötzlich zu einem blutrünstigen, gewissenlosen Mörder werden, der sich an Tod und Zerstörung aufgeilte und nichts dabei fand, Johannes nach der Tat mit seinen schmutzigen Händen durch die Haare zu streichen? War ihm denn alles, was Johannes etwas bedeutete, egal geworden?

Johannes trat auf die Terrasse und ließ den kalten Februarwind unter sein T-Shirt fahren, bis sich auf seinem Rücken eine Gänsehaut bildete. Von Osten zog Nebel in die Stadt, legte sich wie ein schmutziger Schleier über die Spitzen der Domtürme und dämpfte die Geräusche des abendlichen Berufsverkehrs. Marie drängelte sich neben ihn und ließ sich einen Moment die Ohren kraulen, bevor sie vor der Kälte wieder in die Wohnung flüchtete und sich auf ihrem Kissen schlafen legte.

„Lukas war doch nicht immer so", flüsterte Johannes, als müsste er sich den Wahrheitsgehalt dieses Satzes laut vorsagen, um noch daran zu glauben.

Schon lange hatte er nicht mehr an den Tag gedacht, an dem er Lukas kennen gelernt hatte, aber plötzlich standen die Bilder von diesem Abend so deutlich vor seinen Augen, als wäre ihre erste Begegnung nur wenige Stunden alt.

Es war sein erster schwuler Karneval gewesen, damals vor vier Jahren, und irgendwie war er an eine Karte für den „Rosa Funken Ball" gekommen. Stundenlang hatte er in seiner winzigen Studentenbude vor dem Spiegel gestanden und hatte sich zurechtgemacht, obwohl er eigentlich noch einen dicken Kater von den zwei vorangegangenen Karnevalstagen hatte, an denen er von einer Kneipe zur anderen geschunkelt war, bis er kaum noch stehen konnte und seine Stimme vom Mitsingen der Karnevalsschlager ganz heiser war. Als Beweis für seine neu entdeckte Karnevalsleidenschaft diente das Konfetti, das er in seinen Klamotten mit nach Hause geschleppt hatte und das sich jetzt überall in der Wohnung verteilte: in dem zerwühlten Bettlaken, im Teppich und sogar in der Haarbürste.

So viel Spaß hatte er lange nicht gehabt; in jeder schwulen Kneipe, die er betrat, lagen sich die Männer in den Armen, tranken Brüderschaft und baggerten sich an, während sie den Rest des Jahres damit verbrachten, möglichst cool und unnahbar in einer Ecke herumzustehen. Selbst die norddeutschen Touristen, sonst immer kühl und reserviert, ließen sich von dem rheinländischen Frohsinn anstecken und übten, die Mundwinkel nach oben zu ziehen. Die Atmosphäre in der Stadt ähnelte einem Ausnahmezustand und Johannes hatte sich fest vorgenommen, die „tollen Tage" bis zum Schluss auszukosten.

An diesem Abend hatte er sich als Faun verkleidet, ein spontaner Einfall, weil er Märchen, Fabeln und fantastische Geschichten liebte. Er hatte sich das Gesicht grün geschminkt, die dunklen Haare silbern gesprüht und sich anschließend spitze Ohren und einen langen, grauen Tierschweif angeklebt. Arme und Oberkörper bemalte er schwarz, grün und silbern und den Abschluss seiner Verkleidung bildete eine Unmenge Glitter auf seiner nackten Brust und eine Efeuranke um seine Schultern, die er in einem Dekogeschäft abgestaubt hatte. Zufrieden hatte er sich im Spiegel betrachtet, sich für unwiderstehlich befunden und war mit der Straßenbahn zur Stadthalle auf die andere Rheinseite gefahren.

Er reihte sich ein in die Schlange vor der Garderobe und betrachtete mit offenem Mund die Kostüme, die unter den dicken Jacken und Wintermänteln zum Vorschein kamen: abgewrackte Nutten in billigen Paillettenkleidern, zerrissenen Strumpfhosen und schief sitzenden Perücken, Rokoko-Kokotten mit drei Zentnern Schminke im Gesicht, prollige Bauarbeiter, ganze Schiffsladungen voller muskulöser, möglichst viel nackte Haut zeigender

Matrosen, ein halbes Dutzend geklont aussehender Frau Antjes, jede mit einem riesigen gelben Plastikkäse unter dem Arm, ein vorwitziges und schon halb betrunkenes Alien mit einem überdimensionalen wippenden Dildo auf dem Kopf und am Rande ein zugedröhnter, schmutzige Witze erzählender Hofnarr mit einer Schelmenmütze und einem Schellenbaum in der Hand.

Die Vorfreude auf die Party war in den Gesichtern der Menschen abzulesen und für einen Moment bedauerte Johannes, dass er allein zu dem Ball gegangen war. Doch schon kurz darauf wurde er von seinem Nebenmann untergehakt, mit einem Zwinkern zum Schunkeln animiert und einige Köpfe weiter vorne hörte Johannes den Refrain von: *„Denn mir sinn kölsche Mädscher, han Spitzebützjer aan, mer losse uns nit dran fummele, mer losse keine draan!"* Jemand hatte das Karnevalslied angestimmt, um die Wartezeit zu verkürzen, die entstanden war, als eine Krankenschwester mit grauem Schnauzbart und unglaublich behaarten Beinen vor der Kleiderabgabe auf ihren Pfennigabsätzen umknickte und der Länge nach auf den Boden schlug. Johannes lachte laut auf und befand sich bald inmitten der ausgelassenen Menge im Saal.

Im Trubel der Party bekam Johannes immer wieder Komplimente für sein Kostüm und mehr als einmal flirtende Blicke zugeworfen. Ohne dass er es richtig bemerkte, hatte er fast immer ein gefülltes Kölschglas in der Hand und nach zwei Stunden war er ziemlich betrunken.

Und dann, als er sich im Foyer an der Theke anstellte, um sich ein frisches Kölsch zu holen, bemerkte er den Drachen. Keinen richtigen natürlich – Johannes hatte seine kindlichen Hoffnungen, einmal in seinem Leben einem echten Drachen zu begegnen, mit ungefähr acht Jahren begraben – und dieser hier sah noch nicht einmal besonders gefährlich aus, eher ein bisschen frustriert, so wie er sich stöhnend auf einen freien Stuhl fallen ließ, als ob ihm die Füße wehtäten. Aber immerhin war es ein Drache und er wirkte auf Johannes wie ein großartiger Beschützer, wenn man erst einmal sein Vertrauen gewonnen hatte. Er sah aus, als könnte man sich bedenkenlos zwischen seine Pranken kuscheln, und nichts und niemand würde einem je etwas anhaben können. Johannes hatte keine Ahnung, wieso dieser kostümierte Mann eine plötzliche Sehnsucht nach Sicherheit und Geborgenheit in ihm auslöste, aber er spürte ein ungewohntes Kitzeln in der Magengrube und sein Blick blieb wie gebannt an dem Drachen hängen.

Er trug ein grünes Polyesterfell, mit braunen, spitzen Krallen und einen Drachenkopf, dessen gelbe Augen missmutig das Geschehen um ihn herum beobachteten. Die roten Drachentatzen waren merkwürdigerweise nass und hinterließen große, feuchte Drachentatzenspuren auf dem Boden. Für einen Moment hatte Johannes das sichere Gefühl, dass der Drache einiges dafür gegeben hätte, wirklich Feuer speien zu können, so widerwillig betrachtete er die Menge, die um ihn herumtobte. Der Drache nahm seinen Kopf ab und legte die schwere Maske achtlos und erleichtert neben sich auf den Tisch. Mit einem verklärten Gesichtsausdruck musterte Johannes den Mann. Hellbraune, kurze Haare, vermischt mit ein paar grau werdenden Stellen und verklebt von einem dicken Schweißfilm, der ihm jetzt langsam ins Gesicht rann, ein angedeuteter Dreitagebart, dunkle Augen, die wachsam, aber abweisend über die Menschen schweiften, für einen kurzen Augenblick an dem Faun vor der Theke hängen blieben und dann unruhig weiter wanderten. Dort, wo die breiten Schultern endeten, konnte Johannes den Ansatz einer dichten Brustbehaarung erkennen. Er malte sich aus, wie es sich wohl anfühlte, von diesem Mann umarmt zu werden, seine Finger durch die Haare auf der Brust gleiten zu lassen und ihm den Schweiß vom Körper zu lecken, seine Brustwarzen sanft zwischen die Zähne zu nehmen und …

Johannes wurde rot, als er seine Erektion bemerkte. Er schluckte und bestellte mit zitternden Händen zwei Kölsch.

Unsicher ging er auf den Drachen zu. „Du heißt nicht zufällig Fuchur oder Smaug?" fragte er anstelle einer Begrüßung.

Der Drache glotzte ihn verständnislos an und Johannes biss sich nervös auf die Lippen. Eine blödere Anmache hätte ihm wirklich nicht einfallen können! Der Mann musste ihn ja für völlig abgedreht halten. Schnell redete er weiter. „Ich finde fantastische Geschichten nämlich toll. Mein Vater hat mir als kleiner Junge immer welche erzählt, wenn er mich ins Bett gebracht hat." Super! Als ob er auf der Suche nach einem Daddy-Ersatz wäre. Noch so ein dämlicher Satz und der Drache würde ihn wahrscheinlich fragen, aus welchem Kindergarten er denn ausgebrochen sei.

Aber zu Johannes' Überraschung ging der Mann auf seine ungeschickte Begrüßung ein.

„Nein", sagte er und der missmutige Ausdruck auf seinem Gesicht verschwand, „mein Name ist Lukas und ich bin kein Drache, jedenfalls nicht wirklich. Alles nur Verkleidung, nicht einmal mein Atem ist feurig."

Johannes nahm seinen ganzen Mut zusammen. „Dein Atem vielleicht nicht, aber deine Küsse bestimmt", sagte er und war froh, dass seine Hemmungen durch das viele Bier sehr viel geringer waren als sonst. Nüchtern hätte er so einen Kitsch niemals von sich gegeben. Dann beugte er sich zu dem Mann namens Lukas hinunter und küsste ihn. „Ja", sagte er ein wenig atemlos und grinste, „definitiv irgendwie feurig. Und geil."

Johannes setzte sich auf Lukas' Schoß, die Blicke der umherstehenden Menschen nicht beachtend. „Woah!" sagte er leise, als er durch die Hose Lukas' harten Schwanz an seinem Arsch fühlte. „Ich habe einen Drachen gefangen!"

Lukas schüttelte spielerisch den Kopf. „So leicht geht das nicht", erwiderte er und sah Johannes in die Augen. Dann nahm seine Stimme urplötzlich den Tonfall eines Geschichtenerzählers an und Johannes lief ein Schauer über den Nacken. „Es steht geschrieben, dass Drachen mächtige Geschöpfe sind, umgeben von uralten Zaubern, die sie fast unbesiegbar machen. Es ist gefährlich, sie bezwingen zu wollen. Die Anzahl derer, die es versucht haben und jämmerlich gescheitert sind, ist so groß wie die Zahl der Legenden, die sie umranken. Die Skelette dieser Unglückseligen liegen über viele Meilen verstreut. Nur wer reinen Herzens, kühnen Mutes und voller Geduld ist, wird in der Lage sein, die einzige Schwachstelle zu entdecken, die den Drachen verwundbar macht, und nur der wird ihn zur Strecke bringen können", flüsterte er Johannes ins Ohr.

Johannes lächelte zufrieden. „Ja", stimmte er zu, „so steht es geschrieben."

Er ging mit Lukas nach Hause, und als die Tür hinter ihnen ins Schloss fiel, hatten es beide so eilig, den anderen zu spüren, dass sie vergaßen, ihre Kostüme auszuziehen, und als sich der Drache und der Faun endlich paarten, sah es in der sternenklaren Nacht so aus, als ob Fantasie und Wirklichkeit für einige wenige Stunden miteinander verschmolzen wären.

Später, als ihr Atem wieder regelmäßig ging und Johannes sich an ihn kuschelte, erfand Lukas das erste Abenteuer von Brand, dem goldgepanzerten, Feuer speienden Drachen, dem letzten seiner Art, der jenseits der bekannten Welt in einer unzugänglichen Höhle einen Schatz unvorstellbaren Ausmaßes hütete und den eine tiefe Freundschaft mit Grünherz, dem geheimnisvollen Faun, verband.

Johannes starrte in die kalte Nacht und schloss frierend die Terrassentür hinter sich. Er lief ins Schlafzimmer und kroch unter die Bettdecke. Eine Weile beobachtete er das kleine Universum aus Sternen und Monden an der Zimmerdecke, das im Dunkeln leuchtete. Dann holte er einmal tief Luft.

„Ich liebe dich, weil du mich erträgst, wenn ich schlecht drauf bin", flüsterte er mit zittriger Stimme, „weil du mich trösten kannst, wenn ich traurig bin … weil du der geilste Mann bist, den ich kenne … und weil ich mir eine Zukunft ohne dich nicht vorstellen kann!" Er hatte diese Worte noch niemals gesagt, ohne dass Lukas nicht irgendwann in den Text eingefallen war und ihm dabei in die Augen gesehen hatte. Es kam Johannes fast wie ein böses Omen vor, dass ihm jetzt nur die Stille des Schlafzimmers antwortete, als seine Worte verklangen.

Irgendwann fiel er in einen erschöpften Schlaf und nicht einmal der Schlüssel in der Tür, als Lukas auf Zehenspitzen die Wohnung betrat und sich atemlos und verschwitzt neben ihn legte, konnte ihn wecken.

„Das war vor langer Zeit", sage ich abwehrend, „es ist so lange her, dass es schon fast nicht mehr wahr ist." Ich bin dabei, mich anzuziehen, nach einer schlaflosen Nacht. Ich muss in die Redaktion. Ich zerre eine gebügelte Hose aus dem Schrank, ein frisches Hemd, einen Schlips. Es macht mich traurig, von ihm an den Beginn unserer Beziehung erinnert zu werden. Es scheint der einzige Punkt zu sein, auf den wir uns einigen können.

Er liegt im Bett, dreht eine Locke um seinen Zeigefinger und sieht zu, wie ich vor dem Spiegel mit der Krawatte kämpfe. Ungeduldig zerre ich an den beiden Enden und versuche, sie zu einem halbwegs akzeptablen Knoten zu binden, dabei weiß ich genau, dass meine Bemühungen zum Scheitern verurteilt sind. Für solche Feinheiten war früher immer er zuständig, und ich habe noch nicht gelernt, es selbst zu tun. Schimpfend breche ich meinen Versuch ab und sehe ihn hilflos und bettelnd an.

„Komm her", sagt er schließlich mit einem schmalen Lächeln und winkt mich zu sich.

Ich knie mich vor ihn, wie ein Bittsteller, der seinen König um einen Gefallen anfleht, und mit wenigen Handbewegungen hat er einen perfekten Knoten gebunden.

„Danke", sage ich.

Er sieht mich wortlos mit seinen schmutzig braunen Augen an und ich denke an den Schlick, den das Wattenmeer bei Ebbe am Strand freigibt und auf dem man nicht stehen bleiben soll, weil man sonst darin versinkt. Dann zieht er den Knoten zu.

Ich spüre, wie der Stoff in meinen Hals schneidet und sich das Blut in meinem Kopf staut.

„Hör auf", schnaufe ich überrascht. „Das ist zu fest."

Aber er lässt nicht los. Stattdessen ziehen seine Hände die Schlinge noch fester an und schnüren meine Kehle zu. Die ganze Zeit starren mich seine Augen anklagend an. Plötzlich schubst er mich mit aller Kraft auf den Boden, kniet sich auf meinen Oberkörper und trommelt hysterisch mit den Fäusten auf meinen Brustkorb.

„Du Schwein, du Schwein!" schreit er mich an, „warum hast du sie sterben lassen?"

„Johannes", presse ich mit letzter Kraft heraus. „Nicht!"

Plötzlich sinken seine Arme kraftlos zu Boden.

Ich springe von ihm weg, reiße mir die Krawatte herunter und ringe keuchend nach Luft.

„Was soll das?“ krächze ich schließlich wütend und fasse mir an den Hals. Dort, wo der Schlips meine Blutzufuhr unterbrochen hat, kann ich im Spiegel rote Würgemale erkennen. „Willst du mich umbringen?“

Er tut, als hätte er mich nicht gehört. „Darum geht es doch hier“, sagt er tonlos, „um deine Luft zum Atmen. Um deine Freiheit.“

Aber so schnell gebe ich mich nicht geschlagen. „Ach ja?“ kontere ich. „Mir kam es eher so vor, als wärst du gerade im Begriff gewesen, dir deine Freiheit zu nehmen! Du hättest mich fast erwürgt!“

„Ich würde dir niemals etwas antun“, erwidert er. „Das weißt du ganz genau. Du dagegen ... du schreckst vor nichts zurück. Du hast schon Blut an deinen Händen kleben.“

Ich schnaube auf und versuche amüsiert zu klingen. Innerlich aber wird mir ganz kalt und ich denke verzweifelt: Er weiß es! Er weiß alles!

„Jetzt hör schon auf, so melodramatisch herumzulabern“, bringe ich schließlich heraus. „Wovon sprichst du überhaupt?“

„Du hast sie alle umgebracht“, sagt er anklagend, „weil du mich loswerden wolltest. Egal wie. Endgültig. Aber du hast nicht den Mut gehabt, die Beziehung von dir aus zu beenden. Du hast ja noch nie Mumm besessen. Stattdessen hast du Stück für Stück alles kaputt gemacht, was uns wichtig war – in der Hoffnung, dass ich irgendwann selber einen Schlussstrich ziehe und du dir sagen kannst, dass du ja keine Schuld trägst. Wie armselig!“ Er grinst mich herausfordernd mit seinem schiefen Lächeln an und wartet auf eine Reaktion.

Ich weiß nicht, ob ich lachen oder weinen soll, denn was er sagt, beweist, dass er keine Ahnung hat, wie groß meine Schuld ist, wie weit ich zu gehen bereit war. Ich sehe ihn an und bin kurz davor, ihm alles zu gestehen, endlich reinen Tisch zu machen, aber dieses eine Mal funktionieren meine Verteidigungsreflexe noch.

„Du hast ja keinen blassen Schimmer!“ sage ich und klinge in meinen eigenen Ohren zweideutig. Schon habe ich wieder das unwiderstehliche Bedürfnis, ihn zu verletzen, ihm wehzutun, ihm zu beweisen, dass er keine Macht über mich besitzt. „Du hast wirklich keine Ahnung!“

„Mit Mario war es genau dasselbe“, fährt er erbarmungslos fort, „ich glaube, du hast ihn nur für deine Zwecke missbraucht. Du wolltest nur herausfinden, wie weit du gehen musst, bis ich die Konsequenzen ziehe.“

„Das ist nicht wahr! Ich habe nie mit Mario …“ Wütend breche ich ab. Es hat keinen Sinn, mit ihm zu diskutieren.

Ohne ein weiteres Wort stürme ich aus der Wohnung und bin froh, als ich an der frischen Luft bin. Aber das Finale seiner Geschichte wird auf mich warten, wenn ich nach Hause komme. Er ist genauso unerbittlich wie ich.

Der Sieger unseres kleinen, brutalen Wettstreits steht noch immer nicht fest.

Irgendetwas stimmte nicht mit Lukas. Schon zum zweiten Mal innerhalb einer Woche hatte er sich nicht aufraffen können, zum Dienst zu erscheinen. Wenn er aufwachte, spürte er, wie sich Antriebsarmut und Gleichgültigkeit wie eine stickige Wolldecke auf ihn legten. Am Morgen hatte Johannes erneut die Wohnung verlassen, ohne ihn eines Blickes zu würdigen – seine Art der Bestrafung für Lukas’ Fehltritt und den mutwilligen Mord an Joschi. Daraufhin war Lukas zum Telefon geschlurft und hatte sich in der Redaktion krank gemeldet. Als er von seinem Chef nach dem Grund gefragt wurde, hatte er eine Ausrede erfunden, während er in Wahrheit unter der Sprachlosigkeit litt, mit der Johannes ihn bedachte, und das wiederum machte Lukas wütend auf sich selber, weil er nicht souveräner reagieren konnte. Trotzdem dachte er gar nicht daran, sein Verhalten zu ändern. Wenn er sich in die Defensive gedrängt fühlte, dann schlug er gerne um sich. Außerdem hatte er das Gefühl, dass ihre Beziehungskrise – denn das war es doch, was sie zurzeit erlebten – zu einem Machtkampf geworden war, und Lukas fiel im Traum nicht ein, in diesem Streit klein beizugeben. Er war es nicht gewohnt, von jemand anderem gesagt zu bekommen, was richtig und was falsch war, und er hatte keine Lust, seine Gewohnheiten zu ändern.

Seufzend ließ sich Lukas auf die Knie fallen und sammelte Hundehaare vom Boden auf. Gestern hatte Johannes Marie wieder an Angelina und Claudia übergeben, die fröhlich und ausgeruht aus ihrem Kurzurlaub zurückgekehrt waren, und Lukas hatte heimlich drei Kreuze gemacht, als der Hund endlich ihre Wohnung verließ.

Seit über einer Stunde war er damit beschäftigt, die Haare zu entfernen. Zuerst hatte er es mit dem Staubsauger versucht, aber das hatte nicht funktioniert, weil die Hundeborsten sich in den Teppichschlingen verhakt hatten. Wütend hatte er das Gerät in die Ecke geworfen und jetzt kroch er den Wohnzimmerteppich Zentimeter für Zentimeter entlang, um jede Spur von Marie zu tilgen.

Vor dem Haus dröhnte eine Hupe. Lukas stand ächzend auf und spähte durch die Gardine nach unten auf die Straße. Ein Möbelwagen hatte vor dem Haus gehalten und zwei Männer in roten Latzhosen wuchteten ein beige bezogenes Sofa von der Ladefläche. Lukas konnte ihre unterdrückten Flüche bis zu sich ins Dachgeschoss hören. Sie würden noch mehr fluchen, wenn sie feststellten, dass es im Haus keinen Aufzug gab und der Treppenflur sehr schmal war. Wie gut, dass Mario nicht ganz oben wohnte.

Seit drei Tagen hatte er Mario nicht mehr gesehen, aber er brauchte nur seine Augen zu schließen, dann konnte er wieder Marios Lippen um seinen Schwanz spüren und seine Zunge, die die Schlagsahne gierig von seiner Eichel leckte. Lukas war in diesem Moment klar geworden, dass er in den letzten vier Jahren mit Johannes eine ganze Menge verpasst hatte. Etwas, auf das er nicht länger verzichten wollte. Natürlich hatte die Schlagsahne des Windbeutels nicht ausgereicht, aber in Marios Kühlschrank hatten sie noch eine Dose Sprühsahne gefunden, die den Zweck genauso gut erfüllte. Gegenseitig hatten sie sich mit dem weißen, süßen Schaum eingesprüht, ihn in Bauchnabel und auf Brustwarzen verteilt, von den Fingern gelutscht und schließlich sogar als Gleitmittel missbraucht. Lukas hatte vor Erregung gebrüllt und Mario hatte ihm den Mund zugehalten, damit Karsten in der Wohnung unter ihnen nicht mitbekam, was sie taten. Als auch die Sprühsahne zur Neige ging, stand Lukas die Enttäuschung ins Gesicht geschrieben. Mario hatte über Lukas' trübsinnige Miene gelacht und versprochen, ab sofort mehrere Dosen Sahne auf Vorrat zu kaufen.

„Sehr gut!" hatte Lukas zugestimmt und Mario ein letztes Fleckchen Weiß auf der Augenbraue abgeleckt. Anschließend hatten sie ausgiebig zusammen geduscht, wie zwei alberne Jugendliche gekichert, und Lukas hatte sich nicht vorstellen können, jemals wieder das Verlangen zu haben, mit Johannes ins Bett zu gehen.

Vielleicht war es an der Zeit, Mario erneut einen Besuch abzustatten. Die Anlieferung der neuen Couch bot eine hervorragende Ausrede, auch wenn Lukas sicher war, dass es keines besonderen Vorwandes bedurfte, um Mario für eine Wiederholungstat zu gewinnen. Er wartete, bis die Möbelpacker ihren Job erledigt hatten, und sprang dann die Stufen zu Marios Wohnung hinunter.

„Dein Sofa ist gekommen", stellte er fest, als Mario ihm die Tür öffnete. „Wie wär's, wenn wir das gebührend feiern?"

„Die Anlieferung des Sofas?" Mario grinste verschmitzt.

„Warum nicht?" antwortete Lukas verlegen. „Ein Grund ist so gut wie jeder andere. Irgendwo unten im Keller hab ich noch zwei Flaschen Champagner. *Veuve Cliquot*. Ich springe schnell runter und hole eine Flasche hoch." Die Lustlosigkeit und Trägheit, die am Morgen auf seine Stimmung gedrückt hatte, war wie weggeblasen. Plötzlich konnte der Tag gar nicht schöner sein. „Was ist? Ja oder ja?"

„Champagner?" Mario schnalzte anerkennend mit der Zunge. „Da sag ich nicht nein."

„Gut. Ich bin gleich wieder da."

„He, warte!" hielt ihn Mario zurück. „Ich komme mit in den Keller. Ich wollte sowieso noch eine Maschine Wäsche anwerfen. Du holst den Alk, ich mache einen Kessel Buntes und anschließend knallen wir uns den Schampus in die Birne." Mario warf eilig seine Schmutzwäsche in den Wäschekorb und lief mit Lukas die Treppen herunter. Im Erdgeschoss öffnete sich die Wohnungstür von Frau Maier-Cigorsky wie von Geisterhand einen Spalt und zwei große, gelbe Katzenaugen starrten sie aus dem Dämmerlicht der dahinter liegenden Räume hasserfüllt an.

„Pass auf deine Waden auf!" zischte Mario Lukas warnend zu. „Mietzi liegt auf der Lauer!"

„Die soll nur kommen!" erwiderte Lukas – laut genug, damit Frau Maier-Cigorsky hinter der Tür jedes Wort verstehen konnte. „Mit dem Vieh hab ich sowieso noch ein Hühnchen zu rupfen!"

Unten trennten sie sich. Mario steuerte die Waschküche an, während Lukas den Gang weiterlief, in seiner Hosentasche nach dem Kellerschlüssel fahndete und kurz darauf den staubigen Holzverschlag aufschloss, der ihm und Johannes als Abstellkammer diente.

Die Champagnerflaschen befanden sich gut gelagert in einer Ecke des Kellers, wo Lukas sie für besondere Gelegenheiten versteckt hatte. Und ein Fick unter Nachbarn war allemal ein herausragender Anlass. Hastig räumte er einige Kartons zur Seite, in denen Johannes' Computer verpackt gewesen war, einen gesprungenen Lattenrost und den Fernseher, der letztes Jahr zu Johannes' Entsetzen während der *Grand-Prix*-Übertragung den Geist aufgegeben hatte.

Lukas hätte es nichts ausgemacht, dieses grauenvolle, niveaulose Schlagerfestival einmal nicht zu sehen, schließlich setzte er sich nur Johannes zuliebe jedes Jahr wieder vor die Glotze. Johannes war so begeistert von der Sendung, dass er sogar selbst Punkte verteilte und Tipps abgab, wer wohl gewinnen würde. Lukas dagegen fand die meisten Beiträge schauerlich – wer konnte sich schon für eine schlecht gemachte *Take-That*-Imitation auf serbokroatisch oder einen Techno-Song auf portugiesisch oder isländisch begeistern? –, aber Johannes bestand darauf, die Sendung gemeinsam mit ihm zu sehen, und um seinen Freund nicht zu enttäuschen, hatte Lukas zähneknirschend jedes Mal drei Stunden Langeweile über sich ergehen lassen. Als dann letztes Jahr während der Übertragung die Bildröhre versagte, hatte Lukas heimlich erleichtert aufgeatmet, doch Johannes hatte ihn einfach eine Etage tiefer gezerrt, und neben Lukas auch noch Mario gezwungen, seine Samstagabendpläne aufzugeben und mit ihm zusammen den *Eurovision Song Contest* anzusehen. Marios entsetztes

Gesicht, als er begriff, wie er den Samstagabend verbringen würde, war allerdings sehenswert gewesen.

Achtlos schob Lukas das defekte Fernsehgerät mit dem Fuß beiseite. Es gehörte in eine andere, längst vergangene Zeit.

Als er nach der Champagnerflasche griff, kam ihm eine Idee und ein gieriges Lächeln umspielte seinen Mundwinkel, während er in einem kleinen Karton auf dem Boden kramte. Dann verriegelte er hastig den Kellerverschlag und rannte zu Mario in die Waschküche. Langsam und quietschend ging die Tür hinter ihm zu, aber die seit Jahren verzogenen Scharniere verhinderten, dass sie ins Schloss fiel.

Wie der Sieger in einem Formel-Eins-Rennen hielt er triumphierend den Champagner in die Höhe. Mario saß auf seinem alten, ausrangierten Sofa und sah ihn fragend an.

Mithilfe seiner Zähne riss Lukas die Folie vom Deckel und drückte mit dem Daumen seiner freien Hand geschickt den Korken aus der Öffnung. Mit einem leisen „Plop" entwich der Druck aus der Flasche.

„Was tust du denn da?" fragte Mario verwirrt. „Ich dachte, wir gehen nach oben! Sollen wir den Schampus aus der Flasche trinken oder was?"

Lukas schüttelte den Kopf und zauberte hinter seinem Rücken die zwei Sektflöten hervor, die er in dem Karton im Keller gefunden hatte. Rasch füllte er die Gläser und leckte sich den perligen Champagner von den Fingern. Mit einer demonstrativen, nicht ganz ernst gemeinten Verbeugung überreichte er Mario ein Glas und stieß mit ihm an.

Mario prustete laut auf. „Champagner in der Waschküche. Du bist ja nicht mehr ganz dicht", sagte er lachend. Dann zog er Lukas in eine Umarmung. „He", flüsterte er ihm ins Ohr, „es ist nett, mit dir eine Affäre zu haben. Ich hoffe nur, dass uns dein Freund nicht auf die Schliche kommt."

„Ich will jetzt nicht über Johannes reden", murmelte Lukas und leckte Marios Ohr. „Ich will mit dir ficken."

„Hier? In der Waschküche?"

Lukas nickte. „Los, komm", drängte er, „so was habe ich noch nie gemacht!"

„Und wenn jemand hereinkommt?" zögerte Mario.

Lukas machte eine wegwerfende Handbewegung. „Das hören wir von weitem", antwortete er. Ungeduldig öffnete er Marios Hosenknöpfe. Noch immer unsicher schloss Mario die Augen und ließ sich langsam auf das Sofa zurückfallen. Lukas streifte sich das T-Shirt vom Leib.

„Und jetzt", sagte er leise, „versuchen wir mal, ob sich Champagner genauso gut wie Schlagsahne zu anderen Zwecken missbrauchen lässt."

Frau Maier-Cigorsky atmete erleichtert auf, als Lukas und Mario an ihrer Tür vorbeigegangen waren. Fast wäre sie beim Spionieren erwischt worden. Sie fühlte ihr Herz klopfen. Aber wer konnte auch ahnen, dass die beiden Herren so schnell, nachdem die Möbelpacker abgefahren waren, die Wohnung wieder verlassen würden. Außerdem hatte sie sich gar nichts vorzuwerfen, sagte sie sich empört und stützte sich mit einer Hand an der Türklinke ab. Ihr Kreislauf war nicht der Beste und selbst kleinere Aufregungen machten ihm zu schaffen. Sie hatte nichts Verbotenes getan. Im Gegenteil. Schließlich konnte es nichts schaden, wenn jemand im Haus nach dem Rechten sah, und außer ihr tat das ja niemand, nicht einmal Herr Lukas als Hauseigentümer. In letzter Zeit feierte stattdessen die Perversion hier fröhliche Urständ.

Frau Maier-Cigorsky war nicht taub und sie war nicht verwirrt. Höchstens ein wenig vergesslich, und das auch nur sehr selektiv – vor allen Dingen, wenn es um ihre eigenen Verfehlungen ging. All die angeblichen Gebrechen, über die sie gegenüber den anderen Hausbewohnern so ausführlich und lautstark wie möglich lamentierte, dienten der versteckten Informationsbeschaffung, denn wenn Frau Maier-Cigorsky eine Charakterschwäche hatte, dann war es ihre unersättliche Neugierde. Im Laufe der Jahre hatte sie herausgefunden, dass ihre angebliche Schwerhörigkeit die Menschen um sie herum unachtsam bei der Wortwahl werden ließ; immer wieder entwischte ihnen ein Halbsatz oder eine Bemerkung, die eigentlich nicht für Frau Maier-Cigorskys Ohren bestimmt waren, und ihre angebliche Altersverwirrtheit verstärkte diese Unachtsamkeit noch. Kein Wunder also, dass Frau Maier-Cigorskys Neugier sich auf die Menschen in ihrer nächsten Umgebung richtete, insbesondere auf ihre Nachbarn. Und da gab es in Frau Maier-Cigorskys Augen eine Menge höchst interessanter und skandalöser Details.

Da war zum Beispiel das Flittchen von gegenüber, das Fräulein Evi. Wie die schon herumlief! Letzten Sommer war sie ihr mit bauchfreiem Hemdchen, ohne Büstenhalter und einer kleinen, grünlich schimmernden Perle im Bauchnabel im Treppenhaus begegnet, wie eines dieser unzüchtigen Aloha-Mädchen aus einem Reiseprospekt über die Südsee. Kein Wunder, dass ihr Mann immer nur ans Schnackseln dachte und es bisher nicht einmal zum Stationspfleger gebracht hatte. Die beiden lagen bestimmt den halben Tag im Bett und ihr Sohn, diese kleine Giftkröte, konnte ungehindert ihre arme, kleine Mietzi quälen. Erst letzte Woche hatte er vor ihren Augen nach der Katze getreten und sie dabei frech angegrinst.

Die zwei Frauen im zweiten Geschoss waren auch nicht besser. Eigentlich zwei hübsche, junge Dinger, und Frau Maier-Cigorsky hatte sich lange gefragt, warum sie nie feschen Herrenbesuch erhielten, bis sie eines Tages beobachtet hatte, wie sich die beiden Mädchen geküsst hatten. In aller Öffentlichkeit auf dem Bürgersteig, direkt vor dem Haus! Etwas Schamloseres hatte sie noch nie erlebt und Frau Maier-Cigorsky hatte empört die Gardinen fallen lassen, durch die sie unauffällig nach draußen geschaut hatte. Zu allem Überfluss besaßen die Mädchen auch noch diesen verzogenen Hund, der ihrer Mietzi ständig in die Quere kam – aber Mietzi war eine durchsetzungsfähige Katze, die ihr Revier mit ihren Krallen zu verteidigen wusste.

Frau Maier-Cigorsky rümpfte verächtlich die Nase und tätschelte Mietzi zufrieden den Kopf. „Weiter so, mein kleiner Liebling", sagte sie aufmunternd. „Wir lassen uns nichts gefallen!"

Noch schlimmer als die Frauen waren die Männer in diesem Haus. Wenn man von dem Herrn Hartmut mal absah, waren sie alle samt und sonders vom anderen Ufer. Angefangen bei dem dürren Herrn Karsten, der wahrscheinlich auch noch drogenabhängig war, über den unfreundlichen Herrn Mario, den sie schon mehrmals dabei erwischt hatte, wie er in dieses lasterhafte Pornokino in der übernächsten Straße lief, um dort seinen sexuellen Abartigkeiten zu frönen, bis hin zu dem Herrn Johannes und sogar dem Herrn Lukas, dem sie so etwas nun wirklich nicht zugetraut hatte. Der Großvater von Herrn Lukas hätte seinen Enkel enterbt, wenn er geahnt hätte, dass er ein Bordell aus seinem schönen, alten Haus machen würde. Allein die Vorstellung, was diese Männer alles miteinander machten, trieb Frau Maier-Cigorsky die Schamesröte ins Gesicht. Man hörte da ja so allerhand …

Und jetzt benahmen sie sich auch noch wie die Karnickel untereinander – oder wie sollte sie sonst die Hand deuten, die Herr Lukas dem Herrn Mario eben noch auf den Po gelegt hatte? Sie hatte es ganz deutlich gesehen, als die beiden durchs Treppenhaus geschlichen waren. Na ja, die würden wahrscheinlich alle an dieser Krankheit sterben, diesem Aids. Vorsichtshalber lüftete Frau Maier-Cigorsky ihre Wohnung abends immer gut durch, und im Sommer ging sie erst dann ins Bett, wenn sie die Wände nach Insekten abgesucht hatte. Schließlich hatte die *Bild*-Zeitung schon vor Jahren berichtet, dass sogar Mücken diese Krankheit übertragen konnten.

Trotzdem, irgendwie tat ihr jetzt der Herr Johannes leid. Noch so jung und bekam schon Hörner aufgesetzt. Aber vielleicht war das in diesen Kreisen auch üblich, vielleicht ging es da reihum, so genau kannte Frau Maier-Cigorsky sich da auch nicht aus. „Rudelbums", so nannte man das wohl. Jedenfalls war der Herr Johannes der einzige, der ab und zu ein gutes Wort für sie bereithatte.

Zu gerne hätte sie gewusst, was sich jetzt unten im Keller abspielte. Frau Maier-Cigorsky kraulte Mietzi nachdenklich den Bauch. Die Katze starrte wie hypnotisiert die angelehnte Wohnungstür an und schüttelte ihre Hand unwirsch ab.

Immerhin war Mietzi den ganzen Vormittag nicht draußen gewesen, weil die rüpelhaften Möbelpacker im Treppenhaus so einen Lärm veranstaltet hatten. Da hatte sich ihr armes Kätzchen gefürchtet. Und Mietzi brauchte doch ihren Auslauf. Da wäre es doch nicht verkehrt, wenn …

Kurzentschlossen schob Frau Maier-Cigorsky die Sicherheitskette beiseite. Sekunden später schoss Mietzi wie eine Kanonenkugel durchs Treppenhaus und die Kellerstufen hinunter Richtung Garten. Frau Maier-Cigorsky kam etwas langsamer hinterher.

Vorsichtig stieg sie die Treppe hinunter. Schon von weitem konnte sie erkennen, dass die Tür zur Waschküche nur angelehnt war. Dort waren also die beiden Missetäter zugange. Jetzt konnte sie auch das leise Rumpeln einer Waschmaschine vernehmen, die gerade in den Schleudergang schaltete. Frau Maier-Cigorsky schlich sich bis an die Tür und versuchte durch den Spalt zu linsen. Ihr Herz schlug bis zum Hals und sie fühlte sich plötzlich wieder wie das kleine Mädchen, das mit fünf oder sechs Jahren heimlich an der Schlafzimmertür der Eltern gelauscht hatte.

Der Blickwinkel war zu schmal. Frau Maier-Cigorsky richtete sich enttäuscht auf. Alles, was sie erkennen konnte, war die Armlehne eines grünen Sofas. Aber allein diese Tatsache steigerte ihre Neugier noch mehr. Wieso stand auf einmal ein Sofa in der Waschküche? Noch vor drei Tagen, als Herr Lukas im Keller mit dem Besen auf ihre Mietzi eingedroschen hatte, war es nicht da gewesen. Vielleicht sollte sie die unteren Räume des Hauses häufiger inspizieren.

Dann hörte sie Stimmen, das Klimpern von Gläsern und anschließend ein unterdrücktes Stöhnen. Was um alles in der Welt ging hier vor sich? Frau Maier-Cigorsky wurde immer unruhiger. Sie musste einfach wissen, was sich in der Waschküche abspielte. Mit zitternden Händen drückte sie die Tür weiter auf, bis ihr Blick den ganzen Raum erfasste. Es dauerte einen Moment, bis ihr Verstand begriff, was ihm die Sehnerven mitteilten, und dann klappte Frau Maier-Cigorskys Kinnlade nach unten.

Herr Mario saß nackt und breitbeinig auf der Couch und schlürfte lässig Champagner aus einem Sektglas. Die leere Flasche rollte auf dem Boden. Ab und zu legte er den Kopf in den Nacken und schloss genießerisch die Augen. Vor ihm, zwischen seinen Beinen, kniete der ebenfalls nackte Herr Lukas auf dem kalten Boden und mit dem Rücken zur Tür. Sein Kopf bewegte sich rhythmisch auf und nieder und leise schmatzende und sabbernde Geräusche kamen aus seinem Mund, wie von einem Baby, das gerade von der Mutter die Brust bekommt. Jetzt schüttete Herr Mario etwas von dem Champagner in seinen Schritt und das Stöhnen von Herrn Lukas wurde lauter und wilder.

Frau Maier-Cigorsky rang fassungslos nach Luft. Ein empörter, gellender Schrei entwich ihren Lungen.

Evi und Ignaz saßen in der Küche, auf dem Tisch vor ihnen lag aufgeschlagen das neueste *Harry-Potter*-Buch, und Ignaz sah seine Mutter mit weit aufgerissenen Augen und offenem Mund an.

Ungeduldig und aufgeregt trat er Evi mit seinen hampelnden Beinen vors Schienbein. „Lies weiter, Mama!" forderte er und zog den schwarzen Zauberumhang zurecht, der von Evi aus einem alten Bettlaken zurechtgeschnitten worden war und den er sich speziell zu dieser Gelegenheit um die Schulter geworfen hatte. Auf Ignaz' Kopf thronte eine spitze Zipfelmütze, die man mit viel Fantasie für einen Zauberhut halten konnte, und auf seiner Schulter war mit Sicherheitsnadeln ein kurioses Drahtgestell befestigt, das Evi mühevoll zurechtgebogen und zu seiner Privateule erklärt hatte. Neben ihm auf dem Stuhl lag ein Kochlöffel, der als Zauberstab fungierte.

„Lies jetzt!" wiederholte Ignaz. „Ich will wissen, wie es weiter geht!" Evi konnte ihr Glück kaum fassen. Ihr Sohn interessierte sich tatsächlich mal für etwas anderes als Videos oder Fernsehen! Dabei war das Buch ein reiner Verzweiflungsakt gewesen, ihr letzter Versuch, Ignaz das Lesen ein bisschen näher zu bringen und ihm zu zeigen, dass es mehr gab im Leben, als mit grell bemalten Klobürsten auf andere Leute zu schießen. Zu Beginn hatte Ignaz zwar gemault und die Augen verdreht, aber schon nach dem ersten

Kapitel war er sehr aufmerksam und ungewöhnlich still gewesen; jetzt hing er förmlich an Evis Lippen und hätte am liebsten den ganzen Roman auf einmal vorgelesen bekommen.

„Ignaz, ich kann nicht mehr!" sagte Evi und räusperte sich. „Mein Mund ist schon ganz trocken und mein Hals kratzt."

„Dann trink was!" Ignaz war erbarmungslos, wenn es darum ging, seine Interessen zu wahren.

„Aber ich habe dir schon ein ganzes Kapitel vorgelesen!"

„Nicht genug!" Ignaz spitzte die Lippen und sah Evi erwartungsvoll an. „Wei-ter-le-sen! Wei-ter-le-sen!" Seine Stimme nahm einen protestierenden Tonfall an und der Kochlöffel wurde im Takt auf den Tisch geschlagen.

„Ich muss den Abwasch vom Mittagessen noch machen. Und du musst dein Zimmer aufräumen!"

Ignaz schüttelte störrisch den Kopf.

„Glaubst du, dass Harry Potter ein unordentliches Zimmer hat?" fragte Evi.

Ignaz sah seine Mutter mitleidig an. „Harry Potter hat einen Zauberstab. Der braucht sein Zimmer nicht selber aufzuräumen."

„Tja", sagte Evi und versuchte, das Thema zu beenden, „wie schade, dass du keine magischen Fähigkeiten hast. Aber du kannst ja noch üben. Bis dahin allerdings wird das Zimmer mit der Hand aufgeräumt. Und zwar jetzt!"

„Aber ..."

„Kein aber!" erklärte Evi. „Du hast die Wahl: Entweder Zimmer aufräumen oder mir beim Abwasch helfen."

Beleidigt entschied sich Ignaz für das kleinere Übel und verließ mit hängenden Schultern die Küche. Wenn er erst mal erwachsen war, würde er seinen Kindern nie Befehle erteilen! Und er würde sich eine echte, lebendige Eule leisten können. Nicht so eine lumpige Imitation aus Blumendraht!

Evi markierte die Seite, auf der sie stehen geblieben waren, mit einem Lesezeichen und klappte das Buch zu. Wie gut, dass niemand sie gewarnt hatte, wie anstrengend Kindererziehung sein konnte. Sonst hätte sie sich vielleicht niemals dazu durchringen können, die Pille abzusetzen. Wie schafften es andere Mütter nur, zwei oder drei von diesen Plagegeistern gleichzeitig großzuziehen? Noch so ein Exemplar wie Ignaz und sie würde sich die Kugel geben!

Evi blickte sich suchend nach ihren Zigaretten um, lokalisierte sie neben der Brotschneidemaschine und zündete sich seufzend eine an. Der Abwasch konnte warten, jetzt brauchte sie ein paar Minuten Ruhe. Der Stress der letzten Tage forderte seinen Preis.

Nicht nur, dass Ignaz ständig beschäftigt werden wollte, wenn er aus der Schule kam, es hatte auch einige Kraft gekostet, den Streit, den sie mit Hartmut hatte, vor ihrem Sohn zu verbergen. Trotzdem war es gestern Abend doch zu dem großen Krach gekommen, den sie hatte vermeiden wollen, und ihre lauten Stimmen waren sicherlich auch im Kinderzimmer zu hören gewesen.

Mehrmals hatte sie versucht, mit Hartmut zu sprechen, aber ihr Mann hatte sich in Sprachlosigkeit gehüllt und nicht gewagt, ihr in die Augen zu sehen. Lieber war er länger im Krankenhaus geblieben und hatte Überstunden gemacht. Gestern dann hatte Evi schlaflos neben Hartmut im Bett gelegen, ohnmächtig an die Decke gestarrt und gespürt, wie die Wut in ihrem Magen hochkochte, sich über ihre Brust legte und bis in die Arme und Fingerspitzen kroch. Irgendwann, mitten in der Nacht, war ihr der Kragen geplatzt und sie fing unvermittelt an, mit dem Kopfkissen auf ihren schlafenden Mann einzuschlagen. Nach der ersten Schrecksekunde hatte sich Hartmut reflexartig zur Seite gedreht, um Evis Schlägen auszuweichen. Allerdings war er ein wenig zu weit gerollt, denn plötzlich hatte es einen dumpfen Schlag gegeben und Evi befand sich alleine im Bett.

„Bist du noch ganz dicht?" brüllte er sie erschrocken an. „Was soll das? Ich hätte einen Herzschlag kriegen können!"

„Hah!" schrie Evi zurück. „Das glaubst du ja selbst nicht! Dich trifft ja noch nicht mal der Schlag, wenn du dich in fremden Betten herumtreibst!"

„Ich habe mich entschuldigt!" Hartmuts Stimme wurde noch ein wenig lauter. „Was willst du denn noch? Soll ich für den Rest meines Lebens in Sack und Asche gehen oder vor dir auf den Knien rutschen und dir die Füße küssen? Sogar Blumen habe ich dir geschenkt!"

Evi stellte sich über ihren noch immer auf dem Teppich sitzenden Mann. „Glaubst du wirklich, du kannst mich mit ein paar lumpigen Nelken besänftigen?" Wutentbrannt deutete sie auf die violetten Blumen, die in einer Vase auf der Fensterbank standen. „Von mir aus kannst du dir das Gestrüpp sonst wo hinstecken! Aber wer weiß", fügte sie dann bissig hinzu, „vielleicht lässt du dir ja jetzt lieber was anderes hinten reinstecken!"

„Du blöde Kuh!" erwiderte Hartmut aufgebracht. „Das ist nicht wahr und du weißt das ganz genau. Es war ein Ausrutscher. Lukas war betrunken und ich war betrunken. Selbst dein Bruder war blau. Glaubst du im Ernst, ich würde dich und unseren Sohn wegen so etwas aufgeben? Ich bin doch nicht über Nacht schwul geworden!"

„Jeder Mensch hat homosexuelle Anteile."

„Kann schon sein, aber meine reichen nicht aus, um diese eine Nacht zu wiederholen."

„Und warum bist du dann so abweisend in den letzten Tagen?" fragte Evi.

„Weil ich … weil ich …", druckste Hartmut herum, „weil ich mich so fürchterlich schäme!" platzte er schließlich heraus. „Und weil ich dachte, dass du jetzt nichts mehr von mir wissen willst."

Natürlich hatte Evi Hartmuts zerknittertem Gesicht und seinem schlechten Gewissen nicht standhalten können, und wie in einem billigen Liebesroman, bei dem sich am Schluss alle Probleme in Wohlgefallen auflösen, hatte kurz darauf der Lattenrost ihres Bettes gequietscht. Aber auch wenn sich ihre Ehe langsam wieder einzurenken schien, hätte Evi auf die Erfahrungen der letzten Tage gerne verzichtet. Dass auch eine scheinbar intakte Beziehung auf tönernen Füßen stehen konnte, gab ihr zu denken.

Ein lautes, entsetztes Kreischen gellte plötzlich durch das Treppenhaus und riss Evi aus ihren Überlegungen. Hastig drückte sie ihre Zigarette auf einer Untertasse aus und lief in den Flur. Auch

Ignaz stürmte aus seinem Zimmer, in den Händen seine schießbereite Spielzeugpistole.

„Du bleibst hier, Ignaz!" rief sie ihm über die Schulter zu und öffnete die Wohnungstür.

„Aber es hat jemand geschrien!" protestierte ihr Sohn energisch.

„Ebendrum", erwiderte Evi.

„Vielleicht sind es ja Terroristen oder Kidnapper!" sagte Ignaz aufgeregt.

Evi zog die Augenbrauen hoch und dachte flüchtig darüber nach, warum Kinder heutzutage so gewaltlüstern waren. Sie hatte sich in Ignaz' Alter vor allem mit Pferden und *Hanni und Nanni*-Büchern beschäftigt. „Es war eine Frauenstimme, die geschrien hat", sagte sie beruhigend. „Wahrscheinlich die blöde Maier-Cigorsky. Ich kann mir nicht vorstellen, dass die jemand freiwillig entführt. Wer würde für die alte Hexe schon Lösegeld bezahlen? Ich bestimmt nicht."

Aber Ignaz dachte gar nicht daran, zurückzubleiben. Stattdessen rannte er an Evi vorbei und polterte die Kellertreppe hinunter, seine Mutter im Schlepptau. Wenn es dort etwas zu sehen gab, wollte er auf jeden Fall dabei sein. Vor der Waschküche hielt er jedoch erstaunt inne und wartete auf die etwas atemlose Evi. Weder er noch seine Mutter hatten eine Erklärung für das absurde Bild, das sich ihnen bot.

Eine leichenblasse Frau Maier-Cigorsky lehnte an der Waschküchentür und fächerte sich hilflos Luft zu. Ihre Augen waren weit aufgerissen und stierten unverwandt in den Raum, in dem sie normalerweise ihre Wäsche zum Trocknen aufhängte.

„Jesusmariajosef!" brabbelte sie und deutete mit einer schwachen Handbewegung auf das Geschehen vor ihr. „Mein Herz! Mein Blutdruck!"

Evi blickte erstaunt auf ein grünes Sofa, das mitten im Raum platziert war, als wäre es Teil einer Ausstellung für moderne Kunst und hätte eine wichtige künstlerische Aussage zu machen. Dann betrachtete sie den splitternackten Mario, der noch immer verdutzt ein leeres Sektglas in der einen Hand hielt, während er mit der anderen Hand versuchte, seinen noch halb steifen Schwanz vor den neugierigen Augen der Nachbarn zu verbergen. Und zum Schluss entdeckte sie hinter dem Sofa versteckt den Freund ihres Bruders, ebenfalls nackt und mit einer Gesichtsfarbe wie ein Feuerlöscher. Augenblicklich sah sich Evi in ihrer Abneigung gegenüber ihrem Schwager bestätigt.

„Na, Lukas?" unterbrach sie die überraschte Stille sarkastisch. „Wieder mal auf Abwegen? Hab ich doch Recht gehabt, was?"

Lukas sah wütend hinter der Couch hoch, sagte aber kein Wort.

„Wo sind meine Klamotten?" zischte Mario ihm zu. Er hätte auf sein ungutes Gefühl hören sollen. Warum bloß hatte er sich von Lukas überreden lassen, es mit ihm in der Waschküche zu treiben?

„Wieso habt ihr keine Sachen an? Seid ihr ausgeraubt worden?" fragte Ignaz interessiert. Als ob es tatsächlich ein paar Räuber zu verschrecken gelte, hob er den Arm und schoss einmal mit seiner Pistole in die Luft. Frau Maier-Cigorsky zuckte zusammen, gab einen kleinen, theatralischen Seufzer von sich und sackte langsam zu Boden.

Im gleichen Moment öffnete sich oben die Haustür und dann kamen leichtfüßig Schritte die Kellertreppe hinuntergesprungen.

„Scheiße", flüsterte Lukas.

Johannes hatte sich entschieden. Dieses eine Mal würde er Lukas noch verzeihen. Dieses eine Mal noch würde er so tun, als hätte es die letzten Tage nicht gegeben, als hätte es Hartmut und den anderen, namenlosen Mann nicht gegeben.

Anstatt am Morgen wie geplant in den Übersetzungskurs zu gehen, der auf seinem Stundenplan stand, hatte Johannes sich mit einem heißen Kakao direkt in die Cafeteria verzogen und nachgedacht. Er hatte eine Liste aufgestellt, alles, was für Lukas sprach, in die eine Spalte geschrieben, und die Sachen, die gegen eine Fortsetzung ihrer Beziehung vorgebracht werden konnten, in die andere Spalte gesetzt. Als er merkte, dass die zweite Liste länger wurde als die erste und die logischeren Argumente aufwies, hatte er den Zettel verärgert zusammengeknüllt und in den Papierkorb geworfen.

Es war unsinnig, den Wert ihrer Beziehung durch eine trockene Gegenüberstellung von Fakten bestimmen zu wollen. Seine Gefühle für Lukas waren durch mehr bestimmt als die Aufrechnung von Verletzungen und schönen Erinnerungen. Er konnte sie doch nicht einfach abschalten, als wären sie nur ein Fließbandprodukt, dessen Herstellung man mit einem Knopfdruck unterbrechen konnte.

Vielleicht war es genau das, was er und Lukas brauchten: einen neuen Anfang. Auch wenn Lukas mutwillig alles zerstörte, was ihm etwas bedeutete: Es gab es ja noch Brand und Grünherz. Solange der Drache und der Faun in ihrer beider Fantasie existierten, wollte Johannes die Hoffnung nicht aufgeben.

Er ließ den Becher mit dem bitteren Kakao stehen und rannte nach draußen. Zwar fegte ein böiger Wind die Kälte unter seine Jacke, aber zum ersten Mal seit Tagen riss der Himmel auf und ein paar unsichere Sonnenstrahlen unterbrachen den Regen. Johannes nahm es als ein gutes Zeichen. Die Uni war nicht so wichtig, den Stoff des heutigen Tages konnte er nachholen. Stattdessen würde er einkaufen, ihren Kühlschrank auffüllen, die Wohnung auf Vordermann bringen und Lukas heute Abend mit ein paar Blumen überraschen, als Zeichen, dass er ihm vergeben hatte. Und vielleicht würde Lukas ja bereit sein, darüber nachzudenken, ob er wirklich so viel Freiheit brauchte, wie er einforderte.

Johannes trat energisch in die Pedale seines Fahrrads und machte sich auf den Weg nach Hause. Jetzt, kurz nach Mittag, musste er immer wieder die Klingel an seinem Lenker betätigen, um sich einen Weg durch die ihm entgegenströmenden Studentenmassen zu bahnen. Am Rande des Unigeländes hielt er vor einem Blumenladen, auf dessen Eingangstür ein Regenbogenaufkleber prangte.

„Ich brauche einen Versöhnungsstrauß", erklärte er der Bedienung, die einen fleckigen, grünen Kittel über ihrem Sweatshirt und der Jeans trug.

„Wie groß war das Vergehen denn?" fragte die Verkäuferin lächelnd.

Johannes wiegte den Kopf hin und her. „Groß", sagte er schließlich. „Aber ich will ihm verzeihen. Die Blumen sind sozusagen meine Friedenspfeife."

Die Frau hinter der Ladentheke schüttelte missbilligend den Kopf. „Normalerweise funktioniert das aber andersrum", sagte sie. „Die Kerle glauben doch, sie könnten sich alles erlauben, wenn wir ihnen jedes Mal noch ein paar Narzissen hinterherwerfen, sobald sie was auf dem Kerbholz haben!"

„Meiner ist anders", erklärte Johannes. „Ganz sicher!"

„Pah! Das glauben alle! Schenken Sie ihm lieber einen Kaktus. Den Wink wird er sicherlich verstehen."

Johannes ignorierte den Rat und deutete auf einen Eimer mit langstieligen, lachsfarbenen Rosen. „Zwei Dutzend von denen, bitte", sagte er.

Die Verkäuferin zuckte mit den Schultern. „Ganz wie Sie meinen. Aber kommen Sie mir hinterher nicht damit an, dass ich Sie nicht gewarnt hätte!"

Johannes bezahlte, nahm die Blumen in Empfang und grinste noch immer über die eigentümliche Verkaufsstrategie der Floristin, als er den Rest des Weges mit nur einer Hand am Lenker fortsetzte. Plötzlich hatte er es sehr eilig, nach Hause zu kommen, und konnte es kaum abwarten, dass Lukas am Abend von der Arbeit zurückkehrte. Alles würde gut werden. Er würde Lukas in den Arm nehmen und zusammen würden sie noch einmal von vorne anfangen. Ein Leben ohne Lukas wollte er sich einfach nicht vorstellen.

Johannes beschleunigte noch ein bisschen mehr. Während er durch eine der zahlreichen Pfützen am Straßenrand fuhr, spritzte links und rechts von seinen Reifen das Wasser an seine Hosenbeine und hinterließ dunkle Ränder. Neben ihm hupte ein wütender Autofahrer, als er über eine rote Ampel fuhr und ihm die Vorfahrt abschnitt.

Vor dem Haus sprang Johannes vom Fahrrad und öffnete das kleine, schmiedeeiserne Gittertor zum Vorgarten, wo er das Rad achtlos fallen ließ. Hastig suchte er seinen Schlüssel und schloss die Haustür auf. Gerade wollte er die ersten Stufen des Treppenhauses hinaufrennen, als er erstaunt bemerkte, dass die Wohnungstür von Frau Maier-Cigorsky und die von seiner Schwester weit offen standen. Aus dem Kellergeschoss drang aufgeregtes Stimmengewirr zu ihm nach oben. Ob etwas passiert war? Plötzlich knallte ein Schuss durch den Flur und dann ein unterdrückter Schrei. Voller Angst strich sich Johannes die zerzausten Haare aus dem Gesicht und raste die Treppe nach unten.

Vor der Waschküche wurde er von seiner Schwester abgefangen. „Johannes!" sagte Evi überrascht. „Wieso bist du nicht an der Uni?"

„Ich habe einen Schuss gehört!" erwiderte Johannes atemlos, ohne auf die Frage von Evi einzugehen. „Ist alles in Ordnung? Ist sie verletzt?" Er deutete auf die am Boden sitzende Frau Maier-Cigorsky. „Wer hat geschossen?"

Evi machte eine abfällige Handbewegung. „Ach was!" sagte sie. „Es geht ihr gut. Die ist nur das Opfer ihrer eigenen Neugier geworden. Es geht wohl alles ein bisschen über ihren Horizont." Evi lachte bedauernd auf. „Wenn ich ehrlich sein soll, mein Verständnis übersteigt es auch bei weitem." Geistesabwesend nahm sie Ignaz die Spielzeugpistole ab.

„Ich habe keine Ahnung, wovon du sprichst", sagte Johannes.

„Tja, ich weiß nicht, wie ich das erklären soll", antwortete Evi resigniert. Jetzt konnte sie ihren Bruder auch nicht mehr schützen. Vielleicht war es ja besser, wenn er mit der Wirklichkeit konfrontiert wurde und mit eigenen Augen sah, was Lukas angerichtet hatte. „Es tut mir wirklich Leid für dich, Johannes. Ich bin nur froh, dass es mich eigentlich nichts angeht, ganz ehrlich." Sie packte ihren Sohn am Kragen und trat zögernd zur Seite.

„Was ...?" Johannes rieb sich verständnislos die Augen, während er die unwirkliche Situation auf sich einwirken ließ. Da stand eine grüne Couch mitten in der Waschküche, so deplatziert, als wäre sie direkt vom Himmel gefallen. Es dauerte einen Moment, bis ihm einfiel, dass Mario ihn vor einigen Tagen gebeten hatte, das Sofa eine Zeit lang dort unterstellen zu dürfen. So weit, so gut. Aber wieso saß Mario auf der Couch, noch dazu völlig nackt und hielt ein Sektglas vor seinen Schwanz?

„Hallo", begann Johannes verwirrt, „was ... äh ... was machst du hier?"

„Bu ... Buntwäsche. Vierzig Grad", stotterte Mario, als ob das alles erklären würde, und bekam einen roten Kopf.

„Ach so. Klar." Johannes nickte verständnislos und suchte weiterhin fieberhaft nach einer logischen Erklärung für das absurde Bild, das sich ihm darbot.

Hinter dem Sofa tauchte plötzlich ein Gesicht mit hektischen Flecken auf den Wangen auf.

„Hallo, Johannes", sagte Lukas leise und richtete sich auf. Er war genauso unbekleidet wie Mario und schien der Situation, in die er sich gebracht hatte, sogar eine gewisse Komik abgewinnen zu können. Johannes hätte schwören können, dass ein flüchtiges, unverschämtes Grinsen um die Mundwinkel seines Freundes schlich.

„Du!" sagte Johannes, und dann ergab plötzlich alles einen Sinn. „Du!" wiederholte er. „Du und Mario ... er ist der andere?" Ungläubig starrte er Lukas an. Vermutungen, die vorher keinen Sinn ergeben hatten, fügten sich plötzlich wie die fehlenden Teile eines Puzzlespiels zusammen. In seinem Kopf drehte sich alles und er hatte das Gefühl, auf einem Karussell zu sitzen, das sich schneller und schneller im Kreis bewegte. In seinem Mund schmeckte er den bitteren Kakao aus der Cafeteria. Was für ein leichtgläubiger Idiot er gewesen war.

Lukas schaute zu Boden. Erst jetzt schien auch er Gewissensbisse zu bekommen. „Die Rosen ...", fragte er schließlich, „sind ... waren die für mich?"

Johannes hatte den Blumenstrauß in seiner Hand völlig vergessen. Geistesabwesend betrachtete er die sich gerade öffnenden Blüten. „Bescheuert von mir, was?" sagte er nach einer langen Pause und warf die Rosen Lukas verächtlich vor die Füße.

~ Ich klatsche langsam und zynisch in die Hände, als würde ich ihn zum gelungenen Schluss seiner Geschichte beglückwünschen.

„Das war's also?" frage ich. „Bist du endlich fertig?"

Wir sitzen im Wohnzimmer. Er hat es sich auf dem Sofa bequem gemacht, die Beine hochgezogen und unter der Wolldecke versteckt, obwohl es draußen fast dreißig Grad sind. Ich sitze ihm schräg gegenüber, in einem Sessel. Ich schwitze und ich habe Durst. Immer wieder nehme ich einen Schluck aus der Flasche mit dem Mineralwasser, die vor mir auf dem Tisch steht.

„Ja und nein", antwortet er. „Ja, ich bin fertig, und nein, das war es noch nicht. Es fehlt noch etwas."

„So?" frage ich betont gleichgültig. „Was denn?" Ich will nicht preisgeben, dass mich seine Geschichte berührt hat.

„Das Ende fehlt", sagt er. „Und die Wahrheit."

Ich schlucke. Die Wahrheit.

O Gott.

Stop

„Lukas!" sagt er, als ich ächzend die Tür aufstoße, bepackt mit Einkaufstüten aus dem Supermarkt. Er wartet schon auf mich. Ich habe beschlossen, heute Abend für uns zu kochen. Er braucht etwas Nahrhaftes, auch wenn es ihm schon viel besser geht als noch vor ein paar Wochen. Gestern hat er es geschafft, die ersten Treppenstufen bis in den zweiten Stock alleine hinunterzuhumpeln. Er hat Angelina und Claudia besucht. Meine Rolle als Versorger, Pfleger und Prellbock für seine schlechte Laune werde ich bald los sein. Die Warteschleife, in der wir uns befunden haben, nähert sich ihrem Ende.

„Was?" frage ich unwirsch, während ich die Einkäufe auf dem Küchentisch ausbreite. Ich habe Paprika, Tomaten, Hähnchenschnitzel und Wildreis besorgt, außerdem Joghurt, Ananas und Mascarpone. Vitamine und Kalorien.

Johannes hat ein Gesicht vorbereitet, das Ungeduld ausstrahlt, und ich überlege instinktiv, was ich dieses Mal falsch gemacht habe. „Willst du lieber was anderes essen?" frage ich.

Er schüttelt den Kopf. „Nein. Darum geht es nicht", antwortet er. „Ich will jetzt endlich wissen, wie ... wie das hier passiert ist!" Er deutet mit einer fahrigen Geste auf seinen Körper. „Du schuldest mir die Wahrheit! Ich will nicht länger hingehalten werden!"

Ich schnaube verärgert auf. Ich habe ihn nicht hingehalten. Während der letzten Tage habe ich viel über die Wahrheit nachgedacht. Oder zumindest über das, was wir normalerweise unter „Wahrheit" verstehen. Früher schien es mir so, als wäre Wahrheit ein absoluter Begriff, unzweideutig, ein Wort, das nur eine einzige Definition besitzt und alle anderen Interpretationsversuche von vornherein ausschließt: Der Mensch stammt vom Affen ab, Indianer sind die Ureinwohner Amerikas, die Erde dreht sich um die Sonne, Primzahlen sind nur durch sich selbst teilbar. Tatsachen, für immer unveränderlich.

Aber jetzt bin ich mir nicht mehr sicher. Johannes und ich haben beide unsere eigenen Wahrheiten; jede Geschichte für sich genommen klingt einleuchtend, logisch und „wahr". Wenn man sie jedoch zusammen betrachtet, schließen sie sich gegenseitig aus, sie widersprechen sich in elementaren Dingen und ihre Handlungsabläufe sind unvereinbar. Entweder hat Hartmut etwas mit mir gehabt oder er war mit Johannes im Bett. Frau Maier-Cigorsky hat in der Waschküche entweder Mario und mich gesehen oder Mario und Johannes. Um es mit einem abgewandelten Filmzitat zu sagen: Es kann nur einen Bösen geben. Einer von uns beiden sagt die Wahrheit, einer von uns beiden lügt.

Andererseits kann die Wahrheit ein äußerst dehnbarer Begriff sein. Im Mittelalter hat man gedacht, die Erde sei der Mittelpunkt des Universums. Der Mensch war von Gott geschaffen, Amerika existierte bis zur Entdeckung durch Kolumbus gar nicht und Primzahlen sind nach ihrer Entdeckung in der Antike für Jahrhunderte in Vergessenheit geraten. Die Wahrheit also hängt immer von äußeren Faktoren ab – in diesem Fall von der Entstehung der Evolutionstheorie, der Machtfülle und den Interessen der Kirche, den Windverhältnissen auf dem Atlantik und den politischen Absichten Spaniens, dem Entwicklungsstand der Wissenschaft. Das heißt, Wahrheiten können sich ändern, sie sind dem Bild unterworfen, das der Mensch von sich und seiner Welt hat.

Ich plädiere daher eher für den Begriff der Wahrnehmung. Diese ist zwar äußerst subjektiv, aber immer richtig, zumindest im Auge des Betrachters. Was jemand denkt und fühlt und sieht und glaubt, ist in dem Moment, in dem er diese Empfindung hat, für ihn wahr. Das würde erklären, warum Johannes und ich so völlig unterschiedliche Erinnerungen an eine bestimmte Zeit in unserer Beziehung haben, als ob wir beide denselben Film gesehen, aber die Bilder entgegengesetzt interpretiert hätten. Das einzige, worauf wir uns offenbar einigen können, ist, dass wir genug voneinander hatten, auch wenn jeder dem anderen die Schuld dafür in die Schuhe schiebt. Johannes allerdings hat angeblich niemals in Betracht gezogen, sich von mir zu trennen. Wie praktisch für ihn – weil er sich damit auf eine moralische Stufe stellt, die ich niemals erreichen werde. Wie überaus nobel. Ich hätte alles getan, um diesen letzten Schritt machen zu können.

Aber vielleicht sind ja beide Geschichten wahr, vielleicht steckt zumindest ein Körnchen Wahrheit in beiden und vielleicht kommt es nur darauf an, was derjenige, der die Geschichte erzählt, glaubt. Allerdings kommt es auch darauf an, was derjenige glaubt, der die Geschichte hört.

Ein Problem jedoch bleibt: Wie können wir uns auf eine gemeinsame Zukunft einlassen, wenn wir uns noch nicht einmal auf eine gemeinsame Vergangenheit einigen können?

Johannes sind die philosophischen Konstrukte, die ich mir in Bezug auf die unterschiedlichen Versionen unserer Beziehung mit viel Mühe zurechtgelegt habe, völlig egal. Dabei sind sie darauf ausgelegt, es uns beiden zu ermöglichen, das Gesicht zu wahren. Er versteht zwar nicht, wieso ich zu einer so anders lautenden Bewertung der Ereignisse kommen kann als er, die Fakten seien doch eindeutig, aber er hat beschlossen, den Streit darüber für eine Weile ruhen zu lassen. Vergessen wird er ihn nicht. Wer von uns beiden nach Johannes' Ansicht der Lügner ist, braucht wohl kaum näher erklärt zu werden.

Johannes liegt deshalb so wenig an einer Konfrontation, weil ich noch einen Trumpf in der Hand halte: Nur ich kann den Schluss der Geschichte erzählen, unabhängig davon, ob es die Wahrheit oder nur meine Wahrnehmung ist, denn niemand außer Johannes war dabei, und er kann sich noch immer nicht erinnern. Er sagt, alles, was nach dem Erlebnis in der Waschküche passiert ist, verberge sich in seinem Kopf hinter einer grauen Nebelwand, als würde sich seine Erinnerung hinter einer permanenten Schlechtwetterfront verstecken. Manchmal versuche er krampfhaft, seine Gedanken auf den Sturz zu konzentrieren, versuche mit Gewalt, seine Erinnerungen heraufzubeschwören. Dann fühle er sich wie ein Blinder, der nach einem Unfall seine Sehkraft verloren habe und noch nicht in der Lage sei, seine Welt neu zu ordnen und den verlorenen Sinn durch die ihm verbliebenen zu ersetzen.

Nachdem wir die Geschichte unserer Freundschaft beschrieben, zerlegt, analysiert und bis ins kleinste Detail seziert haben und dabei die hässlichen, schmerzlichen Einzelheiten nicht ausgelassen haben, nachdem wir das Ende erreicht haben, will er jetzt auch das Finale erfahren – und ich bin genauso unvorbereitet auf meine Rolle als Geschichtenerzähler wie am Anfang. Ich werde versuchen, so ehrlich wie möglich sein. Aber wer weiß schon, ob es die Wahrheit ist? Denn trotz allem ist es so, als müsste ich vor ihm zu Kreuze kriechen. Er täte gut daran, mir zu misstrauen.

„Also schön", gebe ich seufzend nach. „Du willst hören, wie es dazu gekommen ist, dass dein Gesicht für den Rest deines Lebens entstellt sein wird, dass du Narben auf dem Rücken und der Brust trägst, dass du mehrere Knochenbrüche gehabt hast und dass du das Laufen ganz neu lernen musstest?"

Johannes zuckt zusammen, als er die Litanei seiner Gebrechen mitleidslos um die Ohren gehauen bekommt.

„Lass uns erst essen", sage ich dann etwas sanfter. „Und anschließend setzen wir uns ins Wohnzimmer und machen einen netten Wein auf. Ich brauche ein ansprechendes Ambiente, denn was ich dir erzählen werde, wird nicht so angenehm sein. Für keinen von uns. Okay?"

Zögernd nickt er sein Einverständnis. Meine geheimnisvolle Ankündigung hat ihn nervös gemacht. Ich mache mich daran, die Paprika von den Kernen zu befreien, die Tomaten zu waschen und klein zu schneiden. Ich klappere mit Töpfen und Pfannen, zerteile und würze das Fleisch und bald kocht auch der Reis im Salzwasser. Johannes bereitet inzwischen die Süßspeise vor, die es zum Nachtisch geben wird. Für einen kurzen Augenblick muss ich lächeln, als ich mich daran erinnere, wie ich die Creme das erste Mal für ihn gemacht habe. Es war vielleicht eine Woche, nachdem wir uns kennen gelernt hatten, und schon nach dem ersten Löffel bekam er ganz glasige Augen.

„Oh, ist das gut!" hat er verzückt gestöhnt und sich genießerisch die Lippen geleckt und dann hat er mich völlig unerwartet an die Hand genommen und ins Schlafzimmer gezerrt. Die Erinnerung daran ist wie ein Stich in meine Magengrube und einen Moment lang sehne ich jenen Augenblick wieder herbei. Unsere Blicke treffen sich, und jeder weiß genau, woran der andere gerade denkt. Johannes unterbricht den Kontakt als erster, indem er das Radio einschaltet.

Das Fleisch ist durchgebraten und auch der Reis ist fertig. Ich schmecke noch kurz die Sahnesoße ab, werfe das Gemüse in die Pfanne und lasse es ein paar Minuten mitschmoren.

Wir essen langsam und schweigend und tun beide so, als hörten wir dem Radio zu, in dem gerade ein Bericht über die neuesten Friedensbemühungen der UNO im Nahen Osten läuft, dabei interessiert sich keiner von uns auch nur die Bohne dafür. Aber es ist eine gute Ablenkung, denn ich kann spüren, wie die Spannung zwischen uns steigt. Unter dem Tisch wippen seine Füße unruhig hin und her, und erst, als ich ihm einen warnenden Blick zuwerfe, hört er auf. Plötzlich habe ich überhaupt keinen Hunger mehr und stochere lustlos im Essen herum, schiebe es von einer Seite des Tellers zur anderen. In Gedanken versuche ich einen Anfang zu finden für das, was ich Johannes gleich sagen will, aber jeden Satzbeginn, den ich im Kopf formuliere, verwerfe ich gleich darauf wieder, weil er mir unpassend oder nicht treffend genug erscheint. Dem Geschichtenerzähler fehlen die Worte.

Endlich sind wir fertig. Johannes humpelt wortlos an einer Krücke ins Wohnzimmer, während ich das Geschirr in die Spülmaschine räume. Dann ertönt zu meiner Überraschung klassische Musik: die fünfte Sinfonie von Tschaikowsky, eins meiner Lieblingswerke. Das Stück beginnt mit einem schwermütigen Holzblasinstrument – vielleicht ein Fagott? –, unterstützt von ein paar melancholischen Streichern, aber schon nach wenigen Minuten kommen laute Blechbläser hinzu und verleihen der Musik einen wirbelnden, aufwühlenden Charakter, der mich immer wieder aufs Neue fasziniert. Zu der Musik hat Johannes einen Rotwein entkorkt, der die Sinne benebelt und die Zunge löst. Ich nehme beides als Zeichen, dass er spürt, wie schwer es mir fällt, über das Geschehene zu sprechen, und als einen Versuch, es mir ein wenig leichter zu machen. Woher ich diese Zuversicht nehme, ist mir selber schleierhaft; genauso gut ist es möglich, dass mein Wohlbefinden für ihn eine Nebensächlichkeit darstellt. Früher einmal konnte ich jede Regung in seinem Gesicht interpretieren; ich kannte die Bedeutung jedes Wimpernschlags. Jetzt verstecken die Narben sein altes Gesicht wie hinter einem Vorhang und ich habe noch nicht gelernt, wie man den schweren Stoff beiseite schiebt. Alles, was ich sehe, ist die feine Linie an seinem linken Mundwinkel, die seine Lippen zu einem immerwährenden wölfischen Grinsen verzerrt.

Johannes hat sich auf seinen Platz auf der Couch verzogen und nippt an seinem Wein. In seinem Gesicht spiegelt sich die Erwartung eines Theaterbesuchers. Der Wein hat eine dunkelrote, fast schwarze Farbe und er ist so schwer, dass er einen öligen Film auf dem Glas hinterlässt. Johannes zündet sich eine Zigarette an und wartet. Ich nehme mein Glas und stelle mich mit dem Rücken zu ihm ans Fenster. Ich fühle mich wie bei der Beichte.

„Es war der größte Fehler meines Lebens, mich in dich zu verlieben", beginne ich schließlich, „wenn ich gewusst hätte, was alles auf mich zukommt, hätte ich dir damals auf dem Karnevalsball das Kölsch ins Gesicht gekippt und wäre geflohen, so weit weg von dir wie möglich. Stattdessen habe ich nur den niedlichen, kostümierten Faun gesehen, der auf so rührende Weise um mich besorgt war, der meiner Eitelkeit geschmeichelt und sich alle erdenkliche Mühe gegeben hat, mich ins Bett zu kriegen."

Er macht Anstalten, mir zu widersprechen. Sein Gesicht spiegelt sich im Fenster, es ist rot vor Ärger, er will diese Sichtweise nicht auf sich sitzen lassen. Auf seiner Stirn hat sich eine dicke Zornesader gebildet, sie verschwindet links im Haaransatz. Aber ich halte die Hand hoch; er soll mich zu Ende reden lassen, ich bin noch längst nicht fertig.

„Ich weiß, was du sagen willst. Wenn in einer Beziehung etwas nicht stimmt, dann sind meist beide Seiten daran schuld, Täter und Opfer sind nicht immer eindeutig zu erkennen. Aber ist das wirklich so?"

Für einen Moment versagt mir die Stimme und ich stelle mir vor, wie ich mich gefühlt habe, als ich ihn – zumindest in meiner Version der Geschichte – in dieser grotesken Situation mit Mario in der Waschküche erwischt habe, mit allen Nachbarn als Zeugen, dass unsere Beziehung eine Farce ist. Noch immer kann ich sein entsetztes Gesicht sehen, das plötzlich hinter diesem idiotischen Sofa auftaucht, schuldbewusst und beschämt, die verschwitzten Locken über seine Augen hängend, und noch immer habe ich den Geruch von Sex in der Nase, der sich mit der klammen, nach Waschmittel riechenden Luft vermischt hat. Aber ich habe auch nicht den feixenden Ausdruck in seinem Blick vergessen, als müsste er sich beherrschen, um nicht laut loszuprusten. Als wäre die Absurdität der Lage von größerer Bedeutung als die Verwerflichkeit seiner Tat. Damals habe ich eine Gelegenheit verpasst, ihn zu verlassen. Die Rosen vor seinen Füßen hätten der Schlusspunkt sein müssen in einer langen Kette der Demütigungen, aber ich habe nicht den nötigen Mut gehabt. Stattdessen habe ich mich für die Taktik der verbrannten Erde entschieden, in der Hoffnung, dass er die Konsequenzen zieht, zu denen ich nicht in der Lage war.

„Du hättest gehen sollen", sage ich leise und traue mich noch immer nicht, ihn anzusehen. „Dir wäre viel erspart geblieben. Und mir auch."

Er starrt mich mit großen Augen an und es dauert einen Moment, bis er begreift. „Dich verlassen?" Er schüttelt langsam den Kopf. „Du kannst mir nicht vorschreiben, was ich fühle!"

„Dann sind der Drache und der Faun umsonst gestorben!" sage ich.

Dass mein Verrat noch viel weiter geht, bringe ich nicht über die Lippen. Ich war schon immer ein Feigling.

Brand und Grünherz und der Tod

Es war ein erfolgreicher Raubzug gewesen. In dem ledernen Sack, den Brand in seinen Krallen hielt, befanden sich einige vergoldete Trinkpokale, silbernes Essgeschirr, ein großer Haufen Goldmünzen und Geschmeide besetzt mit Edelsteinen, die im Sonnenlicht rot, blau und purpur funkelten. Um seiner Freude über die gelungene Eroberung Ausdruck zu verleihen, drehte der Drache einen kleinen Looping in der Luft und versengte aus lauter Vergnügen eine Gruppe Kiefern mit seinem feurigen Atem. Der Qualm der brennenden Bäume stieg in seine Nüstern und er musste heftig niesen.

„He!" rief Grünherz aufgebracht und zwickte Brand unsanft ins Ohr. Um nicht das Gleichgewicht zu verlieren, klammerte er sich fest an den goldenen Schuppenpanzer seines Freundes. „Das war nun wirklich nicht nötig!"

„Tut mir Leid", brummte Brand entschuldigend. Für einen Moment hatte er vergessen, dass der Faun alle Arten von Bäumen liebte und oft tagelang verschwand, nur um die Schönheit des dichten, undurchdringlichen Waldes in der Nähe der Höhle in sich aufzunehmen.

„Eines Tages wirst du aus Versehen den ganzen Wald in Flammen aufgehen lassen", beschwerte sich Grünherz und fügte warnend hinzu: „Dann wird dein Zuhause für die Menschen sichtbar sein!"

Brand schnaubte gutmütig auf, während ihm ein paar bläuliche Flammen aus dem Maul züngelten. „Das wird niemals geschehen", erklärte er. „Niemals!" Wer sollte einem tausend Jahre alten Drachen, der dazu noch fast unverwundbar war, schon etwas anhaben können? Viele hatten es während seines langen Lebens schon versucht. Doch die meisten waren nicht einmal in die Nähe seiner Behausung gelangt, und von denen, die es tatsächlich geschafft hatten, gab es nur noch ein paar Knochen, die langsam zu Staub zerfielen.

Die Burg, die er heute dem Erdboden gleichgemacht hatte, war Brand schon länger ein Dorn im Auge gewesen. Vor rund siebzig Jahren – was für den Drachen in Anbetracht seines langen Lebens einem Augenzinkern gleichkam – hatte sich jenseits der Wälder in einem grünen, fruchtbaren Tal ein neues Herrschergeschlecht an die Macht gekämpft. Sie brachten die Bauern in der Umgebung mit Feuer und Schwert um ihre Ernte, erhoben Schutzgeld, das sie Steuern nannten, und mordeten mitleidslos die Untertanen, die sich ihnen zu widersetzen suchten. Immer wieder war Grünherz während seiner ausgedehnten Streifzüge auf Bäume gestoßen, an deren Ästen ein paar der Unglückseligen aufgeknüpft worden waren; die geschwollenen Zungen bläulich verfärbt und die Augen von Krähen ausgehackt. Von dem Geld, das die Ritter zusammenrafften, bauten sie auf einer Anhöhe eine Trutzburg mit dunklen Verliesen, einer Zugbrücke und hohen Zinnen, von denen man das gesamte Tal überblicken konnte. Hinter den meterdicken Steinmauern feierten sie rauschende Gelage, während die Menschen in den armseligen Hütten ringsum Hunger litten.

Aber dies alles wäre Brand egal gewesen. Schon vor langer Zeit hatten er und Grünherz eingesehen, dass Menschen nichts lieber taten, als sich ihre knapp bemessene Lebensspanne gegenseitig so unerträglich wie möglich zu machen oder sogar gewaltsam zu verkürzen. Und zu viele machthungrige Ritter hatte Brand kommen und wieder verschwinden sehen – sie alle gingen irgendwann an ihrem eigenen Hochmut zugrunde und die einzigen Zeugen ihrer einstigen Macht waren ein paar verwitterte Steinmauern –, aber dieses Herrschergeschlecht hatte die Frechheit besessen, Brands Existenz in Zweifel zu ziehen, und damit seinen Zorn entfacht.

In früheren Jahrhunderten, als er noch jung und ungestüm gewesen war, hatte Brand ein räuberisches Leben geführt, genauso, wie es sich für einen Drachen ziemte. Er war brandschatzend und Feuer speiend über die Dörfer hergefallen, hatte Schätze geraubt, darauf geachtet, dass seine Ausflüge eine Spur der Verwüstung hinterließen, und Jungfrauen entführt. Die Menschen hatten vor seinem Herannahen gezittert, hatten sich in ihren Behausungen verkrochen und sich Augen und Ohren zugehalten. Man hatte ihn gefürchtet wie ein Erdbeben, eine Dürre oder eine Heuschreckenplage; in den Augen der Bewohner des Tals war Brand, der Drache, ein Teil ihres Lebens, wie eine Naturkatastrophe, gegen die man sich nicht schützen konnte. Besser war es, sich zu ducken und abzuwarten, bis der Sturm vorübergezogen war. Der Drache war der unumstrittene Herrscher seines Reiches gewesen, gefürchtet von allen, die in seinem Schatten lebten, auch von den Rittern.

Aber mit der Zeit war Brand müde und lustlos geworden. Sein Appetit auf frische Jungfrauen hatte rapide nachgelassen, nachdem er von einer Rothaarigen mit schlechten Zähnen und Achselnässe furchtbares Sodbrennen bekommen hatte – stattdessen riss er jetzt hin und wieder ein paar wilde Ziegen, um seinen Hunger zu stillen –, und auch die Plünderungen und Raubzüge verloren ihren Reiz, da sein Schatz nach und nach unermesslich geworden war. Anstatt neue Beutezüge zu planen, verbrachte Brand Wochen und Monate in seiner Höhle und ließ das geraubte Geschmeide, die Juwelen und das Gold gelangweilt durch seine Krallen gleiten. Immer seltener verließ er sein Versteck in den unzugänglichen Bergen. Die Schätze, die er standesgemäß angehäuft hatte, konnten nicht mit ihm sprechen, und je mehr Jahre ins Land zogen, desto häufiger vermisste Brand Gesellschaft, jemanden, mit dem er seinen Besitz und sein Leben teilen konnte. Kurzum, er war einsam.

Eines Tages wurde die Sehnsucht nach einem anderen Drachen so groß, dass Brand erneut aus seinem Versteck kroch und sich in die Lüfte schwang. Wochenlang durchsuchte er die Welt, überflog grüne Wiesen, weite Steppen, zerklüftete Gebirge und dunkle Wälder, aber nirgendwo fand er einen Artgenossen. Die Wunden, die die Drachen in früheren Zeiten der Erde beigebracht hatten, waren überall geheilt, ihre Höhlen verlassen und geplündert, ihre Brutstätten in den Sümpfen unbenutzt. Ihre Spur verlor sich in den Tiefen der Jahre. Traurig stellte Brand fest, dass er zum Letzten seiner Art geworden war. Schwermütig stellte er seine Suche ein und kehrte um.

Auf dem Weg nach Hause landete er an einem großen, stillen See in der Nähe seiner Behausung und betrachtete nachdenklich sein Spiegelbild in dem klaren Wasser. Sein Schuppenpanzer war schmutzig und von den Strapazen der Suche gezeichnet, seine sonst funkelnden, fast durchsichtigen Flügel glänzten nur matt im untergehenden Licht der Abendsonne und sein Schweif, mit dem er sonst wie mit einer Keule einen ganzen Baum fällen konnte, hing kraftlos herunter. Brand fühlte sich leer und ausgebrannt. Er räusperte sich und anstatt der üblichen Flammen schlug nur ein wenig Rauch aus seinen Nüstern. Niemals in seinem Leben war er sich so allein vorgekommen.

„Ich kenne das Gefühl", sagte plötzlich eine Stimme neben ihm, als hätte sie gerade seine Gedanken gelesen. „Auch von meiner Art gibt es nur noch wenige. Wir leben weit verstreut in den unzugänglichen Tiefen der Wälder, versteckt und vergessen, und unsere Existenz ist von den Menschen in das Reich der Fantasie verbannt worden."

Brand drehte sich erstaunt um. Neben ihm stand der wunderschönste Faun, den er je gesehen hatte, schlank, groß gewachsen, mit spitzen Ohren und wachen Augen, die Haut grün wie die frischen Blätter einer Eiche. In den silbernen, wirren Locken auf seinem Haupt hatte sich dunkles Laub verfangen.

„Wer bist du?" fragte er erstaunt.

„Mein Name ist Grünherz", erwiderte der Faun und verbeugte sich leicht.

„Was tust du hier in meinem Wald?" fragte Brand misstrauisch und blähte seine Nüstern bedrohlich auf.

„Dein Wald?" gab Grünherz spöttisch zurück. „Die Bäume, die diesen Wald bilden, gehören niemandem, nur sich selbst. Auch ein erfahrener Drache wie du sollte das eigentlich wissen. Kein Geschöpf auf dieser Erde gehört einem anderen."

Brand schüttelte unwirsch den Kopf. „Das meine ich nicht. Wieso habe ich dich früher noch nie hier gesehen? Ich kenne diesen Wald seit meiner Geburt und unsere Wege haben sich noch nie gekreuzt!"

„Das liegt wohl daran, dass andere Lebewesen mich erst dann bemerken, wenn sie eine große Einsamkeit verspüren. Dann sind ihre Sinne geschärft und sie beginnen Dinge wahrzunehmen, die sie sonst übersehen. Faune schätzen die Einsamkeit."

Brand starrte erneut sein Spiegelbild im Wasser an. „Ja", gab er dann zu, „ich bin einsam. Ich sehne mich nach Gesellschaft, nach einem anderen Wesen, mit dem ich mein Leben teilen kann. Aber es gibt keine Drachen mehr."

„Du hast Recht", antwortete Grünherz und in seinen Augen glitzerte Mitleid. „Unser Zeitalter ist fast abgelaufen. Die Jahre, die jetzt kommen werden, bieten keinen Platz mehr für Wesen wie uns. Das Wissen wird den Glauben verdrängen. Mag sein, dass die Welt dann überschaubarer wird, aber sie wird auch ärmer sein."

Der Faun drehte sich um, und Brand schien es, als wollte er sich wieder in das Dunkel des Waldes zurückziehen.

„Bitte", sagte Brand schnell, „willst du nicht die Zeit, die uns bleibt, mit mir teilen? Es wäre schön, jemanden an meiner Seite zu wissen."

„Ein Faun und ein Drache?" fragte Grünherz erstaunt. Dann zuckte er mit den Achseln und lächelte. „Warum nicht? Die Welt hat schon seltsamere Paare gesehen!"

Und so schlossen die beiden Geschöpfe Freundschaft. Brand kehrte in seine Höhle in den unzugänglichen Bergen zurück, aber er zeigte Grünherz den versteckten Eingang, und der Faun zeigte dem Drachen die Plätze im Wald, an denen er sich besonders gern aufhielt. So konnten sie sich jederzeit besuchen und im Laufe der Jahre wurde ihre Freundschaft immer inniger. Gemeinsam erkundeten sie ihr Territorium und Brand hörte fasziniert den Geschichten zu, die der Faun ihm über das Leben im Dickicht der Bäume erzählte. Den immerwährenden Kreislauf von Tod und Geburt, den Reigen der Jahreszeiten hatte er in seiner abgelegenen Höhle immer nur aus der Ferne beobachtet. Als Gegenleistung wollte er Grünherz etwas von seinem unermesslichen Schatz schenken, aber zu Brands großem Erstaunen hatte der Faun nur ein Lächeln für das hell schimmernde Gold übrig.

„Ich bin nicht an deinem Reichtum interessiert", sagte Grünherz. „Gold und Juwelen können bei weitem nicht das ersetzen, was dich für mich so wertvoll macht."

„Und was ist das?" fragte Brand neugierig.

„Dein Herz", sagte Grünherz einfach und Brand war beschämt.

Irgendwann wurden den beiden ihre selbst gesteckten Grenzen zu eng. Brand schlug immer häufiger unruhig mit den Flügeln, und da wusste Grünherz, dass es an der Zeit war, ihre Ausflüge auszuweiten. Behände kletterte er auf Brands Rücken, während der Drache sich in die Lüfte schwang. Sie überflogen Landschaften, die jenseits des Tals und des Waldes lagen, hoch in der Luft jagten sie durch die Wolken, zu hoch, um von menschlichen Augen wahrgenommen zu werden. Nur die Adler im Gebirge wussten von ihrem Dasein und Brand und Grünherz waren sich selbst genug.

Die Erinnerung der Menschen an Brand begann zu verblassen, und während eine Generation nach der anderen das Land und die Felder bewirtschaftete, die Jungfrauen sich langsam wieder aus den Türen wagten, heirateten und schließlich zu Müttern und zu alten, schwarzgekleideten Weibern wurden, verkamen die Erzählungen über den grausamen, Feuer speienden Drachen, der in den Bergen am Horizont hauste, zu einer Legende, die abends in den ärmlichen Stuben beim Flackern einer Kerze den Kindern vor dem Zubettgehen erzählt und ihnen als Gleichnis für die Unwägbarkeiten des Lebens weitergereicht wurde. Doch niemals verloren die Bewohner der Gegend die tief in ihrem Herzen verwurzelte Furcht vor ihm, und solange sie sein Andenken mit Respekt behandelten, war Brand es zufrieden.

Bis er eines Tages hörte, dass seine Existenz von den Rittern auf der Burg über dem Tal in das Reich der Märchen verwiesen wurde.

Die Macht des Rittergeschlechts hatte sich ausgeweitet in der Zeit, in der Brand und Grünherz nur sich selbst zugewandt waren.

Von ihrem natürlichen Feind, dem Drachen, befreit, hatten sie raubend und plündernd das Land mit Schrecken überzogen und immer größere Gebiete unter ihren Einfluss gebracht. Niemand hatte mehr den Mut und die Kraft, sich ihnen zu widersetzen, und die Menschen litten unter der Knute der Gewalt, mit der die unbarmherzigen Ritter sie unterjochten. Dutzende unschuldiger Bauern verrotteten in den Kerkern und Verliesen, viele andere wurden zu Frondiensten gezwungen, wie Sklaven behandelt und von ihren Familien getrennt. Anstatt vom Drachen wurden die Jungfrauen nun von den lüsternen Rittern verschleppt und mussten ihnen auf der Burg zu Willen sein. Armut, Elend und Hoffnungslosigkeit prägten das Leben des Volkes.

„Die Menschen leiden", sagte Grünherz eines Tages zu Brand. Im Gegensatz zum Drachen ließ ihn das Schicksal anderer Lebewesen nicht kalt. „Ihre Rücken sind gebeugt, ihre Gesichter grau und ihr Leben ist bestimmt von Furcht."

„Was schert uns das?" brummte Brand. „Es sind Menschen. Es ist ihre Bestimmung, sich gegenseitig Schmerzen zuzufügen und ihre Äcker und Felder mit Blut zu tränken."

„Aber nicht so", wandte Grünherz ein. „Als die Drachen noch in großer Zahl vorhanden waren, gab es ein natürliches Gleichgewicht der Kräfte. Drachen machten bei ihren Raubzügen keinen Unterschied, ob sie einfache Bauern überfielen und die Ernte verwüsteten oder reich gewordene Herrscher beraubten. Die Ritter waren die einzigen, die in der Lage waren, die einfachen Menschen vor den übermächtigen Drachen zu beschützen."

„Sie haben uns abgeschlachtet in Orgien von Blut, sich ihrer Morde gebrüstet und die Köpfe meiner Artgenossen als Zeichen des Triumphes auf Pfähle gespießt!" sagte Brand bitter.

„All das war ein natürlicher Kreislauf", erklärte Grünherz geduldig. „Indem die Drachen Chaos über das Land brachten, zwangen sie die Ritter, sich als Beschützer ihrer Untertanen zu fühlen, damit diese in relativer Sicherheit die Felder bestellen konnten. Jetzt ist dieser Kreislauf durchbrochen. Die Ritter haben keinen Feind, weil du keine Bedrohung mehr darstellst. Nur deshalb konnten sie so mächtig werden, nur deshalb unterjochen sie ihre Untertanen. Du hast sie ihrer Aufgabe beraubt."

„Allein mein Name reicht aus, um sie in Angst und Schrecken zu versetzen!" widersprach Brand.

„Vielleicht früher einmal", erklärte Grünherz, „jetzt nicht mehr. Wann hast du das letzte Mal deinem Instinkt nachgegeben? Wann hast du zuletzt die Gegend verwüstet? Wann hast du die letzte Jungfrau verspeist?"

„Oh, bitte", winkte Brand desinteressiert ab, „erinnere mich nicht daran! Wochenlang dieses entsetzliche Aufstoßen! Und die langen Haare sind mir zwischen den Zähnen hängen geblieben!"

„Wie dem auch sei", fuhr Grünherz unerbittlich fort. „Deine Raubzüge sind längst zur Legende geworden, zu einem Märchen, an das nur noch die Alten und die Kinder glauben. Die Ritter spotten, wenn sie deinen Namen hören."

„Was?" fauchte Brand wütend. „Sie wagen es, über mich zu lachen?" Erzürnt schlug er mit dem Schwanz auf den Boden und ein paar kleine Flammen loderten aus seinen Nüstern. „Noch bin ich der Herrscher dieses Teils der Welt! Niemand lacht über einen Drachen! Haben sie vergessen, wozu wir Drachen fähig sind? Wir können ihre lächerlichen Steinburgen in wenigen Augenblicken in Schutt und Asche legen, wir können eine Feuersbrunst entfachen, all das, was sie mühsam über Generationen aufbauen, können wir in einem Moment zerstören."

„Das Gedächtnis von Menschen ist kurz und du hast deine Aufgaben lange Zeit vernachlässigt."

„Scheint mir auch so", grollte Brand.

„Das Rittergeschlecht hat einen getöteten Drachen in sein Wappen aufgenommen. Ein Drache, dessen Herz von einer Lanze durchbohrt wird", fügte der Faun augenzwinkernd hinzu.

Brand stellte sich auf seine Hinterbeine, schlug wütend mit den Flügeln und stieß einen Schwall Flammen in die Luft. Unter seinen Füßen bebte die Erde. „Was für eine Unverfrorenheit!" brüllte er. „Ich glaube, du hast Recht, vielleicht ist es an der Zeit, diesen eingebildeten Narren eine Lektion zu erteilen! Vielleicht bin ich der letzte meiner Art, aber noch bin ich nicht tot. Ich werde diesen Rittern zeigen, was es bedeutet, einen Drachen zu verärgern!"

Noch in derselben Nacht machte Brand sein Versprechen wahr. Im Schutze der Dunkelheit und mit Grünherz auf seinem Rücken erhob er sich in die Lüfte. Am Rande des Waldes, in Sichtweite der Burg, setzte er seinen Freund ab, schwang sich erneut in den Himmel und flog direkt auf die Burg der feindlichen Ritter zu. In der Gewissheit, dass seine Ankunft Chaos und Angst verbreiten würde, spie er schon während des Fluges Flammen, und so wurde er von weitem von den Wachen auf den Zinnen als großer, roter Feuerball wahrgenommen, der direkt auf sie zuraste.

Jemand blies den Alarm und die Menschen rannten in Panik hinter die schützenden Steinmauern zurück. Schreie wurden laut, Waffen klirrten, Rüstungen schepperten, aber gegen die Wut Brands gab es keine Verteidigung. Alles fiel den todbringenden Flammen zum Opfer: das Vieh und die Mägde, die Gefangenen in ihren Kerkern, die geschundenen Jungfrauen und auch die Ritter im Festsaal, in dem gerade ein weinseliges Gelage stattfand. Die mächtigen Krallen des Drachen rissen die Steinquader der Befestigung auseinander und warfen die Blöcke wie Kieselsteine umher. In einer einzigen Stunde der Verwüstung wurde die stolze Burg dem Erdboden gleichgemacht, bis nur noch rauchende Trümmer im Gras zurückblieben und verkohltes Holz. Der Schein des Feuers strahlte weithin sichtbar in der Nacht und kündete den Menschen vom Ende ihrer Unterdrückung, aber auch von der Rückkehr einer Legende. Dem Herrscher des Rittergeschlechts, einem grobschlächtigen, brutalen Fettwanst mit schwarzem Vollbart und gierigen Augen, riss Brand im Zweikampf den Kopf von den Schultern. Zum Schluss machte sich Brand in altbewährter Drachenmanier über die Schatzkammer her und stahl, was ihm am wertvollsten und schönsten erschien. Dann, als am Horizont der Morgen hereinbrach, stillte Brand sein Feuer, betrachtete zufrieden sein Werk der Zerstörung und machte sich auf den Heimweg zu Grünherz.

Dass ein Ritter, der junge und tatendurstige Sohn des Herrschers namens Hugo, versteckt in einem ausgetrockneten Brunnen den Überfall überlebt hatte und heimlich Rache schwor, als er sah, wie der Faun und der Drache zusammen in Richtung der Berge davonflogen, bemerkte Brand nicht.

Monate zogen ins Land, das Frühjahr ging in den Sommer über und der Sommer in den Herbst. Wilde Astern überzogen die Felder mit einem blauschimmernden Teppich aus Blüten und der Reif auf den Blättern der Bäume am Morgen wurde zu Schnee.

Je schneller die Tage verrannen, desto einsilbiger wurde Grünherz. Der Winter mit seinem Frost, seinen tosenden Stürmen und den vereisten Flüssen war die Zeit des Jahres, der er am wenigsten abgewinnen konnte, auch wenn er wusste, dass diese Erholungsphase im Reigen der Natur einen wichtigen Platz einnahm. Trotzdem machte es ihn traurig und schwermütig, wenn er das fallende Laub und die kahlen Äste in seinem geliebten Wald sah, ein Sinnbild des Todes, das bald vollständig von einer Unschuld vortäuschenden schneeweißen Decke verhüllt sein würde.

Der Winter war auch der Teil des Jahres, in dem Brand und Grünherz am wenigsten voneinander sahen. Wenn draußen Eis und Kälte herrschten, Schnee und Regen tobten, zogen sich der Drache und der Faun in ihre Behausungen zurück, wurden träge und warteten geduldig auf die ersten Anzeichen eines neuen Frühlings. Brand rollte sich in seiner Höhle zusammen und verschlief die eisige Jahreszeit und Grünherz wanderte in die Tiefen des Waldes, an einen Platz, wo ihn der Frost nicht erreichte. Starr und unbeweglich verbrachte er dort den Winter und nur ein geübtes Auge konnte ihn von einem alten, abgestorbenen Baum unterscheiden. Nur selten erwachten der Faun und der Drache in dieser Zeit aus ihrem Zustand der Erstarrung.

All dies wusste Hugo, der junge Ritter, der die Auslöschung seines Geschlechts als einziger überlebt hatte. Doch während seine Wunden von einer barmherzigen Bauernfamilie auf einem nahe gelegenen Hof versorgt und gepflegt worden waren, war seine Rachsucht nicht geheilt. Seine Gedanken waren beseelt von dem Wunsch, sich für den Tod seiner Sippe und den Verlust von Reichtum und Macht zu rächen. Das ganze Jahr über hatte er seine

Lanzen geschärft und seine Kampfeskünste verbessert. Er hatte die alten Legenden studiert, in denen von den Drachen erzählt wurde, und er hatte sich mit weisen Männern unterhalten, die Schriften besaßen, in denen beschrieben wurde, wie man einen Drachen besiegen konnte. Nach einiger Zeit wurde seine Ausdauer belohnt. In einer vergilbten und schon zerfallenden Schriftrolle fand er schließlich den entscheidenden Hinweis: Nur wenn er das Herz eines Drachens treffen konnte, würde er ihn auch töten.

Geduldig hatte er danach Grünherz und Brand ausspioniert, ihre Lebensweise beobachtet, sich in ihre Nähe geschlichen und ihre Gespräche belauscht, ohne dass sie es bemerkten. In einsamen Nächten, in denen der Wunsch nach Vergeltung ihm den Schlaf raubte, hatte er einen grausamen Plan geschmiedet. An einem kalten, klaren Wintermorgen brach der Ritter von seinem Versteck am Rande des Waldes auf. Der Zeitpunkt war gekommen, sein Vorhaben in die Tat umzusetzen.

Als erstes lenkte er die Schritte seines Pferdes zwischen die dichter werdenden Bäume. Nasses Laub setzte sich unter die Hufe des Schimmels und verbarg jedes Geräusch. Lautlos schlich der Ritter durch das Unterholz, immer tiefer führte ihn sein Weg in den Wald hinein, bis er in der Ferne schließlich eine schmale Lichtung am Rande eines kleinen Wasserfalls sah, die von einer Gruppe kahler Birken umrandet wurde. Sachte zog der Ritter das Schwert aus der Scheide.

Grünherz war schon seit Tagen von dunklen Vorahnungen geplagt worden. Unruhig hatte er seine Gedanken durchforstet und einmal hatte er sich trotz seiner Winterträgheit auf den Weg gemacht, um Brand in seiner Höhle zu besuchen und dort nach dem Rechten zu sehen. Um ihn herum war der Wald in Winterstarre verfallen, die Wipfel der Bäume schneebeladen, die Flüsse unter einer Eisdecke verschwunden oder zu kleinen, murmelnden Rinnsalen geschrumpft. Aber bei seinem Freund war alles in Ordnung gewesen. Brand hatte sich auf einem Berg von Goldstücken ein Nest gebaut und tief und fest geschlafen. Nicht einmal die Ankunft des Fauns hatte ihn geweckt. Grünherz war in sein eigenes

Reich zurückgekehrt, aber er hatte keine Erleichterung verspürt. Das Gefühl der Bedrohung verstärkte sich, selbst als er seinen Lieblingsplatz neben den jungen Birken einnahm, dem plätschernden Wasserfall lauschte und erneut in Winterstarre verfiel.

Die Kälte nahm zu in den folgenden Tagen, der Winter hatte seinen Höhepunkt erreicht und der Faun wurde immer unbeweglicher. Auf seinen silbernen Locken und den moosgrünen Schultern sammelte sich der Schnee, der Frost drang in seine Glieder und betäubte seine Sinne. Aber die Unruhe verließ ihn nicht und senkte sich wie ein Schatten auf seine Seele, während die Tage und Nächte an ihm vorbeiglitten.

Plötzlich bestätigten sich seine bösen Vorahnungen, als er etwas Kälteres als Eis an seiner Kehle spürte. Er hatte den heranschleichenden Ritter nicht bemerkt, das leise Knacken im Unterholz nicht wahrgenommen. Langsam und in der Gewissheit, dass seine Zeit gekommen war, hob Grünherz den Blick, sah die scharfe Klinge an seinem Hals und schaute in die mordlustigen Augen des Ritters.

„Wo ist er? Wo ist der Drache?" keuchte der Ritter und das Schwert in seiner Hand zitterte. „Sag es mir oder ich werde dich töten!"

„Das wirst du sowieso tun", krächzte Grünherz mühsam mit ungeübten Stimmbändern. Er hatte seit langer Zeit kein Wort mehr gesprochen.

„Ich werde ihn umbringen, so wie er mein ganzes Geschlecht umgebracht hat. Ich werde mich an ihm rächen!"

„Brand hat das getan, was ihm die Natur aufgetragen hat. Er ist ein Drache. Drachen bringen Tod und Zerstörung."

„Genauso wie ich!" höhnte der Ritter.

„Dann tu, was du tun musst. Ich werde sein Geheimnis nicht verraten", sagte Grünherz und schloss die Augen.

Der Ritter hob sein Schwert und ließ es mit ganzer Wucht auf den Faun herabfahren. Mit einem einzigen, gewaltigen Schlag trennte er den Kopf vom Rumpf und der weiße Schnee färbte sich rot mit seinem Blut.

Mit einem grimmigen Lächeln hob der Ritter den Kopf von Grünherz vom Boden. „Ich werde ihn finden", sagte er zu dem toten Antlitz. „Er wird mir nicht entkommen. Wenn er nicht hier ist, ist er in seiner Höhle. Sein Versteck habe ich entdeckt, als ich euch heimlich gefolgt bin. Du hast dich umsonst geopfert."

Dann machte er sich auf den Weg in die Berge. Sieben Tage kämpfte er sich durch den winterlichen Wald, durch meterhohe Schneeverwehungen, über vereiste Wege und sperriges Unterholz. Jeder andere hätte das Unterfangen aufgegeben, aber der Ritter wurde angetrieben von seinem unstillbaren Rachedurst und schließlich hatte er sein Ziel erreicht. Am Mittag eines düsteren, schneeverhangenen Wintertages stand er endlich vor der Drachenhöhle.

„Komm heraus!" schrie er in den dunklen Eingang hinein. „Komm heraus und stell dich deinem Schicksal, du elende Höllenbrut!"

Brand wurde von der rauen Stimme des Ritters aus einem Traum gerissen, einem Traum, in dem er zusammen mit Grünherz über die Wipfel der Bäume flog und ein paar Wolken nachjagte. Seit Jahren war er nicht mehr so unsanft geweckt worden und seit Jahren hatte ihn niemand herausgefordert. Wütender, schwarzer Rauch quoll aus seinen Nüstern, als er seinen riesigen Leib aus der Höhle herausschob, um seinen Angreifer zu betrachten.

„Was willst du von mir, Menschenwurm?" grollte er. Ein Flammenstoß verkohlte die Erde zu Füßen des Ritters. „Weißt du nicht, wie gefährlich es ist, einen Drachen zu reizen?"

„Ich habe ein Geschenk für dich, Ausgeburt des Teufels!" rief ihm der Ritter höhnisch zu. Er griff in die Satteltasche seines Pferdes, zog den abgeschlagenen Kopf des Fauns an den Haaren heraus und warf ihn Brand vor die Füße.

Mit einem entsetzlichen Schrei, der in den Bergen widerhallte und bis in die Täler zu hören war, antwortete der Drache dem Ritter. „Was hast du getan?" Brand blickte in die toten Augen seines Freundes und spürte, wie seine Seele in zwei Teile zerbarst. „Du hast mir das Liebste genommen, was ich je besessen habe! Dafür wirst du eines langsamen und qualvollen Todes sterben!" Er peitschte mit seinem Schwanz die Erde auf, bis der aufgewirbelte Staub ihn gänzlich umhüllte und sich der Himmel dunkel färbte. Dann spie er einen glühendheißen Feuerstrahl über den Ritter. Die Bäume um ihn herum wurden in Sekunden zu lodernden Fackeln, eine Feuerwalze sprang über den Boden, schmolz das Gestein und ließ Asche und heiße Glut auf die Erde regnen. Aber der Ritter hatte den Angriff vorausgesehen. Nicht umsonst hatte er das Verhalten der Drachen studiert und die alten Legenden auswendig gelernt. Als Brand sein Feuer entfesselte, war er mit gezücktem Schwert nach vorne gerannt, zwischen den Krallen des Drachens durchgeschlüpft und befand sich jetzt direkt unter dem drohend aufgerichteten Oberkörper, den kalten Stahl seines Schwertes auf die einzige Stelle gerichtet, an der der harte Panzer Brand nicht schützte, der einzigen Stelle, an der er verwundbar war.

„Nicht ich werde sterben, Erdwurm!" schrie der Ritter gellend in das Inferno und in seiner Stimme schwangen Wahnsinn und die Gewissheit des Sieges mit. „Dies ist die Stunde meiner Rache für den Tod meines Geschlechts und es ist die Stunde deines Todes!" Mit aller Macht stieß er sein Schwert in die Brust des Drachens, versenkte die Klinge bis zum Griff in das Fleisch und durchbohrte Brands Herz.

Getroffen bäumte Brand sich auf und schleuderte einen weiteren Feuerstrahl aus seinen Nüstern. Aber das Schwert hatte seinen Lebensnerv durchtrennt, das Feuer verpuffte in der Luft und Brand spürte, wie ihn das Leben verließ. Sein gewaltiger Körper sackte zusammen, die Flammen versiegten und er fiel tödlich verwundet auf die Erde. Erneut quoll schwarzer Rauch aus seinen Nüstern. Auf dem Boden liegend sah er mit brechenden Augen, wie der Ritter vor ihn trat, und dann spürte er einen neuen, stechenden Schmerz in seiner Brust, einen Schmerz wie er ihn noch niemals zuvor in seinem Leben gefühlt hatte.

„Sieh her!" hörte er eine triumphierende Stimme. „Öffne ein letztes Mal deine Augen, Drache, bevor du zur Hölle fährst!"

Mit großer Mühe tat Brand, wie ihm geheißen wurde, und sah, dass ihm der Ritter sein Herz bei lebendigem Leibe aus der Brust geschnitten hatte.

Der letzte Gedanke des Drachen aber galt seinem Freund und Gefährten, dem Faun Grünherz. Niemals würden sie wieder zusammen über Täler und Berge fliegen können, und als seine Seele zur Sonne floh, war sie beladen mit einer unendlichen Traurigkeit.

~~~

Es war spät in der Nacht, als ich die letzten Brücken hinter mir abbrach. Noch immer sehe ich die Schutzhaltung vor mir, die Johannes einnahm, als meine Geschichte vom Tode Brands und Grünherz' wie eine Salve Gewehrschüsse auf ihn einschlug: Er hatte sich auf dem Bett zu einer Kugel zusammengerollt und die Arme über dem Kopf verschränkt, als könnten meine Worte so von ihm abprallen, seine Ohren nicht erreichen; als könnte er damit verhindern, dass sie zur Realität wurden. Aber das unkontrollierte Zittern seiner Schultern und sein geflüstertes „Nein, nein, nein" bewiesen mir, dass ich mein Ziel erreicht hatte.

Plötzlich wurde mir klar, dass die Geschichte vom Drachen und vom Faun genau dort endete, wo sie über vier Jahre zuvor begonnen hatte. Unser Schlafzimmer, das Liebesnest der beiden Fabelwesen, war auf einmal zu einem blutigen Schlachtfeld geworden, übersät mit Leichen, und ich allein war dafür verantwortlich. Ich war zum mordlustigen, erbarmungslosen Ritter mutiert und Johannes hatte ungläubig und mit steigendem Entsetzen mit angehört, wie unsere Beziehung meiner Rachsucht zum Opfer fiel. Ich muss zugeben, dass ich mich in diesem Moment vor mir selbst ekelte, aber es stimmt auch, dass ich mich erleichtert fühlte. Endlich hatte ich einen Weg gefunden, meine eigene Feigheit zu umgehen und Johannes klarzumachen, was ich wollte, auch wenn es brutal, hinterhältig und gemein war. Ich war sicher, er würde begreifen und die Konsequenzen ziehen.

Während ich mich anzog, baute Johannes sich wütend und noch immer zitternd vor mir auf. „Warum? Warum hast du nicht
~~~

wenigstens eine Geschichte übrig gelassen?" fragte er. „Was sollen wir jetzt tun?" Er klang wie ein Kind, das zum ersten Mal mit der Endlichkeit der Dinge konfrontiert worden ist, einsam und verloren, und einen kurzen Augenblick schwankte ich.

Aber dann schwieg ich doch und verließ die Wohnung. Ich war sicher, keine Spur mehr von ihm vorzufinden, wenn ich am nächsten Morgen nach Hause kam.

Ich habe keine Erinnerung daran, was ich in dieser Nacht gemacht habe. Ich nehme an, dass ich durch die Stadt gelaufen bin, die leeren Straßen und Bürgersteige entlang, mit dem Kopf nach unten gebeugt, so wie ich es immer tue. Vielleicht bin ich auch an den nahe gelegenen Rhein gegangen und habe mich an der Uferpromenade an ein Geländer gelehnt und in die trübe, braune Flut gestarrt, die an mir vorbeigerauscht ist. Mit Sicherheit bin ich nur wenigen Menschen begegnet; die letzten Stunden vor der Dämmerung besitzen in Köln eine fast unwirkliche Stille. Nur selten trifft man auf ein paar Nachtschwärmer oder Leute, deren Job im Krankenhaus oder einer Backstube anfängt, bevor der neue Tag anbricht. Vielleicht habe ich mich auch irgendwo in einem Park auf eine Bank gesetzt und bin für eine Weile eingenickt, schließlich war es eine warme Frühlingsnacht.

Das erste, an das ich mich erinnere, ist der Gestank und der Lärm der Müllmänner, die einige Tonnen aus einem Hauseingang rollten. Es war schon hell, die Straßenbahn hat ihren Dienst längst aufgenommen und ich war auf einmal entsetzlich müde. Ich ging in die nächstgelegene Bäckerei, bestellte mir ein Käsebrötchen und einen Tee, und dann, nachdem ich das Brötchen heruntergeschlungen und das viel zu heiße Getränk hinterhergekippt hatte, machte ich mich auf den Weg nach Hause, in eine Wohnung, die von der Gegenwart meines Ex-Mannes befreit war. Während ich um die Ecke bog, übte ich das Wort, das mein neues Verhältnis zu Johannes so knapp und eindeutig umschrieb: Ex-Mann, Ex-Mann, Ex-Mann.

Doch als ich die Tür aufschloss, war Johannes noch da. Das Bett war zwar leer, aber das Laken war zerwühlt und noch warm von seinem Körper. Neben dem Bett lag aufgeschlagen das zerfledderte Buch, das er zwei Tage zuvor wieder zu lesen begonnen hatte: *Der Herr der Ringe*, in dessen sentimentales Pathos er sich immer flüchtet, wenn es ihm dreckig geht. Im Badezimmer lag sein feuchtes Handtuch über der Heizung und seine Zahnbürste war gerade erst benutzt worden; in den Borsten hingen noch ein paar Wassertropfen.

Und nicht nur das: Nirgendwo waren Anzeichen zu erkennen, dass er sich entschlossen hatte zu gehen. Keine gepackten Taschen, kein ausgeräumter Kleiderschrank, keine von der Wand gerissenen Bilder, keine aussortierten CDs. Nichts. Wie eine Furie fegte ich durch die Wohnung, außer mir, dass Johannes meinem unausgesprochenen Wunsch trotzte, dass er meinen schönen Plan durchkreuzt hatte. Was sollte ich denn noch tun, damit er endlich begriff, dass es vorbei war?

Ich fand Johannes schließlich in der Küche. Die Reste eines Frühstücks standen auf dem Küchentisch. Eine halb ausgetrunkene Tasse Kaffee, ein harter Brotrand, von dem ein Rest Honig heruntertropfte, ein ausgelöffelter Joghurtbecher. Johannes selber stand oben auf der schmalen Leiter vor dem geschlossenen Fenster, balancierte in einer Hand einen halb vollen Eimer Wasser, in der anderen Hand einen Abzieher – und war damit beschäftigt, die Innenseite des Küchenfensters zu putzen. Noch nie habe ich eine surrealere Situation erlebt. Es war, als hätte die Nacht davor nicht stattgefunden.

„Was tust du da?" herrschte ich ihn entgeistert an.

„Fensterputzen", bekam ich zur Antwort.

„Das sehe ich", gab ich wütend zurück, „aber warum bist du noch hier?" Drohend machte ich ein paar Schritte auf ihn zu. Ich wollte, dass es endlich vorbei war. „Ich dachte, dass nach letzter Nacht alles gesagt ..."

„Nein", unterbrach er mich und ich hätte schwören können, dass auf seinen Lippen für einen Augenblick ein bitteres Grinsen zu sehen war – als wüsste er, was uns noch bevorstehen würde. „Es ist noch lange nicht vorbei!" Mit einer energischen Handbewegung zog er den Abzieher von links nach rechts zum Fensterrand. „Glaubst du wirklich, ich habe nicht begriffen, was für ein Spiel du hier spielst?" Er sah mich verächtlich an. „Du Feigling! Du denkst, du kannst mich fertig machen und vertreiben, indem du alles zerstörst, was für uns eine Bedeutung hat! Du willst mich loswerden? Fein! Dann sieh mir ins Gesicht und sag es! Sag: 'Johannes, ich liebe dich nicht mehr!' Sag: 'Ich will, dass du aus meinem Leben verschwindest!' Dann, Lukas, dann werde ich gehen. Vorher nicht."

Ich traute meinen Ohren nicht. Alles, was ich denken konnte, war: Er weiß es. Er weiß, dass ich das niemals fertig bringen werde. Ich bin ihm völlig ausgeliefert.

In diesem Moment habe ich ihn geliebt und gehasst. Niemals in meinem Leben habe ich eine größere Ohnmacht empfunden.

Und dann ging alles so entsetzlich schnell.

Plötzlich umklammerten meine Hände seine Waden. Ich wollte ihn von der Leiter zerren, ihn aus der Wohnung schleifen und hinter ihm die Tür zuschlagen. Ich wollte ihn nicht mehr sehen, ihn endlich lossein, ein für alle Mal. Er starrte mich von oben herab erstaunt an, begriff einen Augenblick lang gar nicht, was passierte. Der Abzieher glitt ihm aus den Fingern, fiel auf den Boden und kam unter dem Küchenschrank zu liegen. „He!" rief er erschrocken. „Was tust du denn da?" Der Eimer mit dem Putzwasser landete mit lautem Poltern direkt neben mir. Das heiße Wasser ergoss sich über meine Füße, durchweichte meine Hosenbeine, meine Socken, meine Schuhe. „Verdammte Sauerei!" brüllte ich wütend und boxte Johannes in die Seite. Ich schwöre, es ist ein Reflex gewesen, ich habe es nicht mit Absicht gemacht. Ich wollte dem Wasser ausweichen, stolperte nach vorn und prallte auf die Leiter. Johannes verlor das Gleichgewicht. Sein rechter Fuß rutschte von dem schmalen Tritt ab, seine Hände ruderten hilflos in der Luft. Ich dachte unwillkürlich an einen Pelikan, der verzweifelt mit den Flügeln schlägt, um sich mit Mühe in die Luft zu erheben. Aber das tollpatschige Bild hatte nichts mit dem zu tun, was sich vor meinen Augen wie in Zeitlupe abspielte. Die Wucht meines Aufpralls ließ die Leiter wackeln und katapultierte Johannes nach vorn, und bevor sein Kopf das Glas durchschlug, konnte ich für einen flüchtigen Moment das ungläubige Staunen auf seinem Gesicht erkennen, die Fassungslosigkeit über das, was geschah. Sein Körper knallte mit einem lauten Schlag gegen die geschlossene Fensterscheibe. Zuerst hörte ich ein Knirschen, als sich die ersten Risse im Fenster bildeten und es in das Abbild eines riesigen Spinnennetzes verwandelten. Es klang wie das Geräusch von Schritten auf einem Kiesweg. Und dann war da der ohrenbetäubende Krach von zersplitterndem Glas, als würde ein ganzer Stapel Porzellanteller auf dem Boden zerbersten, nur feiner und heller. Ein Teil der Glasstücke und Glassplitter fiel in die Küche, verfing sich in meinen Haaren und in meiner Kleidung. Johannes begann zu schreien, ein lang gezogener, unnatürlich hoher Schrei, und als ich nach oben sah, waren sein Gesicht und sein Oberkörper gespickt mit Glas, Blut spritzte aus den vielen Schnitten auf seinen Armen, seinem Rücken, seiner Brust, sein blaues T-Shirt hatte auf einmal viele Risse und der Stoff begann sich in Sekundenschnelle rot zu färben, Blut tropfte auf das Fenstersims, den Küchenboden und rann in kleinen Rinnsalen an seinem Körper hinab, Blut klebte an den im Rahmen steckengebliebenen Bruchstücken der Fensterscheibe.

Johannes' Hände suchten verzweifelt etwas, woran sie sich festhalten konnten, griffen vergeblich nach meinen Armen. Panik leuchtete in seinen Augen, er konnte sich nicht mehr halten und zusammen mit messerscharfen und glitzernden Glasstücken stürzte er aus dem Fenster in die Tiefe. Er schrie und schrie und schrie, und dann hörte ich ein Geräusch, als wuchtete jemand einen großen Sack Kartoffeln auf einen Wagen. Johannes' Schrei brach abrupt ab. Plötzlich war es totenstill.

Ich konnte nicht nach unten sehen. Wie versteinert stand ich in der Küche, schaute auf das leere Fenstersims und meine Beine ließen sich nicht bewegen.

Unten im Haus wurde die Stille durchbrochen vom Schlagen einiger Türen, jemand rannte nach draußen. Ich hörte Stimmen, erst eine, dann mehrere, und jemand begann zu schreien. Ich starrte auf meine Hände.

Ich schwöre, dass es ein Unfall war. Ich schwöre, dass es ein Unfall war.

Das Stimmengewirr im Vorgarten wurde lauter, Schritte polterten das Treppenhaus empor, jemand hämmerte an die Wohnungstür, aber ich konnte mich nicht bewegen. Unten rief jemand, und ich bildete mir ein, dass er sagt, Johannes sei noch am Leben, ich glaube, es war Hartmut; aber das konnte nicht sein, meine Fantasie spielte mir einen Streich und ich stand unter Schock, denn wie konnte man einen Sturz aus dem dritten Stock überleben? Wie sollte man sein Herz zwingen, nach einem solchen Fall weiterzuschlagen? Und dann standen plötzlich Angelina und Evi in der Küche neben mir und in der Ferne hörte ich das Martinshorn des Notarztwagens näher kommen.

~ Ich kauere auf dem Boden, mit angezogenen Beinen, die Arme über den Kopf verschränkt, das Gesicht versteckt zwischen den Knien. Tränen laufen mir über die Wangen und ich schluchze wie ein kleines Kind. Das Glas mit dem Wein ist mir aus der Hand gefallen, der Wein hat einen unansehnlichen, roten Fleck auf dem Teppich hinterlassen, aber ich achte nicht darauf. Es ist egal. Alles ist egal, denn nun, da ich erzählt habe, was geschehen ist, wird er mich verlassen. Er wird mir nicht glauben. Ich kann seinen Zorn spüren, die Verachtung, mit der er mich ansieht. Er wird aufstehen und ohne sich noch einmal umzudrehen, die Tür hinter sich ins Schloss fallen lassen. Er wird aus meinem Leben verschwinden. Genauso, wie ich es mir vorgestellt habe. Ich habe mein Ziel erreicht.

Jetzt, da ich nicht mehr will, dass er geht.

Draußen ist es dunkel geworden, Wolken verdecken den Mond. Kühler Nachtwind weht ins Zimmer, der Sommer ist vorbei. Nur die drei Kerzen, die er während meiner langen, langen Beichte angezündet hat, erhellen das Wohnzimmer mit ihrem flackernden, unruhigen Licht.

Ich hebe mein nasses Gesicht und Johannes steht vor mir und schaut auf mich herunter. Seine Lippen bewegen sich tonlos. Er starrt mich an und als er schließlich etwas sagt, klingt seine Stimme verschlafen, fast träumerisch.

„Ich ... ich erinnere mich endlich“, flüstert er zögernd, als müsste er sich langsam und vorsichtig an sein wiedergefundenes Gedächtnis herantasten. „Es ist alles wieder da! Ich weiß, wie es passiert ist.“ Ein erleichtertes Lächeln huscht über sein Gesicht und wird sofort verdrängt von der Anstrengung, seine Gedanken zu ordnen. „In der Nacht, als du gegangen bist, konnte ich nicht schlafen. In mir drin hat sich alles irgendwie taub angefühlt ... ich habe in der Küche gesessen und eine Zigarette nach der anderen geraucht ... da war Vogeldreck auf der Fensterscheibe ... ich habe die ganze Zeit wie hypnotisiert auf diesen Fleck gestarrt ...“

„Johannes“, versuche ich ihn hastig zu unterbrechen, aber er bedeutet mir, still zu sein. Für einen kurzen Moment schließe ich die Augen. Wenn es wirklich wahr ist, dass er sich an alles wieder erinnern kann, dann wird mein Lügengebäude jetzt zusammenstürzen. Das Spiel ist aus.

„Ich habe den Putzeimer aus dem Bad geholt und bin auf die Leiter gestiegen“, murmelt er wie in Trance. „Ich habe an diesem gottverdammten Fleck gescheuert, bis das Glas gequietscht hat. Es war so ungeheuer wichtig, den Dreck abzukriegen ... und dann bist du nach Hause gekommen und wir haben uns gestritten.“ Plötzlich geht er instinktiv ein paar Schritte zurück und mustert mich ungläubig. „Es war kein Unfall“, sagt er dann fast lautlos. „Du hast gelogen. Ich habe mein Gleichgewicht nicht verloren ... du hast mich gestoßen!“

„Nein“, schreie ich, „das ist nicht wahr! Ich wollte dich nur von der Leiter zerren!“

Johannes schüttelt entschieden den Kopf. „Da waren plötzlich deine Hände an meinem Bein ... und dann dieser Stoß, als du dich gegen mich geworfen hast.“ Er leckt sich nervös die Lippen und fährt unerbittlich fort. „Du hast mich gestoßen ... o mein Gott ... du ... du wolltest mich umbringen?“ Fast kann er selber nicht glauben, was er da sagt.

„Red keinen Blödsinn, ich wollte dem heißen Wasser ausweichen!“ beteuere ich. „Es war ein Reflex! “ Aber Johannes hört mich gar nicht.

„Der Sturz durch das Fenster ...“, sagt er stockend, und unwillkürlich berühren seine Fingerspitzen die Narben in seinem Gesicht. „Deine Hände ...“ Plötzlich kniet er neben mir auf dem Boden und hält meine Arme mit eisernem Griff fest. Seine Augen betrachten meine Hände, als würde er sie zum ersten Mal in seinem Leben sehen. „Ich bin durch die Scheibe gefallen und habe verzweifelt nach etwas gesucht, woran ich mich festhalten konnte. Du warst nur ein paar Zentimeter von mir entfernt ... du hättest nur deine Hände ausstrecken brauchen ... aber deine Hände waren nicht da ... jetzt weiß ich es wieder: Du hast sie in die Hosentaschen gesteckt!" Johannes sieht mich fassungslos an und ich fühle, wie sich unter mir der Boden auftut und ich falle und falle und falle.

Ich beobachte stumm, wie er hektisch und wahllos ein paar Klamotten aus dem Kleiderschrank zieht. Ich habe so oft gesagt, wie Leid es mir tut, dass meine Kehle ganz trocken und meine Lippen spröde sind, aber natürlich hat es nichts genutzt. Seit er die Wahrheit herausgefunden hat, hat er jeden Blickkontakt mit mir vermieden und kein Wort gesagt.

„Bitte", versuche ich es ein letztes Mal, „geh nicht. Ich tue alles, was du willst!" Ich fühle mich wie ein Wurm, aber meine Selbstachtung hat sich in Luft aufgelöst.

„Alles?" fragt er plötzlich in die Stille hinein. Er wendet mir endlich sein Gesicht zu und im ersten Moment bin ich erleichtert, aber dann sehe ich ein Grinsen um seine Mundwinkel zucken, dass mir Angst macht.

„Welche Bedingungen stellst du?" frage ich leise.

Seine Augen wandern auf den Boden, zu der Wohnung unter uns, in der Mario wohnt.

„Nein", flüstere ich, denn jetzt begreife ich, dass der Preis, den ich für sein Bleiben zahlen muss, darin besteht, dass er Mario haben kann, wann er will. Er bestimmt von nun an die Regeln unserer Beziehung und es gibt nichts, was ich dagegen tun kann.

„Ja", antwortet er grimmig.

Spät in der Nacht nimmt er mich an die Hand und führt mich ins Schlafzimmer. Zusammen legen wir uns aufs Bett und betrachten das leuchtende, kleine Sternenuniversum an der Decke. Er hat meinen Kopf auf seiner Schulter gebettet und streicht mir durch die Haare. Als seine Locken auf meiner Stirn kitzeln, fange ich an zu zittern. Ich bin erschöpft, meine Augen werden schwer und für einen Augenblick glaube ich, dass ich träume, als ich seine selbstzufriedene Stimme in der Dunkelheit höre.

„Jenseits der uns bekannten Welt, in einer Höhle weitab jeglicher menschlicher Behausung", beginnt er, „lebten einst ein Drache namens Brand und sein bester Freund, ein Faun namens Grünherz. Viele Gefahren und Abenteuer hatten die beiden schon erlebt, aber nichts hatte sie auseinanderbringen können, nicht einmal der Tod. Es lag noch nicht einmal zwei Monde zurück, dass ein rachsüchtiger, mitleidsloser Ritter sie hinterrücks gemordet, den Schatz des Drachens geplündert hatte und mit erhobenem Schwert und einem triumphierenden Lachen wieder verschwunden war. Aber der Ritter hatte nicht gewusst, dass Faune und Drachen mehr als ein Leben besitzen ..."

Mir ist übel.

Epilog

„Bist du jetzt zufrieden?“ flüstere ich und beuge mich über ihn.

Aber er ist eingeschlafen und hat das Ende der Geschichte nicht gehört. Ich lösche das Licht, schleiche mich auf Zehenspitzen aus dem Raum und schließe leise die Schlafzimmertür hinter mir. Dann nehme ich meine Jacke und gehe nach draußen. Die Luft ist klar und frisch. Der Morgen dämmert. Es riecht nach Regen.

Danksagung

Einen Roman zu schreiben ist wie eine Fahrt auf der Achterbahn. Man durchlebt alle Höhen und Tiefen der Gefühle – von starken Frustrationen bis zu unglaublichen Glücksmomenten. Da waren Tage, an denen ich stundenlang wie gelähmt vor einer leeren Seite gesessen habe, und dann gab es Tage, an denen ich meine Einfälle gar nicht schnell genug in die Tastatur hauen konnte. Daher ist es für mich wichtig zu wissen, dass es Menschen um mich herum gibt, die mich unterstützen und meine Arbeit kritisch und wohlwollend begleiten.

Jim Baker und Bernd Gutberlet haben als Lektoren die undankbare Aufgabe gehabt, mich auf den „rechten Weg" zurückzuführen, wenn ich mal wieder über das Ziel hinausgeschossen bin.

Susanne Bach, Andreas Walther und Norbert Friederichs haben Teile des Textes oder das gesamte Manuskript im Rohentwurf gelesen und mir viele wertvolle Ratschläge gegeben.

Bedanken möchte ich mich auch bei Sylvia Geisen, Birgit Breuer und Uwe Lochscheider, bei denen ich mir Marie und Max „ausleihen" durfte.

Den größten Dank aber schulde ich wie immer Norbert Friederichs, meinem Freund, ohne dessen Geduld und Zuspruch *Ihn halten, wenn er fällt* nicht geschrieben worden wäre.

Weitere Informationen zum Autor unter www.stressenreuter.de